映画「マタンゴ」
（東宝、1963年）の
ために製作された
立て看ポスター

マタンゴ
最後の逆襲

吉村達也

角川ホラー文庫
14855

目次

主な登場人物

桜居真紀……中央テレビ報道部キャスター
北沢一夫……生物化学兵器テロ対策室・細菌学者
矢野　誠……山梨県警捜査一課警部
岡島寛太……宇宙ビジネスプロデューサー
星野隼人……宇宙飛行士。日本版シャトルに搭乗
加納　洋……ホラー作家
野本夕衣……若手人気女優

プロローグ　白い翼に乗って

「あたしも六十年以上、占い師をやっているけれど」

八十歳を超えた白髪の老婆が、黄色味を帯びた白目に真っ赤な血管を蜘蛛の巣のごとく浮き上がらせて、相手の顔を睨(にら)みつけた。

「あんたの若さで、自分の死に方を占ってほしいと言ってくる人間は初めてだね」

「そうですか……」

自分の最終的な運命を占ってもらおうとする若い依頼人は、感情を殺した声でつぶやいた。

「でも、ほんとうに自分の最期が見たいんです。いまのうちに」

「自分の未来を直接、自分で見ることはできない」

占い師の老婆が、すかさず言い返した。

「その代わり、あたしが見たあんたの未来を、そのまま告げることはできる」

「じゃあ、それをお願いします」

「でも、いいのかね。あたしの占いは当たるよ。はずれることなんか、ないんだよ」

老婆の声は、凄みが利いていた。

「どんなにひどい人生の結末が待ち受けていようとも、あたしにそれが見えたら、必ず現実になるということなんだ。そして、あんたはそれを知ったうえで、残りの人生を生きていくことになるんだ」

「かまいません」

依頼人は、覚悟した表情できっぱりと言い切った。

「どうせ自分は長く生きられないんです。根拠も理屈もないけど、そういう感じがしているんです。だから、どうせなら自分の死に方をいまのうちに知っておきたいんです」

「そんなに自分の死にざまを知りたいのかね」

「はい」

「いつ死ぬのかも、知りたいのかね」

「はい」

「そうか……」

老婆は相手をじっと見つめた。

「そこまで覚悟ができているなら、あんたの頼みを引き受けよう。ただし、もう一度念を押しておく。あたしがこれからこの水晶玉の中に見る光景は……」

漆黒の台座に据えられた大きな水晶玉を指差して、老婆は言った。

「必ず現実のものになるんだよ。この占いは甘いもんじゃない。はずれることは絶対にない。結果を聞いたあとから、占いが当たらないことを必死に祈っても、それは無駄な悪あがきというものだ」

「わかりました」

若い依頼人の気持ちが揺るがないのを見て、老婆は静かにうなずいた。そして目を閉じ、シワとシミだらけの両手を水晶玉の上にかざした。

十秒、二十秒、三十秒……。静寂の時間だけが過ぎていくが、何も起こらない。そして一分が過ぎても、老婆は目を閉じたままだった。

二分が経過した。なおも沈黙。しかし、若い依頼人は固唾（かたず）を呑（の）んで白髪の占い師が意識を集中している姿を見つめていた。

と、三分が経過したところで、老婆は目を閉じた姿勢から身体を前後に揺すりはじめ、突然、しわがれた声で歌い出した。

「水の溜（た）まった石畳　アカシアの葉が　寂しく浮かんでる」

なんともいえないけだるさを伴うレトロな旋律は、昭和三十年代後半の高度経済成長期に、銀座や赤坂などの高級クラブで歌われていたムードナンバーを彷彿（ほうふつ）とさせるものだった。

依頼人は、いきなりはじまった歌にびっくりして、占い師の顔を見つめた。が、すぐにその視線を水晶玉に転じた。『水の溜まった石畳』や、その水溜まりに『アカシアの葉が寂しく浮かんでる』光景が、水晶玉の中に見えるのではないかと思ったからだった。

しかし、いくら目をこらしてみても、透明の球体の中には何も見えない。

「水の面（おもて）を　風が吹き抜けて　思い出のせて　揺れている」

まぶたを閉じ、水晶玉に手をかざしながら、老婆が身体を揺らして歌いつづける。

「水の溜まった石畳　アカシアの葉が　寂しく浮かんでる」

そこまで歌ったところで、老婆は急に両手を引っ込め、同時にカッと目を見開いた。

眼球の充血がますます激しくなり、赤い蜘蛛の巣の密度が倍に増していた。その異様な迫力に、依頼人はたじろいだ。そこへ畳みかけるように老婆の託宣が下った。

「白い翼に乗って天国へ……いや、地獄へ向かうあんたの姿が見える」

「白い翼？」

依頼人は、いぶかしげに眉をひそめた。

「それは、鳥の翼ということですか」

「バカを言っちゃいけない。人間を乗せて飛べる鳥がいると思うかね」

老婆は怒ったように言い返した。

「いま、あたしが水晶玉の中に見た未来の光景は、現実に起きることなんだ。童話のような世界が見えたわけではない」

「じゃあ、白い翼とは何なんです」

「それは知らないほうがいい」

「教えてください」

「いや、言えぬ」

「どんなことを言われても平気ですから」

若い依頼人は食い下がったが、占い師は長く伸ばした白髪を揺らしながら首を左右に振って、その頼みを拒んだ。

「それよりもあんた、明日、森へ出かけるんだろう？」

「えっ！」

依頼人は、驚きの声を発した。

「なぜわかるんですか」

「樹海だね、自殺の名所の」

「……………」

「そうだろう？」

「はい」

依頼人の唇が、ショックで震え出した。明日、予定していたとおりの状況を言い当てられていたからである。

「水晶玉の中だけでなく、あんたの瞳の水晶体にも、緑の森が映っている。自らの生命（いのち）を絶った死者の亡霊で埋め尽くされた絶望の森が……。だが、あんたはひとりで樹海へ行くわけではない。大勢の仲間がいる。男が五人に女がふたり、ぜんぶで七人」

「そこまで……見えたんですか」

「見えた。だが、それは集団自殺をしに行くのではないな。別の目的があるんだろう？」

そこまで言い当てられると、半信半疑だった老婆への気持ちが、一気に信頼度百パーセントに跳ね上がった。依頼人にとってはたんなる透明の玉にしか見えないのに、占い師にとっては、それは未来を映し出す鏡になっているのだ。

そして、明日の予定をズバリ言い当てられた以上、「白い翼に乗って地獄へ向かう」という自分の終末の姿も、また事実なのだろうと確信した。だが「白い翼に乗って」という意味がわからない。

「あんたの死に場所は樹海などではない。だが……当たらずとも遠からず」

「当たらずとも、遠からず？」

「そうじゃ」

「その具体的な場所はどこなんです」

「言わぬが花。知らぬが仏」

老婆はもったいぶった言い回しで、答えを避けた。

「じゃ、それはいつのことなんですか」

「あんたが死ぬ時期か？」

「そうです」

「十年後だよ」

「……………」

あまりにもあっさりと、そして具体的に言い切られたので、依頼人はショックで押し黙った。

老婆は、衝撃の沈黙で固まっている相手に向かって、さらにつけ加えた。

「先回りして言うが、『では、十年後のいつなんですか』という質問には答えられんよ。そこまで具体的なことを知ってしまっては、あんたは死ぬ日までの十年間を、死刑執行の日が近づいてくる恐怖だけに囚われて過ごすことになる。まだそんなに若いのに、残り時間を死刑囚の気分で過ごしたいかね。残り時間が少なければ少ないほど、人生は楽しく生きたほうがいい」

「なぐさめているんですか、脅かしているんですか」

依頼人は怒った。

だが、老婆はその怒りを無視して、ふたたび両手を水晶玉の上にかざし、目を閉じた。

そして、シワだらけの口もとから、さきほどの歌が流れ出した。

「水の溜まった石畳　アカシアの葉が　寂しく浮かんでる
水の面を　風が吹き抜けて　思い出のせて　揺れている
水の溜まった石畳　アカシアの葉が　寂しく浮かんでる」

歌い終えると、老婆は静かに目を見開いた。白目の充血は見事に消えていた。

それからポツリと一言、つぶやいた。

「明日は土砂降りになる。天気予報が晴れでも、雨具の支度をしていくとよい」

一　都市伝説

――十年前、二〇〇三年五月

1

音を立てて星が輝いている――そんな表現がぴったりの星空だった。

昼間の抜けるような青空は、夜になるとそのまま自然のプラネタリウムに変わっていた。そして、地上ではキャンプファイアの炎が燃えさかっている。

「都市伝説とは、英語で『アーバン・レジェンド』という」

城南大学三年生の加納洋(かのうひろし)が、炎でオレンジ色に染まったまん丸い顔を、ほかの六人に向けて言った。

「アーバンは『都市の、都会の』という形容詞、レジェンドは『伝説』、だから『都市伝説』となるわけだ」

パチパチッと、燃やしている薪(まき)が大きな音を立ててはぜ、闇に火の粉が舞い上がった。

背中を反らせてそれをよけながら、肥満体にふさわしい愛嬌のあるタレ目にハの字形の眉をした加納は、淡々とした口調で話をつづけた。

「この都市伝説という概念は、アメリカ・ユタ大学の名誉教授ジャン・ハロルド・ブルンヴァンドが提唱したもので、彼が集めた数々の都市伝説を、初めて一冊の本にまとめたのが、一九八一年に出版された『消えるヒッチハイカー』だ。それから一九九〇年ぐらいにかけて、立てつづけに出された教授の本によって、都市伝説という概念がアメリカではすっかり広まった。

　あの有名な『13日の金曜日』も、一種の都市伝説がテーマになっている。この映画が公開されたのは一九八〇年だけど、それ以前にブルンヴァンド教授は都市伝説という概念を雑誌などに発表していたから、アイスホッケーのマスクをかぶったジェイソンでおなじみのこのシリーズは、都市伝説をテーマにした第一号ムービーと言っていいかもしれない」

「ちょっと待てよ」

　同じく城南大学三年で、真っ黒に日焼けした顔の星野隼人（ほしのはやと）が、膝を抱え込んで座った姿勢から片手を挙げて言った。

「『13日の金曜日』は、郊外の湖にキャンプにきた若者が次々と襲われる、ってストーリーじゃなかったっけ」

「そう、クリスタル・レイクでね」

「だろ？　ってことは、舞台は都市じゃないから、都市伝説の映画とは言えないんじゃないのか」

「いや、都市伝説の舞台は必ずしも都市である必要はない、とブルンヴァンド教授も言っている」

そう言いながら、加納は、火の粉が舞い上がっていく星空から、ゆっくりと周囲の闇に視線を転じた。

その向こうには、夜空や闇とは微妙に濃度の違う黒さで、星明かりに照らされた深い森のシルエットが浮かび上がっていた。青木ヶ原(あおきがはら)樹海——富士山麓に広がる、奥まで迷い込んだら二度と出てこられない緑の迷宮だ。

「都市伝説という概念は、古くから言い伝えられてきた伝説とは違って、現代文明を背景にしていることが条件だ。その条件さえ満たしていれば、たとえその舞台が都市じゃなくて郊外の湖でも、山深い村であっても、都市伝説になるんだ」

「すると、この樹海にまつわる話も都市伝説になるわけか」

黒縁メガネをかけた三人目の大学生——彼も城南大学の三年だったが——北沢一夫(きたざわかずお)がたずねると、

「そういうこと」

と、加納は大きくうなずいた。

「だから、おれたちはこの樹海を舞台にした都市伝説の真偽を確かめるために、ここにキャンプを張っている」

その言葉で、全員が一斉に黒い森のほうを透かして見た。

キャンプファイアを囲んでいるのは、男子五名、女子二名の計七名。そのうち男子は全員が城南大学の三年生で、女子はふたりとも城南大学付属女子高校の二年生だった。

彼らは大学と高校合同で結成された「都市伝説研究会」のメンバーである。都市伝説研究会には総勢三十名ほどの会員がいたが、今回の「樹海合宿」に参加したのは、この七名だけだった。

五月下旬の水曜日。樹海を目の前にした一帯は、夜になるとキャンプファイアの炎に温められてもなお肌寒く感じられる冷え込み方だった。

平日のせいか、日中は絶好のキャンプ日和であったにもかかわらず、彼らのいるオートキャンプ場には、ほかに誰もいなかった。黒い森に呑み込まれそうな場所に集っているのは、彼ら七人だけである。

キャンプ用のレンタルトレーラーも何台か置いてあったが、それらには一台も明かりが灯(とも)っていない。キャンプサイトに乗り入れている車は都市伝説研究会のメンバーが乗ってきたワンボックスカー以外になく、テントもほかには一張りもなかった。

時刻はまもなく真夜中の零時になる。見上げれば、頭上には息を呑むような美しい星空が広がっている。にもかかわらず、目の前の樹海から染み出してくる闇の存在が、七人の若者たちにとって、どんどん大きくなっていた。

その漠然とした不安を、彼らは食べて騒いで語り合うことで忘れようとしていた。だが、わずかな沈黙があると、忘れようとしていた恐怖心が、それぞれの心の中で大きくなってくる。そんな気持ちを最初に口にしたのは、女子高生の野本夕衣だった。

「星空はきれい」

夕衣がつぶやいた。

「でも、森が怖い……。私、ここにきたことを、すごく後悔している。こなければよかった」

色白の顔を不安でさらに白くさせながら、野本夕衣は、切れ長の瞳と柳のように細い眉に不安の色を浮かべていた。

すると、夕衣とは対照的に、健康的なキャラメル色の肌と野性的な顔立ちを持った桜居真紀が、大きな瞳を輝かせて強気に言った。

「そうかな。私はこういう雰囲気って、けっこう好きだな」

だが夕衣は、女子高で同級生の真紀に向かって心配そうにつぶやいた。

「私はだめ。正直に言うと、とても怖いわ」

「『とても怖いわ』か……レトロでいいねえ、夕衣の言葉遣いは」

燃えさかる薪を木の枝でつつき回し、炎に勢いを与えながら岡島寛太が笑った。

「いまどき語尾に『わ』を付けてしゃべる女子高生なんて、いませんわ。さすがええとこのお嬢さま。しかも色白で清楚で和風の美少女とくれば、そういうしゃべり方もぴったりくるよなあ」

くくく、と卑猥な笑いを洩らす岡島は、都市伝説研究会の会長を務めている。大学での学年こそ他の男子メンバーと同じ三年だったが、教養課程から専門課程への進級の段階で二年の留年を重ね、その前に受験のとき二浪していたから、加納たちより四つも年上で、すでに二十五歳になっていた。頬からアゴにかけてビッシリとヒゲをたくわえた風貌のせいで、見た目はさらに老けた感じで、大学生の中に、ただひとり中年男が混じっているといった印象だった。

酒豪の岡島は、ほかの男たちが缶ビールや缶チューハイで済ませているところを、あぐらをかいた脚の間に日本酒の一升瓶を抱え込み、紙コップにそれを注いでは一気に空けていた。だから顔はアルコールで真っ赤で、それがキャンプファイアの炎によってさらにテラテラと赤く輝いてみえた。

車座に炎を囲む一同の周りには、さきほどまで楽しんでいたバーベキューの残骸が、まだきちんと片づけられないまま放置されている。食べきれずに残した肉や野菜もテーブルの上に出しっぱなしで、飲み干したビールなどの空き缶が、あたりの地面に転がっていた。几帳面な夕衣が真紀を手伝わせて一生懸命に片づけるのだが、その端から男どもがまた散らかすといったことの繰り返しだった。とくに岡島は、豪快に肉や野菜を食い散らかしていた。

「やっぱりこういう合宿にはさ、何でもキャーキャーと怖がってくれる女の子の存在が欠かせないな。そうじゃなきゃ、森の入り口で徹夜したって盛り上がんねえや」

「ちょっと待ってよ、会長」

頭をスポーツ刈りにして、肌寒さにもかかわらず、モスグリーンのタンクトップに迷彩色のショートパンツという恰好の矢野誠が、吸っていたタバコを炎の中に投げ入れてから言った。矢野はボディビルが趣味で、筋骨隆々とした自慢の肉体美を意識的に強調するファッションが好みだった。

「いまの言い方だと、会長は今回の都市伝説はあくまで作り話に過ぎず、真実に基づいた噂だとは思っていない、ってことなのか？」

「ま、そうなるかな」

また日本酒をあおってから、岡島は抱えていた一升瓶を脇に置き、少しトロンとした目になって矢野を見据えた。

「富士山麓の樹海の奥深く、大型ヨットが浮かび、この世のものとは思えない不気味な姿をした亡霊がさまよっている——たしかにこの都市伝説は面白い。着想がいいよ。樹海の中にヨットだもんな。まったくありえない設定のようでいて、樹海という単語に『海』という文字が含まれているところが、ヨットが実在する可能性を微妙に残している。しかも『この世のものとは思えない不気味な姿をした亡霊』というのも、恐怖系都市伝説としては、なかなかそそるものがある。でもな」

キャンプファイアの炎が引火しそうなほど酒臭い息を吐いて、岡島はつづけた。

「これが実話に基づいた都市伝説とするには、亡霊のビジュアルに関する情報が漠然としすぎて、リアリティに欠けるんだよ。『この世のものとは思えない不気味な姿』って、どんな姿だよ。それだけじゃ、受け止める人それぞれの解釈でどうにでもなるだろ。もしもその化け物が樹海の中をうろついているところを実際に見た人間がいるんだったら、もうちょっと具体的な表現が噂の中に混じっているはずなんだよ」

「具体的な目撃談なら、ちゃんとある」

加納が、怪談話でもするように声のトーンを落とした。

「なんでも、キノコの化け物らしい」

「キノコ？」

問い返してから、岡島はバカにしたようにプッと吹き出した。

「それじゃ、ホラーにもならなくて、お子様向きのマンガだろ」

「いや、ぼくも樹海の中に置かれた大型ヨットを、キノコの化け物が、まるで神殿のように守っているという話を聞いたことがある。そのキノコの姿には二パターンある、という具体的な話もね」

北沢が、黒縁メガネのフレームに手を添え、生真面目な口調で言った。

「ひとつは原爆のキノコ雲を連想させるような姿の巨大な化け物で、その背丈は人間の大人よりはるかに大きい。ものによっては三、四倍もあるそうだ。そいつは、ふだんは巨大な樹木のように立っているけれど、人間が近づくと、いきなり動き出して襲いかかってくる。もうひとつのパターンは、姿かたちもサイズも人間そのものだけど、顔や手足がキノコみたいな醜いでき物で覆われている……。つまりそいつは、人間が徐々に巨大キノコへと変身していく途中の姿なんだ」

そして北沢は、自分の座っている位置からだと真後ろになる樹海の入り口をふり返ってつぶやいた。

「ぼくたちがこんな話をしているいまも、森の奥深くでは、そいつらがさまよい歩いているに違いない」

「そいつら？　複数かよ」

岡島がきき返した。

「化け物だか亡霊だか知らないが、それは一匹じゃなくて、たくさんいるのか」

「そうらしい……」

北沢の答えに、野本夕衣が隣に座る桜居真紀の腕をギュッとつかんだ。

2

「やけに詳しい話をしてくれるけどな、一夫」

脚の間に抱えた一升瓶を揺らしながら、岡島が懐疑的な口調で言った。

「その二種類の化け物を、いったい誰が見たというんだよ」

「この都市伝説を生んだ最初の情報提供者だと思う。樹海の中に大型ヨットがあるのを目撃したのと同一人物だろう」

「そいつが、キノコの化け物に襲われることもなく、迷いもせずに樹海の迷路から抜け出して、恐ろしい体験談をみんなに話したというわけか」

「うん」

「具体的に誰だ」

「それはわからない」

「何年前の目撃談だ」

「それもわからない」

「じゃあ、信じられないな」

岡島は、ヒゲ面に嘲笑（ちょうしょう）を浮かべた。

「どうもいまの話は、いかにも不潔恐怖症の北沢一夫が作りそうなものだ。たぶん、いまの話はおまえの創作で、精神分析的に言うと、キノコは一夫にとって最大の恐怖であるバイ菌の象徴なんだろうな」

「北沢さんが……不潔恐怖症？」

大きな瞳をさらに大きく見開いて桜居真紀が北沢を見た。

「ああ、そうだよ。このメガネをかけた優等生風のお坊ちゃまはな」

岡島が解説をはじめた。

「かなり深刻な不潔恐怖症なんだ。よく言えば潔癖性だけど、まあ、そんな生やさしい代物じゃなさそうだ」

「不潔恐怖症って、どういう病気？」

「たとえばさ、あいつのケツんところを見てみな。真紀や夕衣でさえ地べたに直接腰を下ろしているけど、北沢のお坊ちゃまくんだけは、レジャーシートを敷いて、その上に座っているだろ。男の子のくせに、泥で汚れるのがイヤなんだよ。泥にはバイ菌がいっぱい付いているからな。……だよな、一夫」

「………」

たしかにひとりだけレジャーシートの上に腰を下ろしている北沢は、岡島にからかわれて赤くなったが、反論はしなかった。

そんな北沢を、ふたりの女子高生が複雑な表情で見つめる。

「信じられないなら、もうひとつ実験してみようか」

岡島は紙コップを置き、すでに半分以上が空いている日本酒の一升瓶を持ち上げ、いきなりラッパ飲みをした。それから、その一升瓶をタンクトップ姿の矢野誠に渡した。

「誠、おまえは酒よりタバコのほうが好きらしいけど、とりあえず、これを一口飲んでみ。形だけでもいいから」

同学年ながら最年長の岡島に言われ、矢野は、いぶかしげな顔をしながらも、一升瓶を逆さにして、少しだけラッパ飲みをした。

「よっしゃ。それじゃつぎ、隼人、行け。そのあと洋もだ」

一升瓶が星野隼人に回された。さらに加納洋へ。そして四人の男たちが口をつけた一升瓶を、岡島が北沢の前に突きつけた。

「じゃあ、一夫も飲め。おまえ、日本酒、きらいじゃないだろ」

「……」

「さあ、飲めってば」

「できない」

北沢は硬い表情で首を左右に振った。

「できない？　なんで、できないんだ」

「わかってるくせに、きくなよ」

「わかんないから、たずねてるんだけどね」

「だから……そういうことは……無理」

「男どうしなのに、回し飲みができないってことか」

「ああ」

「他人が口をつけた瓶には、汚くて唇を触れられないわけだ」

「そう……だよ」

北沢の答える声は、女の子たちの前で恥を搔かされた屈辱に震えていた。

「どうだ、きみたち」

岡島は、いかにも人生の先輩めかして女子高生に言った。

「これで北沢一夫が不潔恐怖症であることが証明されたわけだが、世の中には、こういう神経質な男もいるんだと知っておくのも、人生勉強のひとつだな」

言われ放題の北沢は、掛けているメガネが落ちそうなほどうつむいたまま、何も言えない。その様子を横目で見ながら、岡島はさらにつづけた。

「男どうしの回し飲みだけじゃなくて、ひょっとしたらこいつは、女の子とキスもできないかもしれない。……な、一夫。おまえ、夕衣のことが好きだけど、男として何もできないんだよな」

その言葉に、野本夕衣が「えっ」という驚きの表情を浮かべた。そして、白い頬を赤く染めた。その反応を見て、岡島がニヤッと笑った。

「だけど夕衣も、結婚前のエッチはもちろんのこと、キスでさえ、とんでもありませんという、いまどきの女子高生にはめずらしい、天然記念物的な貞操観念の強いお嬢さまだから、ひょっとしたら、一夫と夕衣はお似合いのカップルかもしれない。永遠に清い関係の恋人って感じでね」

「なあ、会長」

そこで、星野隼人がたまりかねたように口をはさんだ。

「一夫をからかうのもいいけど、おれは根本的な疑問があるんだよ。……あんた、都市伝説研究会の会長だろ」

「なんだよ。何か文句あるのか」

「あるね」

　たくましく日焼けした顔が物語るように、中学生のころから本格的な登山をはじめ、ボディビルが趣味の矢野にも負けない強靭(きょうじん)な肉体の持ち主である星野は、四つ年上の同期生に対して平然と言い返した。

「さっきから聞いてると、都市伝説研究会の会長であるあんたが、都市伝説を頭からバカにしている感じなんだけど、それはおかしいんじゃないのか」

「そんなことはない。星の数ほどある都市伝説の中でも、信じられそうなものと信じられないものがある、ってことさ。そして、樹海の中に大型ヨットがあって、その守り神として不気味な怪物がいるという都市伝説は、事実に基づいていると考えるには、あまりにも荒唐無稽(むけい)だということだ」

「じゃ、何のためにこんなところで合宿をやろうと言い出したんだ。テントまで張って」

　星野は、自分の背後にある二張りのテントを指差した。

　黄色い大型のテントは男子五名が泊まるための、そして赤い小型のテントはふたりの女子高生が泊まるためのもので、それらの装備は、大学に進んだいまも山登りを欠かしていない星野が用意したものだった。

「星空のもとで、ただ飲んだくれるために、おれに寝泊まりの用意をさせて、八人乗りワンボックスカーを運転させて、わざわざ東京から樹海まできたっていうのかよ。女子高生のメンバー連れて、合コン気分で」

「悪いかねえ」

岡島は、このキャンプが最初から女子高生との合コン目的であったことを言外に認めた。

しかし、テントの準備から設営、さらにレンタカーの手配、そして運転まで務めた星野は、それでは納得をしなかった。

「それじゃ会長は、今回の都市伝説を最初から本気にしていなかったんだな」

「隼人は本気にしていたのか」

「あたりまえだろ。泊まりがけのフィールドワークに参加したのは、伝説が事実に基づいて広がった噂だと立証することに意義を感じていたからだ」

「甘いねえ、隼人も」

岡島は、酒と炎の照り返しで真っ赤に染まった顔を左右に振った。

「おれたちはもう大学三年だぞ。ことしの秋には早々と就職口も決まってくる。二十五歳のおれはもちろんだが、二十一歳のおまえらだって、社会人になる日は目前に迫っている。卒業まで、まだ二年近くあると思っているかもしれないが、もう未成年のガキじゃない。成人した大人だよ」

「だから?」

「だから、夢物語に酔いしれるのも結構だけど、もう少し現実的な感性を持ったほうがいい、ということだ。都市伝説の研究というのは、荒唐無稽な作り話が、なぜ事実であるかのような説得力をもって広まっていったのかという、情報伝達の危うさといった観点から検証してこそ、学問的な価値が認められる。いかがわしい心霊現象の研究でもなければ、民俗学的な調査でもなく、情報科学的な検証としてのみ、都市伝説は学問の世界に接点を持ちうるんだ」

そんな岡島の主張に対して、こんどは矢野も不満を述べはじめた。

「会長がそういう考えなら、徹夜でキャンプ張ってもムダだから帰るかな」

「帰る？」

「そうだよ」

矢野は新しいタバコを取り出し、燃えさしの薪(まき)でそれに火を点(つ)けた。

「おれたちは樹海の中のヨットや怪物と出会う夢を追いかけて、ここまできたんだ。ボーイスカウトみたいに、キャンプファイアを囲んで、飲んで歌って人生を語るためにきたんじゃないし、まして女子高生との合コンを楽しもうというエサに乗っかったわけでもない。会長の目的がそんなところにあるんだったら、ほんとに時間のムダだ。それに……」

矢野は、夜空に向かって白い煙を吐き上げた。

「星空の下のキャンプというロマンチックな舞台も、もうおしまいだ。見ろよ、いつのまにか月も星も隠れてる。このぶんじゃ、もうすぐ雨が降り出すぜ」

矢野がタバコの先で示す夜空には、さきほどまでにぎやかに輝いていた星々の姿はもうなかった。まばゆいほどの星明かりに照らされていた樹海のシルエットも、いまでは周囲の闇の中に完全に溶け込んで、その境目がわからなくなっている。

「だから、早いところテントを撤収して帰ったほうがいいんじゃないのか」

矢野は立ち上がり、ショートパンツの尻に付いた泥を払った。星野もそれにならって立ち上がった。さらに加納も腰を浮かせた。

それを見て、岡島が怒鳴った。

「誠も隼人も……それに洋も勝手な行動をとるな！　リーダーはおれだぞ」

「帰ってほしくないんだったら、明日の予定をハッキリさせてくれよ」

加納も岡島に詰め寄った。

「おれも隼人や誠と同じように、本気で樹海の中にヨットと亡霊を探しにきたんだ。マジメな探検をするつもりが最初からないんだったら、おれも今晩のうちに東京に帰るという意見に賛成だな。さもなければ、会長のあんたひとりに帰ってもらうか、そのどっちかしかない」

「エラそうなことを言うなよ、洋。おまえこそ、しょせん小説のネタ探しになると思って参加したんだろ」

立ち上がった三人の中で、真ん中に位置する加納洋を、岡島は睨(にら)みつけた。

「おまえの魂胆はわかってる。樹海を題材にした小説を書いて、新人賞か何かに応募するつもりなんだ。それであわよくば賞を獲(と)って、作家デビューという夢を描いている。そういう自分本位の都合で、このキャンプに参加したんじゃねえか」

「ちょっと、待って」

険悪な雰囲気になりかかった男たちの間に割り込んだのは、桜居真紀だった。

「私も本気で伝説を信じてる派だけど、だからこそ、会長の気持ちがどうとかは関係なく、予定どおり、明日の朝から樹海探検に出かけたいの。せっかくここまできておいて、バーベキューをしただけで東京に戻るなんて、それこそ時間のムダだと思う。もう、みんなテントに引き揚げて、明日に備えて寝ようよ。そろそろ日付も変わるし」

真紀は、午前零時になろうとする携帯電話の時刻表示をみんなに見せた。

「これ以上、ここで議論をつづけても、けっきょく朝まで同じことの繰り返しでしょ。男どうしでつまんないケンカもしそうだし」

苦笑混じりに、加納がほかの男の意見を求めた。

「どうする？　おれたち、かなり説教されてるみたいだけど」

だが、誰かの反応を待つまでもなく、急に夜空から大きな雨粒が落ちてきた。そして、それが一気に土砂降りに変わった。

照明として近くの木の枝にぶら下げてあったガスランタンに、雨が斜め方向から大量に降りかかり、熱せられていたガラスの火屋がパリンと音を立てて割れ、青白い炎が消えた。

食べ残しのバーベキューの食材も、あっというまに水浸しとなり、燃えさかっていたキャンプファイアも、ジュッ、ジュッ、ジュッと音を立てながら白い煙を上げはじめた。そして、みるみるうちにオレンジ色の炎が小さくなって、やがて完全に消えた。

七人の周りが真っ暗になった。その漆黒の闇の中で、激しい雨に叩かれた黒い樹海が、ゴーッと津波にも似た音を立てて吠えはじめた。

「テントだ、テントだ。みんな、テントの中に入れ！」

リーダーの岡島は、あっというまに全身ずぶ濡れになりながら、そう叫ぶほかなかった。

3

「眠れないな、雨の音がうるさくて」

寝袋の中でもぞもぞ身体を動かしながら、加納がつぶやいた。

男五人と女ふたりに分かれて、大小二張りのテントに入ったあと、男たちはジュラルミンシートを敷いた床に並べたそれぞれの寝袋にもぐり込んでいた。すでに時刻は深夜の一時を回っていたが、日付が変わるころから降り出した雨は、一向にやむ気配がなかった。それどころか、ますます勢いを増している。

登山経験の豊富な星野は、夕方テントを張るときに、地面を走る雨水が内部に侵入してこないよう、あらかじめ手だてを講じていたが、それでは間に合わなくなったので、彼はヘッドランプを頭に装着し、雨具を着込んで、ひとりで豪雨の中に出た。そして、ふたつのテントに防水用のフライシートを張り、さらにテントの出入り口を雨から守るためにタープを張った。それからスコップを使って、それぞれのテントの周囲に、雨水を逃がすための溝を深く掘りはじめた。

女子高生たちはもちろんのこと、ほかの四人の男たちも、レインコートはおろか、傘一本用意してこなかったから、土砂降りの中の作業は、何から何まで星野が自分ひとりでやらなければならなかった。

「隼人を手伝わなくていいのかな」

黒縁メガネをかけたまま寝袋に入っていた北沢が、寝袋ごと半身を起こして心配そうに言った。

「あいつひとりじゃ、大変だぞ」

「いいんだよ、こういうのは専門家に任せておきゃあ」

あおむけの姿勢のまま、濡れた髪の毛を掻き上げ、岡島がめんどうくさそうな声で応じた。

「おれたちは、出かけるときに晴れていたら、万一に備えて雨具を持ってくるだけの気も回らないシロウト集団なんだ。シロウトはシロウトらしく、おとなしくしてればいいんだよ。それに、隼人もアウトドアのプロなら、自分のぶんだけじゃなくて、仲間のレインコートぐらい用意するか、各自に持ってくるよう指示するのが当然だろ。それをしなかったんだから、後始末は隼人にやってもらえばいいんだって。これ以上、雨に濡れたら、風邪をひいちまう」

「あんたも気楽な男だな、会長」

岡島の隣に寝ている矢野が、非難がましく言った。

「あんたみたいに無神経な男だったら、夜の樹海にひとりで入り込んでも、何も恐怖を感じないだろ」

「まあ、そうだろうな。キノコの怪物でも、ナメコでもシイタケでも何でもいらっしゃいって。おれさまは無神経な男だから、何も感じないよ。無神経というのは欠点じゃない。人間としての、一種の防衛本能さ」

岡島は平然とうそぶいた。

そして、寝袋にもぐり込んでいる四人の男たちの会話が、そこで途切れた。岡島とは何を言い争ってもムダだ、という意味での沈黙だった。

テント内には小型の電池式ランプが、豆電球のモードでポツンとひとつだけ弱々しい明かりを灯している。四人ともあおむけの姿勢をとっていたが、会話が途切れたあとも、誰もが目を開けていた。テントの生地を打つ激しい雨音が耳につき、眠れるような状況ではなかった。

オレンジ色の薄明かりに照らし出された天井の布は、星野がフライシートを張るまでに、すでに水分を含んだことによる変色のシミが広がっていた。テント本体の生地を防水にしてしまうと、通気性が妨げられて内部の人間が酸素不足に陥ってしまう。そのために、撥水性の高いフライシートを別に張るわけだが、その作業が終わるまでに、テント本体はずぶ濡れになっていた。

その湿気が、テント内部の四人の額に汗をかかせていた。決して蒸し暑いのではない。それどころか、夜が更けるにつれ、ぐんぐん気温は下がってきて、五月とは思えない冷え込みになっていた。それでも、じっとりとしたイヤな汗が男たちの額に浮かんでいた。

4

男たちのテントから五メートルほどの間隔を空けて設営された女子高生用の小型テントも、冷たい湿気に満ちていた。その中で、夕衣と真紀は、大雨が木々の葉を叩くことによって生じる樹海の咆哮（ほうこう）を聞きながら、鼻のあたりまで寝袋にもぐり込んでいた。

さきほどまでテントの補強をする星野が、外からテント越しにふたりに声をかけてきていたが、彼が男子用テントの作業に移ってしまうと、真紀と夕衣は、ふたたび土砂降りの音だけに包まれた。暗闇の中に、ふたりきりで取り残された感覚だった。

「いま何時？」

夕衣がきいた。

「一時すぎだよ」

暗闇の中で携帯電話を開き、その青白い光を顔に浴びた真紀が答えた。

ふたりのテントには照明が灯されておらず、携帯を開いたときだけに灯る液晶バックライトが、唯一の光源だった。電池式のランプもあったが、中途半端に明かりが点いているとかえって怖いということで、ランプは消されたままになっていた。

時刻を確認した真紀が携帯を閉じると、ふたたびテントの中は闇に包まれた。

「すごい雨ね」

夕衣が不安を隠せない声で言った。

「朝までここにいて、だいじょうぶかしら」

「平気なんじゃない？　べつに根拠はないけど」

真紀は、あえて気丈に答えたが、土砂降りの夜が醸し出す不安な雰囲気に呑まれかかっているのは、彼女も同じだった。隣のテントに五人の男子大学生がいてくれるという心強さが支えになっていたが、もしも女の子ふたりだけならば、ふたりで抱き合って震えていたかもしれない。

「ねえ、真紀」

か細い声で、夕衣が話しかけてきた。

「私たち、こんなところで、こういうことをして、よかったのかな」

「こういうこと……って？」

「大学生の人たちと、泊まるってこと」

「夕衣って、樹海の怪物より、人間の男のほうが怖いの？」

真紀は暗闇の中でくすっと笑ったが、夕衣は親友のほうに身体の向きを変え、真剣な口調で訴えてきた。

「だって私、お母さまには、きょうは真紀の家に泊まるって言ってあるし」

「そうじゃなきゃ、夕衣の家では外泊許可なんて、出るわけないもんね」

「だからウソをついたことがすごく心苦しくて……。ここでもしものことがあったら、私、両親になんて言い訳していいか、わからないわ」

「もしものことって？」

「男の人に、なんかされてしまうこと」

「バカじゃん」

真紀は、こんどは声を出して笑った。

「こんな夜に、ヘンなことしてくる男なんかいないって」

「だけど私、なんだか岡島さんが怖いの。都市伝説の研究じゃなくて、私たちとの合コンが目的だっていうんだもの。それから、北沢さんが私を好きだったなんて、考えてみたこともない話だったし」

「夕衣みたいなタイプって、モテるんだよ」

「そんなことないってば。真紀のほうがずっと魅力的だし」

「ううん。夕衣はね、岡島さんが言ったとおり、無菌状態で育てられたって感じの、いまどきめずらしい化石みたいなお嬢さまだからね。男としては、私みたいな自己主張の強いタイプより、夕衣みたいな女の子を自分のものにしたいんだと思うよ。……ねえ、ひとつきいていいかな」

真紀も暗闇の中で、親友のほうに向き直った。

「ひょっとして、夕衣、まだバージン？」

「えっ！」

夕衣は、暗闇の中で驚きの声を上げた。

「それじゃ真紀は、もう経験済み……なの」

「当然でしょ。いくつだと思ってるの。十七だよ」

「まだ十七なのに男の人と？　信じられない！　誰となの？」

「それより、夕衣の感覚のほうが信じられないよ。あんた、いったい何十年前の世界から
タイムスリップしてきたの」

「……」

「もしかして、キスもまだ？……ってことは、さすがにないよね」

「まだ」

夕衣の答える声は、恥ずかしそうだった。

「ビョーキだよ、あんた」

真紀は、あきれた声を出した。

「悪いけど、夕衣の両親の教育方針って、おかしいよ。高校二年でキスもしたことがない
女の子に育てるなんて」

「そうじゃなくて、真紀が早熟すぎるのよ」

「ちがいます。夕衣が時代を間違えた生き方してるの。たしか、あんたの家は門限が七時
だったよね」

「うん」

「それから、携帯にきたメールの中身とかを、お母さんに抜き打ち検査で見られちゃうんでしょ」

「そうよ」

「それでも夕衣は、そういう親の姿勢に抵抗しないんだもんね」

「だって、お父さまやお母さまに、隠し事はできないから」

「夕衣……」

真紀は、大げさにため息を洩らした。

「あんたの親は、自分が安心していたいために子供の自由を束縛しているんだよ。そんなふうに考えてみたことはないの？」

「そうかもしれないけど……でも、やっぱり私にとって両親は絶対だから。それよりも、真紀は誰と経験したの？　もしかして、ここにきている五人の中の誰か？」

「私のことはいいってば」

真紀は答えを避けた。

「ずるい。人のことばっかり言って、自分のことは隠すなんて」

「それより私が心配しているのは、夕衣の将来だよ。親の言いなりの人生をいまから受け入れていたら、自分の生き方を見失っちゃうんじゃないの？　あんたみたいな育てられ方をした女の子のほうが、あんがい大人になってから親と大ゲンカして、親子の縁を切ったりするんだよね」

　真紀は、夕衣を叱るような口調になってつづけた。

「夕衣の両親は、たぶん、お見合いで良家のお坊ちゃまのところに娘を嫁がせる計画だと思うけど、夕衣はそれでもいいの？　まさかお嫁さんになるのが夢だなんて、幼稚園の子供みたいなこと言わないでしょうね」

「私、それでいいと思ってる」

「うそー」

　真紀は、大雨にも負けない驚きの声を出した。

「せっかく楽しいことがいっぱいある時代に生まれてきたのに、親が推薦した男とお見合いして、そのダンナに一生尽くす運命でおしまい？　そんな進路を十七歳で確定？」

「じゃ、真紀は」

「私は、恋愛はもちろんしたいけど、結婚なんてしたくないな。だって、仕事の邪魔になるだけだから」

「仕事って？」

「私ね、このままエスカレーター式に城南大学の社会学部に進んで、マスコミ情報学科で勉強してからテレビ局に入るのが夢」

「女子アナになるの？」

「違うよ。報道記者」

真紀はきっぱりと言い切った。

「そして、何年か現場で経験を積んでから、ニュースキャスターになるの。この合宿に参加したのも、自分がテレビ局の報道記者で、都市伝説の取材にきたというシミュレーションでやってるの。だから、樹海の探検ナシで帰るなんて、ありえない」

暗闇の中で、真紀は熱く語りつづけた。

「私は伝説のヨットや怪物に出会いたい。ほんとに出会ったら、私は報道記者のつもりでレポートするよ。そのためにビデオカメラも持ってきたし」

「ビデオカメラも？」

「そう。今回のフィールドワークは、私にとっては取材記者としての将来に備えた訓練なの。だから私、祈ってる」

真紀は、笑いながら言った。

「おねがいだから、怪物さん、私の前に現れてちょうだい、って」

5

「どうでもいいけど、おれたちって……」

男たちのテントでは、加納洋が、独り言というよりも誰かの反応を求めるように、声を発していた。

「十年後は、どうしているんだろう」

「なんで、そんなことをきくんだよ」

リーダーの岡島が、うるさそうに応じた。

「なんでって……」

加納が言った。

「信じる信じないは別として、都市伝説を真剣に追いかけて、こうやって樹海探検にくるなんて、もう一生ないんだろうなと思うと、感慨深いものがあるんだよ」

「あたりまえだろ。十年後といえば、おれは三十五で、おまえらも三十一だ。いい歳こいて、こんな場所でキャンプなんかしてるワケがない。せいぜい、家族連れでバーベキューにでもくるぐらいだ」

「そうとも限らない」

薄明かりの中で、北沢の声が会話に加わった。

「樹海といえば自殺の名所だ。もしかすると十年後のぼくは、人生に悩んでここへ自殺をしにきているかもしれない。それぐらい十年後の運命なんて、どうなっているか読めないものだと思う」

「たしかに、一夫が樹海行きというのはじゅうぶんありうる話だな。自分のことがよくわかってるじゃないか」

岡島が、また北沢をからかう態勢に入った。

「五人の中でいちばん精神的にもろいのは、間違いなく不潔恐怖症の一夫だし」

「不潔恐怖症というのはやめてくれよ」

北沢が不満げに言い返した。

「せめて、潔癖性(けっぺきしょう)にしてくれ」

「どっちにしたって、おれが女だったら絶対に結婚したくないタイプだ」

「ヒゲ面のあんたが女になった姿なんか、想像したくもない」

そのやりとりを岡島の隣で聞いていた矢野が、北沢の言葉に声を上げて笑った。そして言った。

「ところで一夫は、学者になるのが夢なんだろ」

「ああ」

「何の学者だっけ」

「哲学者だ」

「哲学者！」

矢野が驚きの声を上げた。

「マジかよ」

「うん。うちは医者一家だけど、病気の人間を相手にすることなんて、とてもぼくにはできそうもない」

「そりゃそうだろ。不潔恐怖症の……いや、わるい、わるい……潔癖性の医者なんて、聞いたことがない。だけど、哲学者というのも、なんだか神経質そうな世界だなあ。なんで、そんな道を選びたいんだ」

「人生を考えるため……かな」

「はあ～、人生を考えるために哲学者、ねえ。やっぱりおまえは、樹海で自殺するかもしれないよ。まあ、もしも実際に自殺したら、おれが骨を拾いに行ってやるから安心しろ。公務でな」

「公務で？」

北沢が問い返した。

「それはどういう意味だ」

「うちの実家は甲府なんだ。この山梨県の県庁所在地だよ。そしてオヤジは山梨県警で上のほうにいる。だから、たぶんおれも同じ道に進むことになると思う」

「じゃ、警察官になるのか」

「うん」

矢野はあおむけに寝たまま、北沢の問いかける声に答えた。

「もしかすると県警の担当者として、昔の仲間の遺体捜しに加わる可能性がないわけじゃない」

「やめてくれよ、自殺はたんなる冗談だから」

「どうかなあ、一夫が言うと、妙にリアリティがあるから」

「誠の将来設計は山梨県警のエリートコースらしいけど……」

加納がそこで割り込んだ。

「おれは絶対に作家になってみせる。ミステリーでもホラーでもいいから、十年のうちに新人賞を獲って、エンターテインメント系の小説家としてデビューする。おれって、ちっちゃなときから人を面白がらせる話を作るのが好きだったから、作家が自分の天職だと思ってる。だから、きっとその夢を実現する。そういう意味では、十年後の運命は見えないものじゃなくて、はっきりと見えている」

「おれだって、自分の十年後はちゃんと見えてるぞ」

岡島が切り出すと、その先まで言わせずに加納が引き取った。

「そりゃそうだろ。あんたのオヤジさんは九州で一、二を争う実業家なんだから、その跡取り息子として、黙って寝ていても将来は保証されている」

「いや、おれはおまえが考えているような二代目のバカ息子にはならない」

酔いで舌を少しもつれさせながら、岡島が言った。

「たしかに、うちのオヤジは実業家としてすごいと思う。あの歳にして、ネットビジネスの分野にまで乗り出して成功しているんだから、尊敬してるよ。でも、おれにはもっと壮大な計画があるんだ。オヤジは金儲けの天才だった。けれどもおれは、金儲けよりも夢を追う商売をしてみたい」

「夢を追う商売？」

「そう、それは宇宙ビジネスだ」

岡島寛太は、「宇宙」という単語を口にするときだけ、引き締まった声になった。

「おれは、アメリカのNASAと提携して、スペースシャトルの中古機をそのまま買い取るつもりだ」

「スペースシャトルを買い取る、だって?」

加納洋がびっくりした声を出した。

「そんなもの買い取って、どうするんだ。第一、打ち上げる場所がないだろ」

「訓練施設と打ち上げ施設、それにスタッフは、NASAからのレンタルでじゅうぶんだ。向こうも予算縮小で困っているんだから、スポンサーは大歓迎のはずだ。そして、パイロットや乗員だけを自前の日本人飛行士にする。日本人科学者を宇宙に運んで、アメリカの都合にふり回されることなく、日本人がやりたい実験を自由にさせる。それから日本人ジャーナリストを宇宙に運んで、地球の人々に宇宙的な視野からニュースを伝えさせるんだ。そして最終的には、民放テレビかNHKと契約して、宇宙スタジオを作る」

「宇宙スタジオ?」

「作家志望のおまえでも、考えたことのない発想だろ。宇宙にテレビ局のスタジオを作って、そこから文字どおりの衛星放送を地球に向かって送るんだ。そのころには、ニュースや科学番組だけじゃなくて、バラエティやドラマも宇宙のスタジオから送る。タレントや文化人も、宇宙に送り込んで番組を作るんだ。宇宙ビジネスといったら、一般人の宇宙観光ツアーを募集することばっかりに目が向いているけど、そんなのは金儲けの手段にはなっても、そこから得る何かがない」

宇宙に懸ける夢を熱っぽく語る岡島の声は、しだいに大きくなっていった。

「そんなことより、地球上では飽和状態になっているテレビというメディアを宇宙に持っていくことで、新しい可能性を探れるはずだ」

「驚いたね」

加納が、素直に感心した。

「十年後は、ただの飲んだくれの二代目ボンボンになってるだろうと想像していたけど、会長を少しは見直したよ」

「宇宙飛行士といえば……」

不潔恐怖症だの、樹海で自殺だのと、みんなから暗いイメージで捉えられがちの北沢がつぶやいた。

「隼人は、たしか宇宙飛行士になるのが夢だと言ってた」

「おい、ほんとかよ」

岡島寛太が半身を起こした。

「星野隼人が宇宙飛行士をめざしているんだって？」

「うん。あいつ、理工学部で宇宙物理学を専攻してるだろ。それは学者になるためじゃなくて、宇宙飛行士としての基礎知識を得るためらしい。その証拠に、隼人は英語とロシア語を猛烈に勉強しているし、もともと登山で鍛えていた身体を、さらに宇宙対応バージョンに磨き上げている」

「そりゃいい情報を聞いた」

岡島が弾んだ声を出した。

「それじゃ、おれが宇宙ビジネスに進出したときには隼人を……」

と、そこまで言いかけたとき、テントの出入り口のファスナーが開いた。

星野が張ったタープが雨よけとなって、中に雨が吹き込んでくることはなかったが、土砂降りの音がテント内に大きく響き渡った。闇を背景に、ヘッドランプを灯して雨具から水を滴らせた星野の立っている姿が見えた。

そのヘッドランプの明かりが、テント内の四人にとっては逆光となって、星野の表情はよく見えなかった。

「おう、隼人」

岡島が身体を起こして呼びかけた。

「雨の中をご苦労な。ちょうどいま、おまえの話題が出たところなんだけど、宇宙飛行士になりたいんだって？」

「……」

「それで物は相談なんだけど、将来おれが……」

そこまで話しかけたとき、岡島は星野の様子がおかしいことに初めて気がついた。

全身が震えていた。雨具から水が次々と滴り落ちているのは、自然の重力に従った落下だけではなく、身体が小刻みに震えているせいで、水滴が振り落とされているのだった。そして身体の向きを少し変えたときに、星野が恐怖の表情を浮かべているのが、仲間たちの目にもハッキリとわかった。

「寒いのか？」

と、こんどは矢野が問いかけたが、それにも星野は答えない。

加納も北沢も起き上がって、テントの入り口で沈黙を保ったまま立ち尽くしている星野に目を向けた。

すると――

「出た」

星野がようやく声を出した。

「出た？　何が」

加納がたずねたが、星野は頭を左右に振ると、そのまま身をかがめてテントの中に転がり込んだ。出入り口のファスナーを閉じる気力もないような倒れ込み方だった。

代わりに北沢が寝袋から這い出して、テントを閉じようとした。

そのとき、彼は豪雨のカーテンの向こうに、何かがうごめいているのを見た。人間のようでいて、人間ではないような、何かが……。距離にすれば、十メートルほどしか離れていない場所だった。

しかし、もっとはっきり見ようとして目をこらしたが、その影は土砂降りの闇の中に溶け込んで見えなくなってしまった。

「おい、隼人！」

北沢は、ジュラルミンシートの床に倒れ込んだ星野の身体を揺すった。

「おまえ、外で何か見たのか。おい、隼人！」

「見ていない」

震えながら、星野は身を丸くした。

「おれは、なにも、見て……いない」

二　極彩色の霧

1

「うわっ、すげえ霧だ！」

　翌朝七時――

　真っ先に目を覚ましてテントから顔を出した加納洋の声で、ほかの六人も起き出して、次々と外に出てきた。

　昨夜の豪雨は未明に弱まり、いまでは完全にやんでいた。その代わり、どこからともなく濃密な霧が湧き出していて、あたりいちめん乳白色の海になっていた。霧の微粒子が彼らの身体にへばりつき、まるでミストシャワーを浴びているように全身が濡れた。

　腕をまっすぐ前に伸ばしてみると、もう指先のあたりから霞(かす)んだ感じになり、二、三メートルしか離れていない背後のテントも、その形がぼんやりとぼやけている。かろうじて見通しが利く距離は五メートルまで。それより先は何も見えなかった。目の前にあるはずの緑の森は完全にかき消され、樹海の一部を切り開いて設けられた安全な散策ルートの入り口もわからなくなっていた。

体験したことのない濃密な霧に取り囲まれ、七人の若者たちは呆然（ぼうぜん）とその場に立ち尽くした。彼らの吐く息が真っ白になるほど気温は下がっていたが、その白い息も、すぐに霧に溶け込んで区別がつかなくなる。

「どうする」

加納が、仲間の六人をふり返ってきいた。

「これじゃ、樹海の入り口さえわからないし、中に入れたとしても、道に迷うのは確実だ」

「道に迷うだけでなく、おたがいを見失ってバラバラになる。こんな霧の中を樹海に入るのは無謀だ」

昨夜は加納や星野と同様、樹海探検の実施を強硬に主張した矢野誠も、予想もしなかった濃霧の出現に腰が引けていた。

「そもそも根本的な疑問があるんだが」

顔の前を漂う冷たい霧を手で払いのけながら、リーダーの岡島寛太が言った。

「おれは最初から、まともに樹海探検なんかするつもりがなかったから気にも留めていなかったけど、伝説のヨットというのは、いったい樹海のどこにあるんだよ。具体的な位置がわかっていなかったら、霧が出ていなくたって探すのは無理だろ」

「いや、ヨットのところへちゃんと導いてくれるガイドがいるんだ」

と、言ったのは北沢一夫だった。

「ガイドがいる？」

「といっても、人間のガイドではない。伝説によれば、ヨットの発見のきっかけとなったのは虹色の霧だった」

北沢は一歩前に進み出ると、樹海の存在を完璧に隠している真っ白な霧に向かって指を差した。

「そのときも、樹海はこういう濃密な霧に覆われていたらしい。そして白い霧の中から、赤や青や黄色に彩られたカラフルな霧のベルトが泳ぐように這い出してきて、それに導かれるようにして、発見者は森の中へ入っていったというんだ」

「色のついた霧だって？」

岡島は、信じられるものか、というふうに首を振った。

「霧は白か、せいぜい灰色と決まっている。赤や青や黄色の霧なんて聞いたことがないし、科学的にもありえない。ますます伝説がインチキだと証明されたようなものじゃないか。まあ、どっちにしたって、これほどの霧をかき分けて樹海に入るバカはいない。それこそ自殺行為というものだ」

岡島が、リーダーとしての断を下すように力強く言った。

「こうなったら選択肢はひとつしかない。いますぐキャンプを撤収して東京へ帰るんだ」

「いますぐ?」

加納が眉をひそめた。

「こんな霧の中を運転して帰るのか?」

「トロトロ走れば道をはずすことはないし、樹海から離れりゃ、きっとこの霧からも逃れられる」

「せめて霧が晴れるまで待ったらどうだ」

「ダメだ」

岡島は首を横に振った。

「このままここにいたら、そのうちに、伝説が真実であることを期待しているおまえらは、思い込みからくる幻覚を見るかもしれない。ただの白い霧に赤や青の色がついているような幻覚をな。そしてフラフラと森の中に迷い込んだが最後、二度と樹海の外に出られなくなる。こんどはおれたちが伝説の幽霊になる番だ」

「わるいけど、私は帰らないよ」

毅然(きぜん)とした声を発したのは、桜居真紀だった。

「虹色の霧が這(は)い出してくるまで、ずっとここで待っている。それが導いてくれるままに樹海の中に入って、ヨットやキノコの怪物をビデオに収めたい」

真紀は右手にDVD式の小型ビデオカメラを持っていた。そのビデオカメラのボディも、漂う霧の微粒子が付いて汗をかいたようになっていた。

真紀は首に巻いていた真っ赤なバンダナをほどき、ビデオカメラの濡れた表面を拭いた。そして確信に満ちた表情で言い切った。

「虹色の霧は湧いてくる。絶対に」

「現実離れした期待を抱くんじゃないよ、真紀」

岡島が冷たく言い放った。

「おれは女子高生の夢物語につきあうほどヒマじゃない。そもそもこの霧では、ビデオを回したって何も映らない」

「ううん。こういう異常な濃さの霧が立ちこめていることこそ、もうすでに何かがはじまっている証拠だと思う。森の中で何かが……もしかすると私たちを呼び寄せる準備が」

「そんな怖いことを言うのはやめて、真紀」

野本夕衣が気弱な声を出した。

「私、もう帰りたいわ」

そのときだった。

「ほら、見て！」

真紀が叫んで、白い霧の壁の一角を指差した。

「あそこから、虹色の霧が出てきているじゃない！」

2

真紀の言葉に、全員の視線が一斉にひとつの方向に向けられた。

「うそだろ……」

樹海にまつわる都市伝説は百パーセント作りごとだと決めつけていた岡島が、愕然としてつぶやいた。

彼らの斜め左前方、白い霧の中から、虹色に輝く帯状のものが姿を現していた。ちょうど人の顔の高さのあたりだった。そしてくねくねと波打ちながら、七人がたたずんでいるほうへ向かって霧の海を泳ぎはじめた。

それは「虹色」というより「極彩色」と表現したほうがふさわしい、毒々しいまでに鮮やかな色彩を帯びていた。

「伝説はほんとうだったんだ」

タンクトップにショートパンツ姿の矢野が、むきだしになったたくましい両腕に恐怖の鳥肌を立てた。

「ほんとうに虹色の霧が現れた。おれだけに見えているんじゃないよな。みんなの目にも見えてるよな」

「ああ、見えているよ」

加納が、かすれた声で答えた。

「まるでヘビだ。霧の中を泳ぐ、巨大なウミヘビの化け物だ」

加納のたとえは的を射ていた。

霧の帯といっても、それは決して平板なものではなく、バケツほどの直径を持った円筒形で、先端から末尾までの長さは二十メートルにも及んでいた。それが極彩色に輝きながら波打って進む。その様子は、まさしく海を泳ぐ巨大なウミヘビだった。

視界が五メートル以下の濃霧の中にあって、そのカラフルな「ウミヘビ」だけは、先頭から末端までが完全に見通せた。それじたいが発光しているからだった。都市伝説研究会のメンバーは知るよしもなかったが、それは単純に霧に色がついたものではなかった。一帯を覆いつくしている乳白色の霧とはまったく別の微粒子だった。その一粒一粒が、鮮やかな色に輝いているのだ。ある粒は赤に、ある粒は橙に、あるいは黄色に、黄緑に、緑に、青に、そして紫に……。

それらの発光微粒子が集まって長い長いヘビのような形を成し、乳白色の空間から飛び出してきて、空中をうねりながら七人のほうへゆっくりと迫ってくる。そして波打つたびに、玉虫の羽のごとく色彩を微妙に変えた。

真紀が急いでビデオカメラの電源を入れ、この奇跡のような現象を記録するために撮影をはじめた。

そのとき、いままで黙っていた星野隼人が金切り声を上げた。

「逃げろ！　あれにつかまったらおしまいだ。みんな、逃げろ！」

昨夜、ひとりで豪雨に打たれながら作業をしていた最中に何かを目撃し、「出た」とだけつぶやいて、そのまま恐怖で倒れ、朝まで寝込んでしまった星野──その彼が、顔面蒼白になって叫びながら、踵を返して男子用の黄色いテントに逃げ込んだ。

しかしほかの六人は、うねりながら泳いでくる極彩色の大蛇に射竦められたように、その場から動けない。

「あれが気体なら、吸い込んだらまずいぞ」

自称・潔癖性──岡島に言わせれば不潔恐怖症──の北沢がつぶやいた。そして、羽織っていたヨットパーカのポケットから特殊な形状をしたマスクを取り出した。

風邪のときに使う一般的なマスクではない。花粉症用のマスクでもない。鳥インフルエンザウイルスやSARSウイルス対策用の、四層構造になった感染症防止マスクだった。伝えられる噂どおりに虹色の霧が現れた場合に備えて、北沢はその特殊なマスクを前もって用意していた。そして、この極彩色の霧は吸い込むべきではないという直感に従って、急いでマスクを装着した。

いかにも不潔恐怖症らしい過敏な対応だったが、いつもなら、そんな北沢をからかう岡島も、いまはそれだけの余裕がなかった。

岡島だけでなく、加納も矢野も、そして野本夕衣も、まったく無防備のまま「極彩色のウミヘビ」が泳いでくるのを待ち受けていた。逃げるという行動に出ることもなく、すべての感覚が麻痺した状態で棒立ちになっていた。だが桜居真紀は、北沢と同様、この毒々しい色合いの霧を吸い込まないほうがいいと感じ取った。そして撮影を一時中断すると、首に巻いていた赤いバンダナをはずし、それを三角形の二つ折りにして、鼻と口を覆う形で巻きつけた。

ウミヘビのごとく、くねくねと泳ぎながら接近してきた長さ二十メートルあまりの極彩色の帯は、すでに六人の鼻先まできていた。そして、まさにヘビが獲物に巻きつく恰好で、六人の周囲をぐるりと取り巻いた。

そのあと、閉じられた輪の一部分がゆっくりと開いた。あたかも「この方向へ進め」とでも言うように。

「どうする、みんな」

矢野が、こわばった顔で意見を求めた。

「虹色の霧が、ほんとうにガイドをはじめたみたいだけど」

「ガイドをしたいっていうんだったら、させてやりゃいいじゃないか」

岡島は、やけっぱちな口調で叫んだ。

「こうなったら、樹海の中でもどこでも、好きなところへ連れていけ、ってんだ」

そう言いながらも、岡島の唇は震えていた。

「いや、いやよ。森の中なんて入りたくない！」

夕衣が泣き声で訴えた。

「私、おうちに帰りたい。お父さまとお母さまのところに帰りたい！」

「うるせえんだよ、夕衣！」

自分自身も怯えているのに、それを隠して岡島が怒鳴った。

「なにが、お父さま、お母さま、だ。バカか、おまえ」

「だって……」

「夕衣ちゃん、落ち着いて」

錯乱状態になりかけた夕衣の腕を、感染症防止マスクを付けた北沢が握った。

男に対して免疫のない夕衣は、そのことだけでビクンと身体をこわばらせたが、北沢はかまわずに、マスク越しのくぐもった声で説得した。

「ここでパニックに陥ったら、かえって危ない。この虹色の霧は、明らかに意思を持って動いている。ぼくたちを樹海の中の特定の場所へ連れていこうという意思だ」

「特定の場所……って？」

「だから、ヨットのある場所だよ」

「でも、そこにあるのはヨットだけじゃないんでしょう？　キノコの化け物もいるんでしょう？」

「そういえば隼人のやつ……」

矢野が、霧に霞む黄色いテントをふり返り、そこにひとりで逃げ込んだ星野隼人のことを口にした。

「ゆうべ、ずぶ濡れの恰好でテントに戻ってきたとき、『出た』と言ってたけど、何が出たんだ。この虹色の霧か？　それとも樹海に棲むキノコの化け物が、キャンプ場まで出てきたってことかよ」

「隼人が見たものが何であれ」

北沢が言った。

「伝説の一部分が真実だと証明された以上、ヨットもキノコの怪物もこの森の奥にいることは間違いない。そしてぼくたちは、自分の目でそれを確かめる運命にあるんだよ。もう逃げずに、前へ進むしかない。この虹色の霧が導くままに」

「このすごい霧の中を樹海に入るというのか」

加納はまだ尻込みをしていた。

「入ったら絶対に出られないぞ」

「いや、出るときもきっと、この霧が案内してくれる」

北沢がそう言ったとたん、宙に浮かんで彼らを包囲していた極彩色の巨大なウミヘビは、とぐろをゆっくりとほどいた。そして、出てきた方向に向かって霧の中を泳ぎはじめた。

「ほら」

北沢が指差して言った。

「この霧は、ぼくたちの会話を理解できるんだ。森の中にあるものを見たければ、あとについてこい、って態度で示している」

「もしも逃げ出したら……どうなる」

加納の質問に、北沢ではなく、真紀が答えた。

「逃げることは不可能。逃げられるものなら逃げてみろ——あれは、そう言ってるのよ」

そして真紀は、バンダナで口もとを覆った恰好のまま、発光微粒子の群れが形作るヘビ状の水先案内人にカメラを向けた。

その瞬間、かろうじて五メートルの視界を保っていた霧がさらに濃度を増し、後方にある二張りのテントの姿もかき消えた。あっというまに、おたがいの顔すら霞んでしまうほどの状況になった。自分自身の脚でさえ、膝から下は見えなくなっていた。

乳白色の海に沈んだ——そんな感覚だった。

しかし真紀が撮影するビデオの液晶モニターには、真っ白な霧の中で依然として極彩色の光を放ちつづける「ウミヘビ」の姿だけが、ぼんやりと滲んでいた。

「みんな、離れるなよ！」

岡島が命令した。

「隣にいるやつの腕でも服でもベルトでもいいから、握って放すな。そして、この場から動くんじゃない」

だが、岡島の最後の指示は無意味だった。

「同じところに止まっていられない！」

真っ白な空間の中で、加納が叫んだ。

「何も見えないから、かえってじっとしていられない。勝手に足が動いている。足は見えないけど、感覚でわかる」

「あの虹色の物体に吸い寄せられているんだ！」

矢野も叫んだ。

「いつまでも、あれが同じ距離に見えているっていうことは、おれたちも動いているんだ。自分たちの意思とは無関係に」

「騒いでも手遅れよ」

真紀がクールに言った。

「たぶん、私たちはもう樹海の中に入っている」

「なんでわかる？」

北沢の問いに、真紀は答えた。

「足元の感触よ。砂利でも土でもなく、私たちは雑草を踏んづけながら歩いている。太い木の根っこも感じるわ。道のないところに入り込んでいるのよ。それにこの匂い。むせ返るほどの森の匂い……あっというまに樹海の奥にきた感じ……」

その言葉に、夕衣のすすり泣きの声が大きくなった。

乳白色の海に沈んだ男女六人の若者は、つねに等距離を保って前方を泳ぐ極彩色の発光微粒子群だけを視界にとらえ、時間も空間もわからない異次元の世界をさまよいつづけていた。

3

やがて彼らは、隣の仲間の姿が見えないほど濃密だった霧が、徐々に薄らいでいくことに気がついた。

自分の足元が見えるようになった。それから、おたがいの姿もはっきりと確認できるようになった。乳白色のベールが剝がされていくのと引き換えに、周囲の緑がぼんやりと浮かび上がってきた。その緑が、みるみるうちにクリアになっていく。

霧が消えた。彼らを導いてきた極彩色の発光体も消えた。そして、圧倒的な迫力をもって周囲から迫ってくる緑の世界が目に入った。天を衝くような巨木が、彼らを取り巻いていた。木々の先端は、灰色の空に向かっている。

太陽は見えない。青い空もない。白い雲もない。無表情で無機質なグレイの空が、樹海の奥深くに連れてこられた六人を見下ろしていた。

「まいったな……」

矢野がつぶやいた。

「どっちを見ても深い森だ」

「樹海のど真ん中、って感じだな」

と、加納も周囲を見回しながら言った。

「おい、一夫」

岡島が、北沢の顔をまじまじと見て言った。

「すごいことになってるぞ、おまえのマスク」

岡島に指摘され、北沢は虹色の発光体を吸い込まないために掛けていたマスクをとった。

感染症防止用の白いマスクが、赤や青や黄色の粉末に覆われていた。

「なんだ、これ」

北沢は叫ぶなり、そのマスクを地面に抛り捨てた。だが、加納がかがんでそれを拾い上げた。

「よせよ、洋」

北沢が制止した。

「そんなものにさわるな」

「あいにく、作家志望の人間は好奇心旺盛なものでね」

タレ目にタレ眉の加納は、笑顔を浮かべる余裕を見せてから、マスクに付着した極彩色の粉末を人差指でぬぐった。

「細かなパウダーって感じだな」

加納は、親指と人差指をこすり合わせて感触を確かめてから、指先に付いた虹色の粉末をじっと見つめた。

「これが、おれたちをここまで誘導してきた光るウミヘビの正体なのかな」

そして彼は、その人差指を口もとにもってきた。

「あ、やめろ。舐めるな！」

「平気だよ、少しぐらい」

北沢の注意を無視して、加納はぺろっと舌を出し、指先の粉末を舐めた。だが、すぐさま顔をしかめて、さまざまな色合いに染まった唾液をペッと吐き出した。

「ひでえ味だ。カビだよ、これは」

「毒カビだったんじゃないのか」

「まあ、飲み込んだわけじゃないから、だいじょうぶだろ」

答えながら、加納は、ペッ、ペッと、何度もツバを吐き捨てた。

その様子を見て、真紀も口もとに巻いていた赤いバンダナをはずした。色が赤だから、北沢がしていたマスクほど目立たなかったが、やはり黄色や緑や青の粉末がびっしりと付いていた。

そのバンダナを地面の草むらに広げ、ビデオカメラで撮影してから、真紀は言った。

「もうこれは使えないわ。でも、私や北沢さんはいいけれど、ほかのみんなは気がつかないうちに、この色付きのカビみたいなものをたくさん吸い込んでしまったわけよね。だいじょうぶなのかな」

「いまから心配したって手遅れさ」

矢野が言った。

「それにしても、こんなところに置き去りにされて、あとはどうしろっていうんだよ。もう一回、虹色の霧が出てきてくれなきゃ、おれたちは元の場所に帰れな……あ……」

不安げな表情であたりを見回していた矢野が、途中で言葉を止めた。

「どうした、誠。……あ！」

矢野の視線を追った岡島も、そこで言葉を失った。

「すげえ」

唇を手の甲でぬぐいながら、加納がタレ目を大きく見開いた。

夕衣は、こんどは自分のほうから北沢の腕をつかんだ。

そして真紀は、みんなが見ている方向に急いでビデオカメラを向けた。

彼らの前方、生い茂る樹林の間に、忽然と姿を現したものがあった。

大型のヨットだった。

「マジかよ……」

矢野が驚愕のつぶやきを洩らした。

「マジで、ヨットが樹海の中にあるぞ」

ヨットの長さは目測で十五メートルから二十メートル。しかし、彼らが伝説に基づいて想像していた姿とは異なり、幽霊船といったほうがいい代物だった。

かつてはまっすぐ、高くそびえていたはずの二本のマストは、どちらも途中から折れ、土埃(つちぼこり)をかぶって薄茶色に染まった帆(セール)はボロボロにちぎれて、いたるところで布地が垂れ下がっていた。そして船体には緑色のツル植物がへばりつき、ヨット本来の白い塗装をほとんど隠していた。中央部にある船室(キャビン)の外板は腐って穴が空き、ガラス窓はほぼすべてが割れている。

「こいつは、昔はちゃんと海を走っていたのか。それとも、何かの目的でこの樹海の中で建造されたのか」

北沢が疑問を口にすると、

「どっちの可能性もありえねえだろ」

と、岡島が答えた。

「これは五十フィートから六十フィート級のケッチだ」

岡島は、おおまかにヨットの長さを見積もった。

「これだけのデカいヨットを外から樹海に運び込めるわけがないし、そうかといって、ここで組み立てられるものでもない」

「ケッチって、なんだ」

矢野がきいた。

「二本マストのヨットで、前のマストが後ろのマストよりずっと大きいものをケッチと呼ぶんだ」

九州で一、二を争う大実業家の息子だけあって、岡島は幼いころから父親のヨット遊びにつきあわされており、いまでは大学生にして自分名義のクルーザーも所有している。だからヨットのことには詳しかった。

「かなり古いヨットなのか」

「もちろん」

矢野の質問に、岡島が即答した。

「このスタイルからみると、十年前や二十年前といったレベルじゃない。年代でいったら、おそらく一九六〇年代だろう」

「一九六〇年代？」

加納がきき返した。

「それじゃ、四、五十年前ってことかよ」

「たぶん、そのあたりだろう」

「なんで、そんな古いヨットがここに」

「おれにきいたって、わかるわけねえだろ」

「とにかく……」

加納が口をはさんだ。

「せっかく目的のものが目の前にあるんだ。近づいてみようぜ」

加納の意見に、誰も異論をはさまなかった。このあと、どうやって樹海から抜け出すかという問題よりも、都市伝説が真実を語っていたという衝撃のほうが大きかった。だから、彼らはヨットそのものを調査せずにはいられなくなっていた。

「あそこにある救命用の浮き輪を見ろ」

四、五メートルの距離まで近づいたところで、矢野がデッキの後方を指差した。

「あの浮き輪に書いてあるのが、このヨットの名前じゃないのか」

転落防止のために張られたワイヤーも錆びついていたが、そこに留められている薄汚れた白い浮き輪には、アクセントとして赤いラインが四カ所に入っていた。そして、やはり同じ赤い塗料を使って、ローマ字で『AHODORI』と書かれていた。

「アホウドリ……か」

岡島がつぶやいた。

「いかにもヨットらしい名前だな」

「なんで、いかにも、なんだ」

「アホウドリは、翼を広げると二メートル五十近くにもなる。自分の体長の二・五倍だよ。その翼の大きさのせいで、地上では動きが鈍くてかんたんに捕まってしまうからアホウドリというバカにした名前がついているけれど、いったん空に飛び立ったら、その大きな翼いっぱいに風を受けて、グライダーのように気持ちよさそうに空を舞う海鳥だ。それと、セールいっぱいに風をはらんで海を疾走するヨットのイメージがぴったり合うんだ。だからヨットに『アホウドリ』とか、その英語名の『アルバトロス』と名付けるオーナーは多い」

「ふうん、そういうことか」

うなずいてから、矢野は一歩前に進み出た。

「とにかく、キャビンの中に入ってみようじゃないか。もしかすると、なぜこんな場所にヨットが置いてあるのかを説明するものがあるかもしれない」

「待って！」

夕衣が引き留めた。

「矢野さん、行かないで」

「なんでだよ」

「都市伝説に出てくるのは、ヨットだけじゃないのよ。キノコの怪物もいるのよ。もしもヨットの中に隠れていたらどうするの」

「なあに、たかがキノコだろ」

矢野は笑いながら、両腕に力こぶを作ってみせた。

「おれはごらんのとおり、ボディビルでムキムキに身体を鍛え上げてんのよ。星野もいい身体してるけど、力じゃおれのほうが勝つ。しかもあいつは、テントの中で震え上がっている臆病者だし。……まあ、怪物退治は任せておきなさいって。ライオンやクマならともかく、しょせん相手はキノコだろ。出てきたらとっつかまえて、バター炒めにでもしてやるって」

「でも……」

と、なおも夕衣が引き留めようとしたが、矢野はかまわずにヨットに近づくと、ツル植物に覆われた船体の周囲をぐるりと一周してから、ちょうどうまいぐあいに木の切り株が踏み台となる位置を見つけ、そこに乗った。そして、船体中央部の端に両手を掛け、懸垂の要領で軽々と身体を甲板上に引き揚げた。

踏み台代わりにした木の切り株――すなわちそれは、樹海の奥深くであるにもかかわらず、人の手が入っていることを意味していたが、ヨットのことばかりに気を取られている矢野は、そこの部分にまったく注意を払わなかった。

残されたふたりの女子高生と三人の大学生は、矢野が甲板に立った姿を見上げているだけで、あとにつづこうとする者がいない。

「なんだよ、おまえら」

矢野がデッキから五人を見下ろして、小馬鹿にした笑いを浮かべた。

「ビビってんのか。都市伝説研究会として、噂の真偽を検証するなんてエラそうなことを言っておきながら、いざ本物のヨットを目の前にしたら尻込みするのかよ」

「待って。私は行く」

ビデオカメラの録画スイッチをいったん切って、桜居真紀が片手を挙げた。

「ダメよ、真紀。女の子が行っちゃだめ」

すぐに夕衣が引き留めたが、真紀は言うことを聞かなかった。

「女の子というのはね、夕衣、あんたみたいにおとなしい子のことを言うの。私はべつに女の子じゃないから心配しないで」

そう言うと、真紀はビデオカメラのストラップを首に掛け、上るのに邪魔にならないようにカメラを背中に回してから、矢野が踏み台に使ったのと同じ切り株の上に立った。

彼女もまた、その切り株が人が大木を伐採した跡であることには気づかず、甲板上の矢野に声をかけた。

「じゃ、矢野さん。私の手を引っ張って。よろしくね」

矢野の助けを借りて、真紀が甲板に引き揚げられていくのを、夕衣、岡島、加納、北沢の四人が、心配そうに見守っていた。

そして彼らの後方に控える樹林の陰から、その様子を窺って（うかが）いる別の視線があった――

三　残されたメッセージ

1

「気をつけろよ、真紀。そこらじゅうの板が腐っているから、どこで床を踏み抜くかわからない」

矢野誠は、後ろからついてくる桜居真紀に小声で注意をして、慎重な足取りで甲板を進み、船室へ下りる階段に足をかけた。

足元でミシッという音がした。できるだけ体重をかけないように、横の壁に手をついて下りていくと、こんどは手をついたその壁がギシッと音を立ててたわむ状態で、矢野は緊張した。外見からして、すでに幽霊船の様相を呈しているアホウドリ号だったが、内部はさらにひどい状況だった。

階段には蜘蛛の巣が張り、そこに無数の蛾や羽虫の死骸がぶらさがっている。それを片手で払いのけながら、矢野はいつ崩落するかわからない階段を進んで、なんとか船室の床まで下りきった。

　船室にはさらに多くの蜘蛛の巣が張り巡らされており、視野を完全にさえぎるほどだった。とても素手で払いのけられるような状況ではなかったので、矢野は足元に転がっていたバットほどの大きさの木片を拾い上げ、それで行く手を阻む蜘蛛の巣のカーテンを切り開いていった。

　蜘蛛の巣が破れるチチチチという音とともに、銀糸のカーテンが破られていく。すると、赤や黄や緑の色合いが周囲から浮かび上がってきた。と同時に、猛烈なカビ臭さが鼻をつき、矢野は顔をしかめ、口もとを押さえた。

　カビだった。毒々しい色合いのカビが、船室の壁から天井にかけて、一面を覆っているのだ。その色彩は、六人を樹海の奥へ導いた極彩色の霧を連想させるものだった。

「だいじょうぶですかあ？」

　甲板に残って、下の様子を窺っていた真紀が声をかけてきた。

「キノコの怪物は見あたらない。その代わり、ものすごいカビだ。真紀はそこに残っていたほうがいい」

「ううん、カビだったら人を襲うわけじゃないから大丈夫。私も下りていく」

　真紀は矢野の忠告を聞かずに、不気味にきしむ階段を下りていった。そして、船室内のすさまじい状況に息を呑んだ。

　極彩色のカビに覆われた船室は、たんに年月を経たための劣化というだけでは説明のつかない荒れようだった。いたるところに板を打ちつけた応急修理の跡がみられ、ある部分では壁に空いた穴を板でふさいであり、ある部分では、船室の崩壊を懸命に支えるかのように、筋交い(すじかい)の板が×字形に打ち付けられていた。そして、そうした補修に使われている木材じたいが、破損したヨットの破片で間に合わせたものだった。

「このヨットは……」

悲惨な船室内部を見渡して、矢野が言った。

「台風並みの——ひょっとしたら台風そのものかもしれないけど——すさまじい嵐に巻き込まれて、めちゃくちゃな被害に遭ったみたいだな。これはもう、難破寸前といった壊れ方だよ。なんとか沈没は免れたけれど、まともな修理もできずに、応急処置で済ませるしかなかった。そんな感じだ」

その言葉に、真紀が無言でうなずく。

「おれは岡島みたいな金持ちのボンボンじゃないから、ヨットなんてやったことはないけど、推理力はあるから、アホウドリ号に何が起こったのかという想像はできる」

将来、警察畑に進むことを決めている矢野は、現場検証を行なう刑事を思わせる目になっていた。

「見ろ、あっちの部屋の床を」

矢野は、筋交いを打ちつけた向こう側の部屋を指差した。

分厚い埃(ほこり)にまみれた床に、さまざまなものが散らばっていた。ジュースやビールの空き缶、アルミ製の簡素な灰皿、何十枚ものトランプ、色とりどりのポーカーチップ、黄色いTシャツを着たサルのぬいぐるみ、ウクレレ、それに時代を感じさせる古めかしいトランジスタラジオ……。

「これだけのものが床にばらまかれているところからみて、ヨットが転覆寸前まで傾いたことは間違いない。このヨットは、決して樹海の中へ材料を持ち込んで組み立てられたものではない。こいつは実際に海を走っていたんだ。四十年から五十年前の海をね」

そう言いながら、矢野は筋交いの下をくぐって奥の部屋に移動し、その場にしゃがみ込んで、床に散らかったものを手にとって点検しはじめた。真紀もそちらの部屋に移動すると、立ったままでビデオカメラを回しはじめた。そして、ふと思いついた様子で、矢野にリクエストを出した。

「ねえ、矢野さん、レポーターになってくれない？」

「レポーター？」

「そう。このヨットについて推理できることを、カメラに向かってしゃべってほしいの。だってこれ、大スクープでしょ。都市伝説が本物だったと証明された瞬間に、いま私たちは立ち会っているんだから。現場からのレポートをやってよ」

「わかった。……じゃ、少し改まった口調でいくぞ」

矢野は床に片膝をついた姿勢で、真紀が構えるビデオカメラのレンズに向かってしゃべりはじめた。

「岡島によれば、アホウドリ号と名付けられたこのヨットは、いまから四、五十年ほど前の型らしい。あとで岡島を呼んで船内を見せたら、これがどれぐらいの金をかけて造られたもので、どれくらいの航海能力があるか、わかるかもしれない。とりあえず、ヨットのシロウトであるおれの推測で言うと、アホウドリ号は、どこかの外洋で嵐に遭遇し、沈没寸前の目に遭った模様だ。これを見てくれ」

矢野は、床に横倒しになっていた旧式のトランジスタラジオを取り上げた。

「このラジオは短波放送も入る。だから乗組員は、これで気象情報を聞いていただろうし、遭難した自分たちの捜索活動に関するニュースに必死に耳を傾けていたかもしれない。ちなみに、こうやってスイッチを入れてみても……あたりまえだけど、電池切れだ。それから、トランプやポーカーチップも散乱しているところからみると、嵐がくるまでは、のんびりとポーカーゲームなどで盛り上がっていたんじゃないかな。それから、このジュースだけど」

矢野は、オレンジ色の空き缶を一個拾い上げた。

「これは、いまも売られているバヤリースオレンジだ。でも、よく見ると『バャリース』というふうに『ャ』の文字が小さくなっていて」

矢野はカメラに向けて、商品名の部分を指でなぞった。

「『オレンジ』の『ジ』が『チ』に濁点の『ヂ』になっている。おれのオヤジは子供のころからこのジュースが好きだったといって、いまでも買っているほどだから、よく話を聞かされていたんだけど、明らかにこれは昔のパッケージだ」

「バャリースオレンヂ」は一九五一年に販売が開始されたが、その商品名表記が「バヤリースオレンジ」に変わったのは、実際には一九八九年と、それほど古い話ではない。しかし、矢野が手にしている缶は、明らかにもっと年月を遡ったものだった。缶には、それが一九六三年に作られたことを意味する製造番号が打ってあった。

「よっぽど乗組員は、このジュースがお気に入りだったんだろう。半ダース入りのカートンがいくつも残されている。でも、カートンはすべて空で、中身の缶もぜんぶ開けられて転がっている。きっと遭難中の渇きを、このジュースでしのいでいたんだろう。それから、このぬいぐるみだけど……」

矢野はジュースの缶を床に戻し、代わりに黄色いTシャツを着たサルのぬいぐるみを拾い上げた。サルの顔を指で弾くと、細かい埃が空中に舞った。

「これはヨットの乗員に女性がいたことを想像させる。男だけの航海だったら、こんなぬいぐるみはないはずだ。そして、男女が楽しく騒ぎながら航海をつづけていたことを想像させるものとして、こういったウクレレもある」

矢野は、こんどはウクレレを手に取った。ペグとよばれる糸巻き部分から伸びている四本の絃は、どれもダラッと緩んでいた。だから、絃を撫でてもほとんど音は出ない。ウクレレの胴体の真ん中に空けられたサウンドホールには蜘蛛の巣が張り、羽虫の墓場となっていた。

「ウクレレ、トランプ、サルのぬいぐるみ、ジュースやビールの空き缶——床に散乱したこうした品物は、楽しいはずのクルージングが、予期しなかった嵐によって一瞬にして悪夢となった光景を浮かび上がらせる」

矢野は言葉を区切って、真紀が構えるビデオカメラのレンズをじっと見つめた。

「見てわかるとおり、アホウドリ号のクルーは、船体に空いた穴に板を打ちつけたり、歪んだ船室を筋交いで支えたりして、必死に沈没を免れようとしたみたいだ。その応急処置にしても、壊れたヨットの破片を使って、なんとか急場をしのいだといった感じだ。ただし、そういった修理作業のすべてが、嵐に揉まれながら行なわれたものであるかどうか、それは疑問だ」

真紀は矢野の顔を液晶モニターにアップで映し出した。

「さっき甲板で見たけれど……」

大写しになった矢野がつづける。

「このヨットのセールはボロボロに破れて、ひどい状態になっているけれど、一度はちゃんと補修を済ませた跡があるんだ。マストもそうだ。いったん折れてしまったものに副え木を当てて修理をしている。でも、風の力に耐えきれずにまた折れた、という感じだ。で、その修理には、ロープ代わりに植物のツルが使われているんだ。ツルでマストに副え木を巻きつけたり、セールをつぎはぎするときの糸代わりにしている」

「すごい。ちょっとの時間しか甲板にいなかったのに、もうそんなところまで観察していたの？」

　真紀が感嘆の声をあげた。

「矢野さんって、ミステリーに出てくる名探偵みたい」

「実際、おれは将来、探偵みたいな仕事をしたいんだよ」

　矢野は微笑を浮かべた。

「ただし、推理作家志望の洋が書きそうな架空の名探偵じゃなくて、警察という現実的な組織の中で自分の推理力を働かせていきたいんだ」

「ふうん。じゃ、刑事とか？」

「まあね。……で、話を戻すけれど、植物のツルが使われている以上、このヨットはどこかの無人島に流れ着いて、クルーは上陸して、そこで態勢の立て直しを図ったんだと思う。だけど、おそらく水も食べ物も満足に見つからなかったんだろう。もしも、その無人島で自給自足の暮らしができるほどの余裕があったなら、もっと時間をかけて完璧にヨットの修理をしていたはずだ」

　矢野の推理がつづく。

「これだけの大きさのヨットだから、当然エンジンも積んでいる。だけど、そのエンジンも壊れ、無線通信機もダメになってしまえば、風を頼りに自力で航行するほかない。だから、なんとかして、破れたセールと折れたマストを修復しなければ生きて戻れない。けれども、クルーにとって時間的な余裕はあまりなかった。それが食料や飲み水が尽きてしまうだけの問題か、ほかに何か事情があったのかわからないけど、付け焼き刃のような修理だけで海へまた出ていくしかなかったんだ。そして、その応急処置では、けっきょく外海の航海に耐えきれなかった」

「じゃ、このヨットは二度遭難したってこと？」

「その可能性があるね。『最初の遭難』『無人島漂着』『応急修理』『再航海』『二度目の遭難』というふうに。そうした困難に遭遇したこのヨットに、ぜんぶで何人が乗り組んでいたか知らないけど、クルーは死の恐怖と絶望におののきながら、精神的に相当追い込まれたと思う。仲間どうしの感情的な諍いもあったんじゃないかな。だからこのヨットには、極限の心理状態に置かれた人間たちの、恐怖や焦りや怒りや悲しみがいっぱい染みついている気がする。この不気味な色をしたカビのせいかもしれないけど」

「ほんと、このカビ、気持ち悪いよね」

壁と天井を覆いつくす極彩色のカビをビデオカメラで追いながら、真紀が言った。

「もしかすると、私のバンダナや北沢さんのマスクにこびりついていたのも、このカビなのかな。私たちをここに導いたのも」

「そうかもしれない」

「それで矢野さんとしては、乗っていた人たちはどうなったと思う？　助かったのかな。それとも、みんな死んじゃったのかな」

「そこまではわからない。ひとつだけ推測できるのは、生存者がいてもいなくても、このヨットは自力で日本まで戻ってきたのではないだろう、ということだ。二度目の漂流中に、外洋で別の船に発見されたんだろう」

「でも、遭難したヨットが、なぜ樹海の中にあるの？」

真紀が根本的な疑問を口にした。

「これだけめちゃくちゃに壊れてしまったら、生存者がいたらそれを助けたあと、最終的には処分するのがふつうでしょ？」

「そのとおりだ」

「もしかして、どこかの海からこの樹海にワープしたとか？」

「バミューダ・トライアングルみたいに、か」

「うん」

「そういう非現実的な説明は、洋が好きそうなところだけど、おれはそういう考えは持ちたくないね」

「でも、現実的な説明も無理なんじゃない？　これだけの大きさのヨットを、どうやってここまで運んできたの？　森の中を通すことなんかできないよ」

「それもそうだけど……あ、ちょっと待て。これは何だ？」

話の途中で、矢野は、埃の積もった床に鈍い金色をしたものが落ちているのを見つけ、拾い上げた。金色の鎖がついた金色のペンダントだった。まとわりついた埃を息で吹き飛ばしてから、矢野はそれを手のひらに載せて立ち上がった。

真紀のビデオカメラが、ペンダントにズームインする。

「いかにもヨットのクルーが身につけていそうなものだな」

矢野は、レンズに向けてペンダントのヘッドを見やすいように掲げた。

「これは船の舵輪だ」

新品当時は黄金色にまばゆく輝いていたと思われるペンダントのヘッドは、ヨットの舵輪をデザインしたものだった。

「純金製だったらすごい値段だけど、たぶん舵輪の部分は金メッキだろう。鎖だけは本物のゴールドかもしれないけど」

その鎖は、途中でちぎれていた。

「どうもこのちぎれ方からすると」

矢野は、もう一方の指先で鎖をつまみ上げた。

「このペンダントをしていた人物に、何か重大なトラブルが起きたことが考えられる」

「重大なトラブル、って？」

「たとえば仲間どうしのケンカだ。嵐で遭難して生死の瀬戸際まで追い込まれたら、誰だって精神的に極限状態となるだろう。そんな中で、感情の爆発が起きて、つかみあいのケンカがはじまった。そして、そのさいにペンダントが引きちぎられた。第二の可能性は、このペンダントをしていた人物が、自分で鎖を引きちぎったケースだ」

「どうして自分で？」

「舵輪のペンダントは、安全な航海の象徴だと思う。もしかすると、お守り代わりに身につけていたものかもしれない。ところが、その航海が遭難でめちゃくちゃになったから、ヤケになって、お守りに怒りをぶつけた——そういう状況が考えられる」

「でも」

真紀が言った。

「もっとほかの可能性があるんじゃない？」

「ほかの可能性とは」

ビデオカメラのレンズに向かって矢野がきくと、真紀は液晶モニターから視線をはずし、じかに相手を見つめて答えた。

「キノコの怪物よ」

「え？」

「矢野さん、忘れないで。私たちが追いかけている都市伝説は、樹海のヨットとキノコの怪物がセットになっているのよ。その片方がこうやって実在しているんだから、キノコの怪物も実際にいるんだと思う。でしょ？」

「まあ、そうかもしれないけど」

「その怪物に襲われてペンダントを引きちぎられたのかもしれないし、怪物を見たショックで頭がおかしくなって、発作的に自分のペンダントを引きちぎったのかもしれない。そういう可能性だって、じゅうぶんあるんじゃ……どうしたの？　矢野さん」

真紀は、矢野の視線が自分からはずれて、その背後に向けられていることに気がついた。しかも、彼の瞳には驚きの色が浮かんでいた。

（まさか……）

自分の後ろに、そのキノコの怪物が現れたのではないかという予感に背筋が冷たくなった。そして真紀は、ゆっくりとふり返った。

「あ！」

彼女の口から驚きの声が洩れた。

いままでは床に落ちているものばかりに気を取られて、ふたりとも気づいていなかったが、筋交いを支った脇の壁——七時すぎを指して止まっている時計の真下のところに、黒いインクで大きな×のマークが書き殴られていた。感情的な怒りをぶつけたという感じのバッテンである。そして、極彩色のカビに覆われているためにハッキリ読み取れないが、×マークの下には、明らかに日本語の文字がタテ書きで並んでいた。

「矢野さん、これ……」

「うん。きっとヨットのクルーが書き残したメッセージだ。壁に書くなんて、よっぽどせっぱつまった状況だったんだろう。ちょっと、そこをどいて。カビを払うから」

矢野は板きれで、壁にへばりついた赤や緑のカビをこそげ落とした。

すると、×マークの下に書き連ねられた文章がハッキリと読み取れるようになった。

笠井雅文
村井研二
吉田悦郎
小山仙造
関口麻美
相馬明子
以上六名、無人島に漂着して死亡
我、単独脱出を試みるも食つき
力つき、南海に身を投ず
一九六三年八月十六日　艇長　作田直之　記

2

「伝説は……」

矢野に呼び寄せられ、ヨットの船室に乗り込んできた都市伝説研究会会長の岡島寛太が、ショックを受けた顔でつぶやいた。

「ほんとうだったのか」

その脇で、加納洋、北沢一夫、野本夕衣の三人も無言でメッセージを眺めている。

矢野の「すごいものを見つけたぞ。みんな上がってこい」という声で、外で待機していた四人が次々とヨットに乗り込んできた。そしていま、六人全員が、壁に残されたメッセージの持つ重みに圧倒されていた。

「笠井雅文、村井研二、吉田悦郎、小山仙造、関口麻美、相馬明子……そして作田直之。これが、このヨットでひどい目に遭ったクルーの名前なんだな」

加納がつぶやいた。

「この七人の男女を乗せたアホウドリ号という名のヨットが、一九六三年――というと、いまが二〇〇三年だから、ちょうど四十年前か――その夏に遭難して、どこかの無人島にたどり着いた。そして、その島で七人のうち六人までが死んで、ただひとり残った艇長の作田直之という男が、なんとかヨットを修理して海に出たけれど、食い物も飲み物もなくなって、ついに自殺をした」

「このペンダントを引きちぎってな」

と、矢野が、手のひらに載せた金色の舵輪をみんなに見せた。

「おそらくこれは、作田という艇長がしていたものだと思う」

「すると、作田が海に身を投げた時点で、七人いたヨットのクルーは全員死んだことになる。でも、ほんとにそうなのかな」

加納が疑問を呈した。

「作田のラスト・メッセージは、大きなバッテンで消されている。これは誰がやったことなんだ？」

「ぼくとしては、作田艇長自身だと思うね」

北沢が言った。

「七人のクルーの中で、ただひとり生き残った彼は、意を決して無人島を脱出した。けれども食料が尽き、直したヨットもまた壊れ、通りかかる船もなく、すべての望みが絶たれ、絶望的になって自殺を決心した。そして、このラスト・メッセージを壁に記した。だけど、書いてしまってから、それを読み返すと、情けない自分に猛烈に腹が立ったんだ。で、いま書いたばかりの別れの言葉をバッテンで消した。それでも最終的には、海に身を投げたんだと思う」

「おれも北沢の考えに同意する」

岡島が言った。

「せっかく辞世の言葉を書き連ねても、ヨットは発見される前に沈没する可能性が高いことに気がついた。誰かが読んでくれる可能性もないのに、こんなものを書いたことが急に虚(むな)しくなって、大きな×を殴り書きしたんだ」

「おれもそうだとは思うけれど、でも、このメッセージの中で、すごく引っかかるフレーズがある」

加納の言葉に、ほかの五人が一斉に彼のほうを向いた。

「それは『我、単独脱出を試みるも食つき』という部分だ」

「そこの、どういうところが引っかかるんだ？」

問いかける矢野に向き直って、加納は言った。

「『食つきて、我、単独脱出を試みる』じゃなくて、『我、単独脱出を試みるも食つき』となっている。ここが気になるんだ」

「おい、作家先生よ」

岡島がきいた。

「その違いがどう重要なんだ。説明しろよ」

「いいか、その前の文章をよく読め。後ろから四行目だ」

加納は、カビの中から現れたアホウドリ号艇長の文章を指差した。

「『以上六名、無人島に漂着して死亡』とあるだろ。作田以外の六人は、何が原因で死んだんだ？」

「衰弱死だろ」

岡島がすぐに答えた。

「食い物がなくなって、体力のない者から順番に力尽きていったんだ」

「それは違うね」

加納がすぐさま言い返した。

「そうだとしたら、最後の生存者である作田艇長も脱出時点で、すでに『食つき』ているはずだ。でも、この文面からすれば、ただひとりヨットに乗って無人島を脱出する段階で、少なくとも彼は、救出されるまで何とか食いつないでいける望みを持てるくらいの食べ物は持っていた」

「餓死でなければ、病死だな。どんな無人島か知らないけど、そこは熱帯の孤島だったんだよ。そして六人は、日本人にはまったく免疫のない風土病に冒された」

「いや、作田だけが風土病から免れていたのはおかしい」

次々と否定する加納に、岡島は不満の色を募らせた。

「じゃあ、加納はほかに何か説明をつけられるのか」

「ああ」

うなずいてから、加納は低い声で言った。

「キノコの怪物だよ」

「え？」

「無人島に上陸した七人のうち、六人はキノコの怪物に襲われて死んだんだ。そして艇長の作田だけが、命からがら脱出した」

「…………」

「艇長だけあって、作田はいちばんヨットのことに詳しかった。だから、もっとちゃんと修理しないと外洋の航海に耐えられないことは、作田がいちばんよくわかっていたはずなんだ。それでも、中途半端な応急処置でもいいから、とにかく島を逃げ出す必要があった。

それは、その無人島に怪物がいたからなんだよ。そう考えれば、このメッセージのウラにある事情が理解できるんじゃないのかな」

「ということは、だぜ」

矢野がつぶやいた。

「樹海の中をさまようキノコの怪物っていうのは……」

「このヨットといっしょに運ばれてきた可能性がある」

加納は言い切った。

その言葉に、全員が凍りついた。

と、そのとき——

急に頭上で、バラバラという大きな音が響いた。

3

野本夕衣がキャッと短い悲鳴を上げて、そばにいた北沢にしがみついた。

「雨だよ、雨」

北沢が、夕衣の肩を抱きながら天井を見上げて言った。

「デッキに雨が落ちてきている音だ」

しかし、その雨音は、最初はバラバラというものだったが、すぐに激しく叩きつける連続音になってきた。矢野誠が、いまにも崩れそうな階段を駆け上り、外の様子を見てから、また船室に駆け下りてきた。

「すげえ雨だ」

わずか数秒間しか外に出ていなかったのに、タンクトップにショートパンツ姿の矢野の全身がびしょ濡れになっていた。

「まるで熱帯のスコールみたいだぜ。周りの景色が何も見えない」

「熱帯の……スコール？」

加納が、矢野の言葉を繰り返した。

「もしかすると、この樹海っていうのは」

青ざめた顔になって、加納がつぶやいた。

「生えている木や、気候は違っていても、作田たちが流れ着いた無人島と似た環境にあるんじゃないのか。キノコの怪物が棲息しやすいような……」

一気に激しさを増す豪雨がアホウドリ号の甲板に襲いかかる。その轟音が響き渡る船室の中で、六人が押し黙った。

「やだっ、なに、これ！」

桜居真紀が突然叫んだ。

彼女の腕に、カラフルな色水が撒き散らされた。ほかの五人の上にも、一斉に天井から毒々しい色のついた水が降りかかってきた。

「雨漏りだ」

加納洋が片手を顔の前にかざし、頭上を見て叫んだ。

「甲板の割れ目から、雨が入り込んできている」

「まずいぞ、これは！」

不潔恐怖症の北沢一夫が、悲鳴のような甲高い声を張り上げた。

「雨だけならいいけど、カビがいっしょに溶けている」

無数に空いている天井の穴から、極彩色のシャワーが六人に向かって降り注いできた。

「ヨットから出ろ！」

着ている服を雨水でカビまみれの虹色に染めた岡島寛太が、退去をうながした。

「早く、早く！」

まず夕衣が、そしてビデオカメラを回す余裕もなく真紀が階段を駆け上がった。そのあとに北沢、矢野、岡島とつづいた。そして最後に加納が階段に一歩足をかけたとき、彼は何か気配のようなものを感じて、後ろをふり向いた。

船室の壁に打ちつけられていた応急処置のための板が、いつのまにか一枚剝がれていた。そこから横殴りの雨が吹き込んでいる。

次の瞬間、ピカッと目も眩むような稲光が閃き、その閃光が壁に空いた穴から船室内に飛び込んできた。そして加納は見た。

板の隙間から、この世のものとは思えない醜悪な顔が覗いているのを。

それは人間の顔かもしれなかった。だが、人間だと決めつけるにはあまりにも異様だった。顔のほとんどがキノコ状の腫瘍（しゅよう）で覆われていた。いや、それはキノコそのものといってよかった。

しかし、その不気味な腫瘍の奥から覗く、ランランと輝くふたつの瞳は、まさに人間そのものだった。崩れかけているとはいえ、唇もついていた。口も開いていた。数本の歯も見えた。

稲光が閃く一瞬のうちに浮かび上がった怪人の姿は、閃光が消えるのと同時に、また見えなくなった。入れ替わりに、ヨットの船体が揺すられるような落雷のドーンという音が響き渡った。


すでに甲板まで出ていたふたりの女子高生は、落雷のすさまじさに悲鳴をあげていた。

だが、ひとりだけ船室に残っている加納は、別の恐怖で金縛りに遭っていた。

（みんな、ヨットの外へ出るな。化け物がいるぞ。出ちゃダメだ）

そう叫びたかったが、声が出せなかった。

さらにもう一回、銀白色の閃光が船室内にあふれ返った。

「またくるー！」

甲板から、真紀の叫び声が聞こえたが、まだ階段の下にいる加納にとっては、別のものが「またくるー！」と叫びたかった。

そして、実際にそれはきた。

最初の稲光では、壁に空いた穴の向こうから顔を覗かせていた怪物が、いまは朽ち果てた船体の壁を突き破って、船室の中まで入り込んでいた！　その背後には、いちだんと大きくなった壁の裂け目が見えた。

降り注ぐ虹色のシャワーを隔てて、怪人の目が加納を射竦めた。

「う、う、う、う……」

加納の胸が激しく上下し、絶叫の助走ともいうべきうめき声が、彼の喉から洩れた。

そして――

「うわあああああ！」

尾を引くような悲鳴を発しながら、加納は階段を一気に駆け上った。

同時に、さきほどよりもさらにすさまじい落雷の音が耳をつんざいた。折れたマストに残されていた補修用のクギに雷が落ちたのだ。甲板の中央部に大きな穴が空き、階段の入り口に設けられたスイングドアが衝撃で吹き飛んだ。甲板まであと少しで上りきろうとしていた加納の足元で、腐っていた階段がついに崩れ落ちた。

真下には、人間とキノコが合体したような怪人が待ち受けている。

加納は、かろうじて両手を甲板への出口に設けられたドアの敷居に掛け、転落を免れて足をぶらぶらさせていた。

だが、矢野などと違って体力がなく、しかも太っている加納には、懸垂で自分の身体を引き上げることができない。目を開けていられないほどの猛烈な雨が顔に降りかかり、力を入れようにも濡れた手が滑って体重を支えきれそうになかった。

「助けてくれー！」

加納は、土砂降りの雨の中で必死の大声を放った。

「たのむ、助けてくれー！」

悲鳴を上げる加納の腕をがっちりつかんだのは、矢野だった。

ボディビルで鍛え上げた彼の腕力は、一瞬で加納の身体を甲板に引き上げた。

「キノ、キノ、キノコ……」

加納は唇を震わせて、ヨットの中に入り込んできたキノコ人間のことを矢野に伝えようとした。だが、舌がうまく回らない。それに、機械工場の騒音にも似た雨音が響く中では、多少の大声では通らなかった。

「もう、みんなヨットから降りたぞ。あとはおまえだけだ」

矢野が腰をかがめ、加納の耳元で怒鳴った。

「ここにいちゃ危ない。ヨットから離れるんだ！」

さきほどは外に出たら危ないと思っていた加納も、化け物がヨットの中に入り込んできたいまは、矢野の言葉に従うしかなかった。自分の見たものを伝えるのは後回しにして、加納は力を振り絞って立ち上がった。そして、濡れて滑る甲板に足をとられながら、船体の端へ駆け寄った。

その直後、轟音とともに、つぎの落雷がふたたびヨットを直撃した。もう一本の折れたマストから炎が上がった。矢野と加納の身体が吹っ飛ばされ、宙を舞って、甲板から数メートル下の草むらに叩きつけられた。

「誠、洋。早く起きろ。こっちへこい！　森の奥へ駆け込め！」

ヨットの置かれた切り開かれた空き地から樹林の中に一足先に逃げ込んだ岡島が叫んだ。

だが、落雷の直撃をギリギリで免れたものの、地面に倒れているふたりは、気絶したまま反応しない。

「助けに行こう」

ずっと夕衣を抱くようにかばっていた北沢が、その手を放し、大木の陰で雨を避けていた真紀に彼女をあずけた。そして、倒れている矢野たちのところへ向かって、豪雨の中を駆け出した。岡島もそれにつづいた。

そのときだった。

背後に残したふたりの女子高生が、口々に悲鳴を発した。

「北沢さん！　上を見て！」

「会長！　ヨットの甲板に！」

雨音にかき消されそうなその悲鳴は、なんとかふたりの男の耳に届いた。

地面にうつぶせに倒れたふたりまであと数歩のところで立ち止まると、北沢と岡島は、容赦なく叩きつける雨に顔をしかめながら、甲板を振り仰いだ。

うおおっ、という驚愕の声が、岡島の口から洩れた。

落雷で一瞬炎上し、すぐに豪雨でその炎を消され、黒煙をくすぶらせているマストの脇に、顔も身体もキノコに覆われた人間が、赤や緑や黄色のカビで染められたボロ布をまとって立っていた。

北沢と岡島は、ショックでその場から動けなくなった。

だが、彼らの前に現れた化け物は、それだけではなかった。

「たすけて〜！」

「いやあ〜っ！」

女の子たちの悲鳴でふり返ったふたりは、新たなショックに襲われた。

ふたつのパターンがあると伝説で語られた怪物——そのもうひとつの姿が、女子高生を残した樹林の中から現れた。

人間の背丈の三倍以上もあり、原爆雲を連想させるような形をした巨大なキノコの化け物が、いままさにふたりの女の子に襲いかかろうとしていた。よく見ると、その怪物は二本の腕を持ち、その先端は指のように分かれていた。また、キノコの傘に相当する部分は人間の頭に、その下のくびれは首にたとえられた。だが、それ以外には人間らしい形をとどめる要素はほとんどなかった。

全体としてキノコの形をしていながら、全身の表面は、さらに細かいキノコ様の腫瘍で覆われている。とくに傘状の頭部は、むき出しになった脳にも似ていた。そこには目も鼻も口もない。その奇怪な様相を呈した頭部を揺らしながら、怪物はふたりの女子高生に近づいていった。

しかも、現れたのは一体だけではなかった。篠突く雨に煙る樹林の中から、二体、三体、四体とキノコのモンスターがゾロゾロ現れてきた。

ふたりの女子高生は、たがいに抱き合いながら、ついに気を失ってその場にくずおれた。真紀の手からビデオカメラが落ち、岩に当たってレンズが砕けた。

矢野、加納、真紀、夕衣の四人が失神し、北沢と岡島だけが土砂降りの中に立ち尽くしたまま、なんとか正気を保っていた。

しかし、彼らもまた意識を維持できる限界だった。別の方角の樹林から、さらに新たな怪物の集団が出てきたからである。

わずか一分か二分のうちに、アホウドリ号のために切り開かれた樹海の中のわずかな空き地は、キノコの化け物でいっぱいにあふれ返った。そして、怪物たちの指揮官のごとく甲板上に立っているキノコもどきの怪人は、凍りつくふたりを、じっと見下ろしていた。

「一夫……」

北沢と背中合わせの恰好で雨中に立ち尽くす岡島は、震える声でつぶやいた。

「おれたち、もう、おしまいか？」

北沢には、それに答えるだけの気力がもう残っていなかった。

それから十年間、この日の記憶を完全に封印されることになろうとは想像もつかぬまま、北沢一夫と岡島寛太も、ついに意識を失った――

四　蘇る過去

1

——十年後、二〇一三年五月

いかにもそこはラスベガスだった。

巨大なカジノホテルに設けられたＶＩＰ専用のバーでは、専属バンドを従えた黒人のクラブ歌手が、華やかなジャズナンバーを歌っている。そこに集う客たちは、八割が白人で、二割がアジア系。アジア系の大半は中国人で、日本人は岡島たちのほかにはいなかった。いずれも世界各地から集まってきた富裕層で、彼らの金銭感覚は一般的な金持ちのそれよりも、さらにケタがいくつも違う。服装にしてもアクセサリーにしても靴にしても、どれひとつとっても世界の一級品であり、そのきらびやかな情景は、カジノを舞台にしたハリウッド映画のひとこまのようだった。

五年前に他界した父親の跡を継いで、いまや九州といった地元企業の枠を脱し、国内で一、二を争う急成長を誇り、さらに海外の投資家からも注目される存在となったオカジマ・インターナショナルの若き総帥・三十五歳の岡島寛太も、そうした世界の富裕層に溶け込んでまったく違和感のないところまできていた。

二〇一三年五月十七日、金曜日、米国太平洋夏時間、午後十一時――

岡島はネバダ州ラスベガスのカジノで旧友の星野隼人を連れてポーカーとブラックジャックを楽しんだあと、VIP専用となっているメンバー制のバーに席を移していた。

そのバーの中で、ただひとり巨万の富とは無縁な立場にいる星野は、日本人としては見栄えのする体軀(たいく)に純白のジャケットを着こなし、それなりに恰好はよかった。だが、明らかにそこでは異人種だった。

星野は不慣れなカードゲームで、日本円にして百万円近くも負けた。だが、自分の懐はまったく痛んでいない。ギャンブル資金は、すべて岡島が提供していたからである。その岡島も、およそ五百万円の負けを喫したが、その程度ではパチンコですったほどの痛みしか感じていない様子で、何事もなかったような顔で最高級のブランデーと葉巻を楽しんでいた。

「夢の実現まで、いよいよあと二カ月だ」

葉巻をくゆらせながら岡島が言うと、

「ああ、いよいよあと二カ月だな」

と、星野隼人も同じ言葉を繰り返した。そして、ブランデーグラスに注がれた琥珀(こはく)色の液体をゆっくりと揺らした。

城南大学の同期生である岡島と星野にとって、学生時代からの夢を実現させる瞬間が刻々と近づいていた。

三十代の若さでネットビジネスを中心に巨万の財産を作った岡島は、三年前にスペースシャトルの全ミッションを終了させたNASAと交渉し、新型宇宙船オリオンに宇宙探査の主役を譲って退役した三機のシャトル——ディスカバリー、アトランティス、エンデバー——のうち、最後に建造され、飛行回数も最も少ないエンデバーを超高額で買い取って、アメリカのみならず、世界中のメディアから注目を浴びた。宇宙ビジネス投資家としてのカンタ・オカジマの名は、この件で一躍世界中に轟くことになった。

その知名度を、巧みに集金力に結びつけた岡島は、さらに宇宙飛行士訓練施設を長期レンタル契約して、三年前から日本人宇宙飛行士の養成に乗り出した。しかし、スペースシャトルを買い取って乗組員を養成しただけでは、宇宙飛行は実現できない。打ち上げのための設備と、打ち上げ後の管制機能が必要だった。

これについて当初岡島は、ネバダ州ラスベガスとカリフォルニア州ロサンゼルスを結ぶ線上に位置し、日本の国土の一割あまりの広さを持つモハーベ砂漠に宇宙ビジネスの拠点として建設されたモハーベ宇宙港を、新シャトルの本拠地にするプランを描いていた。しかし、すべての施設を新たに砂漠に建設するには膨大な費用がかかる。

たとえば、全長四十七メートルに及ぶ巨大な外部燃料タンク(ET)と、打ち上げ時に必要な推力のほとんどすべてを担う全長四十五・五メートルの固体ロケットブースター（ＳＲＢ）、そしてオービターと呼ばれる全長三十七・二メートルのシャトル本体を垂直状態で結合させる組立棟は、ビル五十階分以上の高さを必要とする。それとは別に、水平状態でオービターを整備する格納庫や、当然、発射台も専用のものが要る。これらの新規建設は、とうてい不可能だった。

また、外部タンクに注入する二千立方メートル近い燃料を安全に供給するには海上からの搬入が適切で、さらに打ち上げ時の断熱材剝落（はくらく）などのリスクも考えると、全米第二の都市であるロサンゼルスに近いモハーベ砂漠からの発射は非現実的といわざるをえなかった。なによりも、打ち上げ後のシャトルを追跡し、コントロールする管制センターはＮＡＳＡに協力を求めるほかなかった。

そこで岡島はＮＡＳＡと交渉し、シャトル計画終了後もケネディ宇宙センターにある発射台や組立棟などの施設を存続させ、その使用を認める契約を締結し、打ち上げに関わる業務の一切もＮＡＳＡに委託した。

だが、その契約が公式に発表されると、日米双方のメディアから疑問の声があがった。いくら岡島が世界的な注目を集めはじめた新進気鋭の実業家で、巨額の契約金をＮＡＳＡに提示したにしても、アメリカ側からみれば、しょせん日本人が「日の丸宇宙飛行」の実現を夢見ているだけの話である。そのプロジェクトにＮＡＳＡがここまで徹底的に協力するのは、誰の目にも不自然と映った。

恒常的な予算不足に悩むＮＡＳＡが、オリオンを筆頭とする今後の宇宙開発計画に、少しでも多くの資金を必要としているのは事実だった。しかし、日本の一民間企業の宇宙ビジネスに、ＮＡＳＡがここまでの便宜を図ることじたい、金銭的な理由だけでは説明のつかない何か特別な「裏事情」があるのではないかと勘ぐる声が、内外から出はじめていた。だが、ＮＡＳＡも岡島も、これはあくまで宇宙ビジネスとして相互にメリットがあるから成立した一般的な業務提携である、と、判で押したように同じ内容のコメントを出し、それ以上のことを語らなかった。

ともあれ、ＮＡＳＡの全面協力のおかげで岡島の計画は順調に進行し、スペースシャトル「エンデバー」は、すでにオカジマ・バージョンとも言うべき姿に改装されていた。右主翼と左右の胴体にあった星条旗とアメリカの国名は、日章旗と「ＪＡＰＡＮ」の文字が取って代わり、「ＮＡＳＡ」のロゴが入っていた左主翼には「ＯＫＡＪＩＭＡ」の名前と企業ロゴが誇らしげにペイントされていた。さらに右主翼に星条旗とともに記されていた「Ｅｎｄｅａｖｏｕｒ」という機体名も、いまでは「Ａｌｂａｔｒｏｓｓ」に代わっていた。

アルバトロス――すなわち、アホウドリである。命名したのは、このシャトル機のオーナーとなった岡島自身で、彼はＣＮＮのインタビューに応じ、命名の理由をこう語っていた。

「スペースシャトルが初めて打ち上げられたのは、私が生まれてまもないころでした。幼い私が『おえかき』ができるようになって初めて描いた乗り物の絵は、自動車でも電車でも飛行機でもなく、スペースシャトルだったのです。シャトルの大きな白い翼は、それぐらい子供心に印象的に焼き付いていたわけです。

それから三十年ほどの年月が経ち、いま、私がそのシャトルのオーナーとなって、日本人による、日本人のための、日本人の宇宙飛行を実現しようとしています。感無量です。

そして、生まれ変わったシャトルに『アルバトロス』という名前を付けたのは、その大きな白い翼が、風をはらんで大空を舞うアホウドリを連想させたからです。ご承知のとおり、スペースシャトルは大気圏に再突入して帰還するとき、最後はグライダーのように滑空して着陸します。それもアホウドリを連想させるではありませんか。私はいま、この真っ白な一羽のアホウドリに人生の夢すべてを託しているんです」

2

岡島の夢を載せたスペースシャトル「アルバトロス」——アホウドリ号が、初の日本人主導による有人宇宙飛行を実施するまで、あと二カ月少々。ちょうどきょう、組立棟で外部燃料タンクと固体ロケットブースターの結合作業が行なわれたところだった。

一カ月後の六月十七日には、アルバトロスの本体がそれに連結される。水平状態で整備されていたオービターが、この作業によって垂直状態でスタンバイすることになり、以後、宇宙空間に飛び出して軌道に乗るまでは、水平状態に戻ることはない。

そして連結から一週間後の六月二十四日に、アルバトロスは巨大な移動台に載せられた状態で、組立棟から六・八キロ先の発射台へ十時間をかけてゆっくりと運ばれていく。その後、燃料ガスの充塡（じゅうてん）テストや、実際にクルーが搭乗した上での緊急脱出シミュレーションを含むカウントダウン・デモンストレーションを行ない、最終的な点検を経て、七月十日に気象条件を踏まえた打ち上げ日が設定されることになっていた。

現時点での第一候補は、七月二十四日の朝、米国東部夏時間で午前九時過ぎ、日本時間で午後十時過ぎである。打ち上げられたアルバトロスは、順調にいけば打ち上げから三日目に国際宇宙ステーション（ISS）とドッキングし、丸一日ランデブー飛行をしたあと、四日目にISSから分離、その後、五日目に軌道を周回しながら船外活動（EVA）、六日目に軌道を離脱して大気圏突入、帰還という予定だった。

従来のスペースシャトル計画のミッション名は「Space Transportation System」の頭文字を取って「STS」という略称に通し番号を打ってSTS—92などのように呼ばれていたが、岡島は今回のミッションを「Okajima Space Project」の頭文字を取って「OSP」とし、その第一号の打ち上げを「OSP—1（ワン）」と呼ばせていた。

過去のスペースシャトルは、一九八一年四月十二日の初飛行（STS—1）と二度目のミッション（STS—2）こそ二日と数時間という短時間の宇宙飛行だったが、STS—

3からは宇宙の滞在時間が一週間を超え、シャトル計画末期には十日間から、ときには二週間にも及ぶまでになっていた。しかし、岡島がプロデュースするアルバトロスの初ミッションOSP―1は、慎重を期すためと予算的な制限もあって、六日間に抑えられていた。

記念すべきアルバトロス初飛行に搭乗クルーとして選ばれた六人は、もちろん全員が日本人だった。

船長を務めるのは意外にも女性で、選考応募時には警視庁捜査一課の現役の警部だった城之内準子（じょうのうちじゅんこ）、四十七歳。

パイロットは航空自衛隊員で最新鋭の戦闘機に乗っていた戸村慎二（とむらしんじ）、四十歳。

ミッション・スペシャリスト（MS）と呼ばれる四人は、MS1が宇宙でのテレビ中継技術研究を任務とする、東京の民放キー局・中央テレビの技術者柳田守（やなぎだまもる）、三十九歳。

MS2には将来、宇宙基地や国産宇宙船の設計者として育てるべく選ばれた、若手建築デザイナーの矢崎元太郎（やざきげんたろう）、三十三歳。

MS3は「空想だけでなく、ほんとうに星空に飛び立つ世界初の童話作家」というキャッチフレーズが付けられた美人小説家の小出美和（こいでみわ）、二十八歳。

そしてMS4が、クルーの中でただひとり船外活動（EVA）を行なうことになっている、宇宙工学研究所員の星野隼人、三十一歳だった。

これらの顔ぶれを見ただけでも、従来のスペースシャトルとは大幅にミッションの趣旨が異なることは明らかだった。とくにMS1からMS3までのミッション・スペシャリストたちについては、その意表を衝(つ)いた人選がマスコミの注目を集めていた。

そのため、クルーの中でただひとり正統派宇宙飛行士としての役割を果たす星野隼人は、あまり世間的には目立たず、スポンサーの岡島寛太と彼が四つ違いでありながら、城南大学の同期生だという事実も、表立って報じられることはほとんどなかった。

「まあ、常識から言えば、打ち上げ予定日を二カ月後に控えた宇宙飛行士が、ラスベガスでカジノ遊びをするなど不謹慎のきわみ、ということになるのだろう」

葉巻を左手の指にはさみ、黒人ジャズシンガーの歌に合わせて軽く身体を揺すりながら、岡島が言った。

「だけど六人のクルーの中で、隼人、おまえだけは特別な存在だ。なにしろ、十数年来の友だちだからな。城南大学の学生だったころから宇宙飛行士になりたいと言いつづけてきたおまえの夢と、宇宙ビジネスの先駆者になりたいというおれの夢を、こうやって同時に叶(かな)えられる時を迎えるなんて、最高の気分じゃないか。これぐらいの贅沢(ぜいたく)をしたってバチはあたらないだろう」

「それにしても、二カ月後に自分が宇宙を飛んでいるなんて、まだ信じられない気分だ」

三十一歳にして、学生時代よりもますますたくましい身体つきになった星野は、純白のジャケットの襟もとに片手を突っ込むと、そこからプラチナのペンダントを引き出して、しみじみとした表情でそれを眺めた。

そのペンダントのヘッドには、アルバトロスと命名されたシャトル機にちなんで、プラチナのアホウドリが付けられていた。岡島から六人の宇宙飛行士たちにプレゼントされたもので、アホウドリの目の部分には、小さいながらもダイヤモンドが埋め込まれていた。

全員が、そのペンダントを付けて宇宙に飛び立つことになっていたが、岡島は、ミッションが無事成功したあとは、このダイヤ入りアルバトロス・ペンダントを有名宝石店を通じて一般向けに販売する計画を立てていた。そのあたりは商魂たくましいといおうか、まったく抜け目がなかった。

「ほんとうに会長には感謝しているよ。心から……」

星野が言うと、

「その『会長』っていうのは、やめろって」

岡島は、笑いながら顔の前で手を振った。

「都市伝説研究会を解散してから何年経つと思っているんだ。十年だぞ」

「だけど、同期とはいえ、あんたはおれより四つも年上だから、『岡島』と呼び捨てにするよりも『会長』のほうが、こっちも気が楽なんだ。それに、オカジマ・インターナショナルでの肩書きが代表取締役会長なんだから、ほかの人間が聞いたって、まさか昔からの呼び名だとは思わないさ」

「まあ、たしかに他人の前でおまえから『岡島さん』と改まって呼ばれるよりは『会長』で通してくれたほうが、おれも居心地がいいけどね」

「ところで、都市伝説研究会といえば……」

そこで星野が、昔を思い出す顔になった。

「あれは、十年前のちょうどいまごろだった。おれたちが都市伝説の真偽を確かめに樹海で合宿をしたのは」

「うん、うん、そんなこともあったたな。それより、さっきのポーカーだけど……」

と、岡島は気のない相づちを打って、不自然なまでに急いで別の話題に切り換えようとした。が、星野がそれをさえぎり、じっと岡島の顔を見つめて言った。

「岡島、聞いてくれ。何度考えても、おれは納得がいかないんだよ。あの日、ほんとうにおれたち七人の身には何も起こらなかったのか、って」

3

同じころ、日本時間五月十八日、土曜日、午後三時——

東京六本木にある中央テレビ本社ビル七階では、毎週月曜から金曜までの毎夜十時からオンエアされる看板報道番組『ザ・ナイトウォッチ』のサブキャスター桜居真紀が、翌週の企画会議のためにきたスタッフルームで、山積みにされた週刊誌のひとつを取り上げてページを繰りながら、無意識のうちに小声で歌を口ずさんでいた。

「水の溜まった石畳　アカシアの葉が　寂しく浮かんでる

水の面を　風が吹き抜けて　思い出のせて　揺れている
水の溜まった石畳　アカシアの葉が　寂しく浮かんでる」

「ずいぶんレトロっぽい歌ですね」

背後から声をかけられ、真紀はハッとなって歌うのをやめた。そして後ろをふり向いた。

部屋の隅で番組アルバイトの山田(やまだ)洋子(ようこ)が事務的な作業をしていることをすっかり忘れ、自分ひとりしかいないと思っていた真紀は、ちょっと照れた顔をして弁解した。

「ああ、この歌ね。なんとなく最近、口をついて出てきちゃうのよ」

「懐メロですよね」

「たぶんね」

「なんていう歌ですか」

「さあ、題名は知らないけど……人が口ずさんでいるのを聞いてるうちに、自然と覚えてしまったんだけど」

「人って、もしかしてカレシですかあ？」

「なによ、洋子。他人のプライバシーは詮索(せんさく)しないこと」

真紀が一線を画すように、意図的に冷たい声を出した。が、アルバイトの洋子は空気を読めない子だったので、相手がいやがる話題をさらに突っ込んできいた。

「でも、真紀さんて、すごくモテますよね。私が知ってるだけでも、局内でプロデューサーが三人でしょ、ディレクターが五人でしょ」

「なに、その数」

「真紀さんを恋人にしたがっている人ですよお。それからタレントのAさんとBさんとCさんも、プロ野球選手のDさんやEさんも、真紀さんのこと狙っているっていう噂ですよ。たしか、このあいだネットやスポーツ紙にも出ましたよね。ちなみに私、この有名人たちの実名、ぜんぶ知ってるんですけど、言ってみましょうか」

「バカな作り話を本気にしないで」

「デマでも作り話でも華やかでいいじゃないですか。それから某大臣が真紀さんのことを、息子のお嫁さん候補として考えているっていう噂もあるし……ほんと、チョーうらやましいです。せっかく女としてこの世に誕生するんだったら、真紀さんみたいに頭がよくて、顔もよくて、スタイルもよくて、声もきれいな女に生まれたかったですう〜。神様って、真紀さんに何でもかんでも与えすぎ。不公平ですう〜」

「はいはい。もうそういう話はナシね。そろそろ会議がはじまるんだし」

真紀はそう言って、好奇心旺盛なアルバイトの子を黙らせた。

城南大学付属女子高校から城南大学社会学部マスコミ情報学科に入り、学部首席という抜群の成績で卒業した桜居真紀は、五年前の四月に中央テレビに入社し、報道部に配属された。そして現場記者として警視庁担当を二年、国会担当を三年務めたのち、ことしの四月から看板番組である夜のニュースワイド『ザ・ナイトウォッチ』のサブキャスターに抜擢(てき)された。

メインキャスターは、番組がはじまった十年前から工藤俊一(くどうしゅんいち)という年配の元新聞記者が務めていたが、ほぼ二年ごとに代わるサブキャスターは、これまで局内の女子アナが担当していた。しかしことし四月の交替で、新しいサブキャスターに初めてアナウンサーではなく報道部員の真紀が起用された。抜擢の理由は、まさにアルバイトの洋子が褒め称(たた)えたように、才色兼備プラス、アナウンサー並みの声と滑舌のよさが評価されたからだった。

二十七歳という年齢も、若さの中にも「大人の女」としての落ち着きを交えることができる年ごろであり、起用から一カ月半ほどしか経っていないにもかかわらず、局内外での桜居真紀の評価はウナギのぼりで、視聴率という客観的な数字にもそれが表われていた。

そんな真紀に目をつけて交際を求める男たちは多かった。局内の男性社員は言うに及ばず、芸能人、スポーツ選手、番組のゲスト出演者、そして国会担当時代に得た人脈から、息子の嫁にと本気で切望する大臣級の政治家が複数いるのも事実だった。

しかし、外見の美しさで男たちの目を引くのは、うらやましがられるような側面ばかりがあるわけではなかった。桜居真紀のデート現場を、あるいは「お泊まり」現場を押さえようとして、日夜パパラッチのカメラが彼女を追いつづけ、さらには一方的に真紀に恋をしたストーカーたちの視線も、物陰からじっと彼女を見つめていた。

そうした「見えない目」の恐ろしさを、真紀は日ごろから意識せずにはいられなかった。それはテレビで有名になることの代償といってもよかった。

「おい、真紀、ここにいたのか」

スタッフルームのドアを開けて、番組プロデューサーの金子健太郎が顔を覗かせた。ごま塩頭を短く刈り上げた職人風の風貌を持つ金子は五十一歳で、報道部のエースと言われている。ただし、アルバイトの洋子が口にした「桜居真紀に気があるプロデューサー三人」の中に、彼は入っていない。金子は愛妻家で子煩悩、浮気の経験も皆無と、テレビ業界人としては珍しい部類に入る男だった。だから、真紀の信頼も厚かった。

「ちょっと話がある。顔を貸してくれ」

はじめはスタッフルームの中に入ってこようとした金子だったが、アルバイトの洋子がいるのを見て、真紀を部屋の外に連れ出した。洋子の野次馬根性まるだしの質問から逃れたかった真紀は、ちょうどよかったという顔で廊下に出た。が、金子の深刻な表情を見た真紀は、あまりよくない話が切り出されることを察した。

「なにか……あったんですか」

「うん。ちょっとこっちへ」

金子は廊下のはずれにある会議室が空いているのを確かめると、そこに真紀を招き入れ、「会議中」の札を出してからドアを閉めた。そして、部屋のいちばん奥まった窓際の席に真紀を座らせ、自分も隣の椅子を引いた。

七階の窓から見える午後の東京は、どんよりとした雲に包まれていた。そして西の空から、さらに分厚い黒雲が押し寄せてきて、いまにも雨が降り出しそうな空模様だった。そんな天気のせいで、天井の照明を灯さない会議室の中も暗かった。そのことが、よけいに金子プロデューサーの表情を深刻なものにみせた。

「単刀直入に言う」

金子は低い声で切り出した。

「おまえの件で、ある週刊誌が動いている。おれと親しい記者がいる週刊誌だ」

「私の件で？」

真紀は、チャームポイントである大きな瞳を、さらに大きく見開いてたずねた。

「どんな話ですか」

「星野隼人って男を知ってるよな」

その名前を切り出され、真紀は顔をこわばらせた。

「はい……知って……います」

「言っておくが、『星野さんは、スペースシャトル・アルバトロスに乗る宇宙飛行士のひとりです』という答えを聞くために質問しているのではないぞ」

「わかっています」

「おまえとは、どういう関係だ」

「私が城南大学の付属女子高にいたとき、星野さんは城南大学の学生でした。そして、大学・高校合同で行なっていたサークル活動で、いっしょの研究会にいました。都市伝説研究会というマニアックなグループでしたけど……。星野さんは四つ年上だったので、私が大学に進んだとき、ちょうど入れ違いに卒業していきました」

「そういう昔の話じゃなくて、いまの関係だよ」

「……」

黙りこくる真紀に、金子は畳みかけた。

「おれに取材をかけてきた記者によれば、星野はおまえと結婚の約束をしているらしいが、ほんとうか」

金子の質問に真紀は驚き、つづいて不服そうな表情を浮かべた。

「どうして、そういう質問にいまここで答えなければいけないんですか」

「もちろん、結婚にしても恋愛にしてもおまえのプライベートな部分だから、本来はおれが立ち入るべき問題ではない。だが星野隼人は、二カ月後に日本人宇宙飛行士だけで飛ぶ『日の丸スペースシャトル』の乗組員だ。そして、クルーの中でただひとり宇宙遊泳を行なう人間だ。その彼がおまえの婚約者だとしたら……」

「その先は言わないでください」

真紀はきっぱりとした口調でさえぎった。

「私は、仕事とプライベートをいっしょにしたくありません。星野さんと私が個人的に親しければ、こんどの宇宙飛行に関して独占スクープがとれるかもしれないとお考えなら、そのリクエストにはお応(こた)えできません」

「答えを言ったようなものだな、真紀」

薄暗い会議室の中で、プロデューサーは真紀を見つめた。

真紀も金子を見つめ返した。数秒間の沈黙があった。そして真紀は口を開いた。

「そうです。私と星野さんは結婚を前提におつきあいをしています」

「長いのか、つきあいは」

「いえ、それほどでは」

金子から視線をそらし、曇天下で灰色にくすんでいる六本木の街並みを眺めながら、真紀は言った。

「女子高生のときからの知り合いでも、恋人関係になったのは三年ぐらい前からです」

「正式に婚約したのかね」

「まだです。おたがい、自分の親にも話をしていません。彼が宇宙でのミッションを済ませて地球に戻ってきたら、それぞれの両親に挨拶を済ませて、正式な婚約と、それからふたりとも世間的な立場があるので記者会見をしたほうがいいと思っています。もちろん、そうなったときは、前もって金子さんにご相談するつもりでしたけど」

窓の外に顔を向けていた真紀は、プロデューサーのほうに向き直った。真剣な眼差しだった。

「ただ、フライトが無事に終わるまでは、絶対にふたりの関係を公表したくないんです。宇宙へ出かける日が迫っている大切な時期に、よけいな雑音で彼の集中を妨害したくありませんから」

「その気持ちはわかる」

「私も、金子さんの立場はわかっています。こんどのミッションでは、うちの放送技術部にいる柳田さんも宇宙飛行士の公募に通ってクルーに入っています。ですからアルバトロスの飛行は、たんなる取材の対象ではなく、中央テレビが将来の宇宙テレビ放送に向けて大きくリードするためのビッグイベントです。全社を挙げて盛り上げていけという社長の指示が出ていることも知っています。そんな中で、私と星野さんが結婚を前提にした関係であるとわかれば、番組プロデューサーとして、そのことを利用――あ、『利用』は言葉が悪いですよね、すみません――活用したいと考えるのは当然だと思います。だけど、そうしてほしくないんです」

「真紀は誤解をしているよ」

「誤解？」

「ああ。おれの話はまだ半分も終わっていないのに、早とちりをしている。おれは真紀の個人的な問題を番組に利用したくて話をしているんじゃない」

「だったらどういう……」

「その前に、あとふたつだけたずねる。星野といっしょにミッション・スペシャリストに選ばれた放送技術部の柳田だけど、彼は、おまえたちの関係を知っているのか」

「いいえ」

「では、スポンサーの岡島会長はどうなんだ？　彼は星野と大学の同期だそうだが」

「岡島会長も知らないはずです。星野さんのほうから言わないかぎりは」

「では、おまえたち当人以外は、ふたりが将来を約束している関係なのを誰も知らないわけだ。親きょうだいでさえも」

「はい」

「それなのに、婚約情報が週刊誌に洩れている……」

　金子は不審そうにつぶやいた。

「誰が洩らしたんだ」

「それより、金子さんの話の本題って、何なんですか」

「週刊誌の記者が持ち出したのは、ふたりの結婚の噂だけではない。それだけなら、おれは笑いながら『おめでとう』と言えば、それで済む話だ」

「じゃ、笑えない話なんですか」

「まあね」

「だったら、よけいに早く教えてください」

「記者は、番組プロデューサーとして、おれが真紀から何か相談を受けていないか、と、たずねてきたんだよ」

「私が、金子さんに相談？　星野さんとのことで、ですか」

「そうだ。結婚問題ではなく、もっと深刻な話で相談を受けていませんか、と」

「深刻な話？　そんなもの何もないですけど」

「週刊誌の編集部に匿名の手紙が寄せられたそうだ。おれは、そのコピーを見せられた。短い文面だったが、こう書いてあった。『こんどスペースシャトルで宇宙に旅立つ星野隼人飛行士は、国際テロ組織に操られている。日本が危ない』と」

「星野さんがテロ組織に？　日本が……危ない？」

金子の言葉に、真紀は信じられないというふうに首を振った。

だが、金子はさらにつづけた。

「そして最後にはこう記してあった。『キーワードはマ、タ、ン、ゴ』と」

「マタ……ンゴ？」

「そうだ。まったく意味不明の言葉だし、英語の辞書を引いても出てこない。何かの暗号のようでもあり、秘密プロジェクトのコードネームのようにも思える。どうだ、真紀、おまえはこの『マタンゴ』という言葉に心当たりはないか」

「なんで私が、そんな奇妙な言葉を知ってなきゃいけないんです。知ってるわけないじゃないですか。それに、星野さんが国際テロ組織に操られている、だなんて……バカバカしい」

真紀は顔を赤くして怒った。

「きっと、彼が宇宙飛行士になったことを妬んでいる人間のいたずらですよ。金子さんは、そんな怪しげな話を鵜呑みにするんですか」

「おれだって報道畑一筋できた人間だ。安易なガセネタに引っかかったりはしないよ。おれは、顔見知りのその記者にこう問い質した。『おれはニュースワイドのプロデューサーなんだよ。そうだと知っていながら、こんな情報を持ちかけてきたのかね。もしもここに書かれた話に信憑性があるなら、おたくが週刊誌に書くよりも先に、おれがテレビでスクープを飛ばすかもしれないじゃないか。そのことからしても怪しいと思う』とね。すると記者は、そこでおまえと星野の関係を持ち出したんだよ。『おたくの看板娘の桜居真紀さんは、この星野飛行士と結婚するらしいんですけど、ごぞんじでしたか』というふうに」

「……」

「そして彼は、意味ありげな笑いを浮かべて言った。『それでも、この話を番組で報道できますか』と」

「誰なんです、その手紙を送ってきたのは」

「完全な匿名だから、記者のほうでもつかんでいない。消印はどこになっているのかとたずねたが、それは教えられません、と拒まれた」

「ひどいイヤガラセです。だから私はいやなんです。アルバトロスの打ち上げ前に、ふたりの関係が公になることが」

「しかし、まだ公になっていない関係を知っていた者がいるんだ」

「さっきも言ったとおり、私も星野さんも、ふたりだけの約束を誰にも話していません」

「だが、おまえたちの親密な場面を見られた可能性はあるだろう？　どこかで盗撮をされたかもしれない」

「いいえ、彼はこのところずっとアメリカで訓練を受けていて、日本には帰ってきていません。何ヵ月も彼とは会っていないんです」

「ずっと前から、おまえと星野をマークしていた人物がいるかもしれない。たんなる恋愛スキャンダル狙いではなく、もっと深い狙いがあって」

金子に言われ、真紀は押し黙った。

「いまのところ、おれはこの件を社内の誰かに言うつもりはない。報道局長にも伏せておく。だが、憂慮すべきはおまえの結婚話ではなく、星野飛行士がテロに関与しているという情報のほうだ。こちらは、いつまでもおれのところで留めておくことはできないぞ」

「信じるんですか、そんな根拠のない話を」

「おれが信じるか信じないかは問題じゃない。うちの柳田も乗り込むシャトルに、テロの関係者が含まれているとなれば、真紀に口止めされて報告できませんでした、じゃ済まされない話だからな」

「…………」

「いいか、真紀」

プロデューサーは、美人報道キャスターとして人気急上昇の部下に向かって、静かに言った。

「この件では、おまえに冷静な判断を求めるのは無理かもしれない。だが、キャスターとして、できるかぎり客観的な目でこの情報に対処することを希望する。もちろん、たんなるイヤガラセだけなら、それに越したことはないがね」

4

「おまえ、まだ例の出来事にこだわっているのか」

ラスベガスのカジノでは、岡島寛太が、星野隼人が昔話を持ち出すことを明らかにいやがっていた。

「樹海の合宿は十年も前のことだぞ。もう終わった話だ」

「いや、あいまいな気持ちのまま終わりにしたくはない。すでに十年が経とうが、これからさらに十年が過ぎようが、スッキリしない気持ちは消えそうにない」

「だけど、なにもこれから宇宙へ行こうというときに、そんな話を蒸し返さなくたっていいだろう」

「こういうときだからこそ、ハッキリさせたいんだよ」

アルバトロスのペンダントをさわりながら、星野は学生時代の出来事をなぞりはじめた。

「富士山麓の樹海の奥深く、大型ヨットが浮かび、この世のものとは思えない不気味な姿をした亡霊がさまよっている——その伝説が事実に基づいたものか、それともたんなる作り話かを確かめるために、都市伝説研究会の有志七人が樹海でキャンプを張った。おれと矢野誠、加納洋、北沢一夫、それに付属女子高から参加した桜居真紀の五人は、この伝説は事実に基づいた言い伝えだと本気で考えていた。ヨットや怪物の存在が事実であってほしいという願望を抱いていた、と言い換えてもいい。とにかく、樹海まできたのは決して遊び半分の気持ちではなかった。だからおれは、一生懸命テントの手配をしたし、ワンボックスカーの運転手も買って出て、樹海まで行ったんだ。

女子高から参加したもうひとり、野本夕衣は、伝説が本物かどうかということよりも、ただひたすら探検を怖がっていた。そういう意味では、彼女も『本気派』に入れられるだろう。ところが会長、あんただけは女子高生との合コン気分でやってきた。伝説なんか一パーセントも信じられるか、という態度で」

「当然だよ。樹海に大型ヨットがあるとか、キノコの化け物がうろついているという話を真に受けているおまえらは、どうかしてるんじゃないかと思っていた」

「そしておれたちは、キャンプファイアを囲んで、都市伝説を信じるか信じないかという論争になった。おれは、会長のあんたが本気じゃないなら時間のムダだから帰ると言い出した。矢野や加納もおれの側について、あんたと対立した」

「もういいじゃないか、隼人」

岡島は左手の指に葉巻をはさんだままブランデーグラスを持ち上げ、グイと一口あおってから、言葉を強めた。

「おれとおまえは十年後のいま、こうやって仲良くして、おたがいの夢を実現しようとしているんだ。つまらない思い出話にこだわるのは無意味だ」

「いや、どうしても記憶をきちんと整理し直しておきたいんだ。なぜ、そこまでこだわるかという理由は、これからちゃんと話すから」

「理由があるのか」

「ある」

うなずいてから、星野は十年前の夜に話を戻した。

「いますぐ東京に帰るとおれや誠が言い張り、それに対して会長は、勝手な行動はさせないぞと反発した。さらに真紀は真紀で、絶対に樹海の探検をしたいから、もうケンカはやめて寝ようと言った。そうこうしているうちに、突然、キャンプファイアの炎が消えるほどの土砂降りに見舞われて、男と女で二手に分かれてテントの中に駆け込んだ」

「そうだったな。そして翌朝起きてみたら、雨は上がっていたけれど、周りは視界が利かないほどものすごい霧に包まれていた。だから、どっちにしても樹海に入り込むのは無理だということになって、おれたちはテントを畳んで東京に帰った」

「その記憶は、ほんとうに正しいのか？」

「というと？」

「まず第一に、おれはあの晩、化け物を見た」

「なんだって？」

岡島は、煙が立ちのぼる葉巻を左手にはさんだ恰好で眉をひそめた。

「そんな話は初耳だぞ」

「言えなかったんだ。恐ろしすぎて、誰にも言えなかったんだ」

華やかなラスベガスのＶＩＰ専用バーラウンジにあって、岡島と星野のいる空間だけが、冷たい空気に包まれていた。

「岡島も覚えているだろう。あの晩の土砂降りはあまりにも激しかったから、おれがレインジャケットを着て、ひとりで外に出て、テントにフライシートをかぶせたり、溝を掘ったりする作業をやっていたのを」

「ああ、覚えている」

「そのときに見たんだ、恐ろしい姿をした怪物が樹海の入り口から出てきて、おれたちのいるテントのほうをじっと見つめているのを」

星野はぶるっと身震いをした。

「おれは、しばらくのあいだ金縛りにあったように動けなかった。そして、怪物が森の中に姿を消したとたん、急に身体の自由が戻ったので、テントの中に転がり込んだ。すると、あんたも誠も洋も一夫も、みんなびっくりして、どうしたんだ、どうしたんだ、と、おれにたずねてきたじゃないか。それを忘れたのか」

「覚えてないね」

岡島は、あっさりと言った。

「そんな場面はなかったと思う。おれだけじゃなくて、ほかの連中からもそんな話題は出たことがない。きっとそれは、テントで眠っているときにみた夢だろ」

「おれもそう思い込もうとした、あれは夢だったんだと……。けれども、夢にしてはあまりにも印象が強烈すぎるんだ。それ以来、一年に一回か二回はその怪物の姿が夢に出てくる。ひどい悪夢にうなされるんだ。それはたしかに夢だけど、最初の遭遇は絶対に夢なんかじゃない」

「ちなみに、どういう形の化け物を見たんだ」

「背恰好は人間そのものだ。だけど、顔じゅうがキノコに覆いつくされているんだ」

星野はブランデーではなく、水をがぶ飲みしてからつづけた。

「顔だけでなく、腕にも脚にもキノコが生えていた。ボロボロの服を着ていて、破れた部分から覗いている皮膚は、ぜんぶキノコ状の腫瘍に侵されている。だけど、目と鼻と口は、ちゃんとついている。そういう部分には人間らしい形が残っていた」

「それだったら、都市伝説で言われていたとおりの姿じゃないか」

ステージで歌う黒人のジャズシンガーにチラッと目をやってから、岡島は、バカバカしいという感情を、鼻の穴から吐き出す葉巻の煙で示した。

「ということは、やっぱりおまえは都市伝説に語られた筋書きどおりの夢をみたにすぎない」

「夢ではないという証拠がまだある」

「たとえば？」

「一晩寝て、つぎの日にテントを撤収するとき、真紀がビデオカメラがないと騒ぎ出しただろう。テントの中にも車の中にも見あたらず、周りの草むらにも落ちていなかった。かといって、おれたち七人以外に誰もいなかったキャンプ場に、泥棒が入り込んだとも思えない」

「どこかに置き忘れたのさ」

「いや、これは真紀から聞いた話だけど、彼女はそれを森の中で落としたような気がすると言っていた」

「森の中？　樹海の中という意味か？」

「そうだ」

「だけど、おれたちは樹海の中には入らなかったんだぞ」

「逆に考えてみたらどうだ。実際に樹海の中に入って、実際にそこでビデオカメラを落としてしまったからこそ、真紀の頭にはそういう印象が残っているんだ、と。でも、何かの理由があって、詳細な記憶は飛んでしまった。真紀だけではなく、全員の記憶が」

「七人全員の記憶が飛んだ？　ありえないね、そんな現象は」

岡島は頭ごなしに否定した。だが、星野はなおも自分の見解を主張した。

「そもそも二日目は、朝起きたといっても、実際に目覚めたときは、もう昼近かった。そんな時間まで誰ひとり目を覚まさなかったのは、不自然じゃないか。きっとそれは、ずっと寝ていたのではなく、夜明けから早朝にかけて行動していたときの記憶が欠落していたからだという気がする」

「ちょっと待てや、隼人」

岡島は、指にはさんだ葉巻を、星野に向かって突き出した。

「夜明けから早朝にかけての、みんなの記憶が欠落しているんだと？　そして実際には、その時間帯に樹海の中に入っていたと言いたいのか」

「そのとおりだ。そう考える根拠はちゃんとある。あの日、起きてみたら、おれ以外の六人の服が毒々しい虹色に汚れていただろう。それだけじゃなくて、みんなの身体がずぶ濡れになっていた。それはテントの中でずっと寝ていたのではなく、起きて行動をしていた証拠だ」

「なんでそういうことになるんだよ。あれだけひどい土砂降りに襲われたんだから、テントに入るまでにびしょ濡れにもなるだろ。しかも、起きたときには雨の代わりに、ものすごく濃い霧に包まれていた。その霧でまた濡れたんだ。それだけの話だ」

「じゃあ、服に付いた虹色の汚れはどう説明する」

「あのときは、たぶん樹海から飛んできた花粉だろうというふうに考えて、それで全員納得したじゃないか」

「おれは納得しなかった。あんな毒々しい色の花粉が、しかも大量に飛んでくるなんて常識では考えられない。しかも……」

星野は強調した。

「しかも、おれの服だけは虹色に汚れていなかった」

「だからどうだというんだ」

「おれは夜中に見た化け物の姿に怯(おび)えて、テントの中に引きこもっていた。でも、ほかの六人は明るくなってから、おれを置いたまま樹海探検に出かけたんだ。そして、身体じゅうを赤や黄色や青の粉で汚して帰ってきた」

「違うね」

岡島は首を横に振った。

「前の晩の時点で、全員が気づかないうちに、樹海から飛んできた花粉で服を汚していたんだ。ところが、その中で隼人だけが雨の中で長時間作業をしていたから、虹色の汚れがぜんぶ雨で流されてしまった。これが真相だ」

「どうしてもそう思いたいんだったら、勝手に思ってろよ」

「なにをムキになっているんだ、隼人。おまえ、おかしいぞ。打ち上げの日までまだ二カ月以上もあるのに、ナーバスになるのは早すぎないか」

「……………」

「なあ隼人、おまえ、何か悩み事でもあるんじゃないのか」

黒人のジャズシンガーが、くびれた腰をクネクネと揺らしながらテーブルに近づいてきたのを適当にあしらってから、岡島は星野のほうへ身体を近づけた。

「おれに隠し事をするのは水くさいぞ。十年前のことにこだわる理由はなんだ。何か特別な事情があるんだろう。言ってみろ」

「その前に、会長にきいておきたいことがある」

星野が、胸元のペンダントを改めてさわりながら切り出した。

「おれが乗り込むスペースシャトルだけど、アルバトロスという名前はどうして付けた」

「アルバトロスとした理由？　それは、CNNのインタビューでも答えたとおり、シャトルの大きな白い翼が、大空を舞うアホウドリを連想させたからだ」

「ほんとうに、それだけの理由か」

星野が疑わしげに問いつめた。

「ほかにあるんじゃないのか」

「ないよ。命名の理由を隠したってしょうがないだろう」

「そうか……」

「何が言いたいんだ、隼人」

「じつは十年前、樹海でキャンプを張った前の日、おれは自分の運勢を占い師にみてもらったんだ。水晶玉で人の未来を見ることができるという老婆に」

手元のブランデーグラスを、まるで水晶玉であるかのように見つめながら、星野は言った。

「なぜそんな質問をしたのか自分でもわからない。だけどおれは、占い師にこう頼んだ。ぼくの死に方を占ってください、と」

「ほんとかよ」

岡島が、相手の顔をまじまじと見つめた。

「大学三年のときに、自分の死に方を占ってもらったって？」

「そうだ。そして、いつ死ぬのかも知りたいと言った」

「なんでそんな質問をした」

「だから言っただろ、自分でも理由はわからないと」

「それで、占い師は具体的に何か答えたのか。おまえの死にざまと、死ぬ時期を」

「答えた」

「どういうふうに」

「まず占い師の老婆は水晶玉に手をかざしながら、不思議な歌を歌いはじめた。それはまるで呪文（じゅもん）のようでもあった。そのメロディや歌詞は妙に耳の奥に残って、脳裏に焼き付いて離れなくなった」

そして星野は、ジャズバンドをバックに女性歌手がまだ歌いつづけているにもかかわらず、まったく違うメロディを口ずさみはじめた。ブランデーグラスを水晶玉に見立てて、そこに両手をかざしながら。

「水の溜（た）まった石畳　アカシアの葉が　寂しく浮かんでる
水の面を　風が吹き抜けて　思い出のせて　揺れている
水の溜まった石畳　アカシアの葉が　寂しく浮かんでる」

歌い終えてから、星野は唐突に言った。十年前、占い師の老婆がそうしたように。

「白い翼に乗って天国へ……いや、地獄へ向かうあんたの姿が見える」

「なんだって？」

岡島が驚きの声をあげた。

「白い翼に乗って地獄へ、だと？」

「そうだ。だからおれは問い返した。それは鳥の翼ということですか、と。すると老婆はこう答えた。『バカを言っちゃいけない。人間を乗せて飛べる鳥がいると思うかね』」

「………」

「さらにその老婆は、翌日、おれが樹海へ行くことを言い当てた。男が五人に女がふたり、ぜんぶで七人という人数まで正確に。そして老婆は、おれが死ぬ時期をズバリと告げた。十年後だ、と」

「十年前に、死ぬのは十年後だと言われたのか」

「そうだ」

「ってことは、いまじゃないか！」

「そうなるな」

「十年後の……いや、ことしのいつなんだ」

「そこまでは教えてくれなかった。残り時間を死刑囚の気分で過ごしたくなければ、知らないほうがいいという論法でね」

「隼人……」

岡島寛太の指が震え、そこにはさまれた葉巻がぶるぶると揺れた。

「もしかして、おまえを地獄に連れていく白い翼というのは……アルバトロスのことか」

「それ以外には考えられない」

ブランデーグラスの上から両手を引っ込め、星野隼人は静かに答えた。そして、もう一言つけ加えた。

「ちなみにその占い師は、樹海でおれたちが土砂降りにあうことも予言した。つまり、老婆の未来を見通せる能力は、きわめて正確だということだよ」

「………」

「決められてしまった運命は変えられない。だから、おれはもうジタバタしないよ。ただ、自分が死ぬよりつらいことがふたつある。ひとつは……おまえには、いま初めて言うけど、都市伝説研究会でいっしょだった女子高の桜居真紀な、いま彼女はテレビですっかり有名人の仲間入りだけど、ミッションが無事に終わったら、彼女と結婚する約束をしているんだ。もちろん結婚式には、会長や誠、洋、一夫、それに夕衣を招待するつもりだった。それが果たせなくなることと、それから会長、あんたの夢がいきなりスタートでぶち壊れるのがつらい」

「おまえが……」

岡島がかすれ声でたずねた。

「おまえがクルーからはずれたら、アルバトロスもおまえも無事で済むのか？　おれの宇宙への夢は継続されて、おまえも真紀と幸せな結婚ができるのか？　それとも、おまえが乗る乗らないにかかわらず、アルバトロスは落ちるのか」

その問いかけに、星野は観念したような表情で、淡々と答えた。

「考えるだけムダだよ」

「なぜだ」

「占い師の老婆は、未来を予言したんじゃない。未来の時点で、すでに起こってしまった現実を見て、それをおれに告げたんだ。あの老婆が覗き込む水晶玉の中では、未来も過去なんだ。未来は変えられるかもしれないけど、過去は変えられない」

「そんなことはない」

岡島が唇を震わせながら言った。

「おれはスペースシャトル・アルバトロスのオーナーだ。業務委託しているＮＡＳＡがなんと言おうと、おれにはおまえを降ろす権限がある。アルバトロスの打ち上げを延期してでも、徹底した再点検をさせる権限もある」

「そりゃ、あるだろうさ。でも、きっとその権限は行使できない」

「なぜ、できない」

「過去は変えられないからだ」

「過去じゃないよ、未来だろう。未来なら変えられるだろうが」

「無理だ」

「じゃあ、隼人のほうからミッションを降りるつもりは」

「ない」

「死ぬとわかっていて、なぜ降りない」

「何度同じことを言わせるんだ。老婆は予言をしているんじゃない。実際に起きた過去を見て、おれにそれを告げたんだ。悪あがきはムダだよ」

「よく平然とそんなことが言えるな、隼人。自分の死が二カ月先に迫っているかもしれないのに」

「だって、十年も前から覚悟を決めてきたんだ。どうせ自分は十年後に死ぬんだ、と。だから、いまさらあわてても仕方がない。宇宙飛行士としておまえの計画に選ばれたときも、おまえがスペースシャトルをアルバトロスと名付けたときも、ああ、決められたレールの上を走っているんだな、と思っていたよ。ただ、ホンネを言えば……」

　星野は、少しだけ苦笑を浮かべた。

「真紀とふたりだけで結婚の約束をしたときに、もしかすると、これで運命は変えられるかもしれないと期待してみたこともあった。でも、いまでは彼女を悲しみの渦に巻き込んでしまったことを後悔している。頼むから真紀にはこのことを言わないでほしいけれど……。だけど、せめて死ぬなら宇宙で死にたいよな。宇宙から地球をこの目で見られるんだったら、死んでも悔いはない。そう思うことが、いまでは唯一の心の支えなんだ。だからおれは、ミッションから降りない」

「隼人……」

岡島は、もうそれ以上何も言えなくなっていた。

5

「警部、矢野警部……こちらです」

同時刻、日本時間五月十八日、土曜日、午後三時半——

山梨県警捜査一課の若き警部、矢野誠は、富士吉田署の竹下警部補に先導され、激しい土砂降りの中、雨水をはね上げながら、泥まみれの小径を進んでいった。

桜居真紀のいる東京六本木は、まだ黒雲が押し寄せている段階だったが、そこから西に百三十キロほど行った山梨県南都留郡富士河口湖町の青木ヶ原樹海入り口周辺は、激しい土砂降りに見舞われていた。

その二時間ほど前、真っ黒に翳った空からポツリ、ポツリと小粒の雨が降り出したころ、富士吉田警察署に一本の一一〇番通報があった。標識が完備された安全な樹海遊歩道を散策していた初老の男性が、遊歩道からややはずれた樹林の中で、首を吊っている男性の姿を見つけた、という連絡だった。

たまたまパトカーで近くを走行中だった竹下警部補が部下一名とともに現場に急行した。

青木ヶ原樹海は自殺の名所である。だから、その通報自体はそれほど緊急性をもって受け止められなかった。一般的な屋外で発見されるケースと違って、樹海での首吊り死体は、死亡からかなりの期間が経過していることが多く、すでに白骨化しているものも珍しくない。竹下は、今回見つかったものも、おそらくそうした部類であろうと考えた。ただ、見つかった場所が遊歩道からすぐに見通せる場所だというので、意外に新しい死体である可能性も排除してはいなかった。

携帯電話で通報してきた初老の男性に案内され、遊歩道を歩いて現場に到達した竹下警部補たちは、五十メートルほど先の樹林の間で、巨木の枝に結んだロープから吊り下がっている男の後ろ姿を目にした。離れた地点から見ても、それが死亡から間もないものであることはすぐにわかった。死体の足元には、首吊りの台に使ったとみられる折り畳み式のパイプ椅子が転がっていた。

竹下と部下の巡査は遊歩道からはずれ、雑草を踏みしだきながら近づき、反対側に回り込んだ。そして、がっくりとうなだれている死体の顔を下から見上げたその瞬間、ふたりとも驚愕の悲鳴をあげた――

富士吉田署の竹下警部補に導かれて、樹海の遊歩道を進んだ矢野警部は、巨木の幹と幹の間に張られた雨よけのタープの下まできた。タープに叩きつける雨音は耳をつんざくほどで、その下に入ったところで、竹下は、いちだんと大声を張り上げた。

「警部、ここから先はこれを着てください！　うちの署員が装着をお手伝いしますから」

竹下は、用意されていたケースからオレンジ色の化学防護服を取り出して矢野に示した。そして自らも他の署員の助けを借りて、それを身につけはじめた。

「こんなことまでする必要があるのか」

驚く矢野に、竹下は言った。

「現場を見た検視官の忠告によるものです」

「じゃあ、遺体に何か伝染性の……」

「という可能性があるようです。ごらんになればわかります。幸い、昔と違って、いまでは細菌テロ対策が進んでいるので、こうした防護服がどこの署にも常備してあるんで助かりますが」

数分後、化学防護服に身を固めた矢野は、竹下とともに、遺体発見現場へと樹海の中を進んだ。

樹海の中はまだ午後の三時半とは思えぬ薄暗さで、激しい雨を受けて、木々はあちらこちらで獣のような咆哮（ほうこう）を発していた。その情景が、矢野に過去の記憶を呼び起こさせた。

山梨県警の捜査員として、矢野はこれまで樹海の遺体捜索活動に何度も参加したことがある。だが『デジャ・ヴュ』（既視感）とも思える現象は、そうした経験から呼び起こされたものではなかった。もっと昔の……。

（そう、これは都市伝説研究会で、樹海の前にキャンプを張ったときに体験した感覚だ）

木々の間を進みながら、矢野は思った。

（だけど、あの合宿では、実際には樹海の中には入らなかったはずだが……）

その思考は、樹海の中に煌々と灯された人工的な明かりが目に入ったことで中断された。樹林の中に何基も据え置かれた捜査用の照明灯から、地面の一点に向けて白い光が集まっていた。直接雨が当たらないようにタープを張られた下の草むらにはブルーシートが敷かれ、その上には、宙吊り状態から降ろされた男性の遺体が横たわっていた。それを、オレンジ色の化学防護服を着込んだ係官数名が取り囲んでいる。

通常の遺体発見現場なら、誰が鑑識で、誰が刑事捜査官で、誰が検視官であるかは服装から一目瞭然だが、全員が同じ防護服に身を包んでいるために、遺体の検視というよりも、化学兵器によるテロが発生し、その事後処理にあたっているような光景だった。

矢野は、自分がSF映画のひとこまに迷い込んだような錯覚に陥った。

「伊藤先生」

竹下が呼びかけると、遺体の上にかがみ込んでいた数人の化学防護服姿のうちのひとりが身を起こして、ヘルメットに包まれた顔を矢野たちのほうに向けた。

「県警の矢野警部がこられました。説明をお願いします」

その声にうなずくと、伊藤と呼ばれた検視官は矢野を手招きした。

そこに近づいた矢野は、遺体の顔を見るなり絶句した。

おそらく若い男性であろうと思われる、かなり太った死者の顔は、不気味なキノコ状の腫瘍で覆いつくされていた。薄目を開けた状態で絶命しているその死者は、たしかに人間ではあるはずだが、人間とは思えない――そんな奇怪な容貌をしていた。

半開きになった口からは舌がだらりとはみ出していたが、その舌にも無数のキノコが生えていた。そして、検視官によってはだけさせられた上半身も、目を背けたくなるほどの状態だった。

（キノコの怪物……キノコの怪人……）

否応なしに、十年前に信じた都市伝説が、矢野の脳裏によみがえった。

「警部」

検視官の声で、矢野は我に返った。

「この腫瘍は病理学的には、これまでに報告例のない稀有なものです。伝染性があるかないかの判断も、いまのところまったくつきません。すでに富士吉田署が、この方面の樹海の遊歩道を封鎖していますが、どこまで伝染病の予防措置をしたらよいものか、まだ決めかねている段階です」

検視官はさらにつづけた。

「いま、山梨県内だけでなく、全国の病院にこの遺体の写真を送信して、このような患者が治療にきたことがないかを確認しています」

「患者……」

「そうです。一夜にしてこのような状況になるわけがありませんから、この男性は、徐々に顔が——顔だけでなく、全身が——キノコ状の腫瘍に侵されていったはずです。通常ならば、初期段階で病院を訪ねるはずでしょう」

「しかし」

と、話を引き取ったのは、竹下警部補だった。

「誰にも自分の異変を打ち明けられず、自宅に引きこもったまま、人間からキノコへと変貌を遂げていく恐怖と闘っていたら、精神的に限界に達し、自ら生命を絶つという道しか残されていなかったのかもしれません」

「人間からキノコへ……」

つぶやいた矢野に、検視官の伊藤が言った。

「私も医者としてにわかに信じられませんが、この遺体の状況は、まさに人間からキノコへ変わっていく奇病にかかったとしか言いようがないのです」

「ちなみに、死後どれぐらい経っているんですか」

「長くても一日。おそらく、昨夜のうちに首を吊ったものと思われます」

矢野の質問に、伊藤が答えた。

「身元は？」

「わかりません」

こんどは竹下が答えた。

「着衣からは身元が判るようなものは何も発見されていないので」

そのとき、竹下の所持している無線機が、雑音混じりの声を運んできた。樹海周辺の捜索に当たっていた警察官のひとりからの報告だった。

それに耳を傾けていた竹下は、通話を終えると矢野に向かって言った。

「ここから数キロ離れた道路脇で、ドアロックされないまま放置されているBMWが発見されました。その運転席に、遺書めいた走り書きが残されていたそうです。文面は『もうダメだ。マタンゴにやられた』」

「マタンゴ？」

防護服のヘルメットの中で、矢野は顔をしかめた。

「なんだ、マタンゴって」

「私にもわかりません」

「車の所有者は」

「ダッシュボードから車検証と、それと一致する名義の運転免許証、それに若干の金銭が入った財布が見つかったそうです。ですから、その車の持ち主がこの死者である可能性は高いと思われます。ちなみに所有者は、ここから三、四十キロしか離れていない静岡県御殿場市に住む男性で、加納洋という名前のようです」

「加納……洋だって！」

矢野は、叫び声をあげた。

五　醜悪なキノコ

1

五月十九日、日曜日、深夜零時――

山梨県の青木ヶ原樹海方面から東京都の西多摩郡檜原村（ひのはらむら）へ向けて、ヘッドライトを灯した五台の車列が暗い山道を進んでいた。

あえて高速道路は使わず、車の通行の少ない一般道だけを選び、山梨と東京を結ぶ唯一のトンネルである甲武トンネルを抜けて檜原村に入った車列は、くねくねと曲がる舗装路をさらに山あいに向かって進み、しばらくすると名もない小さな林道へと折れた。

その林道の入り口にはゲートが設けられ、赤と白のストライプに塗られたバーが下りていて、一般車両通行止めの表示が出ていた。そのバーは鋼鉄製の頑丈なもので、手で持ち上げようとしてもビクともしない。

しかし、車列の先頭から二台目に乗った運転手が赤外線リモコンをゲートに向けると、バーは音もなく上がった。そして全車両が通過したあと、バーはふたたび静かに下りて、部外者の侵入を拒む態勢に戻った。

一般車両が完全に排除された林道を、五台の車はさらに山の奥深くへと進んでいく。その車列を構成する先頭と最後尾の車両は、外見こそ一般の乗用車だったが、車列の先導と護衛にあたる山梨県警の捜査車両だった。二台目と四台目は、これも一般の乗用車と区別がつかなかったが、防衛省が数年前に新設した「生物化学兵器テロ対策室」(Counter Biological & chemical terrorism Unit =CBU)の車。そして、真ん中にはさまれた黒いワンボックスカーは、運転席部分とは完全に切り離された気密室のコンテナを持つ特殊車両で、そこには樹海で発見された「世にも奇怪な死体」を収めたステンレスケースが積まれていた。

やがて車列は、鬱蒼(うっそう)とした杉木立に囲まれたコンクリート造りの施設へと吸い込まれてゆき、ヘッドライトを消した。

そのコンクリートの建造物は地上部分は一階だけで、正面入り口のプレートには「檜原自然研究所」と書かれていた。そして内部にも、檜原村の自然の豊かさを讃える資料館のような展示がなされていた。だが、それは世を欺くかりそめの姿で、見えない部分——地下一階から三階はまったく別の顔を持っていた。

CBUがことしの初めに完成したばかりの細菌研究施設である。

五台の車列のうち一般車両の四台は建物前の駐車スペースに停まったが、キノコ人間と化した加納洋の死体を積んだ特殊車両だけは、そのまま建物裏側の極秘出入り口から中へ入っていき、ゆるやかなスロープを螺旋状に下って、地下三階に到達した。

施設の最底部にある駐車場に停車した特殊車両は、蛍光灯の冷たい照明を黒いボディに受けた状態でしばらくアイドリングをつづけていたが、やがてエンジンが切られ、周囲が静かになった。

その後、運転手が車から離れて姿を消し、代わりに銀色の防護服に身を包んだ四人の男が、駐車場の一角にある緑色のドアから現れた。

宇宙遊泳中の飛行士にも似た姿の彼らは、特殊車両の後部ドアを開け、予め打ち合わせてあった手順に従って迅速に作業を進めた。彼らのかぶったヘルメットにはマイクとスピーカーが備えられていて、四人はたがいに会話を交わしていたが、外からはそれが聞こえず、駐車場はどこまでも静かだった。

ふたりが気密室のコンテナを引き出し、それを台車に載せた。加納洋の醜悪な遺骸の入ったステンレスケースを収納したコンテナである。そして残るふたりが、ゴムの車輪を付けた台車を押し、音もなく駐車スペースを横切って、緑色のドアの向こうに消えた。

時刻は深夜の零時半になっていた。

2

同時刻、五月十九日、日曜日、深夜零時半——

東京世田谷にある映画撮影所の第4スタジオは、現実の時刻とは関係なく「昼」だった。

煌々と灯された照明の明るさは真昼のようだったし、そこで撮影されている連続テレビドラマの場面も昼だった。そのドラマが実際に放映される時間帯も、月曜から金曜までの平日の昼下がり、午後一時半からで、内容も昼メロ。

連続ドラマの題名は『昼下がりのシンデレラ』。エリートサラリーマンと結婚したが、平凡な専業主婦の生活に飽き飽きした二十七歳の新妻が、夫が会社に出かけて不在の昼間、別人のように淫らな女となってセレブの実業家たちとの火遊びに興じるが、夫が帰宅するころには、何事もなかったかのように平凡な主婦の姿に戻って夕飯の支度をしている、という一種の変身もので、この四月から三カ月の予定でスタートしたが、主婦層を中心に話題を呼んで予想以上の高視聴率を挙げていた。

妻に浮気されてしまう三十代半ばのサラリーマン役に、人気スターの辺見浩樹が起用されたために、撮影は多忙な彼のスケジュールの合間を縫って行なわれることになり、きょうのように深夜からはじまり、終わるのは明け方から朝、ときには昼近くに及ぶケースが多かった。しかし、高視聴率がはげみとなって、スタッフや出演者たちの間で、その件でクレームが出ることはなかった。

この日はいよいよ最終回の収録で、その撮りがはじまったのが夜の十一時半だった。だが、辺見は予定の時間を過ぎても、まだスタジオ入りしていない。それまでは主役抜きの場面を撮っている。すべての収録を終えるのは朝の九時ごろと見込まれていた。そして、その後にスタッフと出演者による打ち上げが予定されていた。

このドラマのもうひとりの主役——新婚早々にマンネリを感じて浮気をする若妻役を演じる女優は、いまメイキャップルームに入って、辺見がきたらただちに撮りはじめるシーンに備えてメイクをはじめていた。

その女優の名前はＹＵＩ。公称年齢は二十五歳だったが、実際にはこの五月で二十七歳になった。四年制の大学を出たあと、昔風に言うなら「家事手伝い」とか「花嫁修業中」、現代風に言うなら「実家にパラサイト」という状態をつづけていたが、二年前に辺見浩樹の主演映画の相手役を演じるオーディションで選ばれ、ＹＵＩという芸名でデビューした。

それまで演技の経験もなく、まったくの素人でありながら、辺見にいたく気に入られ、彼が主役を務める連続昼メロの企画が決まったとき、ＹＵＩが今回もその相手役を務めることになった。指名したのは監督ではなく、辺見自身だった。

当然、周囲の人間もマスコミも、辺見とＹＵＩは男女の関係にあると考えていた。ふたりのそぶりを見ていれば、そう思わないほうがおかしい、という親密ぶりだった。

しかし、もしもＹＵＩの十年前の姿を知ったら、彼女が共演者と安易に寝たりすることなど到底信じられないだろう。それ以前の問題として、彼女が芸能界に入るということじたいが、ありえない出来事に感じられたはずだった。YUIの本名である野本夕衣の以前の姿を知っていたら……。

「YUIさん、絶好調ですね」

夕衣の頭をいじりながら、四十すぎでベテランの域にあるヘアメイクの長瀬礼子が、鏡の中で笑いかけると、夕衣も笑って答えた。

「私も驚いてるの。こんなに視聴率が取れるとは思わなかったから」

「そうじゃなくて、YUIさん自身のことですよ」

「私のこと?」

「いま、すごく精神的に充実してますよね」

「わかる?」

「それはもちろんですよ。ヘアメイクやってると、上昇気流に乗っている女優さんは、すぐにわかります。肌のつやが違うし、目の輝きがキラキラしているから、お化粧なんかしなくたっていいんじゃないかと思えるほど、素顔がすごくきれい。いまのYUIさんがそうですよ」

「ほんと? ありがとう。そう言われるとうれしいわ」

「それに、女の私からみても、すごく色っぽくなって……。そういうふうに人から言われませんか」

「うん、言われる」

「でしょ？　だからといって『恋してるんでしょ』なんて突っ込んだら、セクハラおやじみたいになるから言いませんけど」

「あのね、礼子さん」

自分より年上であり、この業界でのキャリアがはるかに長いヘアメイク係の女性に向かって、夕衣は鏡の中で目を合わせて話しかけた。

「いつもメイクをやってくださってる礼子さんだから話すんだけど、私、自分でも不思議なの」

「なにが、ですか」

「笑わないでね。そして、うぬぼれているとも思わないでほしいんだけど……このごろ、朝起きて鏡を見るたびに、自分が自分じゃないくらい色っぽくなっていく気がしてるの。お化粧も何もしていないノーメイクのときにそう感じるの」

「そうだと思いますよ。輝いている女優さんは、他人から見ても、自分自身で鏡を見ても、日に日に美しくなっているのがわかるんです。そういうものですよ」

「でもね、なんかヘン」

夕衣は、鏡の中で眉をひそめた。

「私じゃない自分が、私の中で育っていくみたいで……」

「それがスターになるということなんですよ、ＹＵＩさん」

「だけど、いまの自分が信じられない」

「どうしてですか」

「私、もっと前は性格的にぜんぜん違う女だったの。こういう道に進むなんて考えたこともなかったし、いくらお芝居だといっても、大勢のスタッフが見ている前でラブシーンを演じられるなんて、ありえなかった」

「それはお仕事ですもの。逆に、いつまでもラブシーンを恥ずかしがってなんかいたら、プロの女優さんとは言えませんよ」

「ただ、プライベートでも男の人と自由につきあえなかったほど、ストイックだったの。結婚が決まるまでは、キスもしちゃいけないと思っていたし」

「あら、まあ……」

ベテランのヘアメイクは、おおげさに驚いてみせた。

「それはびっくりですね」

「でしょ？　両親が男女関係にはものすごく厳しくて、そういう環境で育てられたから」

「そうなんですか。じゃ、ご両親は、いまのＹＵＩさんにびっくりなさってるでしょう」

「というよりも、カンカン」

ＹＵＩは悲しげに笑った。

「オーディションに合格したとき、父は怒り狂って、いまから監督に直談判（じかだんぱん）しにいくというし、母は泣き出すし、大騒ぎ。だけど私は、初めて親に反抗して、家を飛び出してしまったの。……で、それ以来、ずっと親とは離ればなれ」

「まあ、そうだったんですか。ＹＵＩさんをそこまで変わらせてしまう何かがあったのかしら」

ベテランらしく、さりげなくたずねると、夕衣は自分でもよくわからない、というふうに首を左右に振った。

「たとえば、失恋がきっかけで、と答えれば、納得してもらえるでしょうし、実際そういう部分があったことは事実なの。昔から好きだった人が遠ざかってしまって……。ただ、そのせいで私が変わったというよりも、私が変わったから、その人が逃げていった」

夕衣の瞳が愁いを帯びた。

「いま、私と辺見さん、いろいろ噂されているでしょう？」

夕衣のほうから切り出され、ヘアメイクの礼子はちょっと戸惑った顔になった。

「ええ、まあ……週刊誌とかにも出てましたけれど」

「私と辺見さんがつきあっているのはほんとうよ。でも、それって、私にとっては本物の恋だという気がしないの。本物の恋は、もう思い出の中に消えてしまったから……。あ、これはここだけの話にしておいてね」

「ええ、それはもう」

礼子は髪をセットしてやりながら、聞き役に徹することで、この新人女優の過去を知ろ

う と考えた。

「私、高校生のころから、ずっと想いつづけていた人がいたの。私より四つ年上で、三年ぐらい前まで、その人のことだけをずっとずっと想いつづけて、向こうも私を好きでいてくれるのがわかっていた。でも、おたがいに信じられないほど口べたで、どっちからも『好きだ』という言葉が切り出せなくて。とうとうキスひとつしないまま別れてしまったの。いまどき、信じられないでしょう?」

「……ですねえ」

夕衣の髪をいじりながら、礼子はうなずいた。

「そんな男の人が、いまの時代にいるんですか」

「その人、極端な潔癖性だったのね」

「潔癖性?」

「そう。仲間からは潔癖性じゃなくて不潔恐怖症だって、からかわれていた。他人がさわったものにはバイ菌がいっぱい付いているからって、さわれないの。男どうしでのお酒の回し飲みもできなかったし、電車の吊り革にもつかまれない。知らない人が裸でいっしょに入る銭湯や温泉は絶対にダメで、大学の体育の授業でプールに入ることさえ、すごく抵抗があったんですって」

「ああ、話には聞いたことがありますけど、実際にいるんですねえ」

「それが彼のコンプレックスで、好きになっても女の人にはさわれないみたいだった。でも、そのことを除けば、すごくいい人なの。純粋で、真面目で、思いやりがあって、信頼できる人柄なの。だから、気がついたら好きになっていた。それに、私も男の人にさわられるのが怖い女の子だったから、それはそれでよかったの。結婚するまでは、そういう感じでも、ぜんぜんイヤじゃなかった」

「なるほどねえ。相性がよかったんですね」

「そうみたい。もしも私が結婚するならば、北……」

北沢さん、という具体的な苗字を出しかけて、夕衣は途中で言葉を引っ込めた。

「その人以外にはありえないと思っていたわ。向こうもきっとそう考えていたと思うの。大学を出たあと、彼は学問の研究で五年ぐらいアメリカに渡っていて、ときどき帰国したときに会う以外は、ほとんど離ればなれだったけれど、メールのやりとりは欠かさなかったし、ふたりの心は固くつながっていると信じていた。そしてこの先、五年、十年と時が過ぎていけば、自然とどちらからともなく結婚を切り出すんだろうと思っていたの。それなのに、私が変わっちゃったから、彼のほうから去っていった」

「YUIさんが、どんなふうに変わってしまったの?」

「いまから三年前……」

少し言いにくそうに、夕衣は答えた。

「ひさしぶりに日本に戻ってきた彼と再会したとき、私、いまの男女が普通にやっていることを求めたの。わかりますよね、どういうことか」

「そうしたら彼はものすごく驚いて、つぎに『そんなことを求めるなんて夕衣らしくない』と怒り出して、とうとう『夕衣は、ぼくが日本にいない間に変わってしまった。きみがそんなに淫らな女とは夢にも思わなかった。幻滅だ』って……。それがけっきょく直接聞いた最後の言葉になってしまったわ」

「ええ、わかるけど」

「でもねえ、YUIさんのほうが健全な若者の感覚として正常だと思うわ。彼のほうが、よっぽどおかしいんじゃないかしら」

「ただ、私の意思とは無関係に、自分がそういう方向に変わっていったのが、なんだか自分でも怖くて……」

夕衣は、それが彼女のチャームポイントだと言われている色白で古風な顔立ちを、不安に曇らせた。

「こんなこと言っても信じてもらえないかもしれないけれど、私、この歳になって、自分が二重人格者になったような気がしているの」

「二重人格者？」

「そう、自分の知らない自分が心の中に棲みついている感じ。まるでこのドラマの主役みたいに、そして、もうひとりの自分が私を押しのけて、勝手に動き出したような……」

その言葉の途中で、夕衣は、それまで鏡の中で目を合わせていたヘアメイクの長瀬礼子が、視線を自分の首筋に向けているのに気がついた。目の前の鏡では直接確認できない、首の後ろ側に。

「礼子さん、どうかしたの？」

「あ……ええ」

戸惑いの表情を浮かべながら、礼子はふたたび鏡の中で夕衣と目を合わせた。

「YUIさんの、うなじのところに、なにかオデキのようなものができているんです」

「オデキ？」

「小指の爪の半分ほどしかないんですけど、さっきYUIさんがこの椅子に座ったときはなかったような。しかも形が……」

「形が、どうしたの」

「ナメコをうんと小さくしたような」

「ナメコ？」

「ええ、キノコの形をしているんです。ごらんになりますか」

そう言って、礼子は手鏡を渡した。

合わせ鏡にして自分のうなじを映し出した夕衣は、たしかに小さなキノコ状のできものがひとつできていることを確認した。色はぬめりのある茶色をしている。自慢の抜けるように白い肌の中からポッンと飛び出したそれは、小さくても目立つ存在だった。

これまでにきびや吹き出物や肌荒れとはほとんど無縁できただけに、夕衣はショックを受けた顔になった。しかもそれは、にきびなどとはまったく形状を異にしていた。

夕衣は手鏡をかざしながら、おそるおそるもう一方の手で直接それに触れてみた。そしてキャッと短い悲鳴をあげて、手鏡を取り落とした。

パリン、と音を立てて、手鏡が割れた。

「動いてる！」

夕衣は、後ろにいたヘアメイク係をふり返って、泣きそうな声で訴えた。

「ねえ、礼子さん。このできもの、動いてるわ！　生き物みたいに！」

ところが――

こんどは、ふり返った夕衣と直接向き合った礼子のほうが、恐怖にひきつった顔で後じさりをした。夕衣を見つめる眼差しには、尋常ではない驚愕の色が浮かんでいた。

「なに、なに、どうしたの」

夕衣はうろたえた。

「ねえ、礼子さん、教えてよ。なんで私から逃げるの。もしかして……もしかして、顔にも出てきたの？」

その問いに、礼子は壊れた首振り人形のように何度もうなずいた。

「顔のどこよ」

礼子は無言のまま、自分の額の生え際を震える指で指し示した。

夕衣は、礼子が示した場所をさわってみた。うなじと同じ感触のできものが指に触れた。

と同時に、クニュッという感じでそれが数ミリ伸びたのがわかった。

夕衣はあわててメイク用の椅子から立ち上がると、目の前の鏡に顔をくっつけるようにして自分と向き合った。

一分前にはなかったものが、額の生え際に現れていた。それも小指の爪の半分ほどの大きさだったが、間違いなくキノコだった。それが夕衣の見ている間にも、柄を伸ばし、傘を広げていった。

夕衣は、絹を裂くような悲鳴を張り上げた。

3

「驚いたな、こんなところで昔の仲間と会おうとは」

生物化学兵器テロ対策室＝ＣＢＵの極秘研究所の地下二階にある一室に通された山梨県警の矢野誠警部は、白衣を着て現れた人物を見て目を丸くした。そして肩書きを聞いて、さらに信じられないという顔になった。

「ＣＢＵ専属の細菌学者だって？」

「ああ、そうだ」

白衣の北沢一夫は、黒縁メガネのフレームに片手を当てて静かにうなずいた。

「でも、一夫は城南大学を出たあと、どこにも就職しないで、もっと勉強をしたいといってアメリカに留学したはずだけど」

「そうだよ」

「哲学者になるための留学じゃなかったのか」

「いや、哲学の世界にはまり込むことは、けっきょく自分にとって逃げだと気がついた。心の動きに理屈ばかりつけて、自分の真の弱さから目をそらす行為だと……。だから、昔の仲間には言わなかったけれど、一から人生をやり直すことを城南大学在籍中に決めていたんだ。アメリカの大学に留学しての出直しだよ。そして、ようやく留学先で自分の生きる道を見つけたんだ。細菌学の研究こそ、ぼくの進むべき道筋だと」

「不潔恐怖症の……ああ、いや、ごめん……潔癖性のおまえが、細菌学の研究だって？」

「不潔恐怖症でかまわないよ」

北沢は苦笑した。

「たしかにぼくは不潔恐怖症だった。それを潔癖性と言い換えて自分をごまかそうとしていたけれどね。なんでそうなったかというと、子供のころ母親から『手を洗いなさい。お風呂でちゃんと身体をきれいに洗いなさい。汚いとバイ菌で死んじゃうわよ。お部屋もきれいに片づけないと、バイ菌の巣になって死ぬのよ』と繰り返し繰り返し、口うるさく注意されてきたことが、いちばん影響していると思う。その母親のくどいほどの注意が暗示になって、ぼくの心に、バイ菌に対する猛烈な恐怖心が根づいてしまったんだ。そして、バイ菌の恐ろしさに対する空想をたくましくしていくうちに、それがとめどなく増幅して自分で収拾をつけられなくなってしまった。そういうバイ菌への恐怖心を克服するには、けっきょくバイ菌とはどういう存在であるかを人並み以上に学んで、その知識によって恐怖心を克服するしかないと悟ったんだ。そして……」

北沢は肩をすくめた。

「ぼくは細菌学の研究を通じて、ついに精神面の壁を乗り越えた。だから、いまは不潔恐怖症とからかわれても、ぜんぜん平気だ。そんなものは過去の話で、コンプレックスやトラウマは完全に解消したから」

「そりゃたいしたものだ。おめでとう。しかし中身は変わっても、一夫の雰囲気は学生のころとぜんぜん変わらないな。黒縁メガネのデザインも同じだし、生真面目なしゃべり方も、自分を『ぼく』と呼ぶところも、そのままだ」

矢野は、非常事態でやってきた立場を一瞬忘れて、昔のように北沢を茶化した。

「そりゃね、そういうところは急に変えられないよ。矢野のほうは、大学時代に語っていたとおりの道に進んだんだね」

矢野は昔のとおり北沢を下の名前で呼んでいたが、北沢のほうは、矢野をやや他人行儀に苗字(みようじ)で呼んだ。そこが「学生のころと変わったところ」だったが、とくに矢野は気にせずに答えた。

「おかげさまで初志貫徹だよ。それにしても、警察官になったら樹海で自殺したおまえの捜索にいくなんて冗談を言っていたが、代わりに、とんでもないものを見つけちまった」

そこから矢野も北沢も、思い出話を打ち切って真顔になった。

「運び込んだ死体が洋だなんて、信じられるか」

「ぼくも話を聞いて驚いたよ。全身をキノコ状の腫瘍に覆われた自殺者という情報にもびっくりしたけど、よりによって、それが加納だとは……」

「そこなんだ、気になるのは」

ほかの係官もいるので、矢野は北沢だけに聞こえる小声になった。

「昨日の昼間、おれの所属する山梨県警管轄下の樹海で、全身をキノコ状の腫瘍に覆われたグロテスクな首吊り死体が見つかり、その身元が加納洋と判明した。そして、それが伝染性の奇病である可能性を疑われて、生物化学兵器テロ対策室の研究所に運んでみたら、こんどは一夫、おまえに出会った。おれ、洋、一夫はいずれも城南大学の同期生で、都市伝説研究会のメンバーだ。これは偶然かよ。しかもおれたちは、十年前のちょうどいまごろ……」

「樹海でキャンプを張っていた」

北沢が話を引き取った。

「そして、ぼくたちが樹海へ行った目的は都市伝説の検証だった」

「そのとおり。樹海の中に大きなヨットが浮かび、その周囲をキノコみたいな化け物がうろついているという噂の真偽を確かめるためにだ。いいか一夫、おれたちが樹海に探しに出かけたのはヨットと、それからキノコの化け物だぞ、キノコの」

矢野は「キノコ」という部分を強調した。

「キノコの怪物が伝説の主役だったんだ。そこを思い出さずにはいられないだろう」

「でも、あのときぼくたちは、けっきょく濃霧に阻まれて樹海の中には入らなかった」

「かもしれない」

「かもしれない？」

北沢が、矢野の微妙な言葉尻を捉えた。

「違うとでもいうのか」

「いまになって、おれたちはじつは樹海の探検をしていたんじゃないか、という気がしてきたんだ。たんに、そのときの記憶を失っているだけではないのか、と」

「なんだって？」

北沢が眉をひそめると、矢野は軽い吐息を洩らして言った。

「今回、異常な外見の自殺者がいるという知らせを聞いて樹海の中に入った最初の段階では、おれはいつものルーティーン・ワークだと思っていた。知っているだろうが、自殺の名所である樹海の遺体捜索は定期的にやっている作業だからね。ところが、キノコ状の腫瘍に覆われた顔を見た瞬間、前にも同じものを見た記憶がある、という感覚に襲われたんだ。まだその自殺者が加納洋だと判る前の段階で、だ」

「……………」

「どうだ、一夫は。洋の死体を見て、そういう思いに囚われなかったか。こんな顔の化け物を、以前、見たことがあるような気にならなかったか」

「それはないね」

北沢は否定したが、矢野はその話題をつづけた。

「十年も経てば、いろいろな記憶はあいまいになる。だけど、樹海でキャンプをした翌日、ほとんど昼近くになって、ようやく全員がテントの中で目を覚ましたとき、なんだか睡眠薬を盛られたようなボーッとした気分だったことだけは、おれはよく覚えているんだ。しかも、いつのまにか隼人を除く全員の服が虹色に汚れていた。あれは樹海から大量の花粉が飛んできたからだろうという推測で、みんなは自分を納得させていたけれど、ほんとうにそうだったのか。樹海の中にお花畑があるわけじゃないのに、あんな毒々しい色彩の花粉が飛んでくるものだろうか」

「花粉じゃなきゃ、なんだったというんだ」

「それはわからない。ただ、おれはその虹色の色彩にも覚えがある。濃い霧の中をヘビのような虹色の物体が宙を泳ぎながらこっちに向かってやってくる場面が頭に残っているんだ」

矢野は、片手をくねくねと揺らしてみせた。

「そして、それに導かれて全員が……いや、隼人は残っていたかもしれない……六人が樹海の中に入っていった光景が、いまでも頭に焼きついている」

「夢だろう、それは」

「おれも、それは夢なんだということで十年間、自分を納得させてきた。しかし、キノコに覆いつくされた自殺者の死体をまのあたりにして、しかもそれが樹海キャンプに行った昔の仲間だったと知った瞬間から、あれはやっぱり夢ではなかったたという思いに変わったんだ」

「矢野……」

北沢は、旧友の警部をじっと見つめた。

「本気でそんなことを言ってるのか」

「もちろんだ。おれもおまえも、そして洋も、十年前、キノコの怪物伝説を追って樹海の入り口まで行った。そして十年後のいま、洋がまさにキノコの怪物となって死んだ。しかも樹海の中でだ。この事実は無視できないだろう」

「……」

矢野の問いかけに、北沢は押し黙った。その北沢に向かって、矢野は念を押すようにつけ加えた。

「都市伝説はほんとうだった――そういうことになるんじゃないのか」

「かもしれない」

「となると、ヨットも存在しているという理屈になるだろう」

「バカバカしい」

北沢は首を振った。

「それはありえない。学生のときは、たしかにそういう伝説が事実であってほしいと願う気持ちは強かった。でも、三十歳を超えたいま、樹海の中にヨットがあるなんて、そんな言い伝えを真に受けることはできないね。本気にしたら精神状態を疑われる」

「そうかな。おれたちは樹海の中で、こんな会話をした記憶もあるんだ。自分が言ったのか、ほかの誰かのセリフかは忘れたけれど、ヨットがほんとうにあったなら、キノコの怪物もいることになるんじゃないか、ってね。いまとは逆の論法で、怪物の存在を確信した覚えがある。十年前、おれたちは樹海の中で実際にヨットを見つけていたんだ。だけど、その記憶がほとんど消されてしまった」

「自己暗示にかかるなよ、矢野」

北沢は、また黒縁メガネに手をかけて言った。

「ぼくが子供のころ、心の中でバイ菌を怪物扱いして恐怖心を増幅させたように、きみも誤った妄想に取り憑かれている危険がある。それに、バイ菌はこの世に実在するけれど、樹海の中のヨットは……」

「いや、おれは意地でも捜す」

矢野は、北沢の言葉を途中でさえぎった。

「人海戦術をとってでも、樹海の中のヨットを捜す。失われた記憶が、こうやって十年ぶりに、おれとおまえと洋を結びつけた。決してこれは偶然ではない」

そのとき、CBUの係官のひとりが彼らに近づいてきた。

「矢野警部、円卓会議室へお越しください。テレビ会議の準備が整いました。それから北沢先生は地下三階のラボへ」

4

「なに、YUIが逃げ出した？　それはどういうことだ」

連続ドラマ『昼下がりのシンデレラ』を撮影中の東京世田谷のスタジオでは、監督が血相を変えてヘアメイクの長瀬礼子を問いつめていた。

「私にもわかりません」

礼子は、顔面蒼白になって唇を震わせた。

「急に悲鳴をあげたかと思うと、髪の毛もまだちゃんと整えていない恰好のまま、ここを飛び出していってしまったんです」

「飛び出して、どこに行った」

「わかりません」

「おい、みんな」

監督は、騒ぎを聞いて集まってきたスタッフに指示を飛ばした。

「手分けしてYUIを捜せ。まだ敷地のどこかにいるかもしれない。警備に連絡して、ありったけの外部照明灯を点けるように言え。それから正門と裏門も閉鎖しろ。タクシーを拾うとしたら、そこしかない」

「おい、メイクさんよ。夕衣が悲鳴をあげたとは、どういうことだ！　もっとちゃんと説明しろ！」

監督に代わって厳しい声で問い質したのは、たったいまスタジオ入りしたばかりの辺見浩樹だった。夕衣とつきあっている辺見は、恋人の失踪を聞いて激しく興奮していた。

「この部屋に、誰かほかにいたのか」

「いません。私とＹＵＩさんだけでした」

「あんたが夕衣に、何かヘンなことを言ったんじゃないのか。たとえば、おれとの関係とか」

「まさか、そんなこと……」

「だったら、たったふたりしかいない部屋で、なんで彼女が急に叫んで逃げ出さなきゃならないんだ」

「わかりません。ほんとうに何が起きたのか、私にもぜんぜんわからないんです」

「ウソをつけ。夕衣にショックを与えるような不愉快な話を持ち出したんだろう」

「違います。そんなこと、絶対にしていません」

ヘアメイクの長瀬礼子は、涙を浮かべながら首を振った。どんなに厳しく問いつめられても、自分が見たものについては語れなかった。ＹＵＩの身体に起きた異変は、口にするのも恐ろしいものだった。

「とにかく……」

礼子は、やっとのことで言った。

「YUIさんは急に立ち上がって、鏡をまぢかでじっと覗き込んでいました。そして、いきなり金切り声を上げたかと思うと、逃げるようにここから出ていったんです」

「鏡？」

辺見は、メイキャップルームの大きな鏡をふり返った。そして、つぶやいた。

「鏡を見て叫んだ？　何を見たんだ。幽霊が映っていたとでもいうのか。まさか自分の顔を見て叫んだわけでもないだろう？」

5

CBUの秘密研究所地下二階には、かなり大きな円卓会議室があった。そして、その一方の壁には巨大なテレビスクリーンが設置されている。最大六カ所を結んでのテレビ会議ができる機能を持ち、六分割された画面のうち五つに、深夜の緊急会議に臨む顔ぶれが映し出されていた。

スクリーン1は暗いままだったが、それは地下三階のラボと呼ばれる研究実験室につながれ、いつでもそこの様子を投影する準備ができていた。

スクリーン2には、この円卓会議室が映し出されていた。円卓から出席者各自の前にせり上がってきた液晶モニターが見づらくならないように、部屋の照明を極力抑えた会議室には、中央の席にCBU——生物化学兵器テロ対策室の室長・真田進吾が座り、その両脇にCBUの幹部スタッフ四名。それから、遺体移送の警備にあたった山梨県警の捜査官の中からただひとり会議に呼ばれた矢野誠警部が並んでいた。

スクリーン3は永田町と結ばれており、内閣官房長官と内閣危機管理監の二名が険しい顔でカメラに向かっていた。

スクリーン4は霞が関の厚生労働省と結んで、厚生労働大臣、厚生労働省健康局局長、同・健康局結核感染症課課長の三名が並んでいた。

スクリーン5には新宿区戸山にある国立感染症研究所の所長室が映し出され、老眼鏡を鼻のところまで下げた所長の大和田茂(おおわだしげる)が、手元に揃えてある特異な伝染病に関する分厚い資料を読み返しているところだった。

スクリーン6は山梨県警につながっており、県警本部長が席に着いていた。

「えー、それではただいまより緊急テレビ会議をはじめたいと思います」

司会進行役となるCBU室長の真田が、マイクに向かって口を開いた。

「深夜にもかかわらず、内閣官房長官をはじめ、みなさまにご参集いただきまして恐縮でございます。早速ですが、本題に入らせていただきます。ついさきほど、樹海で発見された異常な自殺死体が、山梨県富士河口湖町からこちらに搬送されてまいりました。すでに皆様のお手元に送信しました速報レポートのとおり、これはただの遺体ではなく、前例を見ないキノコ状の腫瘍に全身を侵されているものです。この腫瘍が新種の病原菌によって引き起こされたものなのか、生物化学兵器によるものなのか、あるいは、あくまで個人的な体質による突然変異なのか、現在のところ結論は出ておりません。また、ここが非常に重要なところなのですが、これが伝染病か否か、そして伝染性の奇病だとすれば、経口感染か、接触感染か、空気感染か、どのレベルでうつるのかという点も、まだこれから解明していかねばならない段階でございます。

　ともあれ、病理学的にも、また生物化学兵器という点からみても前例のない症状であるのに加え、外見的にも非常にインパクトの強い症状を呈しておりますので、マスコミに知られると、どのようなパニックを引き起こすかわかりません。そこで当対策室といたしましては当分のあいだ、この情報を外部に一切洩らさないことを基本方針として、一、官邸に危機管理センターのようなものは設置しないこと、二、この件に関する記者会見は一切行なわないこと、三、機密保持のために、関係各組織でも情報に接する人間を少人数に限定し、厳重な箝口令を敷くことを、各部署にお願いしてまいりました。皆様のご協力に感謝いたします。

　さて、奇怪な症状を生じた状態で首を吊った男性の個人情報について、いま判明しているところをご報告申し上げます」

「それはもうこの資料を読めばわかるんだろう」

　スクリーン3に映し出された官房長官が、手元のファイルをかざしながら、ややイラついた口調で言った。

「ペーパーをあとで読み返せばいい部分は省略して、さっさと先に進んでもらえないか」

「お言葉ですが官房長官、新しい情報が……しかもきわめて重要な情報が入ってきておりますので、やや重複するところもございますが、どうぞご了承ください」

真田は、自分の正面に置かれたカメラに向かって語りかけてから、手元の資料に目を落とし、つづけた。

「自殺した人物の身元ですが、現場近辺の道路に放置されていた乗用車に遺書とみられる走り書きが残されており、そのダッシュボードに入っていた免許証から、静岡県御殿場市在住の加納洋、三十歳——もうすぐ三十一歳の誕生日を迎える男性と推定されました。最初はあくまで『推定』でした。なにしろ腫瘍に覆われた顔は、免許証の写真と照合できるような状態ではなく、また指紋を採取しようにも、指先すべてがキノコ化しており、それも不可能でしたから。

しかし、かなり抜け落ちてはいるものの歯型は採取できましたので、御殿場市内の歯科医院に、当該人物が一年半前に親知らずを抜くために来院したときのカルテとX線写真が残っていることがわかり、その照合により、間違いなく加納洋であることが確定しました。ここから先は、現場検証に立ち会った山梨県警の矢野警部に進めてもらいます」

CBU室長の真田からバトンタッチされた矢野は、かんたんな自己紹介をしてから、報告をはじめた。

「じつはまったくの偶然ですが、加納洋は私と大学の同期生で、ここ数年は交流がなかったものの、在学中はかなり親しくしておりました」

矢野自身は、すでにそれが偶然の「再会」であるとは考えていなかったが、あえて彼はそこをさらっと流した。

「加納は大学卒業後、しばらくはサラリーマン生活を送っていましたが、五年前、二十六歳のときにホラー小説の新人賞を受賞して、学生のころから夢見ていた作家生活に入りました。といっても、調べたところ、賞は獲ったものの、その後はパッとせず、これまでに三冊の作品を世に出しただけで、職業作家としてはまだ成功を収めているとは言い難い状況です。そのため暮らしぶりは楽ではなく、作家ではなく、雑誌ライターとしてさまざまな原稿を書いて生活費を捻出していたようです。

ちなみに加納の両親は、息子の作家デビューを知ることなく病気で相次いで他界しており、兄弟や近しい親族もいないため、幸か不幸か、彼の悲惨な死にざまを知らせなければならない身寄りはおりません。ですから、CBUの真田室長のご方針どおり、いまのところ加納洋が死亡したという事実は、外部には一切公表していません」

「しかしだね」

官房長官が口をはさんだ。

「彼が人前に出られないような姿になったのは、昨日やきょうの話ではあるまい。なのに、まったくのひとり暮らしが成立したのかね」

「いま、加納洋がまともな人間の姿をしていた最後はいつなのか、それを調べていますが、この事態を秘匿しながらの潜行調査なので、少し時間がかかるかもしれません。いずれにせよ、彼がひどい容姿を人に隠したまま社会生活を営んでいたというのは、たしかに疑問が残ります。顔面を覆った腫瘍は舌の表面にも及んでいますから、正常な発音ができたとも思えず、電話の会話だけでも異常が発覚するでしょうし、メールを打とうにも、あの指先の変形ではキーボードを打つのも難しいはずです」

「そもそも、そこまで劇的に姿形が変わってしまった人間が、自宅から樹海まで車を運転できるのかね。手足はちゃんと動くのか」

「オートマチック車を運転することぐらいは可能だったかもしれません。御殿場市の自宅から樹海入り口までの移動も、深夜であれば一般道の通行量は少なく、運転席の姿は見咎められないでしょう。いまのところ、主要道路に設置された監視カメラの映像で当該車両を捉えたものはないので何とも言えませんが」

「しかし、今回の移動にかぎらず、顔や手が変わりはじめてからでは、ガソリンスタンドにも行けまい」

「そうですね。ですからなおのこと、正常な姿の加納洋が目撃された最後はいつなのか、という調査が急がれます」

「ともあれ、おのれの姿に絶望して、樹海に死に場所を求めたというわけだな」

「それで間違いないと思います」

「で、伝染性の有無をこれから確かめていくという話だが、彼の住まいについては、どういう措置をとっているのかね」

「それについては、私のほうから担当課長に答えさせます」

と、会話に割って入ったのは、スクリーン4に映っている厚生労働大臣だった。政治家としてのキャリアが官房長官よりも二期後輩であるため、上下関係が言葉遣いにも出ていた。その厚生労相に説明を促されたのは、健康局の結核感染症課課長。この課の主たる任務のひとつに、エイズを除く結核等の感染症の蔓延（まんえん）防止がある。

「山梨県警から緊急連絡を受けまして、当方から静岡県御殿場市の男性宅へただちに係官を派遣し、自宅の封鎖作業を行ないました。加納洋の住居は御殿場市といいましても、市街地ではなく、富士山麓に近い草原のはずれで、築五十年は過ぎたかと思われる古い平屋の民家です。借家ではなく、彼の両親が住んでいた家のようで、しかも近隣の家とはだいぶ離れておりますので、その点は作業の秘匿性を保つのに好都合でした。いちおう、表向きには『取り壊し工事のため立ち入り禁止』ということにして、規制ロープではなく、普通のロープで囲ったうえで監視カメラを取り付け、不審人物の侵入があればスピーカーで警告を発する態勢をとっています。もちろん、近くに係官も二十四時間体制で配備しております。

それから、樹海でこの自殺死体を最初に調べた山梨県警の竹下警部補ほか一名は、現在、山梨県内の検疫施設で厳重な隔離のもとに置かれておりますが、いまのところ身体の異常はみられておりません。また第一発見者の初老の男性は、現場から五十メートルほど離れたところから目撃し、それより先には近づいていないとのことでしたので、いちおう追跡調査はできるように身元をはっきりさせたうえで、あえて隔離措置はとっておりません。なお、この老人は首吊り死体を背後から見ており、正面の姿は目にしていないので、彼にとっては、一般の首吊り自殺を超えた認識はないはずです」

「わかった。それから、加納の自宅内部の捜索はやっていないのか」

スクリーン3の官房長官が、質問を重ねた。

「本人の住まいを調べれば、不気味な変身に至ったいろいろないきさつがわかるのではないのかね」

「もちろんそうですが……」

ここで矢野の上司にあたる、スクリーン6の山梨県警本部長が口を開いた。

「腫瘍の伝染性がまだ不明確な時点での捜索は、捜査官の身体にも危険を及ぼすとの判断で、家宅捜索はCBUの分析結果が出るまで控えさせています」

「もしも……もしもだがね、室長」

こんどはスクリーン4の厚生労働大臣が、CBUの真田にたずねた。

「腫瘍に強い感染力があるとわかったら、どうするんだね」

「当然、ワクチンの製造は視野に入れています」

そう答えたのは真田ではなく、鼻のところまでずり下げた老眼鏡越しに分厚い参考資料を繰っていたスクリーン5の国立感染症研究所所長・大和田茂だった。

「すでにCBUの北沢先生には、ワクチン製造を視野に入れた病原体の培養をお願いしてあります。そして私といたしましては、この未知の病原体を『マタンゴ』と呼ぶことを提唱したいと思います」

「マタンゴ？」

官房長官と厚生労働大臣が、同時に声をあげた。

「それはどういう根拠で」

「私がお答えします」

こんどは矢野警部がマイクに向かった。

「さきほど、加納が乗り捨てた車の中に遺書めいたものが残されていると申し上げましたが、そこにはこう書き記されていたのです。『もうダメだ。マタンゴにやられた』。おそらくそれは、加納が何らかの根拠をもって、自らの身体を侵した病原体の名前がマタンゴであると知ったからではないかと思われます」

「それでは……」

真田室長が、手元のスイッチを操作した。

「その加納洋の遺体を、直接皆様にお目にかけましょう」

真田がスイッチを押すのと同時に、いままで電源が切れた状態で暗かったスクリーン1に、まばゆいばかりに輝く映像が現れた。

この円卓会議室のワンフロア下、地下三階にある完全気密のラボ中央に設置された手術台に、コンテナとステンレスケースの二重保管状態から引き出された加納洋の全裸死体が横たわっていた。そして、その横に銀色の完全防護服を装着した北沢一夫がレーザーポインターを片手に立っていた。

別の係官が窓越しに操作するリモコンカメラが手術台の真上に付いており、そのカメラの俯瞰映像がスクリーン1にアップになった。

あまりの醜悪さに、テレビ会議に出席した関係者の口から、一斉に嘔吐にも似たうめき声があがった。

6

「ごらんのとおり、遺体の表面を覆いつくす腫瘍はキノコとしか表現のしようがありません」

スクリーン1をモニタリングしながら、CBU室長の真田が言った。

「しかし、本物のキノコが多種多様であるのと同様、加納洋の全身に広がるキノコ状の腫瘍も、細かく見ていきますとさまざまな形態があることがわかります。では北沢先生、レーザーで示しながら解説していただけますか」

真田の声に防護ヘルメットをかぶった北沢がうなずき、レーザーポインターのスイッチを入れると、まず加納の額のあたりで赤い円を描いた。

「額の周辺は、ごらんのようにキノコというよりもクルミの実のような、あるいは脳味噌のような、と表現してもよいシワだらけの茶色い腫瘍で覆われています。キノコの仲間ではシャグマアミガサタケ――赤い熊のような編笠茸（あみがさたけ）という命名ですが、それにも似ています」

防護ヘルメットの内蔵マイクを通した北沢一夫の声が、テレビ会議の場に響いた。

「そうかと思えば、このあたり……」

レーザーポインターの赤い点が、唇の周辺を行き来した。

「このあたりの腫瘍は、ナメコにも似たとんがり帽子形の傘を持ち、つややかなキャラメル色をしています」

つづいて、ポインターが頭髪に移動する。

「また髪の毛の間には、まるで毛髪の姿を真似たかのような、白や黄色のホウキタケ形の腫瘍が生えています……そう、まさに生えているという感じです」

リモコンカメラのオペレータが死者の頭髪にズームインすると、本来の黒髪の間から枝サンゴを思わせる細かい枝状の腫瘍が林立している様子が大写しになった。

「人間の身体が、こんなふうになってしまうことがありうるのか……」

官房長官の愕然としたつぶやきが、そのままマイクを通して会議室に流れた。

「さらに両腕や両脚には、ワカクサタケに似た毒々しい緑色の腫瘍、キイロイグチやキヒダタケのような黄色い腫瘍、タマゴタケやベニテングタケを思わせる真っ赤な腫瘍、シロタマゴテングタケやタマシロオニタケのような純白の腫瘍、アミガサタケを連想させる海いまれ」

綿体状の黒っぽい腫瘍など、まさに色彩も鮮やかなキノコの博覧会といった様相を呈しています」

北沢は、細菌学の関連分野として、植物ではなく菌類として定義されるキノコにはきわめて詳しかった。だから、搬入されてまもないにもかかわらず、遺体の様相をさまざまなキノコにたとえる描写がスムーズに口をついて出た。ここまで彼がたとえに持ち出したキノコは、一部食用のものもあるが、大半は毒キノコである。

「それから胴体部分は、色的にはだいぶ地味になりますが、スエヒロタケに似た平らで扇形をした腫瘍が、折り重なるウロコのように密生しています」

「北沢先生」

そこで新宿にいる国立感染症研究所の大和田所長が呼びかけた。

「スエヒロタケといえば、アレルギー性気管支肺真菌症を思い出しますな」

「そうですね」

ヘルメットをかぶった北沢がうなずいた。

「私のほうから補足説明をさせていただきますと、カビの一種であるアスペルギルスが引き起こすアレルギー性気管支肺アスペルギルス症というのがあります。たしか一九八九年だったと思いますが、千葉大学病院呼吸器内科にこのアスペルギルス症の疑いがある患者が入院してきました。ところが気管支粘膜から採取された菌を培養したところ、一カ月後には、なんとスエヒロタケというキノコになってしまった。キノコ状の、ではなく、キノコそのものになってしまったのです。これが、キノコ菌が人体に寄生することがありうるのを実証した世界初の例です。また、スエヒロタケの傘の部分が人間の脚から生えた例も報告されています。

ちなみにスエヒロタケは、柄がなくて扇形に末広がりになっている外見からそう名付けられたものですが、それじたいに毒性はなく、一部では食用にされ、さらに医薬品としても使われています」

「ということは、だね」

ますます老眼鏡を鼻先まで落とし、上目遣いになって、大和田所長が中継カメラ越しに問いかけた。

「この遺体は、その極端な例だと考えることはできないかね。つまり、男性はさまざまなキノコの菌に取りつかれ、通常では人体に寄生できないキノコをそのまま培養する恰好(かっこう)になってしまった。キノコ栽培に使われるナラやクヌギのように、人体そのものが『原木』になってしまったとは考えられないかね」

「そうしますと所長は……」

北沢が防護服のヘルメットを、頭上のカメラに向けた。

「これは皮膚が変形した腫瘍ではなく、キノコそのものだとお考えですか」

「あくまで仮説だがね」

「たしかに、その可能性も否定できません。と申しますのも、こちらのカメラがオンになる前に、私は驚くべき現象を確認しているからです。それをいまからお目にかけましょう。すみませんが、ラボの照明をすべて落としていただけますか」

北沢の指示で、ラボの照明が切られた。

つぎの瞬間、テレビ会議の出席者たちの間から驚愕の声が洩れた。

真っ暗になった部屋の中に、ボーッと青白い燐光（りんこう）が浮かび上がった。しかもそれは、手術台の上に横たわった人体の形をしていた。

「北沢先生！」

国立感染症研究所から呼びかける大和田の声は、興奮でうわずっていた。

「ツキヨタケじゃないかね、これは！」

ツキヨタケはブナの木に生える毒キノコで、食べると激しい食中毒の症状を起こすが、闇夜に青白く光る発光キノコとしてもよく知られている。遺体が放つ月光のような明るさは、北沢が着ている銀色の防護服を輝かせるほどだった。

「そうです。ツキヨタケそのものに類似した形態の腫瘍は見つかっていませんが、ツキヨタケの発光物質であるランプテロフラビンのようなものが、遺体の全身にちりばめられている可能性があります」

人体の形をした燐光だけが輝く闇の中で、北沢が答えた。

と、つぎの瞬間——

「一夫、危ない！」

ラボの映像を見ていた矢野が、おもわず旧友を下の名前で呼んだ。

「逃げろ、一夫！」

その声は、防護ヘルメットに取り付けられたスピーカーを通じて、北沢の耳にも届いた。だが、北沢にとっては何のことだかすぐに理解できない。そして、戸惑いながら天井のカメラから視線を元に戻したとき、はじめて何が起きているかを把握した。

青白く輝く人体が、ゆっくりと起き上がってきていた。

「………！」

完全防護服姿の北沢の動きが止まった。

ラボの様子をモニターしている円卓会議室の係官が総立ちになった。

「照明だ！　ラボの明かりを点けろ！」

室長の真田が怒鳴った。

ラボの外でカメラをコントロールしていた係官が、切っていた照明のスイッチを急いで入れた。

人体のシルエットに沿って輝いていた燐光が見えなくなり、その代わりに、まばゆさを取り戻した室内の様子が明らかになった。全身をキノコの腫瘍に覆われた加納洋の遺体が──首を吊って絶命していたはずの遺体が手術台の上に半身を起こし、閉じていたまぶたを見開いていた。

変身した加納洋の瞳は、明らかな怒りに満ちていた。そして口を開いた。

キノコが生えた舌をむき出しにしながら、加納は吠えた。それは獣のような咆哮だったが、ついで言葉を発した。

「ドウシテ……シネナイ……ンダ」

聞き取りにくかったが、明らかに人間としての声だった。

「北沢先生、逃げてください！」

気密ガラスを隔てたモニタールームにいた係官が叫んだ。

「滅菌室のほうへ早く！」

ラボと外の部屋との間には、直接出入りできるドアのほかに、薬液シャワーや紫外線や熱風などで防護服を滅菌する小部屋を通るルートがあり、感染の危険性を伴う実験を行なった場合は、滅菌室を通ってラボの外に出なければならない。

北沢は指示の声に急き立てられ、そちらに可能な限りの早足で向かった。だが、身体の自由な動きを制限する完全防護服のために、急ぐといっても限界があった。そして、手術台から下りた加納が、すぐに後ろから追いついた。

「マタンゴを逃がしてはいかん！」

国立感染症研究所からモニターしていた大和田が叫んだ。

「ラボを封鎖しろ！」

しかし、半分キノコと化した加納が、北沢をがっちりと後ろから羽交い締めにした。そしてキノコだらけの手で、防護ヘルメットの特殊ガラスを何度も叩いた。叩きながら怒鳴った。

「トモダチダロ！　トモダチダロ！　トモダチダロ！」

そして猛烈な力で、北沢のかぶっていたヘルメットを外そうとした。

予想もしなかった死者の復活とその暴力に、官房長官や厚生労働大臣らは顔色を失っていた。

「ステータス・レッド！」

円卓会議室の真田室長が、最高レベルの緊急非常事態を大声で告げた。

CBU秘密研究所の全館にアラームが鳴り響いた。

「エマージェンシー99発動！」

「99ですか！」

ラボの外にいる係官が、緊迫した声で問い返してきた。

「でも、それでは北沢先生の生命が」

「防護服の保温気密性に賭けろ。それ以外に手はない」

「しかし……」

「命令だ！　やれ！」

加納が北沢をラボの床に倒した。そしてキノコだらけの口を大きく開けると、防護服に嚙みついた。北沢が、必死に加納の身体を押し戻そうとした。ふたりはもつれあったまま、ラボの床を転がった。

「早くしろ、早く！」

「エマージェンシー99って、何ですか」

横から、矢野がきいた。

しかし真田はそれに答えず、ラボの様子を映し出すスクリーン1を食い入るように見つめつづけた。

すると、ラボのありとあらゆる方向から真っ白な気体がジェット噴射のように突然噴き出してきた。その噴射は床で転がるふたりに向けられていた。

その気体噴射音と同時に、地震のような振動音がマイクだけでなく、じかに円卓会議室にも伝わってきた。あっというまにスクリーン1の映像が真っ白になった。カメラのレンズに付いていた空気の水分が凍結したからだった。

「何をやっているんだね！」

永田町から官房長官が叫んだ。

「いま、そこで何が起きているんだ」

「CBUが開発した新技術の超高速冷凍装置を起動させました」

官房長官の質問には、真田もすぐ答えた。

「猛毒の細菌容器が破損した場合などに備えて、ラボ全体の温度をマイナス99℃まで下げ、実験室ごと凍結させてしまいます。特殊な低周波振動を与えながら冷却用の窒素を噴射させると、従来では考えられなかった超高速で物体を凍結できます。その代わりに、カメラなど、ダメージを受けてしまう設備もありますが、やむをえません。ちなみにこれは、軍事転用できるトップシークレットの技術ですから、決して口外なさらないでください」

「きみたちは、いつのまにそんなものを……防衛省の連中は知っているのか」

「我々は防衛省の下部組織の人間ですから、もちろんトップは知っています」

「トップとは誰のことだ。防衛大臣は知っているのか」

「いえ、大臣には……」

「制服組だけの秘密にしていたのか！　官邸を蚊帳（かや）の外に置いて、いつこんな技術を開発した。きみらは文民統制（シビリアンコントロール）の原則に反しているぞ！」

官房長官は目の前の緊急事態よりも、政治家として無視された状況に激しく憤慨した。

しかし、スクリーン6で成り行きを見守っていた山梨県警本部長は、もっと人間的なことを心配して問い質（ただ）してきた。

「北沢先生はどうなるんだ。いま、心配の声があがっていたじゃないか」

「防護されていない人体は、三分で完全凍結されます。しかし防護服を着ていれば、その三分間は耐えられます。マタンゴが凍結されたのを確認したら、ただちにラボの排気を行ない、北沢先生を救い出します」

すると、こんどはスクリーン5の大和田所長が、別の視点から疑問を投げかけた。

「冷凍したらマタンゴの細胞が破壊されて、菌の正確な分析ができなくなるぞ」

「だいじょうぶです。氷結晶による細胞破壊が生ずる0℃からマイナス5℃の最大氷結晶生成帯を一気に駆け抜けて下がっていくので、細胞の破壊はこれまでに考えられないほど最小限に……というより、ほとんど破壊されない状態で凍結でき、解凍もほぼ百パーセントに近い原状に復帰できます」

「しかし、室長」

矢野が、何も見えなくなったスクリーン1に不安げな視線を投げかけた。

「ふたりはもつれあったまま凍ってしまったんじゃないんですか」

「たぶんそうなっているでしょう。その場合は加納氏の――というより、マタンゴの、と言い換えますが――その身体を切り離して、北沢先生を救い出します」

真田が各メンバーの質問に答えているうちに、あっというまに三分間が過ぎた。

鳴りつづけていた非常事態のアラームが消え、研究所内は静かになった。

そしてスクリーン1には、ラボ内のカメラではなく、モニタールームからガラス越しにラボに向けられた新たなカメラの映像が現れた。真っ白に凍りついたラボの全景が一同の目に入った。

「排気、開始」

「排気、開始」

復唱する声とともに、大きな排気音がしてラボを満たしていたマイナス99℃の冷気が一気に排出された。この緊急処理を想定してラボのドアや窓ガラスに埋め込まれていた熱線ヒーターに電気が通り、内部の様子が見えてきた。

矢野が想像していたとおり、醜悪な全裸をさらした加納と防護服姿の北沢が、床でもつれあった姿のまま凍りついていた。

「救出、開始」

「救出、開始」

防護服を着た三名の係官が、ヒーターで凍結を解除されたドアを開け、滅菌室経由で中に入ってきた。そのうちの一名は大型の斧（おの）を手にしていた。

そして別のひとりがヘルメット越しに北沢の様子を覗（のぞ）いてから、円卓会議室で見守る真田に報告を送ってきた。

「北沢先生は意識があるようです。まばたきもしています。しかし、相手の腕がからみついたままなので……」

「切断しろ」

真田が指示した。

「そして北沢先生を離したら、マタンゴをただちに冷凍コンテナに格納せよ」

「了解」

返事とともに、係官は手にした斧を振り上げた。切断にチェーンソーを用いると、切片が粉となってあたりに散らばる。それを避けるための、原始的な手段だった。

銀色をした斧の刃先が、極彩色のキノコに覆われたマタンゴの腕めがけて振り下ろされた。

六　新たなる発症

1

五月二十六日、日曜日——

首を吊って死んだはずの「マタンゴ化」した加納洋が、突然息を吹き返して北沢に襲いかかるという騒動から、ちょうど一週間が経過した。

その日の午後二時、山梨県警警部の矢野誠と、生物化学兵器テロ対策室専属の細菌学者である北沢一夫は、青空をバックに雄大な富士山をふり仰いでいた。その山頂には、まだ雪が残っている。その雪の白と、空の青のコントラストが見事だった。

「東京とは空気が違うね」

深呼吸をしながら北沢一夫が言った。

「空気が澄んでいるから、富士山が鮮やかに浮き立っている。しかも、こんな近くで富士山を見るなんて、ひさしぶりだよ。大きいんだなあ、富士山って。でも、矢野にとっては見飽きた景色かもしれないけど」

「いや、おれにとって馴染んでいる富士山は、山梨側から見たものだからね」

矢野誠が言った。

「静岡側からの富士山は新幹線に乗ったときに目にするぐらいで、ここまで近い場所で眺めるのは、おれにとってもひさしぶりだよ」

「どっちから見ようと、同じだろ」

「とんでもない」

矢野は首を左右に振った。

「山梨側から見る富士山と、静岡側から見る富士山は、まったく別の山だ。一般的には静岡のほうから見る富士山を『表富士』と呼んでいるけど、山梨県人は自分たちの側から見る富士山が表だと言い張っている」

矢野は、少しだけ笑った。

「まあどっちが表であろうと、人間に裏表があるように、富士山の裏の顔と表の顔はまったく違うんだ」

「人間に裏表があるように、か」

北沢が矢野の言葉を繰り返した。

「加納洋には、いったいどんな人生の裏があったんだろうね」

「それを、これから調べるというわけさ」

矢野は、目の前の古民家をアゴで示した。加納洋が住んでいた一軒家である。

キノコの怪物と化した加納は、エマージェンシー99というコードネームで呼ばれる緊急手段によって、わずか三分という超高速で凍結され、現在はCBU地下三階のいちばん奥にある冷凍冷蔵試料倉庫の中に厳重に保管されていた。

その冷凍された身体には左腕がなかった。緊急凍結のさい、いっしょに身動きがとれなくなった北沢を引き離すため、加納の凍った左腕が肘の下から斧で切断されたのだ。

切り離された左腕からは、腫瘍の実態を調べるための切片が多数採取され、特殊な方法で超高速解凍して「生」の状態に戻してから、その伝染力に関する分析が行なわれた。その作業には国立感染症研究所の大和田所長も立ち会っていた。

そして一週間にわたる分析を経て、空気・経口・接触のいかなる場合においても、キノコ状腫瘍に伝染性は認められない、という結論が出された。それを受けて、感染のおそれありとされていた富士吉田署の竹下警部補と部下一名の隔離が解かれ、御殿場市郊外の富士山麓に近い加納宅の封鎖も解かれることになった。

それでも慎重を期して、この日の午前中から屋内の厳重な滅菌消毒が行なわれ、そののちに山梨県警の矢野とCBUの北沢のふたりが家宅捜索に入ることになった。ほかの山梨県警捜査員や、御殿場市を所轄する静岡県警の捜査関係者を関与させないのは、人体がキノコ化したという衝撃的な事実を隠しつづけるために、少人数の極秘捜査を徹底させていたからだった。

首を吊って絶命していた加納の復活というショッキングな事実に関しては、目撃した関係者一同のあいだで厳重な箝口令（かんこうれい）が敷かれ、竹下警部補にもその出来事は知らされず、隔離状態から解放されても、彼は今回の家宅捜索からはずされていた。

一市民が見つけた樹海での首吊り死体は、あくまで身元不明の扱いで書類上の処理がなされた。そのため、加納洋の死亡という事実は戸籍上は存在していない。いずれ彼の不在に気づいた仕事関係者などから捜索願が出されるのは間違いなかったが、そうなっても真実は徹底的に押し隠すべき、という点で、関係者の意思統一が図られた。真実を国民が知ったら、大パニックが起きる。それが官房長官の導いた結論だった。だから官邸内部でさえ、首相とごく一部の人間にしか報告はされず、加納洋は神隠しにあったように忽然（こつぜん）と姿を消した——そういった偽りの運命が、彼に押しつけられることになった。

その方針に伴い、世間的には「取り壊し工事のため立ち入り禁止」とされていた加納宅の消毒や家宅捜索も、あくまで解体業者の出入りを装って行なわれた。そのため、矢野も北沢もカーキ色の作業着を着て、首にタオルを巻いている姿だった。

「しかし、いつまで加納の件で世を欺けるか、ぼくは疑問だね」

作業着の襟元に巻いたタオルをいじりながら北沢が言うと、玄関のドアに鍵（かぎ）を差し込んだところで、矢野がふり返ってそれに答えた。

「疑問だろうが不安だろうが、こうなったらウソをつき通すしかないだろ。加納洋という売れないホラー作家は、ホラー作家らしく謎の失踪を遂げた。そして、永遠にこの世に姿を現すことはない。そういうふうに納得するよりない。悲しむ親きょうだいのいないのが、せめてもの救いだ」

「そういう割り切った考えは、昔の仲間として冷たくないか」

「だったら、どうしろというんだよ。蘇(よみがえ)った加納にいきなり襲われたのは誰だ。ほかでもない、おまえだろ。ヘタすりゃ殺されていたかもしれないんだぞ」

矢野は、北沢に向かって人差指を突きつけた。

「あの場面を見た瞬間から、おれは、もう『あれ』を昔の友だちだとは考えないことにした。あれは加納洋じゃなくてマタンゴだ。怪物だ。人間の心がかけらも残っていない化け物だ」

「そこまで言うのか」

「化け物じゃなきゃ、完全な死亡が確認されてから半日近く経っているのに、どうしていきなり起き上がって、あれだけの暴れぶりをみせられるんだよ」

「まあ、そうだけど」

「で、ＣＢＵとしては、あの化け物を今後どうするつもりだ」

「貴重な標本として、永久保存にする」

「やめとけよ、一夫」

ドアに差し込んだ鍵から手を離し、矢野は真剣な表情で北沢に向き直った。

「おれはね、ラボの中でおまえがマタンゴに襲いかかられ、緊急事態になったとき、真田室長が急速冷凍に関して行なった説明が、ものすごく引っかかっているんだ」

「急速冷凍の説明？　室長が何を言ったんだ」

「あの凍結方法は、ごく短時間で物体を凍らせるから、生物の細胞をほとんど破壊しないそうだな。そして、解凍も同じ方法で行なえば、ほぼ百パーセント凍結前の状態に戻せるらしいじゃないか」

「そのとおりだ」

黒縁メガネのフレームをちょっと持ち上げて、北沢が言った。

「実際に、左腕から採取した試料切片をその方法で解凍したから、ほとんど生きているときと同様の新鮮さで、細胞を観察することができた」

「部分的な解凍ならいいさ。だけど、マタンゴ本体を解凍したら、またあの化け物が復活することになるんだぞ」

「解凍なんかしないよ。いま言っただろ、あれはあくまで永久保存版の標本なんだ」

「永久に凍結しつづけられるという保証でもあるのか。停電が起きたらどうする」

「心配するな。ふだんは一般電力が供給されているけれど、停電になったらすぐに自家発電に切り替わる。そのための燃料も地下に大量に備蓄されている」

「大地震がきて、その装置も壊れてしまったら？」

「耐震構造だし、地下三階の保管だから何の心配もないよ」

「一夫、悪いこと言わないから、やめとけ」

「やめとけって、何を」

「あの化け物を永久保存しようなんて考えるな。伝染性がないとわかったら、試料のスライスはともかく、本体は燃やしちまえ」

「きみは、友だちを燃やせというのか」

「友だちじゃない、あれは化け物だ。化け物を保存することじたいが、人類にとっての危機だと思わないのか」

「それは、いちどつかまえた凶悪犯を死刑にしてしまわなきゃ気が済まない警察官の発想だね」

　青空から降り注ぐ五月の太陽でメガネのレンズを光らせながら、北沢は言った。

「ぼくたち学者の発想は違う。あれを保存して、腫瘍の実態について研究を重ねることこそが、マタンゴという奇妙な生物から人類を守ることになる。国立感染症研究所の大和田所長も同じ意見だった。さらに所長は、加納とぼくが大学の仲間だったのを知って、こう言われた。きみは、大切な友人を元の姿に戻したいと思わないかね、と」

「なんだって」

　矢野は、論外だというふうに目をむいた。

「洋を元の姿に戻す？」

「所長は言った。加納君が自らの姿に絶望し、どれほどつらく切ない思いで首に縄を巻いたのかを、友人として理解してあげなければいけない、と。そして、彼が決して死んではいなかったことも忘れてはならない、と」

矢野が言い返した。

「いや、洋は死んだ」

「枝に結んだロープをほどかれ、地面に下ろされたあいつは、間違いなく完全に死んでいた。検視官が確認したし、おれもこの目で確かめた」

「でも、現に彼はラボの手術台から起き上がって……」

「人間としての加納洋は死んだんだ！」

矢野の反駁は、叫び声のようになった。

「ラボで起き上がったのは、別の物体だ。マタンゴだ。あいつの死体がマタンゴに勝手に操られていただけだ」

「いや、ぼくは大和田所長から指摘されて、自分の誤った解釈に気がついた。突然生き返った加納は、決してぼくに襲いかかったんじゃない。あれはぼくに対して、おねがいだから自分を元の姿に戻してくれ、と、すがるように頼んできたんだ。涙こそ出ていなかったけれど、泣きながらぼくに取りすがってきたんだ」

「一夫、おまえ、本気でそんなふうに考えているのか」

「矢野だって会議室のモニターで見ていたんだろう。加納がはっきりと人間の言葉で訴えていたじゃないか。トモダチダロ、トモダチダロ、って」

　北沢は真剣な眼差しを矢野に向けた。

「あいつはまだ生きている。凍結されて一時的に人生の時間を止めてしまったけれど、解凍すれば、彼はまた生き返る」

「たったいま、おまえはマタンゴを標本として永久保存すると言ったばかりじゃないか。自分の言ったことを忘れたのか！」

　矢野は、非難の目で北沢に迫った。

「永久保存でさえ万一のリスクがあるというのに、積極的に解凍するなんて、とんでもない話だ！　だからすぐ燃やせと言ってるんだ！」

「もちろん、すぐには生き返らせない。幸か不幸か、あいつの左腕は切断されて、研究試料として使える状態にある。とりあえず伝染性の有無は確認できたけれど、なぜあのような腫瘍が生じたのかを、さらに時間をかけて調べていけば、それを治せる手段も見つかるはずなんだ。伝染性が強い場合に備えてワクチンの製造を検討していたが、そのおそれがなくなったいまは、遺伝子治療の検討に入っている」

「治療？」

　矢野は眉をひそめた。

「なんで治療なんか考えるんだ。あの化け物を始末すれば終わる話だろうが」

「それは矢野の認識が間違っているよ。あれが加納ひとりの身に起きた突然変異なら、そうした考えもあるかもしれないが、新種の病気だった場合は、この日本のどこかで……あるいは地球のどこかで、身体がキノコに変身している人間が、まだほかにもいるかもしれない。その人たちのためにも、治療手段を研究開発するのは我々の当然の義務だ」

「第二のケースがどうとか、そんなのは知ったことじゃない」

「矢野は、自分がなった場合を想像してみたことがないのか」

「おれがマタンゴに？」

矢野は、まさかというふうに首を振った。

「なるわけないだろ」

「そう言い切れるのか」

こんどは、逆に北沢が矢野を問いつめた。

「ぼくたちは学生のときに、キノコの怪物伝説を追って樹海の入り口まで行った。そして矢野は、実際に樹海の中まで探検した気がすると、このあいだ、そう話していたじゃないか。あのときの参加メンバーだった加納が、まさにキノコの怪物となって樹海で首を吊った事実は無視できないと言ったのは、どこの誰だ。きみこそ、自分の言ったことを忘れたのか」

「……」

矢野は、押し黙った。

2

同日、日曜日午後二時――

東京都内にある能楽堂では、狂言公演の昼の部がはじまっていた。

総檜造りの能舞台は約六メートル四方の正方形で、四隅に柱を立て、屋根をかけた構造になっている。反響効果を持った鏡板と呼ばれる背面の壁には、緑も鮮やかな老松が描かれていた。

本舞台は檜の床板が縦方向に敷かれているが、鏡板の前、奥行き一間半の部分だけは床板が横方向に敷いてある。これがアト座と呼ばれるところで、そのアト座から、少し角度をつけて左方向へ延びているのが、歌舞伎でいえば花道に相当する橋掛りだった。幅およそ一間の長い廊下である。そして橋掛りの奥には五色の布を合わせた揚幕が下がっており、そこから演者が登場する。

能楽堂の客席は見所と呼ばれ、本舞台にまっすぐ前を向いている席を正面、橋掛りの脇で本舞台を左方向から眺める席を脇正面、そして正面と脇正面に挟まれ、対角線上から本舞台を眺める席を中正面と称していた。

能や狂言の場合、能楽堂に入った瞬間から、客はその世界に入り込むことになる。だから能楽堂には、歌舞伎や一般演劇のように開演前に舞台を隠しておく幕がない。それだけでなく、開演後も客席の照明は明るいままである。暗転と同時に、客が居住まいを正して「観劇」の姿勢を整えるのではなく、いつのまにか能や狂言の世界に溶け込んでいく。

余韻という言葉は、物事が終わるときの深い味わいに用いられるが、能や狂言には、この余韻の逆バージョンとも言える静かな導入がある。だから、揚幕が上がって演者が姿を現しても拍手は起きない。拍手が起きるのは、客が演目の世界に同化していない証拠でもある。

しかし、野本夕衣にとっては、客席が闇に包まれないことほど不安なものはなかった。正面最後列にひっそりと座っていようとも、そしてダテメガネをかけ、さらにウィッグで変装していようとも、明るいままの客席は、彼女を落ち着かない気分にさせた。

いまの夕衣は、芸能界における指名手配犯のようなものだった。一週間前の深夜、昼メロ最終回の撮影現場から突然逃げ出し、その後、杳として行方が知れないYUIに、関係者は大騒ぎだった。

テレビのワイドショーでも「人気急上昇中のYUI・謎の失踪！」「高視聴率昼メロ、土壇場で放送打ち切りの危機！」と、連日トップで取り上げられ、スポーツ紙、週刊誌も競って人気女優の失踪の理由と、現在の居場所を血まなこになって捜していた。

だが、夕衣は逃げつづけた。

冷静に判断すれば、すぐに皮膚科の病院へ行って専門医の判断を仰ぐべきところだった。

しかし、あまりにも腫瘍の形が不気味で恐ろしく、生き物のように動くことにも激しい衝撃を受けた夕衣は、診察室でそれを見せたときの医者の反応が怖くて病院に足を運べなかった。それに症状が外部に洩れたら、女優生命は終わりだった。しかも、人気ドラマの最終回の撮影を放棄して逃げ出すという騒ぎを引き起こした身だったから、なおさら病院へは行けなかった。

あの夜、メイキャップルームから逃げ出した夕衣は、スタッフに見つけ出される前に、財布ひとつ持たず、役柄の衣装のままタクシーに乗り込んでいた。そして独り住まいのマンションに戻ってからタクシーに代金を払うと、急いで服を替え、ふだんから変装用として持っていたロングヘアーのウィッグをかぶり、ありったけの現金とカード類と着替えを持って、ふたたび家を出た。携帯電話は撮影所に残したままだった。

ウィッグは変装のためだけでなく、自分のうなじと額の生え際に生えてきた不気味なキノコを隠すためだった。

誰かを頼るあてはなかった。ケンカ同然で家出したこともあって、実家には連絡をとれなかったし、友人宅に身を寄せたくても、醜い腫瘍を見せられなかった。また高級ホテルはマスコミが網を張っている可能性が高い。そこで夕衣は、埼玉県の小さな都市の駅前にある安手のビジネスホテルに偽名を使って身を潜めた。そして、狭苦しい部屋に閉じこもり、自分の失踪を伝えるテレビのワイドショーを震えながら見ていた。

昼の時間帯としてまれに見る高視聴率を誇った人気ドラマが、夕衣の失踪のせいで、最終回を放映できないまま異例の途中打ち切りになる可能性が高まっていた。現場の困惑と混乱は、想像するに余りあった。

最終回の放映日は、一ヵ月後に迫っている。相手役の辺見浩樹の過密スケジュールを考えると、撮影現場がＹＵＩの復帰を待っていられるのにも限界があった。かといって、いまさら台本の変更や最終回のみの代役はありえない。困り果てた関係者の様子を報じるワイドショーを見ながら、夕衣は申し訳なさでいっぱいになっていた。できれば監督だけにでも、じかに謝りに行きたかった。しかし、どうしても姿を現すことができない。キノコ化現象が進行していたからである。

うなじと額の生え際にひとつずつ出現したナメコ状の腫瘍は、いまではその数が十個ずつになり、大きさも増していた。それはロングヘアーのウィッグでなんとか隠すことはできていたが、失踪から四日目の夜、夕衣はホテルのバスルームで、左の乳房に新たな形の腫瘍ができているのに気がついた。

エノキタケそっくりの白くて細いキノコ状の腫瘍が、まさに市販されているエノキタケそのもののように、円筒形の束になった形で乳房の上側に生えてきたのである。

市場に出ているエノキタケは野生のものではない。大正末期に長野県屋代（やしろ）中学の教師・長谷川五作が京都の丹波からエノキタケを入手し、昭和三年、ビンによる栽培法を編み出した。それを近隣の松代（まつしろ）の農家に広めたことで、人工栽培による量産が定着した。

その方法では、ビンの口から伸びてきたエノキタケの子実体（しじったい）――キノコとして認識される部分——を紙で円筒形に巻いて、囲いながら育てていく。だからスーパーの店頭で見かけるように、筒状のブロックとなって出荷される。色が白いのは、掛け合わせによって生まれた純白種で、もとは茶色いキノコだった。

そうした人工的なプロセスで作られた白いエノキタケの束にそっくりの腫瘍が、女の象徴である乳房から生えはじめたのだ。それは、夕衣のきめ細やかな肌の白さだけを残しながら、乳房の一部組織が純白種のエノキタケ状に変化していったものだった。そして、その腫瘍は、気づいてから二、三日のうちに高さ五センチにまで伸びていた。

夕衣はパニックに陥った。自分の身体にとてつもない異変が起きたのはわかるが、その原因にまったく心当たりがない。

(私は呪われている!)

それ以外に考えようがなかった。これを医学的な現象として理解しようと努めるのは無理だった。

(なぜ私がキノコにならなきゃいけないの。どうして? 私が何か悪いことでもしたというの)

時間が経過するにつれ、自慢の白い肌が、醜いキノコの腫瘍で覆われていく面積が確実に増えていく。拷問だった。しかし、この苦しみを打ち明けて相談できる人間は誰もおらず、夕衣がそんな事態に陥っているとも知らず、テレビではコメンテイターたちが「前代未聞の無責任女優」とか、「莫大(ばくだい)な損害賠償を請求される可能性」などと糾弾していた。

そして土曜日の夜、ついに夕衣は自分に精神的な限界がきたのを悟った。そしてバスルームで全裸になり、醜い自分の裸身を鏡に映し、片手に果物ナイフを持ったまま泣きじゃくった。泣きながら手首を切るつもりだった。

しかし、醜い腫瘍の増殖にもかかわらず、夕衣の顔は、ますます妖艶（ようえん）な美しさを増していた。額の生え際ではナメコ状の腫瘍がさらに数を増やしていたが、それさえ隠せば、夕衣の顔立ちは「なまめかしい」という表現がぴったりの輝きに満ちていた。恐怖で泣きじゃくる顔でさえ、息を呑むほど美しかった。

ベテランのヘアメイク係・長瀬礼子は、日を追って美しくなる夕衣を、女優として輝いている証拠だと説明したが、いまのような最悪の精神状態になってもなお、美しさを増す自分を見つめているうちに、夕衣は恐ろしい解釈に思い至った。キノコ状の腫瘍から出る毒素が、自分を美しくさせているのではないか、という着想だった。

（もしかすると、私はずいぶん前からキノコの毒に侵されていたから、きれいになっていたのでは？　女優としてノっているからじゃなくて、キノコのお化けに取り憑（つ）かれたから、私はきれいになっていった……）

自分の美貌がおぞましい腫瘍の毒素から生み出されたものかもしれないという発想に行き着くと、夕衣は居ても立ってもいられなくなった。

（もうだめ……もうこれ以上、醜くなっていく自分を見ていられない。死ぬわ！）

しかし、死ぬ前に、自分をここまで追いつめたキノコの化け物を切り取ってやろうと思った。せめて、それぐらいの仕返しをしてからでないと死ねなかった。

死んでしまえば自分の意識はなくなるが、発見した人間は醜い死体を見て悲鳴をあげるはずだった。またしてもそれがビッグニュースになるのは間違いなかった。それに、親が娘の死体を見たとき、二重のショックで半狂乱になるのは目にみえていた。ケンカ別れした両親だったが、そんな苦しみは与えたくなかった。

(どうせ死ぬなら、キノコをぜんぶ切り取ってから死んでやる)

夕衣はロングヘアーのウィッグをかなぐりすてた。額の醜い腫瘍があらわになった。

(こんな化け物……!)

腫瘍に果物ナイフを当て、歯を食いしばり、思い切ってスパッと切った。バラけたキノコの傘が、洗面台のボウルの中に散らばった。

しかし、痛くもなかったし、血も出なかった。あっけにとられて鏡を見ると、まさにキノコの軸をカットしたような白い切断面が見えるだけだった。

こんどは首筋にナイフを当てた。頸(けい)動脈の近くに生えている腫瘍を選び、そこにナイフの刃を当てた。致死量の鮮血が噴き出すのは間違いないと覚悟した。それでもキノコの化け物への怒りが勝った。

刃先を思い切り横に引いた。ナメコ状の腫瘍のかたまりが、こんどはバスルームの床に落ちた。しかし、こんども血は出なかった。そして、痛みはまったくなかった。

夕衣は目を丸くして鏡を見つめた。

腫瘍の部分だけ切り取ったから出血しないのではなく、すでに夕衣自身の血管が変化して血が出ないのだ。

（死ねない？　私って、死ねなくなっているの？）

すでに夕衣の精神状態は正常でなくなっていた。気がつくと、こんどはナイフを逆手に持ち、自分の左乳房を刺していた。エノキタケの束そっくりに変化した部分に、間違いなくナイフが突き刺さっていた。しかし――

「いたく……ない」

声に出してつぶやいた。そして、刺したナイフをはね上げた。

白い腫瘍が宙を飛んだ。それでも痛みは感じず、血液も体液も出てこない。見えるのは人間の乳房とは思えぬ、異様に白い切断面だけだった。

額とうなじと乳房の腫瘍を大きく切り取ったのに、夕衣は一滴の血も流していなかった。

（私って……もう人間じゃなくなっているの？）

これまでとは違う恐怖が夕衣を襲った。

震えながら、あとじさりしてバスルームを出た。太もものあたりにベッドの端が当たり、夕衣はそのままベッドに座り込む恰好（かっこう）になった。そして呆然（ぼうぜん）とした視線を宙に泳がせたとき、ドアの下から一通の封筒が差し入れられているのに気がついた。

まだショックを引きずっていて、それを拾って読もうという思考が働かなかった。だいぶ時間が経ってから、夕衣はようやくベッドから立ち上がり、差し入れられた封筒を床から拾い上げた。

すぐに開けられるように、封はされていなかった。

中に入っていた便箋を広げると、ワープロ印字ではなく、達筆のペン字が整然と並んでいた。


《明日、日曜日の午後二時に開演となる狂言『茸』へお越しください。会場の案内図とチケットを同封いたしました。そこでお会いしましょう。いまの苦しみから逃れられる唯一の方法をあなたに教えてさしあげます。なお、席は最後列ですから、能楽堂の中が明るくても、さほど人目を気にする必要はありません》

封筒の裏を返してみたが、差出人の名前は記されていない。いかに安ホテルといえども、フロント係がドア下から差し入れたものなら、なにか一筆添えてあるはずだった。ということは、このメッセージを書いた本人が、直接この部屋までこれを届けにきたのだ。行き当たりばったりで選んだ、埼玉県の小都市のビジネスホテルまで……。

(私がここにいることを、誰かが知っている。それだけじゃない。私がキノコの化け物に苦しんでいることも、その人は知っている。そしてその人間が、私の部屋の外までやってきた……)

ヘアメイクの礼子が、夕衣の身体に不気味な腫瘍が出てきたことを周囲に話してしまった可能性は大いにあった。マスコミも、そうした話をすでにつかんでいるだろう。しかし、このホテルがなぜわかったのか、それが不思議だった。

正体不明の監視者が、いまも自分をどこかから見つめているような気持ちになりながら、夕衣は同封されたチケットを見た。たしかに翌日の午後二時から都内の能楽堂で行なわれる狂言の公演だった。

芸能界に身を置いたものの、能や狂言は夕衣にとって、まるで縁のない世界だった。能も狂言も、見たことは過去に一度もない。しかし、メッセージに記された「茸」という文字に、夕衣の目が惹きつけられた。手書きの文章であるにもかかわらず、わざわざ「くさびら」とふりがなが打ってある。しかも、それは「タケ」とか「キノコ」と読める漢字でもあった。

夕衣がキノコの腫瘍に身体を侵されつつある現状を知って、その演目に招待しているとしか思えなかった。

たったいま、自殺を覚悟してバスルームに入ったのに、十分もしないうちに、狂言の招待状を手に取っている。なにもかもが現実離れした進行だった。しかし「いまの苦しみから逃れられる唯一の方法をあなたに教えてさしあげます」という文面に、夕衣は、藁にもすがりたい気持ちになった。

そして日曜日——

野本夕衣は、絶対にYUIとはわからない恰好で、ロングヘアーのウィッグをかぶって指定の能楽堂にきた。

額とうなじの切断面からは、また新しいキノコが生えはじめ、先端部分を失った左乳房も、またエノキタケ状のキノコで覆われつつあった。

この公演に招待されることでいったい何が起きるのか、見当もつかないまま、夕衣は開演の時を待っていた。

3

富士山の裾野、御殿場市郊外にある加納洋の自宅前では、加納洋を怪物マタンゴとして捉える矢野と、加納洋はいまだに人間の友人であると捉える北沢が対立したまま向かい合っていた。とくに矢野は、ふだん温厚な北沢から珍しく激しく反撃され、少したじろいでいた。

その反応を見て、北沢は感情の昂ぶりを鎮め、少し声を和らげた。

「もしかするとね、矢野、きみの思い出した記憶は、夢ではなく事実かもしれない。十年前のぼくたちは、ほんとうに樹海の中に入り込んで『何か』を見た。けれども、そのときの記憶を失っているだけとも考えられる。そして加納の死体を樹海で見たことで、きみは当時の記憶をよみがえらせた」

「一夫はどうなんだ。樹海の奥まで入ったという記憶はないか」

「そういう感覚はない。ただ……」

北沢は、何かを言いかけて一瞬、口ごもった。しかし、すぐに思い直したようにつづけた。

「やっぱり、あの件を矢野に隠しておくことはできないな」

「え、なにが？」

「矢野とは十年ぶりの再会だけど、学生時代をいっしょに過ごした仲間は、十年会わなくても友だちだよ。だからおたがいの立場を超えて、ぼくはきみと、できるかぎりの情報を共有しておきたい。マタンゴの件に関してはね」

「なんだかもったいぶった言い方だな」

富士山から吹いてくる冷たい風に髪をなびかせながら、矢野はたずねた。

「洋の部屋に入る前に、なにかおれが知っておくべきことがあるのか」

「そのとおりだ」

北沢はうなずいた。

「ぼくはCBU——生物化学兵器テロ対策室の人間だ。だから、矢野が警察の人間であっても、話してはいけない部外秘というものがある。だけど矢野を信用して打ち明けるから、その代わり、ぼくの服務規程違反については黙っておいてほしい」

「マタンゴに関する秘密情報か」

「いや、そうではない。まったく別件だ。しかし、矢野にも関係のある内容だ」

北沢は、矢野の瞳を覗き込むようにして言った。

「先日のテレビ会議にも同席していた内閣官房の危機管理監から、三日前、テロに関する危険情報が寄せられた」

「この日本で？」

「ああ、そうだ」

北沢は、黒縁メガネのレンズを太陽の反射で光らせた。そのせいで、目の表情が矢野からは見えなくなった。

「それは中央テレビの取締役からの通報をもとにしたものだった。そもそもマスコミがテロの極秘情報を自社のスクープにしないで、国家権力にあっさり連絡してしまうことじたいが異例といえば異例だが、マスコミのプライドうんぬんとは言っていられない事情があるみたいだ」

「ちょっと待てよ、中央テレビといえば……」

「そう、十年前に樹海キャンプに行った仲間のひとり、あの女子高生の桜居真紀が、いまや人気報道キャスターとして、夜の看板ニュース番組を背負っている」

「あの子、テレビの報道キャスターになるという夢を、高校生のころから語っていたよな。真紀なら、いずれその夢を実現するだろうとは思っていたけど、二十七歳だっけ？　その若さでキャスターとはね」

「中央テレビには真紀がいるだけじゃない。二カ月後に打ち上げられる日本人だけの宇宙飛行プロジェクトに、放送技術部員をミッション・スペシャリストとして送り込んでいる。さらに、その宇宙飛行プロジェクトを仕切っているプロデューサーがオカジマ・インターナショナルの岡島会長で、宇宙遊泳を行なう予定の飛行士が星野隼人だ」

「そうだよなあ……都市伝説研究会の仲間で、真紀と会長と隼人は、いまや全国的な有名人だからな」

「とくに岡島会長は、世界レベルの有名人だよ」

「まったく、みんなたいしたもんだよ。こっちが地べたを這うような仕事ばかりやっているときに……。そういえば夕衣はどうしてるんだ？　野本夕衣は」

「さあね」

北沢は肩をすくめた。

「さあね、って。一夫、おまえ、将来は彼女と結婚するんじゃなかったのか」

「そんなふうに考えていた時期もあったけどね」

北沢は苦笑した。

「アメリカ留学のブランクは大きかったよ」

「ほかの男に取られたのか」

「というより、彼女が変わったんだ」

「どういうふうに」

「まあ、いいさ、それは」

高校時代は時代錯誤的なまでに清純無垢な少女だった野本夕衣が、いまや人妻役で濡れ場もこなす妖艶な女優YUIとして世間で人気を集めていることを、じつは北沢は知っていた。だが、山梨県警で日夜捜査活動にあたっている矢野は、そんなことをまったく知らなかった。YUIという人気女優が失踪して世間を騒がせているのは、矢野も芸能ニュースとして承知していたが、そのYUIを野本夕衣と結びつけて考えたことはなかった。それほど夕衣とYUIは、同一人物とは思えないほど外見の印象が異なっていた。

「それよりも話を戻すけれど」

作業着姿の北沢は、富士山から吹き下ろしてくる涼しい風を受けながらも、いつのまにかこめかみのあたりに汗をかいていて、それを首に巻いたタオルでぬぐった。

「どうやら桜居真紀と星野隼人は結婚するらしい」

「真紀と隼人が？」

矢野は、驚きで目を見開いた。

「都市伝説研究会からのカップル誕生は、そっちの組み合わせかよ！」

「ぼくも知らなかった」

「だけど、それがテロ情報とどう結びつくんだ」

「真紀がキャスターをやっている『ザ・ナイトウォッチ』のプロデューサーに、週刊誌から取材があったそうだ。なんでも、その週刊誌に匿名の手紙が寄せられて、そこにはこう書いてあったらしい。『こんどスペースシャトルで宇宙に旅立つ星野隼人飛行士は、国際テロ組織に操られている。日本が危ない』」

「隼人がテロ組織に操られている？」

矢野は、にわかには信じられないという顔をした。

「子供のイタズラか、頭のイカレたやつの妄想じゃないのか」

「それだけの文章なら、イタズラの可能性が高いと判断しただろう。ところが匿名の手紙は、こう締めくくってあった。『キーワードはマタンゴ』……と」

「マタンゴだって？」

矢野の顔色が変わった。

「加納が遺書に書き残した言葉と同じじゃないか。誰がそんな手紙をよこしたんだ」

「差出人は不明だ。番組プロデューサーも、最初は真紀と自分の間の話でとどめておくつもりだったらしい。だが、自分のところの社員もスペースシャトルに乗り込むことになっている以上、万一を考えて、早急に政府に知らせるべきだという判断になったようだ」

「で、その文書の信憑性（しんぴょう）は？」

「わからない」

北沢は首を左右に振った。

「うちと内閣官房のほうで星野と岡島を洗っているところだ」

「会長が疑われているのか？」

「彼を疑うのは仕方ない。仮に星野がテロリストに操られていたとしても、岡島の協力なしには自由な行動ができないはずだからね。そもそも星野が宇宙飛行士に採用されたのも、岡島の強力なヒキがあったからだ」

「信じられないな……」

矢野も、北沢と同じようにタオルで顔の汗を拭った。

「会長と隼人がテロに加担しているなんて、あまりにも荒唐無稽な話だ」

「ぼくだって信じたくないよ」

「万が一、彼らがテロリストの手先だとしたら、どんなことをしようと企んでいるんだ。日本が危ないということは、宇宙から日本を攻撃しようとでもいうのか」

「それはちょっと荒唐無稽すぎると思うが、とにかく岡島会長は、今回のプロジェクトを実現するために、NASAに相当な金を払って便宜を図ってもらっている。しかし、いくら岡島がネット企業で大成功を収めているからといって、NASAを動かすまでの大金を使えるというのは、不自然といえば不自然だ」

「国際テロ組織が岡島に資金援助しているとでもいうのか」

「どこかのテロ組織が、アメリカの宇宙戦略を根底から破壊しようと考えている可能性はゼロではない。たとえば今回、岡島が飛ばすアルバトロスは国際宇宙ステーションにドッキングする。そこに出入りする星野がその気になれば、ISSの破壊は可能だろう」

「なんてことだ」

矢野は首を振った。

「都市伝説研究会の仲間がマタンゴになったり、テロリストの疑いをかけられたり……」

と、そこまで言ってから、矢野はハッとした顔になった。

「ちょっと待てよ、一夫。『キーワードはマタンゴ』と書いてあったんだよな。もしかして、隼人もマタンゴに……」

「それはないと思う」

北沢は言下に否定した。

「いくらＮＡＳＡのプロジェクトではないといっても、宇宙飛行士は厳重な健康管理のもとに置かれる。風邪ひとつひいたって、シャトルから降ろされるぐらいだ。マタンゴに侵されているような異変があれば、すぐにわかるだろう」

「じゃあ、『キーワードはマタンゴ』とは、どういう意味なんだ」

「ぼくにきいてもわかるわけないだろう。でも、もしかすると、その答えは加納の部屋にあるかもしれない」

北沢は、玄関のドアを指差した。

「さあ、いつまでもここでしゃべっていないで、中に入ってみよう」

促されて、矢野はこんどこそ鍵を回してドアを引き開けた。

すでに午前中に、慎重を期して消毒作業が行なわれていたので、その消毒薬の匂いが鼻をついた。しかし、その中にも、微妙なカビ臭さが残っていた。

それが矢野は気になった。

4

同じころ——

中央テレビに近い六本木の東京ミッドタウン一階のカフェにいた桜居真紀の携帯電話が、マナーモードで着信を知らせた。真紀はすぐに席を立って、建物の外に移動した。

日曜日の昼下がり、カップルや家族連れや、地方からの観光ツアー客でごった返す東京ミッドタウンのアプローチ・スペースに目をやりながら、真紀はサングラスを取り出してかけた。まばゆい日射しから目を守るためと、「ニュースキャスターの桜居真紀がいる」と騒ぎ立てられないようにするためだった。

真紀は通話ボタンを押し、携帯を耳に当てた。電話は、アメリカの施設で宇宙飛行の訓練をつづけている星野隼人からだった。

「わるい、わるい、真紀。至急連絡をくれというメールは読んでいたけど、きょうになるまで身動きがとれなかったんだよ」

電話口の向こうで謝る星野隼人の声は、いよいよ宇宙に飛び立つ夢が実現できるという興奮で弾んでいた。そこには「至急連絡を」と真紀が何度もメールをよこしたことについて、不安な連想をしている様子はまったく感じられなかった。

「私が何十回メールして、何十本、留守電を入れたかわかってるの？」

「だから、ごめんって謝ってるだろ。でも、そっちの用件はわかってるさ。『ザ・ナイトウォッチ』でおれに独占インタビューをしたいって話なんだろ。真紀の『大至急』といえば、だいたいそのあたりだろうと見当はつく」

星野は明るく笑った。しかし、真紀は怒っていた。

「ずっとずっと待っていたのよ、隼人から連絡がくるのを。いったい何日待ったと思うの。遅すぎるわ」

「怒るなって。いまおれは、私生活は後回しの世界に入っているんだから仕方ないよ」

「どこから電話してるの」

「どこって、ケネディ宇宙センターの訓練施設だよ」

「いま何時？」

「報道キャスターなんだから、いいかげんに時差を自分で計算してほしいね。東海岸のサマータイムで夜中の一時すぎだよ。やっと、これから睡眠がとれるところなんだ。寝るのもホテルじゃなくて、この中だよ。いいかげん、遊びに出たいところだけど、まあ先週、会長にラスベガスで遊ばせてもらったから、文句は言えないけど」

「ねえ隼人」

真紀は急き込んでたずねた。

「私たちが結婚の約束をしていること、誰かに言った？」

「いや。なぜ？」

「知ってる人間がいるの」

「やっぱりなあ……。こういう話はどこかから洩れるもんだよ。で、誰にバレちゃったんだよ」

「わからない」

「わからない、とは？」

「正体不明の人物ってことよ。週刊誌に密告があったみたい。その週刊誌の記者が、プロデューサーの金子さんに確かめにきたの」

「しょうがないよ、それは」

まだ呑気な口調で、星野は言った。

「おたがい有名税ってやつだからさ。おれのところへは、さすがにマスコミもこられないから、真紀のところでなんとか食い止めておいてくれ。どっちにしても、宇宙から戻ってきたら婚約記者会見はするつもりなんだから」

「そういう問題じゃないのよ」

真紀の声は、焦りから出た怒りで震えていた。

「隼人、あなたがテロリストに操られているという密告があったのよ」

「なんだって？」

「うちの柳田さんもアルバトロスに乗るから、内輪だけの秘密というわけにいかなくなって、話が報道局長から社長のところまで上がって、首相官邸にも通報されたのよ」

「首相官邸にも?」

さすがに星野の声色が変わった。

「隼人のほうに、誰かからこの件でコンタクトはなかった?」

「ないけど、おれがテロリストに操られているとは、どういうことだ」

「どういうことか、私のほうじゃわからないから、隼人に話を聞きたかったのよ」

「おれにだって、わかるもんか。まさか真紀、おれがテロリストの手先になっているなんて疑ってるんじゃないだろうな」

「疑ってないけど、すごく心配してる。……ねえ、隼人。乗らないで」

「え?」

「アルバトロスに乗らないで。どんな仮病をつかってもいいから、クルーからはずれて」

「なぜ……だ」

「よくない予感がするの。言ってもいいかな。スペースシャトルが落ちちゃう予感……」

電話の向こうで、星野は黙りこくった。

5

能楽堂では、狂言の『茸』がはじまってから、およそ六分が経過したところだった。

キノコという字を書いて『茸―くさびら―』。しかし、この曲名は細菌の「菌」をあてて「くさびら」と読ませる場合もある。昔からキノコは菌に分類されていたことがよくわかる命名である。

物語は、段熨斗目に長裃という装束をつけた、ある男の悩みの告白からはじまる。自分の屋敷の庭に大きな茸が生え、取っても取っても「夜の間には生え、夜の間には生え」取り尽くせない。そこで男は、どうにか加持祈禱でこの不思議な状況を鎮めてもらえまいかと、山伏に頼むことにした。

いま舞台では、シテと呼ばれる主役の山伏と、能でいうところのワキ――狂言ではアドと呼ばれる脇役の男が、花道に相当する橋掛りのところでやりとりをしていた。

山伏は、遠路はるばるやってきた男の頼みを聞き入れることにして、道案内のために男を先に立たせ、くさびら退治に彼の屋敷に向かう。男と山伏は会話を交わしながら、橋掛りから本舞台へゆっくり進んでいく。

歩きながら山伏が「そのくさびらは大きいか小さいか」と問えば、男は「よほど大きなものでござる」と答える。そうした問答をしながら本舞台を一周し、ふたりはまた橋掛りのほうへと向かう。

歌舞伎と異なり、風景を表わす大道具などを一切使わない狂言にあっては、橋掛りから本舞台を通って、また橋掛りへ歩いていくことによって、登場人物のふたりが、山伏の住まいから男の屋敷へと長い距離を歩いていくさまを表現していた。

その様子を正面最後列の席から眺めながら、野本夕衣はなんとも落ち着かない気分だった。演目がはじまっても、客席が一向に暗くならないからである。能も狂言も見たことがない夕衣は、客席は上演中も終始明るいままにされることを知らなかった。

最後列だから人目は気にならないはず、と、手紙には書いてあったが、そうはいかなかった。ウィッグで隠していても、醜い腫瘍が周りの人々には見えているような妄想から逃れられない。いまの夕衣にとって、客席の明るさは苦痛だった。

その代わり、自分の周囲にいる人間をよく観察することもできた。夕衣は、謎の招待主が隣の席で待ち受けているのだろうと想像していた。しかし、左隣に座っているのは夫婦連れらしい欧米の女性で、右隣に座っているのは七十代後半から八十代と思われる、端整な顔立ちをした白髪の老人だった。どちらも夕衣をひそかに尾行・監視するような人物とは思えなかった。

（でも、私を招待した人間はどこかにいる。これだけ明るい客席だから、もしかするといまも、どこかから私の様子を見ているかもしれない）

しかし、いまのところ自分のほうに視線を向けてくる人物は目に入らず、夕衣もしばらくは狂言の舞台に意識を集中することにした。

舞台上では、ちょうど意外な展開がはじまったところだった。

男と山伏が、本舞台から橋掛りにふたたび移動したとき、老松の描かれた鏡板の右手にある切戸口と呼ばれる高さ一メートルほどの小さな出入り口から、黒い笠をかぶり、黒い面をつけ、黒の着物に黒の脚絆という装束に身を包んだ人物が、たもとの中に両手をかき抱くように隠し、しゃがんだ恰好で現れた。客席からはほとんど上半身しか見えない。するとその黒ずくめの笠男は、しゃがんだまま、背筋はピンと伸ばし、曲げた膝だけをシャカシャカとせわしなく動かしながら、本舞台の右先端まで素早く移動してきた。

その様子は、まるで機械仕掛けの座敷童子だった。その不気味な登場の仕方に、客の視線が集まった。それがキノコを表わしているのは、夕衣にもすぐわかった。頭にかぶった笠は、キノコの傘だ。そして、背筋を伸ばした上半身はキノコの柄だった。

男の屋敷にたどり着いた山伏は、その特大のくさびらを見て、ひっくり返らんばかりに驚く。

「これは、まっただ人体のような……思いなしか、軸に目鼻手足のようなものが見ゆる」

夕衣は動揺した。

舞台の上では、人体のようなキノコが登場し、客席でそれを見ている自分はキノコのような人体になりつつある。偶然であるはずがなかった。謎の招待者は、夕衣の肉体的な異変を知って、キノコが出てくる狂言の招待状をよこしたのだ。

山伏は早速くさびらに向かって「ぼおろん、ぼぉろぉん」と呪文を唱えて消そうとするが、くさびらはしゃがんだままの姿勢で、曲げた脚だけを動かし、舞台上をくるくると逃げ回る。ところがそのうちに、青や桜色の笠をかぶった新たなくさびらが二体、シャカシャカと這い出してきて、山伏の周りに静止する。

それを見た山伏は「地の底にあるものは、みな出るのじゃ」と平静を装い、また「ぼおろん、ぼぉろぉん」と呪文を唱えるが、くさびらは自由自在に逃げ回り、ときとして逆に山伏にちょっかいも出す。

そうこうしている間にも、また切戸口から水色、緑、赤の笠をかぶったくさびらが座敷童子のような動きで登場し、舞台には六体のくさびらが並んだ。くさびら退治を頼んだ男は、よけいに増えたではないかと不満を述べるが、山伏は「総じて物の滅するときは、このように増すものじゃ」と、内心の動揺を押し隠してうそぶき、こんどは「茄子の印」と称して、くさびらに思いきり息を吹きかける。

だが、六体のくさびらは、またシャカシャカと逃げ回り、這い回りながら山伏を攻撃し、その間に、さらに灰色、黄土色、紫色の笠をかぶった新たなくさびらが登場し、舞台には九体のくさびらが揃った。

それを見ながら、夕衣は、遠い昔の記憶が蘇ってくる感覚に襲われた。

（キノコが人間のように動く……）

そんな状況を狂言の舞台ではなく、現実に見た覚えがあるのだ。

（どこで見たんだろう。こんな景色を……。森の中？　そう、深い深い霧をかき分けて入り込んだ森の中で、私は動くキノコを見た）

(これは、まっただ人体のような)

記憶の糸をたぐり寄せる途中で、ついさきほど山伏役のシテが発した驚きの声がかぶさる。

(思いなしか、軸に目鼻手足のようなものが見ゆる)

(そう、人間のようなキノコの怪物を、私は見た。キノコなのに、目も口も鼻もあった。手も足もあった。それから、もっと大きなキノコも……)

「うわあ、鬼茸が出たあ」

その叫び声で、夕衣はハッとなって回想を打ち切った。

これまで九体のキノコは、すべて演者が独特のしゃがんだ姿勢をとって座敷童子のごとく現れたが、いま揚幕の奥から橋掛りのところに現れたのは、派手な装束をまとい、半開きの赤い蛇の目傘で顔を隠した、立ち姿のくさびらだった。

その姿を見て、夕衣の脳裏に過去の記憶がフラッシュバックした。

鬱蒼とした樹林に囲まれた幽霊船のようなヨット。天から降ってくる猛烈な勢いの雨。激しい落雷。稲妻に浮かび上がるキノコの怪人。そして、いきなり背後から襲いかかってきた、背丈の三倍以上もありそうな巨大なキノコ。

(見たのよ、私はあれを見た！　ヨットも見たし、お化けキノコも見た！)

舞台では、真っ赤な蛇の目傘を開いたり閉じたりしながら、巨大なくさびらが山伏のほうへ近づいてきた。そして開いた傘をかなぐり捨てると、そこには不気味な鬼の顔。

「取って嚙もう！」

鬼茸が叫んだ。

「取って嚙もう！」

（後ろから……そう、後ろから山のように大きなキノコが襲いかかってきた。私だけじゃない。真紀も……あの子も、キノコの化け物に襲われたはず）

「許してくれえ、許してくれえ」

舞台では、悲鳴を上げながら山伏と男が逃げまどい、それを鬼茸を先頭に、九体のくさびらが後につづいて追いかける。

（たぶん、あのとき）

夕衣は確信した。

（私にキノコの菌が植え付けられた。たぶんそれは……虹色の霧）

そこまで思い出した。

（そしていま、私もあれと同じ化け物になっていくんだわ）

夕衣は、絶望に打ちのめされた。

やがてシテ、アド、そして鬼茸と、立衆と呼ばれるくさびら役の九人が橋掛りを通って、揚幕の奥に消えた。

静寂――

歌舞伎や一般の芝居のように拍手はない。ただ、ひたすら静寂。その余韻を客は味わうことになる。

すると、夕衣の右隣に座る白髪の老人が、手帳を広げて何かを走り書きしたかと思うと、夕衣の前にスッとそれを差し出してきた。

《無用な拍手をする客がいないのはよいことです。拍手で終わっては、せっかく狂言の世界に同化していたものが、ただの観客の立場に引き戻されてしまう。女優のあなたは、盛大な拍手に酔い痴れたいのかもしれない。だが、あなたもやはり拍手のない世界にこられるのがよろしい。いまから案内してさしあげましょう》

走り書きであるにもかかわらず、その文字はおそろしく達筆。ホテルの部屋に差し入れられたメッセージの文字とまったく同じ筆跡だった。

驚いた夕衣が、その手帳から老人に視線を移すと、老人は穏やかな笑みを浮かべ、無言でうなずいた。

6

オカジマ・インターナショナル会長でアルバトロス計画の総指揮を執る岡島寛太は、ラスベガスから日本に帰国していた。だが、カジノで豪遊していたときの豪放磊落なキャラクターはすっかり影を潜めていた。それどころか二日前から会社には顔を見せず、港区麻布台にある広大な自宅に引きこもっていた。独身である彼の身の回りを世話していた通いのお手伝いにもひまを出し、秘書ともメールでしかコンタクトをとらず、完全に他人との接触を避けていた。

窓越しに見る都心の空は、すっきりと青く晴れ渡っていた。だが、岡島の心は対照的に、真っ黒な雲に覆われている状態だった。一日、二日の引きこもりは、いくらでも言い訳が利くが、これから先、何日もこのような状態をつづけているわけにいかないのは、岡島もよく承知していた。だが、精神的なショックを押し隠して仕事に復帰するのは至難の業と思われた。

秘書には一切の電話を取り次がないように言ってあったが、岡島の携帯に直接かかってくる電話もかなりの数にのぼっていた。しかし、彼はそれらの着信をすべて無視した。

ただし、午後二時半すぎにかかってきた国際電話には出ざるをえなかった。

「もしもし」

応接間のソファにカジュアルなカーディガン姿で座った岡島は、前かがみになって携帯電話に応じた。すると——

「会長、おれに隠していることがあるなら、正直に言ってくれ」

アメリカで訓練中の星野隼人の険しい声が耳に飛び込んできた。

「さっき真紀から電話があった。おれと真紀が結婚するという情報がどこかから洩（も）れている。まあ、それはどうでもいい。問題はおれに関する匿名の密告があったことだ。おれがテロリストに操られている、という密告が。これについて、あんたには心当たりがあるのか」

「…………」

「なぜ返事をしない。会長、あんたは、おれの身が危ないのを承知でシャトルに乗せるつもりなのか」

「隼人……」

岡島の声は震えていた。

「は、はやと……」

「説明しろよ、会長」

「聞いてくれ。おれだって知らなかったんだ」

「なにを」

「はめられているのを知らなかった」

「誰に」

「言えない」

「言えよ」

「だめだ、言えない。おれの会社も自宅も、この携帯もすべて盗聴されている。映像でも監視されている。詳しい事情を言った瞬間に、おれだけでなく、おまえも、それから真紀も殺される」

「真紀も！」

驚愕の声が、電波を通してアメリカ・フロリダ州から飛んできた。

「なんでそういうことになるんだ」

「きかないでくれ」

「飛ぶのはおれだぞ。事情も知らずに乗れるかよ」

「事情をきかずに乗ってくれ。そうでないと、おまえの最愛の人が殺されるんだ」

「誰にだ。あんたにか」

「違う」

「じゃ、誰だ」

「たのむ……もう、何もきかないでくれ」

岡島の声はすすり泣きになった。

電話の向こうで、星野がその反応に驚いていた。

「おれの……おれの……」

嗚咽まじりに、岡島がつづけた。

「おれの病気を治すためにも、飛んでくれ」

「病気？」

星野が聞き咎めた。

「そうだ、病気になった」

「ラスベガスでは元気だったじゃないか」

「あのときは……まだわからなかった」

「何の病気だ」

「………」

「ガンなのか？」

「違う」

「じゃ、なんだ」

「言えない」

「どっちにしても、あんたと真紀を助けるためにおれは飛ぶのか？　そして、もしかして、おれだけが犠牲になるのかよ。占い師が見てきた『過去』の出来事どおりに」

「すまん……ほんとうにすまん」

力なく詫びると、岡島は、泣きながら通話を切った。そして、ソファに腰掛けた姿勢のまま、両手で頭を抱え込んだ。

その彼の前にあるテーブルには、きょう未明、アメリカから極秘送信されてきたメールをプリントアウトしたものが置いてあった。冒頭はすべて英文で記されていたが、英語の不得手な岡島のために、日本語訳が添えられていた。

《スペースシャトル「アルバトロス」打ち上げの日程を、通常スケジュールAから緊急スケジュールBに変更する。明後日、シャトル本体を結合済みのETとSRBに連結。射点への移動開始は予定より三週間以上早めて六月一日。燃料ガス注入試験を大至急行ない、打ち上げ日は予定より七週間ほど早めた六月六日とする。

緊急スケジュールBへの変更理由は、日本政府が動き出したため。以上》

発信者名は「プロジェクト・マタンゴ」

頭を抱え込んでいた岡島寛太は、やがて静かに両手を頭から外すと、カーディガンの左袖をまくった。

肘から下の腕の内側に、赤や緑の毒々しいキノコが生えていた。

七　五十年前の記録

1

その日の深夜十一時――

内閣官房長官は、最高レベルの機密事項を報告するために、千代田区内の総理大臣私邸を訪れていた。同行したのは生物化学兵器テロ対策室――CBU室長の真田進吾と、国立感染症研究所所長の大和田茂。

リビングルームに三人を通した総理は、コーヒーを運んできた家人に、このあとは部屋には立ち入らないように命じてから、報告を受けはじめた。CBUの真田室長が主に進めていくその報告は、総理宅の大型液晶テレビに、ノートパソコンに収めたデジタル画像をスライドショー形式で映し出しながら行なわれた。

冒頭の二十枚ほどは、樹海で発見された加納洋の首吊り死体にはじまり、CBUへの搬送、手術台に横たえられた加納の全体俯瞰(ふかん)像と細部にわたる接写、そして突然の蘇生(そせい)と暴力行為、緊急凍結という一連のアクシデントをまとめたものだった。冷凍倉庫に厳重に保管されている現在の「加納マタンゴ」と、切断された左腕の写真も添えられていた。

あまりにも生々しく、そして奇怪でグロテスクなデジタル写真の連続に、総理は顔色を失って、しばらくは声も出せなかった。そして真田室長がスライドショーを終えてから、丸々一分以上も黙りこくってから、ようやく口を開いた。

「なぜいままで、私にこういう具体的な報告をしなかった」

「それは総理がご外遊中だったからです」

CBU室長に代わって、官房長官が優等生的な返事をした。

たしかに、マタンゴ騒動が勃発してからこの日まで、総理はアメリカとEU主要国を相次いで訪問する長期外遊に出ていた。だが、そうした日程的な都合ではなく、官房長官は総理の性格を熟知していたから、きょうまで報告を上げなかった。

総理は「面倒な問題は、いちいち自分に情報を上げず、各部署で適切に処理してから報告せよ」というのが口癖だった。それは、いかにも部下に全幅の信頼を置いて権限を委譲しているようでありながら、いざ問題が大きくなったときに「私は何も聞いていなかった。何も知らなかった」という論法で責任を逃れるためだった。

自分が蚊帳の外に置かれると激怒する政治家は多いが、総理はむしろその逆で、あとから評論家のような立場でコメントを行なうのを得意としていた。ずるいと言えばずるいが、それもまた内閣の総指揮官としての延命テクニックと思えば、官房長官も歩調を合わせざるをえなかった。

だから今回も、世にも奇怪なキノコ人間の出現については、当初、総理には伏せられていた。しかし、いつまでも知らせないままではいられなくなったのは、初の「日の丸シャトル」の乗組員についてテロの関与を指摘する密告があり、そこに加納の遺書に書かれていたのと同じ言葉――「マタンゴ」の文字が記されていたからだった。

「とにかく、これは伝染しないんだな」

そこがいちばん気になるようで、総理は強く念を押した。

「その点に関しては、大和田所長から説明をさせます。所長、おねがいします」

「厳密な表現を使わせていただきますと……」

国立感染症研究所の大和田所長は、老眼鏡を鼻のところまでずり下げる、いつものポーズで総理を見ながら説明をはじめた。

「人から人への感染は、まず、ないであろうという結論に達しています」

「まず、ないであろう？」

総理が微妙な言い回しを聞き咎めた。

「あるかもしれないのか」

「現状の分析結果では可能性は限りなくゼロに近いといえます。しかし、何かの原因があってこそ、加納洋という人物がこのようなキノコ状の腫瘍を全身に発現するに至ったわけですが、その原因を特定できていないのです。そうである以上、感染の有無についての断定的な結論は出せません」

「本人の遺伝的な特異体質によるものとは考えられないのか」

「それもまだ何とも言えません。しかし、彼がこうなった『引き金』と思われる出来事の見当はついてきました」

「引き金？」

「はい。それについては、真田室長よりご報告させていただくことになっておりますが、その前に、私からキノコに関する興味深い事例をひとつご案内させていただきます。総理は『冬虫夏草』をごぞんじですか」

「知っとるよ。おれは興味ないが、漢方などに使われる薬草だろう。たしかチベットの高原に生えているとかいう」

「まことに失礼ながら、総理のご認識はふたつの点で誤っております。冬虫夏草とは薬草ではありません。菌類です」

「菌類？　植物じゃないのか」

「ご承知のとおり、シイタケやマツタケなどのキノコも菌類であり、キノコとは、その本体である菌糸――糸状の細胞ですね――それの大半が樹木や土中に隠れております。そして、繁殖するための胞子を製造する子実体、これが目に見える形となって樹木の表皮や土の外に顔を出したものが、俗に言うキノコなんです。学術的に申し上げますと、担子菌類と子嚢菌類に分かれますが、我々が日常的に目にするキノコの大半は担子菌類に属します。一方、子嚢菌類に属する代表的なキノコはトリュフです」

「トリュフはフランス大統領との会食で出たよ。あえて珍味だともてはやすほどのものではないと思うがね」

「それから、キノコとはまったく別扱いされていますが、アオカビも子嚢菌類です。ロックフォールやゴルゴンゾーラといったブルーチーズを作るときに用いられるアオカビも、その胞子生産の構造からいけば、トリュフと同じ系統になるのです」

「ゴルゴンゾーラはイタリアの首相とランチミーティングをしたとき、パスタにからめたのが出た。美味かったよ。さすが本場と感心した。おれはブルーチーズ系は大好きなんだ。で、それと冬虫夏草が同じ仲間だって？」

「ええ、冬虫夏草もアオカビ同様、子嚢菌類に属する菌類です。しかしアオカビと違って、目に見える子実体を作るのでキノコの仲間に入れられています。キノコとして見える部分は、いわゆる典型的なキノコというイメージの傘状ではなく、棍棒状です。ともあれ、これは草ではないのです。それから、チベット高原に生えているというのは間違いではありませんが、その表現は重要な部分が省かれています。冬虫夏草は地面から生えているのではなく、地中深くにもぐっているコウモリガの幼虫に寄生して、そこから地表に顔を出しているのです」

「ガの幼虫だって？」

総理が顔をしかめると、大和田所長は大きくうなずいた。

「コウモリガにもいくつかの種類がありますが、冬虫夏草を生じるコウモリガは標高三千メートル級のチベット高原にしか棲息していません。そして、その幼虫から生えるキノコが地表に出ている長さはほんの三、四センチ。見つけるのが非常に難しいんです。トリュフなら専用に訓練されたブタやイヌを使って探せますが、冬虫夏草はそうもいかない。おまけに厳しいチベットの冬が明けて、雪解けになってからのわずかな期間しか採取できませんから、本物の冬虫夏草は大変な高額商品になります。しかもその大半は中国国内で消費されるので、日本をはじめ海外の市場にはごくわずかしか出回りません。

現在国内で出回っている冬虫夏草は、『サナギタケ冬虫夏草』のように、蚕のさなぎに寄生させた代用品であったり、本物の冬虫夏草菌糸を人工的に培養したものが多いのです。そして、こうした人工培養の冬虫夏草は、チベット産の本物のような薬効はほとんどない、と言われています。キノコに寄生された宿主の虫が、必死になってそれを排除しようとして分泌する物質にこそ、冬虫夏草に特別の効能を与える成分が含まれていると考えられているからです。ですから、冬虫夏草の正規品は、この宿主の幼虫がくっついたままの形で取引されます。それが一種の品質証明にもなっているわけです」

「生きながらキノコに身体を乗っ取られて死に至るのかね」

「そうです。昆虫としては、これほど恐ろしい体験はないでしょう」

「おれは、そういうのはダメだな」

総理は顔をしかめた。

「虫から生えてきたキノコなんかを、ありがたがって口にする連中の気がしれん」

「たしかに気味は悪いですね。しかし、だからこそ冬虫夏草という名前が付いたのです。厳冬期を虫の形で土中で過ごし、夏になると草に変身して芽吹いてくると考えられた。ゆえに冬虫夏草です。また、コウモリガの幼虫に寄生するものだけでなく、いま申し上げたサナギタケ冬虫夏草のように、ほかの虫に寄生するキノコも冬虫夏草と呼ぶことがあります。もちろん、本家本元の冬虫夏草を扱う業者は、こうした拡大解釈を嫌いますので、本来の冬虫夏草以外は『虫草』と呼ぶようにとアピールしております。

また蚕以外にも、セミ、アリ、ハエ、ハチ、トンボ、そしてクモなどに寄生するタイプの冬虫夏草菌もあります。とくにニイニイゼミの幼虫に寄生するセミタケは『蟬花（せみはな）』とも呼ばれ、江戸時代以前から漢方薬として、その存在を知られておりました」

「おいおい、セミやクモからキノコが生えるのか。で、キノコに取り付かれた虫はどうなるんだね」

「冬虫夏草菌は、昆虫やクモの口、あるいは気門から入り込みます。そういう意味では、経口感染、空気感染です。そして体液に乗って宿主の全身に流れていきながら、体組織を分解して菌糸を増やしていき、最終的には菌糸の増殖によって宿主の臓器機能を停止させ、死に至らしめるのです。さらに宿主が死ぬと、ますます菌糸の増殖は加速し、その体内を菌糸で埋め尽くして完全に乗っ取ったあと、頭部や背中を突き破って、キノコの形で外に出てきます」

「聞けば聞くほどゾッとするな」

総理はいっそう顔をしかめた。

「まさか、そいつは人間には取り付くまいな」

「いえ、冬虫夏草ではありませんが、別種のキノコで人間に取り付いた実例があります」

「人間に？」

「先日、加納洋の遺体がCBUに搬送されてきたとき、テレビ会議でも出ましたが、すでにこのような事例は人間においても起こっています。アレルギー性気管支肺真菌症の症状を訴えた患者の肺から採取した菌を培養したところ、なんとキノコに生長してしまったという事例があるのです。こちらは子嚢菌類ではなく担子菌類に属しますが、スエヒロタケの菌糸が人間の気管から入り込んで炎症を引き起こしていたのです。もちろん、大事に至る前に肺の治療を行ないますから、そのままほうっておけばどうなるのかという人体実験はできません。しかし、培養基でキノコだったことが確認された以上、冬虫夏草のようなケースが人間では絶対起こりえないとは言い切れません」

「じゃあ、スエヒロタケの菌糸を吸い込んだ患者をそのまま放置しておけば、やがて身体じゅうの臓器にキノコの菌が張り巡らされ、本人は死に至り、その死体を火葬にせずにほうっておいたら、頭からキノコが生えるかもしれないのかね」

「人間の頭部には頑丈な頭蓋骨（ずがい）がありますから、生えてくるなら柔らかな腹部を突き抜けて出てくることになるでしょうが」

総理は渋面を作ったが、大和田所長は淡々とつづけた。

「なぜ私がこのような事例をご紹介したかと申しますと、樹海で首を吊った加納洋がCBUのラボで突然復活したという現象を、この冬虫夏草になぞらえて説明ができるかもしれないと思ったからです」

「というと？」

「謎のキノコ菌に侵された加納は、前途をはかなんで首を吊りました。そして人間としては完全に絶命したのですが、それによって体内に侵入してきた新種のキノコ菌――我々は、これを彼の遺書に残された言葉から『マタンゴ』と呼ぶことにしていますが――マタンゴに対する抵抗力を完全に失ったわけです。そのため、取り付いたマタンゴは加納の身体の中で一気に増殖し、彼の肉体を占領してしまった。そして人間ではなく、新種の生物『マタンゴ』として、ふたたび生き返ったのです」

「しかし、復活した彼は人間の言葉をしゃべったんだろう？」

「そうです。ラボにいた北沢先生が、たまたま大学時代の同期生であったために、復活したマタンゴは、『トモダチダロ、トモダチダロ』と言いながら、北沢先生にしがみつきました。そこから考えて、マタンゴの生命力によって、逆に死に向かって突き進んでいた脳の一部が機能を取り戻したとも考えられるのです。脳の部分は、まだ菌糸にそれほど侵されていないから、人間としての過去の記憶が蘇ったのだろうと考えられます」

「では、男の身体がキノコのような菌に占領されているかどうかを確認したのかね」

「そのつもりでしたが、突然の蘇生(そせい)と暴力行為が起きてしまい、緊急凍結したために、全身の解剖所見はまだありません。切断した左腕から採ったサンプルを見る限りでは、キノコ菌に類するものは確認できておりません。あくまで人間の皮膚や筋肉組織が変質、変形したという形跡のみです。ですから、人から人への感染はあるまいという仮の結論を下したわけですが」

「それにしても恐ろしい話だ」

総理は身震いした。

「人間が身体をキノコに乗っ取られるなんて」

「それでですね、総理」

大和田所長に代わって、CBUの真田室長が口を開いた。

「御殿場市郊外にある加納の自宅を、きょうの二時すぎから、北沢研究員と山梨県警の矢野警部のふたりで極秘に捜索しているのですが、室内にあったパソコンは、すべてデータが消去してあったそうです。そして、樹海近くに置き去りにされた車からは発見されなかった本人名義の携帯電話は、やはり見つかっていません。しかし、その代わりに加納のものとみられるデジカメが見つかりました。そして、記録された画像を再生したところ……」

総理の注意を惹(ひ)きつけるように、いったん沈黙してから、真田は言った。

「衝撃的な映像が見つかったのです。スライドのつづきをごらんください」

リビングルームの大型液晶テレビに、ひとりの男性の姿が映し出された。

眉毛も目尻もハの字に下がった、人の良さそうな三十歳前後の男は、下半身はズボンを穿いているものの、上半身は裸だった。顔が若々しいわりにはだいぶ腹が出ていて、ベルトの上にたるんだ腹の皮が少しかぶさっていた。

そして片手にデジカメを構えていた。鏡に向かって自分自身で撮影した上半身裸のスナップだった。

「さきほどごらんになった、キノコの化け物ともいうべき様子からは想像もつかないでしょうが、これが腫瘍に侵される前の加納洋です」

「この男が、あんな悲惨な姿になるのか」

「そうです。しかし総理、私が『衝撃的』と申し上げたのは、たんにその変貌ぶりを指してのことではありません。この画面には映り込んでいませんが、画像データのプロパティには、撮影日時が記録されています。なんと二〇一三年の五月十三日、午前十一時二分になっています」

「……」

その意味がわからずにきょとんとしている総理に向かって、こんどは官房長官が補足した。

「総理、この男性がキノコ状の腫瘍に覆われた首吊り死体となって樹海で発見されたのは、五月十八日です。ところがその五日前には、彼は何の異常もみられない、まったく普通の姿でデジカメに収まっているのです」

「デジカメの日付が狂っていたんじゃないのか」

「矢野警部も、北沢先生も、それに我々もそう考えてみました。ところが、デジカメの時刻表示は正確でした」

「じゃあ、最大でも五日のうちに、あんなふうに変わってしまったというのか」

「そうです」

「いったい何が起きたんだ」

「それが、いま大和田所長が申し上げた『引き金』なんです。この画像のつぎに、動画ファイルも収録されていましたので、いまからそれを再生します。ごらんになれば、たった五日のうちに彼の容姿が激しく変貌を遂げた『引き金』がわかってきます」

官房長官はCBUの真田室長をうながし、動画ファイルを再生させた。

2

深夜の富士山麓はかなり冷え込んでいた。車のヘッドライトをスモールランプにして、運転席の窓を下ろし、タバコを吸いはじめた矢野誠は、自分の口から吐き出した気体がタバコの煙なのか、それとも息の白さなのか、区別がつけられなかった。

「矢野、あいかわらずヘビースモーカーなのか」

ぴったり真横に並べたもう一台の車から、北沢一夫が助手席側の窓を開けて問いかけてきた。

「まあな」

運転席のリクライニングシートを倒しながら、矢野が答えた。

「酒を控えることはできても、タバコはやめられない。時代に逆行しているのはわかってるけど」

「いや、タバコをふかしている姿こそ、矢野らしいよ。加納の部屋を捜索しているあいだにも吸うかと思った」

「バカいえ。そこまで重症じゃないよ」

そう言って、矢野はまた白い吐息混じりの煙を、夜空に向かって吐き出した。


静岡県御殿場市の加納洋宅を捜索するため、北沢はCBUの秘密研究所がある東京都檜原村から、矢野は県警本部がある山梨県甲府市から、それぞれの車に乗ってきていた。そして加納宅でデジカメを発見し、その中身を点検してからCBU本部にデータを転送したあと、御殿場市の中心部に移動して、遅い夕食をとった。

矢野も北沢も、それぞれの所属する組織には本日の任務終了を伝えてあったが、じつはマタンゴに関する仕事は終わっていなかった。加納の部屋から、矢野がデジカメ以上に重大なものを見つけたからだった。

しかし、矢野と北沢は、その発見を上層部に報告しなかった。あまりにも自分たちの過去と密接に関わるものだったから、まずは昔の仲間だけで検討する必要がある、と判断したのだった。

矢野が加納の部屋から見つけ出したのは、一冊の古びたノートだった。表紙や角は擦り切れ、中の紙も茶色く変質していた。さらに雨などに濡れたらしく、全体に波打つように皺が寄っていて、ペンで記された中の文字も一部は流れて読みにくくなっていた。

だが、その内容は衝撃的なものだった。

そのノートを矢野が自分の車に載せ、ふたりは二台連ねて御殿場から西湖方面へと向かった。そして、西湖の南にあるキャンプ場の入り口で車を停めた。

時刻は深夜の十一時十分。キャンプ場の奥に広がる青木ヶ原樹海は、夜の闇よりも濃い漆黒のシルエットを浮かび上がらせていた。

翌日から平日となる日曜夜のせいか、キャンプ地にテントや車はなく、キャンパーの姿はひとりも見あたらなかった。十年前のあの夜と同じように……。

「思い出すなあ、十年前、ここでキャンプをした夜のこと」

自分の車の窓越しに、北沢が語りかけた。

「矢野はタンクトップにショートパンツというスタイルだった」

「ああ、学生のころは、冬でもそんな恰好をしていたっけな。さすがにこの歳になったら、タンクトップなんて着ないけどね。まあ、正直なところ、肉体美を誇示したかったんだろうな」

「そういえば、ボディビル、まだつづけてるのか……いや、その身体を見たら、たずねるまでもないか」

北沢は、カムフラージュ用に着ている作業着の上からでも目立つ矢野のたくましい身体を見て言った。

「矢野と星野は、都市伝説研究会の中でも二大マッチョだったからね」

「いまでもトレーニングは欠かしていないよ。警察官としての義務というより、学生時代からの趣味だから。ヘビースモーカーもやめられないけど、ボディビルダーもやめられない。それでバランスをとっているようなものだ」

「肉体的に自信のある男はうらやましいよ。ぼくなんか、きゃしゃな体格にずっとコンプレックスを抱いているから」

「だけど、不潔恐怖症が治っただけでもいいじゃないか」

「……まあね」

「たしかキャンプのとき、一夫は会長にだいぶいじめられてたよな。男なのに酒の回し飲みができないのか、って。女子高生がふたりいる前でからかわれたのは、いまから考えると結構な屈辱だっただろう」

「もういいよ、その話は」

「不潔恐怖症は克服したんだから、昔話も平気なんだろ」

「平気だけど、わざわざそんな話を蒸し返さなくたっていいじゃないか」

北沢は、かなり不愉快そうな表情を見せ、すぐに話題を変えて、フロントガラス越しの闇を見つめた。

「それより、ほんとうに真紀はくるかな。彼女、有名人になったから、そうかんたんに会いにきてはくれないんじゃないかな。しかも、こんな夜遅くに樹海まで」

「いや、くるよ」

タバコの灰を外に落としてから、真紀と連絡をとった矢野が確信に満ちた口調で言った。

「きょうは日曜日だから、彼女も生放送はないし、報道部員だから大きな事件が起きたらこられないだろうけど、そういう事態にならなければ、だいじょうぶだ」

「真紀に、どういうふうに話したんだ」

「みんなで十年前の記憶を蘇らせる必要が生じた。樹海のキャンプ場に昔の仲間全員で集まりたい。今夜十一時から矢野と北沢のふたりで待っている、と」

「そんな怪しげな切り出し方じゃ、警戒されただろう」

「いや、それどころか、『私もみんなに会いたかったの』と言ってきた」

「ほんとうか」

「たぶん、真紀のほうからも話したいことがあるんだろう。一夫が教えてくれた、例の件がらみかもしれない」

「星野がテロリストに操られている、という話か」

「ああ、それ以外に考えられないだろ。まさか、星野と婚約したことを、うれしそうに報告しにくるわけじゃあるまいし」

樹海を背後に控えた静かな闇の中、それぞれの車の運転席に座ったまま、窓越しの会話がつづいた。

「会長はくるかな」

「岡島か……。日本にいるらしいので、会社にかけてみた。日曜日の夜でも秘書とはつながったけれど、こっちが山梨県警の肩書きを出しても本人には取り次いでくれなかったよ。なんでも多忙中で、電話に出るひまがないそうだ。会長も偉くなったもんだよ」

「いまや都市伝説研究会の会長じゃなくて、世界のオカジマ・インターナショナル会長だからね」

「大変なご出世だよ」

矢野は苦笑いを浮かべて、またタバコを一服した。

「いちおう秘書におれの携帯番号を教えて、連絡をくれるようにとは言ってあるが、まあ、連絡もこないだろうな」

「野本夕衣は？」

「だから、それは一夫にききたいくらいだよ」

「ぼくはもう彼女とは関係ないと言っただろ。携帯も換えたみたいだし」

「いまさらこられても気まずいか」

「まあね」

「星野はもちろんこられるわけないし、加納はアレだから、七人いた昔の仲間で話ができるのは、おれとおまえと真紀だけかな。……お、車だ」

矢野が前方を指差した。

隣の車の運転席に座る北沢も、それに気がついた。

キャンプ場に入ってくる大きなカーブに沿って、ヘッドライトの明かりは扇形に旋回した。矢野は、相手にこちらの存在を知らせるために、ヘッドライトを点滅させた。すると、向こうも近づきながらパッシングで応答した。

しかし、車を運転している人物の顔は、ヘッドライトによる逆光になって、矢野にも北沢にも見えない。

「真紀かな」

「真紀以外に誰がくるんだよ」

ささやきあっているうちに、矢野たちと向き合う形で車は停止した。

ヘッドライトが消えた。代わりに、矢野がスモールにしていたヘッドライトをハイビームにして照らした。

向こうの車に乗っていた人物が、まぶしそうに顔の前に手をかざした。ひとりではなく、ふたりが……。

「驚いたな」

北沢がつぶやいた。

「真紀だけでなく、会長も乗っている」

「真紀が連れてきたんだ」

矢野が言った。

「しかも、スーツにネクタイだ」

桜居真紀が運転してきたジャガーの助手席に、オーダーメイドの高級スーツに身を包んだ岡島寛太が乗っていた。

北沢も矢野も、そして彼を乗せてきた真紀でさえ、ピシッとネクタイを締めた岡島のスーツ姿は、旧友と再会するときに、現在のステータスを誇示するためのものだと思い込んでいた。まさかそれが、左腕と喉元に現れた毒々しい原色のキノコ状腫瘍を隠すための苦肉の策だとは、想像もしていなかった。

3

総理私邸では、加納洋の部屋から発見されたデジカメのファイルに記録されていた動画部分の再生がはじまっていた。

先ほどと同じ、上半身裸になった加納洋が、こんどは鏡の前ではなく、居間と思われる部屋で、レンズと真正面から向かい合っていた。状況から、デジカメを三脚などに固定して、リモコンで動画の撮影開始ボタンを押したことが想像できた。

「えーと、ただいま五月十三日の午前十一時五分です。これは日本健康出版社から毎月出ている雑誌『男の健康』の依頼を受けて、私、加納洋が自らを実験台にして行なう『メタボマンのスーパーダイエット』企画の記録映像です。記録映像といっても、たんにデジカメでのセルフ撮影ですが……。じつは私、まもなく三十一歳という若さながら、こんなメタボな体型になってしまいました」

そう言いながら、加納は自分の腹をつまんでみせた。

「女性の場合は皮下脂肪がつきますが、男の場合は内臓脂肪がつきます。見栄えの問題以上に、これが身体にいいわけないということは、私もわかっています。わかっているけど、どんどん太る。そこで今回は、身をもってメタボ解消プロジェクトに参加したというわけです。ちまたに星の数ほどあふれるダイエット法の中で、いったい何がいちばん効果があるのか――それを二十人のメタボな男性を四人ずつのグループに分け、五種類のダイエットを試させることにより、その効果を医学的データで比較検証するという実験をはじめることになりました。私はBグループ担当レポーターで、このグループに課せられたダイエット法は、『食事はとくに制限を設けず、激しい軍隊式エクササイズを毎日朝晩一時間ずつこなす』というものです。くいしんぼの私にとって、食事は自由にとってよいというのは、このうえなくありがたいことですが、運動系はいちばん苦手です。このグループに入れられたことを喜んでいいのか、悲しんでいいのか」

このあとすぐに自分が醜いキノコの化け物になろうとは夢にも思わぬ様子で、加納は屈託のない笑いを見せていた。

「これは三ヵ月かけて行なう長期観察実験ですが、三ヵ月後、別人のようにスリムになった姿をここに記録したいものです。では、これから出版社から指定された病院に行って、内臓脂肪のCTスキャンを受けに行ってきます。内臓脂肪の変化を、外からの見た目だけでなく、内部からも比較するためです。ほかに悪いところが見つからなきゃいいけどね。それではプロジェクト、スタートです。やりますよ、私は！」

元気に宣言したところで、動画は終わっていた。

「加納洋のデジカメに残されていたデータはこの動画が最後ですが、自分の運命をこれっぽっちも察知していない笑顔は、哀れで胸を打つものがあります」

ＣＢＵの真田室長が重々しい声で言った。

「最初にキノコ化した加納洋の遺体を見たとき、我々は彼が長期にわたって徐々に腫瘍に侵されていったものと考えておりました。ですから、その間の生活費を得るための仕事はどうしていたのか、とか、人にまったく会うことなく、どうやって日常生活を送っていたのか、など、さまざまな疑問がありました。ところが首吊り自殺を遂げる、わずか五日前の時点で、このようにまったく異常のない外見で自分の姿を撮影していたのです。これはまったく想定外のことでした」

「その出版社には」

「はい。極力怪しまれることのないようにアプローチしていくつもりですが、きょうは日曜日ですし、公式の事情聴取という形がとれない以上、本日の段階では、まだ何も動いておりません。しかし、加納洋の失踪に最も早く気づくのは、この出版社になる可能性が大です。あるいは、すでに加納と連絡がとれないことで騒ぎになっているかもしれませんが……。それから、最後の動画ファイルに記録された彼のコメントは、非常に重要な意味を含んでおりますので、これについては、また大和田所長から」

　真田からバトンタッチした大和田は、例によって、鼻までずり下げた老眼鏡越しに総理を見ながら語りはじめた。

「注目すべきポイントは、加納がこれから内臓脂肪CTスキャンを受けると言っている部分です。CTスキャンは、通常のX線撮影に比べると被ばく量は圧倒的に大きいのです。最近では低被ばく量の機種も開発されており、検査部位や撮影方法によっても違いが出ますので、いちがいには申し上げられませんが、X線写真一枚を撮る二十倍から三十倍、ときにはそれ以上の放射線を、CTスキャン一回で浴びることになります。地球上で暮らす人間が宇宙線などにより自然に被ばくする年間量の二、三倍にあたります。もちろん、人が一年間に浴びても安全とされる基準値をだいぶ下回っていますが、問題にならないほど大幅に下回っているとも言い難い。それがCTスキャンの危険なところです。そして、もしも加納が予めマタンゴに感染していたら、ＣＴスキャンによる被ばくが『引き金』となって、一気に腫瘍が広がった可能性があります」

「放射能の影響で、男が短期間に変身してしまったというのかね」

「マタンゴが放射線にきわめて過敏な性質を持っているならば」

「しかし、わずか五日だぞ」

「五日どころか、ＣＴスキャンを受けた直後から、猛烈なスピードで変貌がはじまったのではないかと推測しています。なぜなら、ダイエットで自分の体形が変化していくのを記録するはずが、検査前の動画を最後に、デジカメに何も記録が残っていない。これは、本人がとうていそんな気分になれなかった証拠だと思います」

「そんな……ありえないだろう」

「いいえ。たとえば、菌糸の状態で原木の中に隠れているキノコが、ある種の引き金で急に子実体を――つまり、いわゆるキノコの形を出現させるケースは、もっともポピュラーなキノコであるシイタケでも確認されています。具体的には、原木に雷が落ちたときのショックをきっかけに、あるいはもっと単純に、原木を叩いただけでも、その刺激で子実体の出現が促進される場合があります。昔から、雷が落ちるとシイタケが出るという言い伝えがあったり、斧で原木を叩いて何日か後にシイタケを出す方法は、実際に中国でも日本でも行なわれており、その記録が古文書にも残っています。ですから、マタンゴをキノコの変種と考えるならば、ＣＴスキャン程度の放射線でも、じゅうぶんに細胞の活動を異常促進させる刺激となりえます」

「私のほうから補足させていただきますと」

　真田が言った。

「加納のCTスキャン画像を分析すれば、外見上の変化が起きる以前に、すでに体内で何らかの異変が起きていた徴候が見つけられるかもしれません。ですから、明日にでも、その撮影を行なった病院を早急に特定する予定でおります。

　それから、もうひとつご報告があります。私どもCBUでは、第二次大戦後から現在までのおよそ七十年にわたり、未解決事件を含む事件、事故などの記録を、テロに関連する単語で検索できるシステムを構築しておりますが、念のため『放射能』『マタンゴ』という語句で検索をかけてみましたところ、一件だけヒットする項目がありました」

「なんだと」

　総理が眉をひそめた。

「マタンゴという言葉は、今回初めて登場したんじゃなかったのかね」

「私どももそういう理解でおりましたし、インターネットで検索しても『マタンゴ』は一件もヒットしません。しかし、CBUのデータベースにはあったのです」

「どういう内容だ」

「いまからちょうど五十年前――半世紀も前になりますが、一九六三年、昭和三十八年の八月の終わりごろ、当時はまだ日本に返還されておらず米軍統治下にあった小笠原諸島の西方公海上で漂流しているヨットが海上自衛隊の訓練船によって発見され、乗員一名が救助されたという記録が、自衛隊の文書に残されていました」

「自衛隊の?」

「そうです。一般には目に触れることのない文書ですが、我々の組織ができたときに防衛省から提供されたデジタル資料には、これが含まれていました。対外的には機密扱いであっても、それほどレベルの高い秘匿性を持っていないと判断されて、我々のデータベースにも提供されたのだと思いますが」

「先をつづけてくれ」

「文書によれば、訓練船が発見したヨットはマストが折れ、エンジンも破壊され、いつ沈没しても不思議ではないほどのダメージを受けていましたが、乗員一名は無事救助されました。ヨットの名前は『アホウドリ号』という日本語の名前が付いており、乗員も日本人の男性でした」

メモを見ながら、CBU室長の真田進吾がつづけた。

「難破したヨットは、通報を受けてやってきた掃海母艇のMST—461『はやとも』によって回収されました。ちなみに『はやとも』は、昭和三十五年から四十七年まで就役していた全長百メートルの艦船ですから、ヨットをまるごと引き揚げるのも可能だったんでしょう。しかし、その際に現場に急行してきたアメリカ海軍ともめたという記述があります」

「米軍ともめた？」

「はい。先方は、ヨットは米軍統治下にある小笠原諸島の海域内を漂っていたものであり、そのヨットと乗員の確保はアメリカ側に権利があると主張したらしいのです。しかし、その時点で、すでにヨットは掃海母艇に回収済みであったことと、それが日本のヨットで乗員も日本人であり、発見場所も明らかに公海上であったために引き渡しを拒否、日本に帰還させました。そして……」

すでに冷め切ってしまったコーヒーを一口飲んでから、真田はつづけた。

「乗組員に関してこういう記述があります。データをそのまま読み上げます。『救助した男性は城南大学心理学専攻助教授・村井研二。救助時は心神喪失状態であるも、日本到着後に正気を取り戻す。顔面のほぼ全域にわたって、暗緑色をした甚だ異様なキノコ状の腫瘍あり。それを当人はマタンゴのせいだと意味不明の妄言を口走るも、体内に極微量の放射能反応があることから米国核実験との関連が疑われ、東京医学センターに収容して容態を観察中』」

「……」

真田が読み上げた内容に、総理は沈黙した。

4

「この男性が救助された一九六三年の国際情勢ですが」

真田に代わって、官房長官が口を開いた。

「九年前の一九五四年、ビキニ環礁で行なわれた水爆実験で被ばくした第五福竜丸の事件を引き合いに出すまでもなく、米ソ冷戦下での核開発が猛烈に行なわれていた時代であり、しかも現在のように国際的な監視体制も発達しておらず、また情報公開の時代でもありませんでしたから、米軍は核爆発を伴うもの以外でも、さまざまな核関連の実験を行なっていた可能性があります。この村井という男性は、それらの秘密実験に遭遇し、被ばくした可能性があるからこそ、公海上での遭難救助に対し、米軍があわてて駆けつけたという状況が想像されます」

「で、病院に収容されたあとの男はどうなった」

「その後の行方はわかりません」

「行方がわからない?」

「男が収容された東京医学センターは、いまでは想像しにくいことですが、東京のどまんなか、銀座にありました。しかし、男が収容されてから一週間も経たない九月上旬のある夜、ボイラーが大爆発を起こし火災になりました。戦前に作られ、木造部分の多い老朽化した病棟だったために、あっというまに火が回り、ほとんどすべてが焼け落ち、逃げ遅れた入院患者が多数焼け死ぬという悲劇が起きたのです。しかし、村井研二という男性が焼死したという情報も、助かったという情報もありません」

「だが、彼を担当していた医師たちがいただろう」

「村井研二の担当医や看護師——当時は看護婦と呼んでおりましたが、彼らは全員がこの火災に巻き込まれて死亡したようです」

「ほんとうか」

「村井の担当医療スタッフが揃いも揃って逃げ遅れたのは、かなり不自然だという気がしますね」

　と、ＣＢＵの真田が意見を差し挟んだ。

「漂流していた村井の救助に際し、米軍が彼とヨットを奪おうとしたところからみても、村井の腫瘍を研究されては困る勢力が、証拠湮滅(いんめつ)のために病院ごと燃やしてしまった可能性も考えられます。それだけでなく、医療関係者を焼死に見せかけて殺害したことも想像してみたくなります。そして、ひょっとしたら村井本人は、彼を取り返したがっていた勢力によって奪還された可能性もあります」

「ちょっと待て、村井ナニガシの戸籍は調べたのか」

「村井研二は同姓同名者が多数いると考えられますし、なにしろ五十年前のことですから、いますぐには……。もちろん、明日、月曜日の朝一番で調査にとりかかります。そうしたともありますので、さきほど官房長官に村井研二の漂流、救助、入院、失踪という一連のいきさつについて、防衛省に極秘資料がないか、あればそれをＣＢＵに引き渡していただきたい旨、お願いしたところです」

「官房長官、それは真田室長が望むように取りはからってくれ」

「承知いたしました」

「ありがとうございます」

官房長官と真田室長が揃って頭を下げた。

そして、ふたりが顔を起こしたところで、総理は「ところで」と切り出した。

「東京医学センターは全焼したあと、再建はされなかったんだな」

「建物だけでなく、組織も消滅しました」

「しかし、村井研二は城南大学の心理学専攻助教授ということだが、城南大学はいまもあるじゃないか」

「ええ、ありますね」

真田がうなずいた。

「そちらの方面からも調べるつもりです」

「それから、もうひとつ気になることがある」

総理の視線は、そのままＣＢＵ室長の真田に向けられていた。

「いましがたの大和田所長の報告によれば、復活した加納マタンゴ——こう呼ぶのかね。

そいつとラボにいた研究者とが、たまたま大学の同期生だったために、『トモダチダロ』と叫んだというが、そんな『たまたま』があるのかね」

「たしかに、おっしゃられてみますと……」

責任逃れの得意な政治家と評判をとっている総理大臣が、意外に理詰めの質問をしてくるので、真田はその勢いに負けて口ごもった。

「私も、あまりにも非日常的なことに巻き込まれたものですから、客観的なものの見方を失っていたかもしれません。なるほど、キノコ化した男と、それを病理学的に分析する人物とが大学で同期というのは、たんなる偶然とするには出来すぎです」

「おたくの研究者は、どこの大学の出だ」

「えーと、彼は……」

真田はハッと顔色を変えた。

「北沢は城南大学の卒業でした。ということは、加納洋も……ああ、なんということだ。なんで私はこんな重要な一致を見落としていたんだろう。データ検索で引っかかってきた村井研二と、ウチの北沢と、キノコ人間になった加納の三人は、城南大学という共通項で繋（つな）がっています」

「ちょっとよろしいですか」

真田と総理大臣のやりとりを聞きながら、資料をめくっていた官房長官が、そこで口を挟んだ。

「偶然の一致はまだありそうです」

　総理、真田、大和田の三人が、一斉に官房長官の顔を見た。

「我々は『加納マタンゴ』だけでなく、もうひとつの『マタンゴ』の件も検討していかねばならないわけですが」

「日の丸スペースシャトルのことだな」

「そのとおりです、総理。スペースシャトル『アルバトロス』に乗り込む宇宙飛行士のひとり、星野隼人が国際テロリストに操られているという密告文書の最後に『キーワードはマタンゴ』と記されていたわけですが、城南大学という大学名に聞き覚えがあるなと思って、いま資料を見ましたら、星野も城南大学の卒業生です」

「星野も？」

「それだけでなく、そのプロジェクトの出資者であるオカジマ・インターナショナルの岡島寛太会長も城南大学卒で、しかも星野と岡島は年齢こそ四つ違いですが、同期の卒業で、その年度が加納と同じということは、ＣＢＵの北沢先生とも同期生になります」

　偶然を超えた必然的な一致を前にして、その場にいる四人全員が考え込んだ。

「ちょっと待ってくださいよ」

　大和田が、老眼鏡に手を当てて言った。

「いま官房長官がスペースシャトル『アルバトロス』とおっしゃったので気がつきましたが、アルバトロスとは日本語に訳せばアホウドリです。村井研二の乗っていたヨットの名前がアホウドリ……これも偶然の一致ですかね。それとも必然の一致ですかね」

総理私邸のリビングルームは、重苦しい沈黙に包まれた。

「どうだね、諸君」

総理大臣が、長い沈黙を破った。

「ひとつ私から提案があるのだが」

官房長官、CBU室長、そして国立感染症研究所所長の三人が、じっと総理を見つめた。

「きみたちの調査能力を疑うわけでは決してないが、世にも不気味なキノコ人間の発生を世間に隠したまま、いろいろ調査をするのは難しいだろう。かといって、こんな事実を公にしたら、どんなパニックが起きるかわからない。そこでだ、どういういきさつで、どういう経過をもって人体がキノコ化していったのかについて、本人にきいたらどうだ。それがいちばん手っ取り早い真相究明になるんじゃないのか」

「本人ですって？」

加納マタンゴを保管している真田が、目を丸くした。

「それでは総理は、マタンゴを解凍しろとおっしゃるのですか！」

「もちろん、安全をじゅうぶん確保した上でだ」

「とんでもない。そんな危険なことは絶対にできません。じゅうぶんな安全など確保はできません」

真田は論外だというふうに首を激しく左右に振った。

ところが、大和田所長が真田とは逆のことを言いはじめた。

「総理、じつは私も最終的にはそうしたいと思っていました。加納は、まだ人間として生きています。ちゃんと日本語がしゃべれるんです。ですから、人道的見地からいっても、彼を凍結から目覚めさせて、詳しい事情を聴き、それに基づいた治療法を考えていってやるべきでしょう」

「冗談じゃない、所長」

真田はムキになって大和田をふり返った。

「あれがどれほど危険な存在か、あなたもテレビモニターを通して見たでしょうが。それに急速冷凍装置の解凍は、人体で試したことは一度もない」

「論理的には問題がないはずなんでしょう？」

「論理的にだいじょうぶでも、実際にやってみたらどうなるかわからない。これは軍事転用する目的で開発した技術だから、急速な人体凍結が最大の目的で、解凍は二の次なんだ」

「しかし、加納の学友だった北沢先生も、私の考えに賛同してくれています」

「北沢先生が何と言おうと、CBUの最高責任者として、そんな提案は絶対にお断りします。所長、あなた自身がついさきほど紹介したキノコの特性を思い出してください。シイタケは、原木を斧で叩いた衝撃だけでも、数日後に子実体を出すんですよ。解凍の際に使う特殊周波数が、どんな影響をマタンゴに与えるかわかったものではない。凍結前の加納は人間の部分を残していたかもしれない。しかし、解凍後はどのような変質を遂げるかわからない。人間の部分など完全に消えてしまっている可能性だってあるんです」

しかし、真田の懸命の反論にもかかわらず、こんどは官房長官までが大和田に賛成の意見を述べはじめた。

「私もテレビ会議に出席していましたから、加納の復活には驚きました。しかし、大和田所長がおっしゃるような人道的見地からも、そしてマタンゴの正体を知るためにも、本人の言葉を聞くのが正当だと思うのです」

「官房長官！」

真田は、こんどは総理大臣の右腕で内閣のナンバー2と位置づけられている官房長官に向かって怒鳴った。

「みなさん、なにをおっしゃるんですか。加納洋という人物は、永遠にこの世から姿を消したんです。そのように処理すると、みんなで決めたじゃありませんか。マタンゴの解凍には絶対反対です。たとえ総理のご命令があっても！」

激昂（げきこう）する真田とは対照的に、ほかの三人は口をつぐんでいた。

やがて、たっぷりと間を取ってから総理大臣がつぶやいた。

「きみは、いつからそんなに偉くなったんだね。真田室長」

その一言が、破滅的なアクシデントを招くことになろうとは、口にした総理自身も、言われた真田も、そのときは想像もしていなかった。

5

「私がお願いして会長にもきてもらったの」

それぞれが車から降りて、三台の車の間に集まった。真紀のジャガーもヘッドライトをまた灯し、矢野と北沢の車のヘッドライトを合わせた六条の白い光の中で、ひさしぶりに顔を合わせた者どうしが向かい合った。そして、まず桜居真紀が口火を切った。

「矢野さんも、北沢さんもおひさしぶり。ほんとうに懐かしいわ。まさか十年ぶりの再会が、思い出の場所になるとは思わなかったけれど」

さすがにテレビで鍛えられた真紀のしゃべり方は明瞭で、矢野と北沢は、面と向かっていても、テレビの画面を通して真紀を見ているような錯覚に陥っていた。十年前は子供扱いしていた女子高生が、いまや対等……というよりも、むしろ上の立場にいるような存在感があった。

人は十年で変わる——と、矢野も北沢も、言葉には出さないが同じことを考えていた。

「おふたりのいまの立場は、さっき電話で矢野さんから説明を受けたからじゅうぶんに理解しました。星野さんがテロリストに操られているという情報についても、当然、承知なさっているでしょうし……」

「きみと隼人が結婚する予定だという話も聞いている」

矢野が言うと、真紀は落ち着いた顔でうなずいて、その情報の正しさを認めた。

「会長」

こんどは北沢が、ネクタイにスーツ姿の岡島に向かって言った。

「ごぶさたしています。おひさしぶりです。ずいぶんご活躍のようで」

「よせよ、そういう堅苦しい言い方は」

キノコ状の腫瘍をひた隠しにしている岡島は、笑ったつもりでも笑顔になっていなかった。

「社会人になったからといって、年齢の上下を優先させるなって。おれたちゃ同期だろ」

「同期でも、会長は雲の上の存在になってしまいましたからね」

「敬語はやめろって、敬語は」

「わかりました」

「では、おれのほうから用件を話す」

矢野が本題に入った。

「ほんとうは、あのとき樹海キャンプを張った七人全員に集まってもらいたかったが、隼人はアメリカで訓練中だし、夕衣はどこで何をしているのか、まったく消息がわからない。

そして加納は……」

「ちょっと待って」

真紀がさえぎった。

「あなたたち、夕衣のことを何も知らないの?」

「というと?」

「いま人気上昇中の若手女優が撮影現場から逃げ出して行方不明になって、連続ドラマの最終回が放送できるかどうかわからないという大騒ぎを聞いたことない? それとも、矢野さんたちは芸能ニュースなんてまったく関心がないかしら」

「そのニュースなら知ってるよ」

矢野が答えた。

「昼メロの新女王とか言われているYUIという女優だろ」

「それが野本夕衣よ」

「ウソだ!」

矢野は叫び、そして横にいる北沢に目をやった。

「聞いたか、一夫」

「ああ……」

北沢は硬い表情でつぶやいた。

「驚くね」

「女って、変わるんだな」

矢野は、心底びっくりしていた。

「それで、夕衣はなぜ姿を消したんだ」

「わからないわ」

「隠すなよ。真紀なら立場上、いろいろな情報が耳に入ってきているんだろ」

「ぜんぜん」

矢野の質問に、真紀は首を横に振った。

「いまのところ芸能ゴシップの範疇を出ていないから、うちの番組で扱うレベルのニュースになっていないの」

「男関係かな」

北沢のほうをチラチラ見ながら、矢野は言った。

「あれだけ色っぽかったら、芸能界の男たちがほうっておかないだろうな。……いやあ、しかしびっくりだ」

「矢野、夕衣のことはいいから、話を元に戻せよ」

「わかった」

いらついた口調で北沢に言われ、矢野は表情を引き締めた。

「では、いまから話す内容は、あくまでこの四人限りの秘密ということで聞いてほしい。真紀もニュースキャスターという立場があるだろうけど……」

「だいじょうぶよ。信用して」

「じつは、この場にこられないもうひとりの仲間――加納洋だけど、あいつは人間じゃなくなった」

「え？」

真紀がチャームポイントの大きな目を見開いた。

「どういう意味」

「いきなり言っても信じてもらえないかもしれないが、加納は半分人間で、半分キノコになった」

「なに、それ。冗談でしょ」

真紀は、まったくワケがわからないという顔になったが、岡島のほうは顔面蒼白になっていた。その変化に、矢野も北沢も気づいた。しかし矢野は、岡島の動揺の理由を問い質すよりも先に、これまであったことを一気に語った。

そして、呆然とするふたりに向かって言った。

「真紀も会長も、いまの話をにわかには信じられないだろう。でも、すべては事実なんだ。洋は自分の姿にショックを受け、絶望して、この樹海の中で首を吊って死んだ。ところが一夫の勤務する極秘施設に運び込まれてから、突然生き返った。そしていまは、凍結されたまま保管されている。そして重要なのは、すべては十年前、おれたちがここにきた夜からはじまったんじゃないか、ということなんだ」

矢野は、失われた記憶が断片的に蘇ってくる経験について話し、実際には自分たちが樹海の中へ入っていったのではないかと語った。

いま四人の心の中では、三台の車の明かりが、十年前のキャンプファイアに置き換わっていた。そして矢野が語り終えると、いままで黙っていた岡島が、いつにない弱々しい声で切り出した。

「そういう話は……隼人からも聞いた」

「星野さんから？」

驚く真紀に、目でうなずいてから、岡島は言った。

「先週、ラスベガスでいっしょに休養をとっていたとき、隼人がこんなことを言い出した。一年に一回か二回、同じ悪夢をみると。ここでキャンプを張ったとき、大雨からテントを守るためにひとりで外に出て作業をしていると、恐ろしい姿をした怪物が樹海の入り口から出てくるという夢だそうだ。そいつは背恰好(かっこう)は人間そのものだけど、顔じゅうキノコで覆いつくされているんだと」

「それじゃ、加納の姿そっくりじゃないか！」

矢野が驚愕の声を発した。

「そいつはボロボロの服を着ていて、顔だけでなく、身体じゅうに不気味なキノコが生えていたそうだ。そして隼人は、それが夢ではなく、現実に起きたことであり、たんにその記憶を失っているだけかもしれないと言い出した。その証拠に、キャンプの翌朝起きてみると、隼人以外の六人はずぶ濡れで、しかも服に毒々しい虹色の汚れをつけていた。それは、怪物に怯(おび)えてテントの中に引きこもっていた彼以外は、みな樹海の中に入っていった証拠ではないかと」

「たぶんその記憶は……隼人の言うとおり、夢じゃなくて事実なんだろう。それを証明してくれるのが、これだ」

矢野は加納の部屋で見つけた古びたノートを、ヘッドライトの明かりに向かって掲げた。

「このノートの所有者は村井研二という。肩書きは城南大学心理学専攻助教授」

「私たちの大学じゃない！」

真紀が大声をあげた。

「で、どういうことが書いてあるの」

「それはいまから読んでもらうけど、重要なのは加納がこのノートを持っていた、ということだ。そして中身と照らし合わせると、おれたちが樹海の中に入ったとき、加納がヨットの中でこれを見つけて持ち帰ったとしか考えられない」

「ヨット？　なに、ヨットって」

「覚えているだろう。おれたちは、樹海の中にヨットが浮かび、その周りをこの世のものとは思えない化け物がうろついている、という都市伝説を確かめにここにきたことを」

「ええ、もちろん」

「おれたちは、実際に自分たちの目で確かめていたんだよ、都市伝説が事実だったということを」

「ヨットを……見つけていたの？」

「そう。化け物がいたのも事実なら、ヨットが樹海の中にあったのも事実だ。そう思えば、おれがどこかで拾ったという漠然とした記憶しかないのに、これをずっと大事に身につけていた理由も納得できる」

矢野は作業着の襟元に片手を突っ込み、中から何かをつかんで引き出した。ほかの三人の視線が、それに集まった。

磨き上げられて、新品当時の黄金の輝きを取り戻した舵輪（だりん）のペンダントだった。

「それは……」

たずねる真紀に、矢野は樹海のほうへ身体を向けて言った。

「樹海の中で見つけたヨットの床に落ちていたものだ。そのとき、たしか真紀もいっしょにいた覚えがある。おれに状況のレポートをさせながら、ビデオを撮っていた」

「思い出したわ！」

真紀が、ヘッドライトを浴びた瞳を輝かせた。

「やっぱり私はビデオカメラを森の中で失くしたのよ。そうよ、ヨットの中に入ったとき、私はちゃんとビデオを構えていた。そして、矢野さんが船室の中を調べていく様子を撮っていた」

そこまで言ったときだった。

真っ暗な樹海の奥から、女の声が聞こえてきた。

「北沢さあん……一夫さあん……たすけてえええええ」

全員の顔がこわばった。とくに北沢は、真っ青になっていた。

「あの声、夕衣よ」

女子高からの同級生だった真紀が、すぐに声の主を判別した。

「行方不明になった夕衣が、樹海にいるのよ」

「一夫さあん……早くきてえええ」

暗い森から聞こえる引きずるような悲鳴は、寒気を催すほど不気味だった。

自分の名前を呼ばれた北沢は、完全に凍りついていた。

「行こう」

矢野は、すぐにでも暗い森の中へ飛び込んでいこうとした。

だが――

「待て！」

岡島が、矢野の手をつかんで引き留めた。

「誠、行くな」

「なんで」

「あれを見ろ」

いつのまにか、夜目にもハッキリとわかる真っ白な霧が、彼らから見て左手の森からこんこんと湧き出していた。そして、虹色のヘビとでも表現すべき極彩色の帯が、その霧の中をくねくねと泳ぎながら四人のほうへ近づいてきた。

「逃げろ！」

岡島が叫んだ。

「みんな、車に乗って早く逃げろ」

「でも、夕衣が呼んでいるのよ」

「真紀、そんなことにかまうな。早く！」

岡島が真紀の腕をつかみ、ジャガーの助手席に押し込んだ。そしてこんどは自分が運転席に座り、セレクトレバーをパーキングからバックに入れ、急発進して、向かい合っていた矢野たちの車から離れた。さらにそのままの勢いでカーアクション並みのバックスピンターンをすると、もときた道を全速力で逃げていった。

「おれたちも逃げよう」

「でも……」

「迷うな、一夫。会長の焦り方を見ただろ。彼は何かを知っている。知っているから、本気で怯えているんだ。さあ、早く！」

矢野が北沢をうながし、それぞれの車に乗り込んだ。すでに真っ白な霧が、残された二台を包みはじめていた。ヘッドライトの明かりも霧の中で拡散して、ミルク色になっている。

「急げ、一夫、急げ！」

霧の中で叫んでから、矢野が先にスタートした。

一歩遅れて、北沢が車のサイドブレーキをはずした。そのとき、虹色の霧がフロントガラスいっぱいにへばりついた。

「うわあああ！」

北沢が叫んだ。

「やめろおおお！」

白い霧と極彩色のヘビに視界を奪われたまま、北沢一夫はアクセルを思いきり床まで踏み込んだ。

八　宇宙への旅立ち

1

二〇一三年六月六日、木曜日、米国東部夏時間、午前九時九分——

初の日本人宇宙飛行士だけによる宇宙への旅立ちを目前に控えたスペースシャトル「アルバトロス」は、フロリダ州ケネディ宇宙センターの射点39bで、翼と胴体に日の丸を掲げ、青空に向かって屹立（きつりつ）していた。

打ち上げ時刻は九時二十五分。まもなく残り十五分になろうとする管制センターでは、過去のシャトルと同じNASAのスタッフが打ち上げ業務に従事していた。

すべての手順に慣れた彼らには特別な緊張感はなかったが、発射台を望む屋外のビューポイントには、日本からやってきた多数の報道陣がテレビカメラをアルバトロスに向け、レポーターたちが興奮した調子で「日の丸シャトルの打ち上げまであとわずかです」と、口々に生中継のレポートを入れていた。

さらに、インディアン・リバー水路をはさんで射点を見通す国道一号線沿いには、アメリカ人の観衆よりも日本人の姿のほうが目立つほどだった。当初予定されていた七月下旬の打ち上げ日が七週間も早められるという突然の変更さえなければ、日本からの日の丸シャトル観光ツアー客が、さらに大勢詰めかけているところだった。

そうした盛り上がりは、たんに日本人だけの初めての宇宙飛行というだけでなく、船長、パイロット、そして四人のミッション・スペシャリスト（MS）の多彩な顔ぶれが話題を呼んでいたからだった。

垂直姿勢で運命の時を待つシャトルの内部では、オレンジ色のフライトスーツに身を固めた、その六人の日本人宇宙飛行士が、やや緊張を浮かべた面持ちで所定の位置についていた。

三層構造になっているキャビンの最上部——フライトデッキのコックピットには、右側のパイロット席に、操縦を担当する元・航空自衛隊戦闘機パイロットの戸村慎二、左側のコマンダー席に、元・警視庁捜査一課警部の城之内準子船長が座っていた。

そしてパイロット席の真後ろにはＭＳ１の中央テレビ放送技術部員・柳田守、その隣にＭＳ４の星野隼人、そして一階層下になるミッドデッキにはＭＳ２の建築デザイナー・矢崎元太郎とＭＳ３のファンタジー作家・小出美和が座っていた。

ファンタジー作家の小出美和には、宇宙から帰還したのちの書き下ろしの注文が殺到しており、ある出版社は映画会社とタイアップして、作品もまだ存在しないうちから『銀河ファンタジー・アルバトロスの恋』と題するアニメ映画の原作執筆契約を結んでいた。ほかのクルーにも帰還後のテレビ出演や講演の要請が殺到していたが、そんな中でいちばん地味な存在だったのが星野隼人だった。

ただし星野は、彼だけの特別な任務を帯びていた。シャトルの外に出て船外活動（EVA）を行なうというミッションである。六人の中で彼だけが、シャトルから出たナマの宇宙を実体験できるということで、そのときには星野にスポットライトが当たることになる。

星野はいま所定の席に座って運命の時を待っていた。彼が座っている席は、コマンダー席の真後ろではなく、コマンダー席とパイロット席の中間後方に位置するため、前のシートに視界をさえぎられることなく、フロントガラスまで見通せた。

そこから見ると、コックピットの断面は初期のそれとは異なり八角形に近かった。その壁面に沿って、計器類がびっしりと並んでいる。スイッチ類は宇宙服のグローブを着けたままでも操作しやすいように、その多くが大きめに作られていた。

六枚に分割されたフロントガラスは、４００℃を超す高温に耐えられる三層構造になっており、その一枚一枚は意外に小さい。窓はそのほかにコックピット天井に二枚、前方側面のサイドハッチに一枚、ペイロードと呼ばれる貨物搭載部分の後方に二枚。合わせて十一枚の窓から地球を含む宇宙を見ることができるが、そうした視界の制限なしに、無限の宇宙を見ることができるのは、宇宙遊泳に出たときの星野だけの特権だった。

その特権を与えられたことに対する感動は、星野にはたしかにあった。しかし、それがいわゆる「冥土(めいど)のみやげ」であることも自覚していた。

フライトスーツのヘッドホンからは、管制センターと船長の英語によるやりとりが聞こえてくる。本来ならそれにしっかりと耳を傾けていなければならないが、星野はうわのそらだった。

(いよいよ、おれの人生は終わる。「もしかすると」ではなく「確実に」終わる)

できることなら、もういちど地上の景色をきちんと見ておきたかった。生まれ育った日本の大地ではなく、異国のアメリカであってもかまわないから、人間が生活している平凡な日常の光景を、いまいちどまぶたに焼きつけておきたかった。だが、垂直に立てられたシャトルの中で、シートに完全に固定された状態では、見えるのはフロントガラス越しのわずかな青空だけだった。

星野は、真紀から自分がテロに関わっているという密告があったことを聞かされていた。それを岡島に追及したら、岡島は星野が飛んでくれないと、自分も真紀の生命も危ないと泣きながら訴え、その理由を決して語らなかった。

さらにその後、真紀から新しい情報が入った。昔の仲間、加納洋が奇怪なマタンゴに変身したという衝撃的な連絡だった。それによって星野は、自分がたびたびみていた悪夢がじつは実体験に基づいた記憶であったことを確信した。村井研二のノートが見つかったことによって……。

(何かが起こっている。そして、これから何かが起ころうとしている。おそらく岡島は、

その中身を知っている)

突然、七週間も早まった打ち上げがそれを証明していた。第一候補が七月二十四日に設定されていたのに、それがわずか十日ほど前に、突然六月六日へ早められた。理由は、あくまでＮＡＳＡ側の運営上の都合としかクルーには知らされなかった。

通常なら、そんな急な繰り上げには絶対に対応できないはずである。ところが打ち上げ業務を委託したＮＡＳＡは、まるで最初から予定していたかのように、スムーズにそのスケジュールに対応した。そのことも星野の不安をかき立てた。ほかの五人が、とくに疑問を持っていない様子も、星野には納得できなかった。おまけに、目玉のイベントともいえる国際宇宙ステーション（ＩＳＳ）とのドッキングも、打ち上げ日が変更になったことによって、シャトルをドッキングに適切な軌道に投入することができなくなり、中止になった。

そうまでして、日程を繰り上げる理由は何なのか。

いま、後部座席で隣にいる柳田は真紀とテレビ局の同僚だったから、星野はクルーの中で最も親しくしていた。その彼に、星野はシャトルに乗り込む少し前に、この事態をどう思うかたずねてみた。

「たぶん、私が推測するに……」

星野より八つ年上であるにもかかわらず、つねにていねいな敬語を使ってくる柳田は、声をひそめて言った。

「ＩＳＳとのドッキングを中止してまで打ち上げ日を変更する理由があったんじゃなくて、

その逆ですよ。我々をISSに乗り込ませたくない事情が生じたから、わざわざドッキングに不適切な軌道しか選べない日を設定したんだと思いますよ。我々はJAXA(宇宙航空研究開発機構)にも属さない、いわゆる民間の日本人宇宙飛行士ですから、見せたくない秘密がいろいろあるんでしょう」

「だからといって、この突然の日程変更は不自然だ。しかも、その急な変更にスムーズに対応できているのがもっと不自然だ」

「私もそう思います」

柳田は、意味ありげにうなずいた。

「ですから、よほど我々に隠しておきたい事情がISSにあるんですよ」

「そうかな。ほんとうにそういう理由かな」

しかし柳田は、何をそんなに気にしているのか、という顔で、それ以上は話に乗ってこなかった。星野には、そんな柳田の態度が、いつになく素っ気なく思えて引っかかった。

(どっちにしても、あれこれ考えても仕方ない)

柳田と並んでコックピットの後部に座る星野は、覚悟を決めていた。

(十年前、あの占い師の老婆は、未来という名の過去をおれに告げた。白い翼に乗って地獄へ行く、という確定した事実を……。その運命は、どうあがいたって変えることができない。おれが助かろうとすれば、真紀が殺される。でも、おれが死ぬことで真紀が助かるなら、どちらを選ぶかは決まっているじゃないか。真紀を守りたいおれの心が変わらない

以上、おれが地獄へ行く運命も変わらない)

打ち上げ十五分前のコールが耳に届いた。

(十五分後、この地球を離れたら、おれはもう二度と生きて戻ってくることはない。アルバトロスの白い翼に乗って、おれは死に向かうんだ)

桜居真紀の顔が脳裏に大きく浮かび上がり、急に涙がこみ上げてきそうになった。

飛行士の肉体的なデータは、いまも刻々とコントロールセンターに送られている。精神的な異変に気づかれないよう、つとめて平静を取り戻そうとしながら、星野は心の中で真紀に呼びかけていた。

(真紀、おれのことは忘れて幸せになってくれ)

2

星野の隣に座る柳田守は、徐々に緊張の度合いを強めていた。もちろん、初めて宇宙へ飛び出す瞬間が迫ってきたせいもある。しかし、原因はそれだけではなかった。数日前、柳田は出発前の最後の自由時間として、防疫のためにガラス越しではあったが、渡米してきた妻と子供に面会した。そのあと、わざわざ日本からやってきた中央テレビの社長とも会った。

しかし社長の面会は、表向きには激励を装っていたが、もうひとつ重要な目的があった。

極秘のメッセージを柳田に託したのだ。それは、星野隼人が国際テロリストに操られているという情報が入ったので、念のために彼の一挙手一投足を注意して見ていてくれ、というものだった。

社長は、その情報はすでに日米両政府も承知しているが、信憑性が定かでない段階では、星野本人を問い質すよりも、まずは彼の様子を厳重に監視することになったと言った。そして、星野に不審がられないように、ほかのクルーにはその事実を一切伏せるようにしてあることも補足した。

わかりました——と、柳田は面会室のガラス越しに硬い表情でうなずいた。絶対にほかのクルーには言うなよ、と社長に再度念押しされると、それに対しても、わかりましたと言葉少なに答えた。

だが、彼は搭乗直前になって、その情報をふたりのクルーに伝えていた。船長の城之内準子とパイロットの戸村慎二である。柳田としては、伝えないわけにはいかなかった。建築デザイナーの矢崎元太郎と作家の小出美和だけは、この事情をまったく知らずに、一層下のミッドデッキで打ち上げの時を待っている。

(星野本人は……もちろん自分に関する情報の密告を知っている。スケジュール変更を異様に気にする言動からみて、それは明らかだ)

柳田の耳に、打ち上げ十五分前を告げる「Tマイナス・フィフティーン・ミニッツ」のコールが響いた。

3

同時刻、日本時間、同日午後十時九分──

東京六本木にある中央テレビの第七スタジオでは、『ザ・ナイトウォッチ』の生放送が十時からはじまっていた。ほかにとくに大きなニュースがなかったこともあって、この日は番組冒頭から『いよいよ今夜、日の丸シャトル宇宙へ！』と題して、アメリカ・フロリダ州のケネディ宇宙センターからの生中継を行なっていた。

自局の技術部員も乗り込んでいるとあって、中央テレビの熱の入れ方は格別で、このニュースワイドの前の二時間も、アルバトロスに関する特別番組が組まれているほどだった。

現地からのレポートをスタジオで受けているのは、いつものように熟年のベテランキャスター工藤俊一と、サブキャスターの桜居真紀。しかし、真紀は工藤から何か話しかけられても、うわのそらの生返事になることが多かった。

おそらくテレビの視聴者は、いつになく不安定な雰囲気を醸し出している真紀に違和感を覚えているはずだったが、キャスターの工藤は、相手役の心理状態を承知していた。

真紀が星野飛行士と結婚の約束を交わしており、その星野が国際テロリストに操られているとの密告があった件は、プロデューサーの金子健太郎からごく一部の幹部には伝えられており、社外の人間であったが工藤にも知らされていた。

しかし工藤は、警戒感を高める社内幹部とは裏腹に楽観的だった。なあに、そんなのはよくあるイタズラでしょう、と。

一方、真紀は楽観的になれるはずもなかった。村井研二のノートを見てしまったからには……。そして星野に、おねがいだから飛ばないで、と何度も重ねて懇願した。だが、彼は最愛の恋人からの懇願をやんわりと拒絶した。彼から真紀への最後の連絡は、メールだった。

《宇宙から帰ったら、すぐその日のうちに結婚を発表しよう!》

だが、その日がこないことを真紀は確信していた。そして、星野も同じ心境でいることを察して、メールを読んで泣いた。

「さあ、打ち上げまで、あと十五分を切りました!」

現地にいる中央テレビの女性レポーターが叫んでいた。スタジオの工藤がそれに応じて、やりとりをはじめる。その横で、真紀はうつろな目を泳がせているだけだった。

4

今回のスペースシャトル打ち上げに関して、岡島寛太が投じた費用はおよそ八百億円と言われている。その岡島が現地に行かないのを、誰もが不思議に思っていた。それどころか、もう十日以上も人前に姿を見せない状況に、さまざまな噂が流れていた。

対外的には、風邪をこじらせて寝込んでいることになっていたが、その公式コメントを信じるものは皆無で、晴れの舞台を目の前にして渡米せず、港区麻布台の自宅に引きこもったままでいるのは、難病にかかり、人前に出られないほど憔悴しているからではないか、と囁かれていた。

その推測は当たっており、同時にはずれていた。

重病には違いなかった。治らない病であることも、人前に出られない状態であることも噂どおりだった。だが、彼が冒されているのは、世間の人々が想像している難病とはまったくかけ離れているものだった。

岡島は、いま自宅リビングルームで中央テレビの生放送を見ていた。彼が人生の夢を託した日の丸スペースシャトルが、宇宙に向かって飛び立つまであと十五分。それなのに、その現場に立ち会えない悔しさと虚しさが、彼を包んでいた。

しかも栄光の一大イベントが、悲劇の結末を運命づけられているのを岡島は承知していた。ただし、それが具体的にどのような形を取って現れるのかまでは、彼にもわかっていなかった。

岡島は、フロリダの青空を映し出す画面から、夜の闇に染められたリビングルームの窓に目を向けた。その窓ガラスには、おぞましい姿に変わった自分の顔が映っていた。極彩色のキノコで覆われた醜い顔が……。

5

生物化学兵器テロ対策室——CBUが招集した今回のテレビ会議に出席したメンバーは、以前とは少し顔ぶれが変わっていた。そして六つあるスクリーンのうち、スクリーン4からスクリーン6までは消されていた。

スクリーン1には檜原村にあるCBUの秘密研究所地下二階にある円卓会議室が映し出され、そこにはCBUの真田室長、専属の細菌学者である北沢一夫、そして前回は新宿区戸山の国立感染症研究所から参加していた所長の大和田茂が、直接檜原村まで足を運んで会議に出ていた。

そしてスクリーン2には永田町の総理官邸にいる総理大臣と官房長官の二名が顔を揃えていた。前回と異なり、会議の出席者はこの五名だけである。

もうひとつ灯っているスクリーン3は中央テレビの生中継につながれ、抜けるような青空を背景に、ケネディ宇宙センターの発射台で打ち上げの時を待つアルバトロスの姿が映し出されていた。その画面右下には、打ち上げまであと十三分三十秒になっていることを示す電光掲示板が映し出され、その残り時間が刻々と変化していた。

テレビ会議は、すでに三十分前からはじまっていた。そして、おもに真田が総理に報告する形で、現在までわかっている「マタンゴ」に関する情報の交換が行なわれていた。

加納の自宅で見つけたノートについては、依然として北沢は上司の真田にも隠していたが、それ以外の調査で判明した内容が、トップシークレットの報告資料として各人の手元にあった。

そのファイルにはマタンゴ化した加納洋と、五十年前に救助された村井研二について、つぎのように簡潔にまとめられていた。


【加納洋について】

1．五月十八日の午後に山梨県青木ヶ原樹海で首吊り死体となって発見された加納洋は、その五日前の五月十三日午後、千代田区神田にある病院で腹部CTスキャンを受けた。その画像を精査したが、撮影した範囲にかぎっていえば、とくに異常は認められない。しかし、そのとき照射された放射線量は、担当医師によれば最新の低被ばくタイプの機器ではなかったため、七ミリシーベルト。年間の自然被ばく量の約三倍にあたり、原子力関連施設従事者に許容される年間被ばく量の七分の一に及ぶ。一般受診者にとっては影響ない数値でも、体内にマタンゴの発芽要因を抱えていた加納にとっては、このCTスキャンによる放射線被ばくが、腫瘍の発現を急速に促した可能性が大である。

2．加納の失踪は、すでにダイエット企画を立案した出版社で不審がられているが、個人的な仕事放棄とみなしており、身寄りもないため、捜索願のたぐいは出されていない。

3. 加納は、CBU専属細菌学者の北沢一夫、宇宙飛行士の星野隼人、同プロジェクトを推進しているオカジマ・インターナショナルの岡島寛太会長、さらには意外なことに彼の遺体を回収した山梨県警の矢野誠警部と城南大学で同期生であり、都市伝説研究会という同好会に所属していた。これは偶然の一致としては片づけられない事実である。

4. また、彼らより四学年下で、同大学付属女子高校に在籍当時、この都市伝説研究会に入っていた女子生徒に、星野飛行士と結婚の約束をしている中央テレビ報道キャスター桜居真紀と、女優のYUIこと野本夕衣がいた。これもまた偶然の一致では説明しがたい背景があると思われる。そして、野本は謎の失踪を遂げている。

5. この件について北沢・矢野両名に問い質したところ、十年前の五月ごろ、当時噂になっていた都市伝説——「樹海の中にヨットが浮かび、世にも奇怪な生き物がその周りを徘徊している」という噂の真偽を確かめるために樹海の入り口にキャンプを張るも、濃霧のために探検は実行せず。それ以外にマタンゴとの関連に特別な心当たりはないとの回答。

【村井研二について】

1. いまから五十年前の一九六三年八月末、ヨット「アホウドリ号」で漂流中に救助された村井研二は、顔面にキノコ状の腫瘍を生じ、それが「マタンゴ」のせいだと口走る。東京銀座にあった東京医学センターに収容されていたが、収容後まもない九月上旬に、その病院が全焼。当時の記録文書によると、逃げ遅れた入院患者だけでなく、医療関係者全員が火事の巻き添えになり、村井は行方不明。

2. 村井研二の戸籍を調査したところ、東京医学センターが全焼した一週間後の日付で死亡の記載あるも疑問。しかし彼の身内もすべて他界しており、正確な検証はできない。なお、彼の墓は存在が確認されていない。

3. 村井が心理学専攻助教授を務めていた城南大学を調査したところ、一九六三年九月に「死亡による退職」との記述があるほかは、記録なし。

4. ただし、旧・防衛庁に「東京医学センター機密文書」と呼ばれる極秘書類が保存されていることが判明。それはオープンリールのテープに収められた村井の告白を資料として添えた、東京医学センター院長・松平与一（まつだいらよいち）の手記である。

「では、ただいまより、東京医学センター松平与一院長の手記を読み上げます。全文のコピーは、のちほど総理と官房長官限で官邸にお届けいたします。なお、この手記には執筆した具体的な日付がありませんが、東京医学センターが全焼し、院長自身が焼死するという悲劇の直前に記されたものと思われます」

発射まであと十三分を切った、スクリーン3に映し出されるスペースシャトルを横目で見ながら、CBU円卓会議室にいる真田室長は、こよりで和綴じにされた古めかしい冊子の付箋を貼ったところを広げ、院長の手記の一部分を読みはじめた。

《小笠原諸島の西公海上をヨットで漂流していた村井研二の顔面を覆うキノコ状の腫瘍は、これまでに医学界で症例として発表されたことのない奇怪なものであり、医師団は慎重に検査を進めているが、私としてはなんらかの形で米国の核実験の影響を受けたものと思わざるを得ない。ただし、かつてビキニ環礁の水爆実験に至近距離で遭遇し、被ばくした第五福竜丸とは異なり、アホウドリ号と名付けられたヨットに直接被ばくした形跡はない。ちなみに漂流から回収されたアホウドリ号は、調査のために政府が駿河湾の某港に保管しているが、村井本人が語ったところでも、ヨットが悲惨な外観を呈しているのは嵐に遭遇したためであり、核実験とは無関係の模様。その遭難状況は以下のとおり。

アホウドリ号は本年（昭和三十八年）に建造されたヨットで、外洋の航行が可能な六十馬力のエンジンを搭載。オーナーは若手実業家で笠井産業社長の笠井雅文。建造資金はすべて彼が出している。艇長は笠井と同年齢ながら笠井産業の社員という立場にある作田直之。操船クルーとして雇われたのが小山仙造。そして笠井の友人である男女四人がゲストとして招待された。その顔ぶれは、笠井がお気に入りのクラブ歌手・関口麻美、推理作家の吉田悦郎、そして城南大学心理学助教授の村井研二と、彼の教え子で同大学の心理学専攻の学生・相馬明子だった。

なお村井によれば、笠井は関口麻美を愛人にしたがっていたが、麻美にその気はなく、一方、村井は教え子の相馬明子に恋心を抱き、明子のほうも村井を慕っていたという。

彼らは笠井からヨットの舵輪（だりん）をかたどったペンダントを贈られ、全員がそれを身につけて、八月の暑い日、葉山マリーナから意気揚々と航海に出た。

当初の予定では伊豆七島沿いに南下して八丈島まで行き、折り返して戻ってくることになっていたが、八丈島沖合で想定外の急接近をしてきた台風に遭遇。マストが折れ、セールも破れ、落雷により船室の一部が破損し、そこからの浸水により無線機が壊れ、エンジンも致命的なダメージを受けて修復不能となり、かろうじて沈没は免れたものの、なすすべもなく海流に任せて漂流するよりなかった。

数日後、彼らは絶海の孤島にたどり着く。機器類がすべて壊れ、コンパスも失った彼らの中に、星座から自分の位置を読み取れる能力を持った者はいなかった。そのため、目の前の島が地球上のどこにあるのか、見当もつかなかった。ただ、島に鬱蒼（うっそう）と茂る緑と海水の温かさから、亜熱帯もしくは熱帯に属する地域であるという推測はできた。

上陸した彼らは、その島で難破船を見つけた。国籍不明の船だったが、彼らと同じように漂流してこの島にたどり着いたものと思われた。しかし乗組員の姿は見あたらない。不思議なことに、船内の食料保存庫には缶詰類が一定量保存されていたにもかかわらず、それに手をつけないまま乗組員は姿を消していた。また、船室に備えられていた鏡という鏡は、すべて割られた形跡があり、どの部屋も赤や青や黄色のカビでびっしり覆われ、その匂いに慣れるまでは苦労したという。

ともあれ、彼らはその缶詰類を食べ、かろうじて見つけた清流から水を汲んで飲料としながら救援を待った。しかし、何日経っても捜索機らしきものは現れず、近くを通りかかる船もない。そのうちに食料も底をつきかけたので、野生の芋を掘り出したり、砂浜でウミガメの卵を見つけたりして飢えをしのぎ、残り少ない缶詰の節約に努めた。そして艇長の作田は、自力脱出しか生きる方策はないとみて、あり合わせの木やツルを使ってヨットの修復に取りかかった。

やがてクルーの中で、島に自生するキノコを食べたために精神錯乱に陥ったと思われる者が現れ、ひとりが仲間の手によって射殺されるという事件が起き、舵輪のペンダントで結ばれた仲間に深刻な亀裂が生じた……。

きょう現在、村井から聴き取れた事情はここまでである。ちなみに村井は、保護された当初、自分の顔面がキノコ状の腫瘍に覆われていることを、決して認めようとしなかった。我々も当人の心情を気遣い、病室には鏡を置かなかったが、窓ガラスの反射などで、当然、本人は自分の顔の状態を見ているはずである。しかし、初めのうちは決してそれを認めなかった。彼自身の心の中では、自分の顔は少しも変わっていなかった。城南大学のアルバムなどで確認できるような、非常にハンサムでさわやかな顔立ちのままでいたのである。だが、最後は現実を受け容れた。それ以来、彼は精神的に不安定になっている。

なお、事情聴取のあいだ、島に生えているキノコのことを「マタンゴ」と何度も呼んでいたが、なぜそのような名前を知ったのかといういきさつは、明日たずねることにしている。それから村井以外の六人が、その後どうなったかという点についても、詳細を問い質すつもりである。

また、村井の腫瘍に関しては、明日、日米合同の特別調査チームが当医学センターを訪れるので、アメリカの最新医学知識が真相究明の手助けとなるのを期待している》

「以上が、院長の手記全文です」

読み終えた真田が、和綴じの冊子から目を上げて言った。

「この手記で気にかかるのは三点。第一は、彼らが島で食べた野生のキノコが、彼のキノコ状の腫瘍を発症させた原因か、否か。第二は、その島はいったいどこにあるのか。そして第三は、手記の末尾にある『日米合同の特別調査チーム』という記述です。これがいったいどのようなメンバー構成だったのか。そして彼らの訪問と病院の出火には関係があるのかどうか――これらを我々は五十年前に遡って調査していかねばなりませんが、この調査チームが実際に訪問したことを書き残す前に、院長の手記が中断している事実には、注目しておく必要があるでしょう。また、病院が全焼し、院長自身も死亡したと思われるアクシデントを経てもなお、この手記がきちんと残されているのは、おそらく院長が何らかの身の危険を感じ、手記と音声資料をあらかじめ別の場所に保管しておいたからこそだと思うのです。それが旧・防衛庁の手に渡った」

「それはつまり……」

スクリーン2の官房長官が、隣に座る総理大臣に言った。

「村井研二の症状が国防に関わる問題だという認識があったからこそだと解釈できます」

「では、シャトルの発射まであと少し時間がありますので、この手記といっしょに保存されていたテープをお聴きいただきます。当方でデジタル処理して雑音等を減らし、聞きやすくしたものをです。内容は、院長が録音したと思われる村井研二の肉声です。オリジナルのオープンリールテープはきわめて劣化が激しく、さまざまな処理をもってしても復元不能な部分がほとんどで、かろうじて復元できた短い部分がこれです」

真田はデジタル処理をした音源を再生しはじめた。

会議室と総理官邸に、五十年前の村井研二の声が響いた。

「……ほんとうにあの人を愛しているなら、ぼくもキノコを食い、キノコになり、ふたりあの島で暮らすべきでした。バカです、ぼくは……。ひと切れも食べなかったんです。どんなに苦しくても、あの人を苦しめ、自分を苦しめ、最後までキノコを食べなかったんです！　いったい何のために……」

6

「以上が、復元できた村井研二の肉声記録のすべてです」

真田室長が再生機器を止めると、官邸から総理大臣が発言した。

「いま聞くかぎりでは、村井は、自分はキノコを食べなかったのに、なぜ腫瘍ができてしまったのかを不思議がっているようだな。逆に言えば、残りの仲間は全員がキノコを食べ、そしてキノコ人間となってしまったわけだ」

「そう考えられます。村井の言葉の中にある『あの人』とは、おそらく相馬明子を指しているものと推測されます。愛する教え子もキノコを食べてしまった。その結果、彼女は正視に耐えないような顔になった。これは恋する者としては、つらいの一語でしょう」

村井の気持ちを想像しながら、真田はつづけた。

「一方、村井はキノコを食べず、島を離れるときにも異変は起きていなかったものと思われます。ところが漂流中に、彼も同じ状態に陥ってしまった。それならば、いっそのこと気にせずそれを食べて、最愛の相馬明子といっしょに、醜い姿のまま死ぬまでふたりで暮らしたかった、ということだと思います」

「私から補足、よろしいですか」

国立感染症研究所の大和田所長が、口を開いた。

「この村井の告白は、短いけれど非常に重要です。村井たちが漂着した島に生えていた特定のキノコ——これこそがマタンゴではないかと思われますが——どうやら、それを食べれば人間からマタンゴになることが明らかになりました。と同時に、村井の場合はそれを食べなくてもマタンゴになった。これは重大なポイントです」

「なぜだね」

たずねる総理に、大和田は答えた。

「ここにおられる北沢先生と私は、加納マタンゴの左腕から取った腫瘍を分析し、空気感染はしないという結論を出しました。ところが五十年前の村井は、空気感染か接触感染によってマタンゴ化した可能性が浮上してきたからです。ひとつには、恋人と性的な接触があって感染したというケースが考えられます。しかし、それ以上に可能性が高いのは、特定の状況下での空気感染です」

「やっぱり空気感染するというのかね」

マタンゴの伝染を最も恐れる総理が、険しい表情になった。

「たとえば通常の伝染病では、感染者が咳(せき)をすることによって、菌が空気中にばらまかれ、それを吸い込んで感染します。これが一般的な空気を媒介とした感染のモデルです。しかしマタンゴの場合は、胞子が飛散したときに、そのような状況が起こるかもしれません」

「胞子?」

「はい、そうです。総理」

例によって、老眼鏡を鼻のところまでずり下げながら、会議室にいる大和田は、スクリーン2に官房長官と並んで映し出された総理大臣に向かって説明した。

「加納や村井の侵された腫瘍が、たんに人間の皮膚や筋肉が変形したものではなく、ある種のキノコが人体に巣喰った結果だとすれば、そのキノコがやがて胞子を造り、子孫繁栄のために空中に撒き散らす可能性が考えられます。それを口や鼻から吸い込めば……」

「吸い込んだ人間もキノコになるのか」

「はい。私は、そう推理するのが最も妥当であろうと考えます。いまのところ、加納マタンゴは『人間七割、キノコ三割』といった状況で凍結されていますが、凍結せずに、そのまま生きつづけていたら、彼はいっそうキノコ的な機能を与えられ、腫瘍が成長して減数分裂を起こし、胞子を造ってそれをばらまきはじめたかもしれません。ちなみに、加納の左腕から採取した細胞を分析した結果、マタンゴ化した人体は人間の部分を核としながら、さらにキノコの主要部分を増殖させ、全体として五メートルか、あるいはそれ以上の生物体に成長する可能性があるとの結論に達しました」

「五メートル！　そんな化け物になるのか！」

「加納本体を凍結しているために、いまの時点では調べられませんが、すでに彼の肉体のどこかがマタンゴ症状を起こす菌糸体の巣窟になっており、それがいずれは身体全体に広がり、彼をさらに変身させていく原動力となるものと思われます。したがって、胞子による感染がありうるならば」

　横にいる北沢をチラッと見てから、大和田は言った。

「加納のような形でマタンゴ化し、キノコ人間というよりも怪物キノコといった様相を呈した『元・人間』が、ほかにもこの日本にいる可能性がじゅうぶんにあります。しかも、かなりの数で」

「……」

　総理の顔から血の気が失せた。

「いま大和田所長が申し上げた点をふまえて、『キーワードはマタンゴ』と警告された例のテロリスト情報を考えますと」

　話し合っているうちに打ち上げまであとわずかとなったスペースシャトルの画像に目を向け、真田室長は言った。

「星野隼人は、このマタンゴがらみでテロリストに利用されているのではないかと思えてきたのです」

「もっと詳しく説明してくれ」

　総理は焦っていた。

「スペースシャトル『アルバトロス』ですが、ご報告のとおり、これは当初七月二十四日に打ち上げられるはずだったものが、先月末になって、突然七週間も繰り上げられ、きょうになりました。この不自然なスケジュール移動について、私どもは例の密告と関連づけながら、その理由を考えてまいりました。その結果、これだけスムーズに変更に対応できているからには、当初から七月二十四日のほうがダミーだったという公算が大ではないかと思えてきたのです。すなわち……」

真田の声が緊迫感を増した。

「もしこのシャトル打ち上げがテロに利用されるものであれば、計画発覚に備えて、わざと遅い時期を公表していたのではないかという考え方ができます。そして我々は、ひとつの事実に気づきました。スケジュールが急に繰り上げられた理由です」

「もったいぶらずに、どんどん先に進めてくれ」

「それは太陽の黒点活動です」

「なに？」

「太陽は活動が活発な時期――極大期と、活動が沈静化する時期――極小期とを周期的に繰り返しています。そのサイクルは平均すれば約十一年。西暦一七五五年から記録ははじまり、一七六一年を『サイクル1』の極大期と位置づけ、以後、『サイクル2』『サイクル3』『サイクル4』と順番に番号がふられていきました。二十一世紀に入って最初の極大期は、『サイクル23』のピークとなる二〇〇〇年から二〇〇一年でした。そしてNASAは、つぎの『サイクル24』における極大期の太陽活動は、『サイクル23』の三割から五割増の激しい活動になるだろうとの予測を二〇〇六年に出しました。実際、事態は二〇一一年から一二年にかけてそのとおりになり、二〇一三年のことしに入っても、極小期に向かうどころか、なお太陽の黒点が多数観測されるなど、その活動はいっこうに衰えをみせません。こうした黒点の増加は、フレアと呼ばれる太陽における爆発現象を頻発させ、そこから放たれるX線や高エネルギー荷電粒子が、地球上にオーロラや磁気嵐をもたらしています」

真田は手元の水で喉を潤し、さらにつづけた。

「二〇〇六年にNASAが出したこの予測――つぎの極大期における太陽の活動が、最大で五割増の激しいものになる――とのコメントを、マタンゴを使った国際テロを狙う連中が知ったなら、テロリストの頭にひとつのアイデアが浮かんだかもしれません。それは宇宙飛行士にマタンゴの菌糸を植え付け、太陽の活動が非常に活発な時期に船外活動をやらせればどうなるか、ということです。それは地球上でさえ異種の生命体だったマタンゴに、さらなる強烈な突然変異をもたらすかもしれません。彼らがそれを史上最悪の生物兵器として使おうと計画したらどうでしょう。二〇一一年からはじまった今回の極大期まで、準備期間はじゅうぶんにあったはずです」

「しかし、宇宙服というのは放射線をカットするようにできているのだろう?」

「意外にも、宇宙服は放射線対策が万全とは言い難いのです」

真田は、総理の質問に答えた。

「打ち上げ時の重量制限やスムーズな船外活動といった観点から、宇宙服には放射線を完全にブロックするシールドを組み込んでいません。放射線測定装置が危険な数値を示したら、即座に船外活動を中止して船内に戻るか、それも間に合わない緊急時には、シャトル本体を遮蔽物として、陰に回り込むといった措置をとります」

「では、この時期に船外活動を行なうのは、宇宙飛行士を危険にさらすということかね」

「マタンゴの菌糸を体内に組み込まれている宇宙飛行士にとっては、そうなります」

「しかし、いくら未知の生命体であっても、事前に感染していたら、厳重な健康診断で異変がわかるのではないのか」

「未知の生命体だからこそ、菌糸体が多少組み込まれていた程度では異変に気づかないかもしれませんし、ＮＡＳＡにテロリストの分子が潜入していたら、わかっていて無視した可能性もあります」

「ＮＡＳＡにテロリストが？」

総理は、まさかという表情で首を振った。

「ありえないだろう、そんなことは」

「総理、国際テロリストというのはイスラム原理主義者ばかりとはかぎりません。アメリカ国籍の白人だって、既存の体制の転覆を望む者もいるのです」

「…………」

「ちなみに、アルバトロス打ち上げの繰り上げが急遽発表された五月二十六日の二日前から太陽の黒点は異常に増殖し、観測機器を使わなくても肉眼で確認できる『肉眼黒点』の数は過去にない値となっています。これをごらんください」

いままで消えていたスクリーン4が点灯し、モノクロで太陽の写真が大きく映し出された。その中央から下のところに、はっきりとわかる黒点群が大量に存在していた。

「これは、きょうの昼間に撮影した太陽です。大変な数の黒点です。その昔、中国などでは、黒点は太陽神の使いであるカラスの群生する様子だと信じられており、サッカー日本代表のシンボルである三本脚の八咫烏も、そうした伝説をもとに誕生したとの説もあります。まあ、それは余談ですが、太陽の黒点は、まさに神の力のごとく地球上に、そして宇宙空間に影響を及ぼします。宇宙遊泳をする飛行士に対してもです。そんな黒点の大量出現を待っていたかのように、すぐさまスケジュールの繰り上げが実行されました。これはNASAの内部に協力者がいなければ不可能です」

「するときみは、今回の計画を仕組んだ連中は、星野飛行士に宇宙空間で大量の放射線を浴びさせ、加納マタンゴとも異なる、もっと強烈な怪物に変身させ、それをまた生物兵器として活用するために、地球へ持って帰ろうとしているとでも考えているのかね」

「かもしれない、と思っています」

「バカバカしい」

総理は吐き捨てた。

「そんなことを、全世界が注目しているシャトル飛行でできるとでも思うのか」

「総理、こういう都市伝説をお聞きになったことがありませんか。アポロ11号は、じつは月に行っていなかった。月面に降り立った様子は、すべてハリウッドのスタジオで撮影されていたという伝説を」

「聞いたことはあるが、まともに取り合う気には到底ならんね」

「NASAとは、そういう大胆なことをやろうと思えばできる巨大な組織であるのは、絵空事ではなく、事実です」

「では、星野飛行士が危険な目に遭うのを、指をくわえて見ていろというのかね」

「そうした展開が、まだ推測のレベルにとどまっている以上は、むやみやたらに警告はできません。まして、NASAにテロリストの協力者がいるかもしれない状況では、うかつな手出しは、かえって我が国を要らぬトラブルに巻き込みます」

「……………」

憮然（ぶぜん）として黙りこくる総理をよそに、スクリーン3に映し出されたフロリダからの中継画像は、いよいよ打ち上げが二分後に迫っていることを示していた。

7

矢野誠は、山梨県甲府市内にある独り住まいのアパートの一室でテレビを点（つ）け、アルバトロスの打ち上げ中継を見ていた。

手元には、加納の部屋で見つけた村井研二のノートがある。けっきょくこれは矢野が保管することになり、県警本部長にも報告しないまま、こうやって彼の自室に大切に置いてあった。
いまから十一日前の五月二十六日深夜、樹海の前でひさしぶりに再会した都市伝説研究会の四人は、満足に話もしないうちに、突然樹海から湧き出してきた濃霧と、宙を泳ぐようにして近づいてきた虹色をした霧の帯に本能的な危険を感じ、それぞれがちりぢりバラバラになって車で逃げた。そして数時間後に、未明の東京で改めて再集合し、終夜営業のカフェに入って、このノートを四人で読みふけった。
矢野は、自分がいつのまにか身につけていた舵輪(だりん)のペンダントが、じつは樹海で見つけた「幻のヨット」の船室に落ちていたのを拾ったものであることを思い出していた。同じように、加納も十年前のあの日、ヨットの中でこのノートを見つけて持ち出したに違いなかった。

その村井研二のノートは、つぎのように書き出してあった。

《部屋にかかっているカレンダーを見た。一九六三年の八月下旬だ。東京医学センターに収容されてから、きょうが三日目。はじめてノートとペンが差し入れられた。これはきみの自由日記として使ってくれていいんだよ、と院長が言う。と同時に、きみが流れ着いた島で見たこと、聞いたこと、体験したこと、何でもいいから忘れないように書き留めておいてくれたらありがたい、と言われた。そして、ある程度まとまるごとに、私に読ませてもらいたい、と。

ぼくの顔が日に日に醜くなっていくのを見て、院長はきっとこう思ったのだろう。この男が、頭の中までキノコに埋め尽くされたら、人間としての会話もできなくなるし、遭難中の出来事を聞き出すこともできなくなる。だから、いまのうちに覚えていることを、すべて文字にさせておこう、と。

実際、朝起きて、まず自分の手を見るたびに、ぼくはゾッとする。いまはまだ、こうやってペンを使って文字を書けるけれど、そのうちに、それもできなくなるだろう。刻々と化け物に近づいていく自分の顔を見て、ぼくがショックを受けないように、病室の鏡ははずされている。

いや、もとい、病室ではない、檻だ。ぼくの収容されている部屋には鉄格子がはまり、院長や担当医たちは、よほどのことがない限り、檻を開けて中には入ってこない。ほんとうにぼくは怪物扱いされている。反対側の窓からは銀座のネオンが眺められ、夜になってもなかなか鳴りやまない工事の音も聞こえてくる。しかし、ぼくはこの檻から出て、夜の銀座へ繰り出すことなど許されないのだ。それも永遠に……。

いま、東京のいたるところで、高速道路の工事が行なわれ、新しいビルが建設されている。すべては来年十月十日から開かれる東京オリンピックのためだ。「オリンピックまでには完成する」を合言葉に、ものすごい勢いで東京が変わっていっている。

首都高速を通すために数寄屋橋が撤去されたのは四年前だ。都電の路線も、これからどんどん廃止されていくらしい。世はスピード時代だ。東京の真ん中をチンチン電車がのんびり回る光景も、時代遅れだとして、もうすぐ歴史の上の出来事になるだろう。

　つい先月、日本で初めての高速道路――名神高速が栗東―尼崎間で開通した。なんと時速百キロで走れる道路だ。とてもじゃないが、そんなスピードで運転するなんて恐ろしくてできないし、車が壊れると思う。来年五月に全線が開通する東海道新幹線に至っては、時速二百十キロだそうだ。東京と大阪を四時間で結ぶなんて、まるで地上を走る飛行機ではないか。時速百キロでも怖いのに、二百キロを超す電車なんて、乗っているだけで目が回りそうで、たぶんすぐ酔ってしまうだろう。ぼくのような人間は、スピード時代に合いそうもない。

　……と書いているうちに、どうしようもない虚しさに襲われる。高速道路を走りたくない、新幹線など乗りたくない、などと、いちいち文句をつけなくても、あと一週間か十日、いや、もしかするとあと四、五日で、ぼくは人間でなくなる日を迎えるのだ。

　笠井に誘われてヨットに乗る前、自分の未来も日本の未来も、前途洋々、輝かしくひらけていた。ぼくは一般企業に勤めているわけではないが、それでも池田首相が言うように、高度経済成長のバラ色の夢に酔っていた。そして、その象徴である東京オリンピックの開幕を、指折り数えて楽しみにしていたのだ。

　相馬明子も「先生、私、オリンピックまでにもう少し英語を勉強しないといけませんよね。これからは国際化の時代ですものね」と、楽しげに語っていた。だが、明子もぼくも、東京で開かれるオリンピックを見ることは、もう不可能になってしまったのだ。

ああ、ほんとうにその日がくる。人間ではなく、キノコになってしまう日が、すぐそこまで近づいてきている。だから、書き留めておかなければならない。ぼくの脳が、まだ村井研二としての機能を果たしているうちに、あの島で何があったのかを……》

五十年前のノートは年月の経過をそのまま表わすように、ひどく劣化していたが、文章は、昨日書いたばかりのような生々しさを保っていた。そして、村井の記述は核心に入っていった。

嵐に遭遇したときの詳細な模様につづいて描かれているのは、絶海の孤島にたどり着いたあとの様子だった。

8

《嵐に遭遇して、なんとか沈没だけは免れたアホウドリ号は、三百六十度ぐるりと見回しても海しか見えない中に、ひとつだけポッンと浮かぶ島に流れ着いた。それは熱帯か亜熱帯に属する孤島だった。その島でぼくたちは、少なくとも難破してから一年は経っていると思われる大きな船が砂浜に打ち上げられ、朽ち果てていく運命にあるのを見つけた。

中に入ってみると、どの部屋もカビだらけで、しかもカビの色が部屋によって異なっていた。青いカビばかり生えている部屋もあれば、黄色いカビだらけの部屋もあった。船長室を覆い尽くしたカビは、赤だった。

ぼくはアホウドリ号のオーナーである笠井と、艇長の作田といっしょに船室を順番に見て回った。そして、ある部屋で不気味なものを見つけた。目のないウミガメの死骸だ。ガラス容器にアルコール漬けにされた、グロテスクな標本もたくさん並んでいた。その標本の脇には英語で「放射能の突然変異の実例」と書いてあった。ごくありふれた生き物が、無惨な変形ぶりを見せて、吐き気を催すほどだった。

どうやらこの難破船は、核実験の海洋汚染調査船らしい。しかし、船籍が不明だった。国旗らしきものは見あたらないし、わざと自分たちの国籍を隠しているようにしか思えないところがあった。そんなことをするのは、やましい行動をとっている証拠だ。つまり、海洋汚染調査船でありながら、それは第三者的な立場の調査ではなく、自分たちのしたことに対する畏(おそ)れと後悔の念を抱きながら、コソコソと核のおそるべき影響力を調べていたのではないか。すなわち、この船の真の国籍はアメリカではないのか。ぼくはそう思わざるを得なかった。

やがてぼくたちは、人間の胸ほどの高さである金属の箱に巨大なキノコが入っているのを見つけた。とにかくお化けキノコと呼びたくなるほど大きなもので、傘の部分は大人の顔よりも大きく、軸全体の長さは小学生の子供の背ぐらい……いや、もっとあった。

箱の扉には“Matango”と英語で書いてあり、同じく英語で「キノコの一種。この島で初めて発見された新種」と記してあった。それを見て、作田は「食えるキノコなら助かるんだがな」と言ったが、こいつこそが、のちにぼくたちの運命を地獄に突き落とした元凶だった。

とりあえず、その箱はすぐに閉めて、ほかの部屋の調査にとりかかった。だが、調べれば調べるほど、気味の悪さが募った。船内には食料の缶詰がまだかなり残されていた。それなのに乗組員の姿はなく、死体さえ見あたらないのだ。そして赤いカビに覆われた船長室で見つけた航海日誌には、こんな記述があった。

「乗組員が二、三人ずつ帰ってこない日がつづく」

そこで航海日誌は途切れていた。

ともかくぼくたちは、船内に置いてあった石炭酸でその難破船を消毒し、主要な部屋のカビを除去して、救助を待つあいだ、ここをねぐらにすることに決めた。

そのあと、ぼくたち七人をどんな運命が襲ったか。それは、もう少し気持ちの整理をつけてから書くことにする。ぼくに残された時間がわずかしかないのは承知しているが、どうしても「アレ」について詳細に書く勇気が出ない。雨の降る晩、船室で眠っていたぼくたちの前にはじめて姿を現した「アレ」について書く勇気は、まだ……ない。

この恐ろしい島から、ぼくたちは一刻も早く逃げ出したかった。しかし、待っても待っても助けはこなかった。島はつねに深い霧に包まれて、晴れ上がった青空を見る日がほとんどなかった。いつも濃霧が視界をさえぎり、毎日のように雨が降った。いくら火を焚いても、その煙を通りかかる船や飛行機に見つけてもらうことは絶望的だった。それ以前の問題として、船も飛行機もまったく通らないのだ。

そうなると、嵐に遭遇して壊れたアホウドリ号をなんとか直し、食料が尽きる前に、自力脱出を図るよりなかった。その提案をしたのは、艇長の作田だった。推理作家の吉田は、そんなことをしてもムダだとヤケになっていたが、作田は、ひとりで黙々とヨットの修理にとりかかっていた。ぼくは、彼の修理がうまくいくことにすべてを賭けていた。日が経つにつれて、ぼくたちはちょっとしたことで言い争いをするようになっていた。このままでは、人間関係に破滅的な亀裂が生じるのは目に見えていた。そうなる前に、脱出するしかない。

ところが――

缶詰のストックが残り三日分まで減った日に、アホウドリ号の姿が入り江から消えていた。作田もいない。信じられなかった。責任感と正義感に満ち、いつも冷静で温厚で、男たちの中でいちばん信頼できると思っていた作田が、仲間の六人を島に置き去りにして、ひとりでアホウドリ号に乗って逃げたのだ。

島に漂着してから、これほどショックを受けたことはなかった。ほかの人間に裏切られることはあっても、彼だけは裏切らないと思っていたのに……。

そして、また何日か経ってみると、去ったはずのアホウドリ号が、また島の入り江に姿を見せているではないか。ぼくは、作田が戻ってきたんだと思った。ひとりで逃げたことを後悔したのか、それとも、最初から逃げるつもりでヨットを出したのではなく、別の目的があってのことだったのか、ともかくぼくは、作田を悪者に仕立てた自分の判断のほうが誤っていたと思って海に飛び込み、ヨットまでがむしゃらに泳いで、甲板によじ登った。

だが、ヨットは無人だった。作田の姿はない。そして、船室の壁に書かれていた作田の『辞世の言葉』を見て、愕然となった。

笠井雅文
村井研二
吉田悦郎
小山仙造
関口麻美
相馬明子
以上六名、無人島に漂着して死亡
我、単独脱出を試みるも食つき
力つき、南海に身を投ず

一九六三年八月十六日　艇長　作田直之　記

声には出さなかったが、バカヤローと叫びながら、ぼくは作田の『遺書』を思い切り大きな×印で消した。そして……泣いた。

ほかの連中は、どうしたかって？

みんな、みんな、誘惑に負けていったんだ。あれだけ食べては危険だと語り合っていたマタンゴを、みんなが口にしていった。食べればどうなるかという見当はもうついていたのに、飢えが警戒心を上回った。いや、飢えのせいというよりも、現実から逃げ出したいという心理が、おぞましい結果を呼ぶとわかっていながら、マタンゴに手を出させたのだろう。心理学の助教授としては、そういう分析をしておきたい。

マタンゴを食べると、男はすぐに反応が出る。首筋や腕などに、最初は絵の具でも塗ったような色のアザが現れ、やがてそれがキノコの形をした腫瘍に成長していくのだ。そして凶暴になる。ついに仲間を撃ち殺すやつも出た。ところが女は違う。マタンゴを食べた女は、キノコの化け物になる前に、まず、いったん美しくなるのだ。とくに関口麻美の、日に日に妖艶（ようえん）さを増していく様子は目を見張るほどだった。

アホウドリ号の処女航海を前に、クラブ歌手だった彼女が出演しているナイトクラブにみんなで集まったとき、ぼくははじめて関口麻美と対面した。ちょうど、こんな歌を歌っているときだった。

水の溜まった石畳　アカシアの葉が　寂しく浮かんでる
水の面を　風が吹き抜けて　思い出のせて　揺れている
水の溜まった石畳　アカシアの葉が　寂しく浮かんでる

そのときの第一印象は、目が大きくて、しかも瞳に妖(あや)しい輝きをたたえていて、なんと艶(つや)っぽい女の人だろうと思ったのだが、マタンゴを食べてからの麻美の美しさといったら、その比ではなかった。

そして、ぼくの愛する相馬明子も、同じように美しくなっていった。だが、清楚で純情で可憐なところが魅力だった彼女の場合は、淫(みだ)らなまでになまめかしい変身は似合わなかった。

姿を消した明子を追って、キノコだらけの森に入っていったとき、奥のほうから「せんせ〜い、せんせ〜い」と呼ぶ声が聞こえる。駆け寄ってみると、明子はキノコの群れの中に座り込み、禁断のマタンゴを食べていた。

ぼくは叫びながら逃げ出した。巨大なキノコの化け物に取り囲まれ、行く手を阻まれながら、必死にもがき、抵抗して、それをかいくぐり、全速力で森を走り抜けた。そして一気に砂浜まで出ると、そのまま海の中に突っ込んでいった。

もうどうなってもいいから、ヨットに乗って島から逃げ出したかった。もはやアホウドリの白い翼にもたとえられないほどボロボロになったセールに命運を託し、風と海流にすべてを委ねて、ぼくはマタンゴの島を離れたのだった。

愛する人を置き去りにしたまま……。

でも、結局こんなふうになるのだったら、なぜ明子のそばにいてやらなかったのか。いまは、そのことを激しく後悔している》

村井研二のノートは、そこで終わっていた。

何度も何度もそれを読み返しながら、矢野は、村井研二と相馬明子の関係は、まるで北沢と夕衣の関係そのものだと感じていた。清純な相馬明子がマタンゴを食べたことによって淫らな女に変わっていった様子は、純情可憐な女子高生・野本夕衣から、売れっ子女優YUIへの変化を想起させた。

野本夕衣の行方は、依然としてわかっていない。しかし、彼女がマタンゴに侵され、そのショックから逃亡をはじめたのは間違いないと、矢野は確信していた。

人間関係の相似は、北沢や夕衣だけに言えることではなかった。五十年前にマタンゴの島に漂着した男女七人は、十年前に樹海を訪れた都市伝説研究会の七人に、そのままなぞらえることができた。

その偶然に、矢野は寒気を覚えた。そして、これから星野隼人らを乗せて宇宙に飛び立とうとするスペースシャトルに、アホウドリを意味する「アルバトロス」の名前が付けられたことも、たんなる偶然とは思えなかった。

「おれたちは……呪われている」

矢野は、ひとり暮らしのアパートで、ポツリと小さな声でつぶやいた。

「きっとみんな、五十年前のクルーと同じ運命をたどることになるんだ。ひとり残らず、みんな……」

矢野の視線は「Tマイナス・シクスティ・セカンズ」——打ち上げ六十秒前を告げるテレビの中継画面に注がれていた。

そして、テレビの画面に微(かす)かに映り込む彼の顔には、つい一時間ほど前から発現がはじまった緑と黄色のアザが浮かび上がっていた……。

9

シャトル本体と連結された二本の巨大な固体ロケットブースター(SRB)は、点火時の衝撃でシャトル全体が転倒しないように、各四本ずつ、計八本のボルトで発射台に固定されている。

その固定が解き放たれるまで、あと数十秒。

「Tマイナス・サーティ・セカンズ」

打ち上げ三十秒前のアナウンスに、アルバトロスに乗り込んだ六人のクルーは、緊張を高めた。

その中で星野隼人だけは、死への旅立ちを覚悟した絶望感で、頭の中が真っ白になっていた。いよいよ死ぬのだ、という恐怖と悲しみが一気に襲ってきて、子供のころからの念願だった宇宙に飛び立つ夢が実現することへの喜びなど、まったくなかった。

(真紀……)

星野は、もう一度、心の中で恋人の名前を呼んだ。自分の打ち上げ風景を、仕事としてテレビで伝えているはずの恋人の名前を。

(真紀、さようなら)

「Tマイナス・トゥエンティ・セカンズ」

打ち上げ二十秒前。

生放送中の『ザ・ナイトウォッチ』のコントロールルームでは、十六分割されたモニター画面に、いままさに宇宙へ飛び立とうとしているアルバトロスをさまざまな角度から捉(とら)えた画像が映っていた。

発射台に屹立(きつりつ)するシャトルの全貌(ぜんぼう)を横から捉えたもの、背後から捉えたもの、コックピット側のクローズアップ、エンジン側のクローズアップ、翼に輝く日の丸のクローズアップ、ケネディ宇宙センター敷地内から望む発射台、関係者観覧席の様子、インディアン・

リバー水路をはさんだビューポイントに集う日米のギャラリー、カウントダウンを示す電光掲示板。

「9！」

パチン、と指をスナップさせて、ディレクターがオンエアに出すモニターの番号を指示した。

観覧席に陣取った関係者を映し出すカメラだ。その最前列に中央テレビの社長、副社長、専務、報道局長、そして極秘のテロ情報を最初に知った金子健太郎チーフプロデューサーの姿があった。その後ろにはシャトル乗組員の家族たち――星野隼人の両親の姿も見えた。

「11！」

またディレクターが指をスナップ。

11番モニターは、水路を挟んだビューポイントから見た遠景のシャトル。雲ひとつない青空は、まるで人工的に塗ったような均一のブルーだった。

「Tマイナス・フィフティーン・セカンズ」

打ち上げ十五秒前。

ディレクターの指が鳴る。

「16！」

残り十秒になろうとする電光掲示板のアップ。すぐにまたパチン、とディレクターの指が鳴る。

「2番!」

2番モニターは、シャトルを背後から捉えた画像である。

翼に日の丸をつけたシャトルが朝日を浴びて眩(まばゆ)く煌(きら)めいている。

「Tマイナス・テン・セカンズ」

打ち上げ十秒前のアナウンス。そこから一秒ごとのカウントダウンに変わった。

「ナイン、エイト、セブン」

メインエンジン点火。正確には打ち上げの六・六秒前。

「3!」

ディレクターの指示と同時に、エンジン部分を特大のクローズアップで捉えた3番モニターに切り替わった。

三基のメインエンジンが真っ赤に輝く。

「8!」

すかさず、発射台を真横から捉えた画像に切り替わる。

「シックス、ファイブ、フォー」

　メインエンジンの推力正常確認。

　固体ロケットブースターを発射台に固定する八本のボルトを締めつける八個のナットに破砕信号が送られ、一瞬にしてそれが吹き飛んだ。もう後戻りはできない。

　その直後、固体ロケットブースターに点火。白煙があがる。

「スリー、ツー、ワン……アンド・ゼロ」

　NASAの公式カウントダウンがゼロを告げたときには、すでにアルバトロスは巨体を浮かび上がらせていた。

「リフトオフ！　ウィー・ハブ・ア・リフトオフ！」

　シャトルは飛んだ。

　もうもうたる白煙を引きながら、ゆっくりと上昇するシャトルの姿を追うカメラに切り替わる。

「11番！」

「スタジオ、ワイプで抜け」

　ディレクターの指示で、打ち上げの様子をじっと見つめるメインキャスターの工藤俊一とサブキャスターの桜居真紀の表情が、上昇するシャトルを追う画面の右下隅に、小さく映し出された。

「おー、真紀、泣いてるな」

ディレクターがつぶやいた。

「いいぞ、いいぞ。感動の涙は美しい。真紀に寄れ」

涙の真相を知らない若いディレクターの指示で、大きな瞳に涙をたたえる真紀の顔が子画面の中で大写しになった。

10

スペースシャトル「アルバトロス」のコックピットは、すさまじい轟音と大地の振動に包まれた外部に較べれば、意外なほど静かだった。

身体にかかる重力加速度がゆっくりと、しかし確実に増えていき、現在は1・6G。しかし、かつてのアポロ宇宙船の打ち上げなどと異なり、上昇時の重力加速度は最大でも3Gまでに抑えられている。

打ち上げ二十秒後、シャトルはゆっくりと回転し、地上に対してあおむけになる恰好に変わった。いままで青空しか見えなかった六枚のフロントガラス越しに、地上の姿を望むことができた。パイロット席とコマンダー席のあいだの窓越しに、後部座席に座る星野隼人の目にも、地上の様子を捉えることができた。まだ「地球の姿」ではない。「地上の景色」だ。

空気抵抗を抑えるために、メインエンジンの推力がいったん大きく絞られたあと、打ち上げ一分後から、ふたたび加速度を増す。地上の景色はぐんぐん小さくなってゆき、フロリダ半島の形が地図のとおりに目に入ってきた。こうした光景をクルーが確認できるように、シャトルは背面を下に向けたあおむけの姿勢で上昇をつづける。

打ち上げ二分後には、高度は四万五千メートルに達する。だが、飛行機の巡航高度の四倍程度の高さでは、飛行機の窓から眺め下ろす光景とさほど大きな変わりはない。違ってくるのはこれからだ。

二分六秒後、二本の固体ロケットブースター（SRB）が切り離されて、左右に分かれて落ちていく。SRBから伝わってきた振動と轟音が消え、コックピットの中はいちだんと静かになった。だが、シャトル本体よりも大きな外部燃料タンク（ET）はまだ腹に抱いたままだ。

打ち上げから八分四十秒後、メインエンジン停止。そして、巨大なETが切り離された。

それが落ちていく様子をあおむけになったシャトルの窓から覗く星野隼人は、「地上の景色」から「地図の形」に変わった外の様子が、いつのまにか「地球儀」を意識させる形になっていることを自分の目で確認した。間違いなく、自分は宇宙へと旅立ったことを実感した。

コックピットの中は、メインエンジン停止の段階で、無重力状態になっていた。訓練のときに急上昇から急降下で得た一時的な無重力状態や、プールの中で体験した疑似無重力とは異なり、自分の身体と周りの空気の境目がどこにあるのかわからないような、本物の無重力感覚が彼を包んでいた。

(白い翼に乗って飛んだ)

星野は心の中でつぶやいた。

そして、翼に乗って飛んでいく先が天国ではなく、地獄になるであろうことを、改めて意識した。

11

「おおおおお」

老婆は水晶玉に手をかざし、それを見つめていた。

「おおおお。火の玉の中に黒いカラスが飛んでいるのが見える」

老婆が見つめる水晶玉は、第三者から見れば透き通ったままだったが、彼女の意識下ではオレンジ色の火の玉になっていた。そして、太陽の中の黒点のように、オレンジ色に燃える水晶玉の中に、小さな黒いカラスに似た物体がゆっくりと移動しているのが見えた。

「白いはずのアホウドリが、真っ黒に見えておる」

皺(しわ)だらけの口もとを歪(ゆが)めながら、老婆はしゃがれ声でささやいた。

「地獄じゃ、地獄じゃ。地獄へ向かって飛んでいく真っ黒なアホウドリが、あたしの目には見えておるぞ」

九　真実の森へ

1

六月八日、土曜日。未明――

桜居真紀は、東京渋谷区にある自宅マンションのベランダに出て、わずかに明けた北東の空に目をやっていた。

日本時間で木曜日の夜にアルバトロスが打ち上げられてから三十時間ほどが経過した。しかし、この二晩、真紀は満足に眠りにつけなかった。とくにこの日は一睡もしないまま朝を迎えようとしていた。きょうは土曜日で生放送がなかったから、睡眠不足でも仕事には影響しなかったが、二十四時間、神経がピリピリと張りつめていて、眠くなるという感覚を身体が忘れてしまっていた。

眠れるはずもなかった。愛する恋人が宇宙に飛び立ったまま帰ってこないかもしれないと思うと、一分一秒たりとも寝てはいられなかった。

一昨日の生放送中におもわず涙ぐんでしまい、事情を知らない担当ディレクターが、それを感動の涙と勘違いしてアップで映し出したが、涙のわけを知っている工藤キャスターは、放送終了後「だいじょうぶだよ。絶対にだいじょうぶだよ」と、慰めの声をかけてくれた。その気遣いはありがたかったが、それが慰め以上の意味を持たないことを、真紀はわかっていた。

（たぶん、船外活動のときに緊急事態が起きる）

真紀は、そう想像していた。

CBUや総理官邸と違って、真紀は太陽の黒点活動と宇宙遊泳の安全性の関係には考えが及んでいなかった。しかし、六人で飛び立ったシャトルの中で、星野がひとりぼっちになる船外活動のときこそ、何かが起きるタイミングだと確信していた。

星野の船外活動は、いわゆる宇宙遊泳のアトラクションを見せるといったショー的な要素もあったが、スペースシャトルにはつきものの、発射時に燃料タンクから冷却用の氷塊が落ちてオービター（シャトル本体）の翼などを傷つける現象や耐熱タイル脱落の確認と、場合によってはその修理を最重要目的として行なわれる。

とくに今回は国際宇宙ステーション(ISS)とのドッキング軌道に入っていないため、自力での目視確認が必須(ひっす)となっていた。それだけに星野の役割は少なくなかった。にもかかわらず、船外活動に従事するクルーは彼ひとりで、アシストなしだった。六人のクルーのうち、建築デザイナーの矢崎元太郎と作家の小出美和は、いわば話題作りのためのゲスト扱いだったが、他の四人は「専門家」として乗り込んでいる。それなのに、星野だけに損傷点検の役割を負わせ、船長、操縦士、そして柳田は船内に残ったままになる。

　誰がこうしたプログラムを組んだのか、それは真紀にはわからなかったが、星野だけを単独で宇宙に出させるやり方に、強い違和感を覚えた。少なくとも、中央テレビの放送技術部員である柳田には、パートナーとなっていっしょに船外に出てほしかった。

　星野の単独船外活動は日本時間で明日、日曜日の午後三時すぎから行なわれ、それに合わせて中央テレビでは夜七時までの二時間にわたる特別ライブ中継が組まれており、『ザ・ナイトウォッチ』のコンビである工藤と真紀が進行役を務めることになっていた。

　皮肉にも、最悪の場面を生放送の進行中に見る可能性が高まっていることで、真紀は精神的にますます追いつめられた気分になっていた。しかし、いまさらキャスティングの変更は利かなかった。

　昨夜の番組終了後、アルバトロスの帰還までフロリダに滞在している金子プロデューサーから電話が入り、「真紀の立場としては心配でたまらないだろうけど、レギュラーも特番のほうもしっかり頼むぞ」と、彼女の動揺を察して念を押してきた。

　さらに金子は「社長からうちの柳田に、星野が疑わしい件を極秘で耳打ちしてある。だから、もし星野が異常な行動をとろうとしたら、柳田がほかのクルーと協力して、ただちに制止行動をとるはずだ」と、つけ加えた。

　しかし、柳田の機転によって何かの計画が阻止されたとしても、星野が悪事に利用された事実が消えるわけではない。

(それにしても……彼がどういうふうにテロに利用されるの？　そして、利用されるとわかっていて、彼がシャトルから降りなかったのはなぜ？)

占い師の老婆が宣告した「確定済みの過去」を、十年前から星野が信じているのを知らない真紀は、彼があまりにも無抵抗のまま宇宙に飛び立ったことが不思議でならなかった。

(隼人、あなたはいま、いったいどういう気持ちで宇宙を飛んでいるの？)

真紀は、少しだけ明るみかけた紺色の空に向かってたずねた。

そのとき、真紀の問いかけに応じるように、北東の空にポツンとひとつ、一等星よりも明るい光の点が現れた。それは流れ星にしては遅すぎ、飛行機にしては速すぎるスピードで、明滅もせずにスーッと夜空を横切っていった。

日の出前の太陽光を一足先に浴びて輝くスペースシャトル「アルバトロス」だった。

明け方の空にレーザーポインターを投影したような動きを見せたその光は、一分にも満たない時間しか見えなかった。それでも真紀にとっては、大きな感動だった。最悪の場合、もう二度と顔を合わせることができないかもしれない恋人が、いまこの地球を見下ろしながら、ゆっくりと飛んでいったのだ。

(私からは彼が見えている。それなのに、彼から私は見えていない)

もどかしかった。そして、ふたたび胸にこみ上げてくるものがあった。

が、そのとき真紀の脳裏に、ふと閃(ひらめ)いたことがあった。それは、スペースシャトルに乗っている星野からは、この自分の姿が見えないのだ、と思ったところから出た発想だった。

真紀はベランダから急いで室内に戻ると、携帯電話を取り上げ、先日再会した昔の仲間のうち、北沢一夫のメールアドレスを検索し、急いで短い文章を打った。

《北沢さん、起きたらすぐに電話をください。話したいことがあるの。十年前に私たちが樹海の中で見た（はずの）ヨットだけど、ほんとうに存在しているなら、空から見ればわかるんじゃない？》

それを送信してから、真紀は、自分がベランダに出ているあいだにメールの受信があったことに気がついた。

チェックしてみると、矢野誠からだった。夜明け前の時間帯にもかかわらず、矢野がメールを打ってきた。緊急に違いないと感じ、すぐに真紀はそのメールを開いた。

偶然にも、真紀が北沢に送ったばかりのメールとそっくりの書き出しだった。

《真紀、起きたらすぐに電話がほしい。何時でもかまわない。おれは寝ないでずっと待っている。まいったよ。ほんとうにまいった。おれも加納と同じように……》

2

その日の夕刻――

山梨県警本部長は、西日の差し込む本部長室で刑事部長からの緊急報告を受け、険しい表情になっていた。

「なに、矢野警部が辞表を出した？　それはどういうことだ」

「はい。矢野は一昨日、木曜日の昼まではふつうに勤務しておりましたが、夕方に頭痛を訴えて早退けをしました」

矢野の上司にあたる刑事部長も、深刻な顔で報告をつづけた。

「昨日はその頭痛がひどくなったといって病休、そしてきょうも休んでいたのですが、さきほど私あてのメールで辞表を提出してきました」

「辞表をメールで出してきたと？」

本部長は、憤然として言った。

「そんなやり方があるか」

「私もそう思います。日ごろの矢野らしくもありません」

「で、文面は」

「既成の定型文です。『一身上の都合により、職を辞したく、お願い申し上げます』と」

「本人に、じかに連絡を取ったんだろうな」

「それが、携帯にも固定電話にも出ず、自宅にも人けがありません」

「まさか……」

「ええ、まさかと思って、強引に錠を壊して入りました。しかし本人はおらず、まるで私が入ってくるのを見越したかのように、私あての書き置きがありました。メールの辞表と違って、こっちには一応具体的なことが書いてあったんですが、私には何のことやらさっぱり……」

刑事部長は、一枚の紙を本部長の前に差し出した。

そこには、やや乱れ気味の矢野の直筆で、こう書いてあった。

《突然のことで、ご心配とご迷惑をおかけいたします。私もマタンゴになってしまいました。もう人前に出る仕事はできません。そうである以上、警察官の職を辞すしか方法はありません。マタンゴの恐ろしさは、マタンゴになった者しかわからない……。

本部長によろしくお伝えください》

「どう思われます、本部長。マタンゴって、何なんでしょうね」

「……」

事情を知らずに首をかしげる刑事部長の前で、県警本部長は真っ青になっていた。

3

同時刻——

西に傾きかけた巨大な夕陽を背に受けて、一機のヘリコプターが青木ヶ原樹海の上を低空で旋回していた。

それは農薬散布などに使われる平凡な小型ヘリで、とくに人々の関心を惹くようなものではなかった。搭乗しているのは、CBU室長の真田進吾と北沢一夫で、操縦桿を握っているのは、北沢のほうだった。

「それにしても……」

ヘリの騒音下でも通常の会話ができるように、マイク付きの密閉型ヘッドホンを装着した真田が、隣の席から話しかけた。

「細菌学者の北沢先生が、ヘリを自分で操縦できるとは驚きですね」

「アメリカ留学中に免許を取ったんです」

操縦桿を握り、ときおり足でペダルを操作しながら、北沢が答えた。

「細菌学の分野にかぎらず、アメリカでは学者がフィールドワークのために、飛行機やヘリコプターの操縦免許を取るのはあたりまえになっています。とくに考古学者などは」

「なるほど……ところで、先生が十年前の樹海キャンプに関する件を黙っていたのは、いささか水くさくありませんか」

「申し訳ありません」

ヘリを樹海の真上で大きく旋回させ、黒縁メガネのレンズを夕陽に輝かせながら、北沢は謝った。

「ただ、矢野や星野とは違って、ぼく自身には樹海に入ったという、おぼろげな記憶さえもないのです。ですから中途半端な情報で室長を混乱させることになってはまずいと思い、報告を控えておりました」

北沢はそのように弁解したが、彼にはなおも上司に隠していることがあった。ひとつは、東京医学センターの火災以後、行方不明になっている村井研二のノートを加納が所持していたこと。そしてもうひとつは、矢野の発症だった。

きょう未明、北沢は桜居真紀からの緊急メールを二本たてつづけに受け取っていた。一本目は、ヨットの存在を見極めるには上空から観察する方法があるのではないか、という着想。そして二本目は、矢野から緊急連絡があった、という件だった。矢野も加納と同じ症状を呈しはじめたというのだ。

真紀から受けた連絡のうち、村井研二が勤務していた城南大学に根強く残っている都市伝説とマタンゴとの関連を調査するために、樹海を上空から観察するというアイデアに関しては、北沢は真田室長に伝えた。しかし、矢野の発症は隠していた。真紀から、ほかの人には絶対に言わないで、と強く頼まれたからだった。

眼下に広がる緑の絨毯を眺めながら飛ぶ北沢の脳裏に、真紀の震える声が蘇る。

「おねがい、矢野さんのことはテロ対策室の人たちには話さないで。知られてしまったら、加納さんと同じように矢野さんは怪物扱いよ。そして、保護という名のもとに捕らえられて、凍結されてしまうわ。矢野さんは、加納さんがそうされた様子をまのあたりにしているから、CBUに見つかるのが怖くて、一夫には絶対言うなって……。でも、彼を救えるとしたら北沢さん、あなたしかいないわ。そして、いっしょになって守ってあげられるのは、私たち昔の仲間しかいない」

真紀からそう懇願されれば、北沢もその衝撃的な事実を真田に伏せておくよりなかった。だが、矢野がすでに辞職の決意を固めていることも聞かされていたから、遅かれ早かれ、彼の異変は山梨県警からCBUに伝わるのは間違いがなかった。

そうなったら、こんどは北沢自身が「あなたはだいじょうぶなんですか」と、真田から詰問されるに決まっていた。マタンゴは人から人には感染しない、という北沢の分析結果が説得力を持たなくなってしまう。

「ねえ、北沢さん」

未明の電話で、真紀は心の底から不安げな声を出してたずねてきた。

「専門家として、教えてほしいの。私たちはだいじょうぶよね。それとも、私も加納さんや矢野さんと同じようになってしまうの？」

「………」

北沢は、すぐには返事ができなかった。

「都市伝説の真偽を上空から確かめるというアイデアはよかったかもしれませんが」

真田の声で、北沢は、自分がいまヘリを操縦しているという現実に戻った。

「樹海の上をもう何往復したかわからないけれど、ヨットも不気味なキノコの化け物も見つかりそうにないですな」

「そうですね。これだけ低空で飛んでいれば、キノコの化け物はともかく、大型ヨットが置かれていれば、すぐにわかりそうなものですけど」

「私もね、北沢先生、都市伝説に語られたそのヨットが、村井の乗っていたアホウドリ号だったとしたら、すごい発見かもしれないと期待はしたんですよ。あのヨットは、東京医学センターの院長が書き残した手記によれば、駿河湾のある港に政府が保管したということですが、その後どうなったかという記録は、追跡調査では出てこない。それが樹海まで運ばれ、隠されているのが事実となれば、五十年前の国家権力が何らかの関与をしている可能性が濃厚です。そんな大がかりな隠蔽作業は、国家の関与なしには不可能です。そして、隠蔽するだけの秘密があったということになる。ただし、樹海をヨットの隠し場所に選んだ理由がわからないし、そもそも、こんな鬱蒼とした樹林の中に運び込むのは至難の業ではありますがね」

「至難の業というより、不可能に近いですよ」

北沢が言った。

「ヨットを樹海の中に運び込むためには、搬入ルート上の樹木を伐採するという大仕事が必要です。でも、その痕跡が見あたりません。もちろん、年月が経てば伐採した場所にまた木はまた生えてきますが、わずか五十年では、絶対に周囲との差がわかります」

「陸上からの搬入がないとすれば、大型ヘリにでも吊り下げて空輸するぐらいしか方法がないがな」

「無理ですよ。あんなボロボロの状態のヨットだったら、ヘリで運搬中に空気抵抗でバラバラに分解してしまいます」

「それもそうですな」

足元まで見通せる風防ガラス越しに樹海を見やりながら、真田は少し沈黙した。そして、また口を開いた。

「こうなると、城南大学に伝わる都市伝説は、やはり絵空事だったんですかね。村井たちの遭難事故のニュースを聞いて、学生たちが空想をふくらませてデッチ上げたストーリーだったんでしょうかね」

「帰りますか、室長」

北沢が、真田の質問を打ち切るようにきいた。

「そろそろ日も傾いてきましたし、燃料も余裕をみて戻りたいので」

「そうしましょう。ただ、ひとつきいていいですか、北沢先生。あなた、いま『あんなボロボロの状態のヨットだったら』と、おっしゃいましたが、『あんなボロボロの』とは、どういうことです。まるで実物を見てきたような言い方じゃないですか」

「……………」

横から真田に見つめられ、北沢は操縦桿を握ったまま顔をこわばらせた。

「もしかして先生は、どこかでアホウドリ号をごらんになっているんですか。五十年前の難破船を」

「……かもしれません」

「かもしれない？」

「いま、無意識に口走ったことで、初めてぼくにもヨットを見た記憶があるんじゃないかと思いはじめてきました」

「どこで見たんです」

「この樹海のどこかで、です」

「でも、これだけ丹念に上から見ても、ヨットが運び込まれた痕跡は見つからないじゃないですか」

「ええ、まあ……」

「じゃ、先生はいつアホウドリ号を見たんです。十年前の話ですか」

「それは……ハッキリとはわかりません」

疑わしそうな眼差しで横から見つめてくる真田に、ちょっとだけ視線を送って、北沢は言った。

「もう少しだけ、ぼくに時間をください」

「どういう時間を」

「正確な記憶を取り戻す時間を、です」

なおも加納宅で見つけた村井ノートの件は伏せたまま、北沢はヘリの機首を東京ヘリポートへと向けた。

4

その日の深夜十一時――

さすがに土曜日の夜だけあって、樹海の入り口近くのキャンプ場にはほかに人もいたので、そこから離れた人影のない場所に、三人はそれぞれの車で乗りつけていた。東京都心から桜居真紀、東京の奥多摩方面にある檜原村のCBU施設から北沢一夫、そして山梨県を出て静岡県の富士山麓方面に身を隠していた矢野誠である。

三人はそれぞれの車から降りて、一ヵ所に集合した。人目を憚るためにヘッドライトは消してある。各人が、車に積んであった懐中電灯を手にしていたが、まだ誰も明かりを灯していない。それも人目を惹くのを避けるためでもあったが、もうひとつ理由があった。

矢野が、明かりを嫌っていた。

「岡島さんにも声をかけたし、変更したこの場所もいまメールで教えたけど」

暗闇の中で、真紀が言った。

「こないかもしれないわね」

「とりあえず、この三人で話をするよりないだろう」

と、北沢の声が応じる。

「真紀、ほんとうにだいじょうぶか」

たずねたのは、矢野の声だった。

「おれの顔を見ても、絶対にショックを受けないと言い切れるか？　それが心配なんだ。一夫はマタンゴになった洋の姿を見ているから、いまさら驚かないだろうけど」

「私も平気よ」

真紀が、すかさず答えた。

「ジャーナリストとして、いろいろな修羅場を見てきているし、それに……暗闇といったって、完全な真っ暗じゃないから、もう矢野さんの顔は見えているわ」

「暗闇を透かして見るのと、明るいところで見るのとはぜんぜん別だ。おれ自身がショックを受けて、まともに自分の顔を鏡で見られないんだから」

「だいじょうぶよ」

そう言うなり、真紀は手にした懐中電灯のスイッチを入れ、明かりをいきなり矢野に向けた。緑色をしたキノコ状の腫瘍に覆われた顔が、闇に浮かび上がった。

矢野は、まるでサーチライトに照らされた脱獄者のように、反射的に光を手でさえぎったが、明かりを持つ真紀の手は震えていなかった。そして、落ち着いた声で言った。

「私が平気なんだから、矢野さんも気にしないで。私たちの前では」

「ほんとうに？」

「私の場合は、愛する人がもうすぐそうなるのかもしれないのよ。これぐらいのことで悲鳴を上げていられないわ」

「わかった……」

矢野は光に向かってかざしていた手を下ろした。

それを見てから、真紀も懐中電灯を消した。

ふたたび闇に戻った中で、北沢が口を開いた。

「矢野が辞表を出したことで、山梨県警はおまえの捜索に乗り出している。県警そのものは、警察官の突然の失踪という形でしか捉えていないが、本部長は違う。マタンゴに感染した危険人物としての捜索をＣＢＵに依頼してきた」

「もう、そういう形で動いているのか？」

「ああ、そうだ。ぼくもここに向かう直前になって、真田室長から聞かされたよ。そして、矢野からコンタクトがあったらすぐに報告を上げるようにと命令されている。もちろん、そんな指示には従わないけどね。ぼくはＣＢＵの専属研究員ではあるけれど、内部の人間ではないから。それに、昔の仲間を裏切るようなことはできない」

「ありがとう。感謝するよ」

顔の半分以上がマタンゴ化し、暗がりの中でも白目の部分が妙に目立つ矢野が、旧友に向かって頭を下げた。

「ちなみに、ぼくも室長から疑われている」

「一夫が疑われている？　何を」

「第一に、五十年前の村井がからんでいる都市伝説の真実を、ほんとうは知っているんじゃないか、との疑惑。第二に、加納につづいて矢野も感染したことで、ぼく自身は平気なのかという疑惑だ。じつを言うとね」

北沢は声のトーンを落としてつづけた。

「ここにくるために抜け出さなかったら、ぼく自身もうまい理屈をつけてCBUに監禁されるところだった。雰囲気でわかったよ」

「それで、実際はどうなの」

真紀が真剣な声でたずねた。

「私たち七人が、十年前にこの樹海の中に入ったのは、もう夢じゃなくて、確実な事実だと考えるべきでしょう？　そして、そのメンバーで加納さんと矢野さんがマタンゴになった。残された私たちはどうなるの？」

「じゃあ、細菌学者としての見解を話す」

その言葉に、真紀が大きな目を見開いて、暗闇の中の北沢を見つめた。

「じつはぼくも部分的な記憶を取り戻した。たしかにぼくたち七人は樹海の中へ入っていった。キャンプの翌朝のことだ。そして、森の中に置かれた伝説のヨットを見つけた。いや、待て。七人じゃない、六人だ。星野だけは樹海に入っていかなかった。彼は何かに怯えて、テントから出てこようとしなかった」

「何に怯えていたの？」

「マタンゴを見たんだと思う。夜中の大雨のとき、彼だけが外でテントの補強をしていただろ。そのとき、森から出てきたマタンゴを見たんだ」

「樹海から……マタンゴが？」

真紀は、黒いシルエットとなってのしかかってくる樹海へ不安げな視線を向けた。いまにも、そこからキノコの怪物が出てくるかのような表情で。

「星野は、その化け物を見たショックで、翌朝の探検に参加しなかった。逆に、ぼくたち六人はそれを見ていないから平気で森の中へ……」

「ちょっと待った」

まるでホラー映画の特殊メイクをほどこしたような顔になっている矢野が、北沢の言葉をさえぎった。

「おれの記憶ではそうじゃない。このあいだ、ひさしぶりにここに集まったときと同じように、森から白い霧が湧いてきて、その霧の中から、さらに虹色をしたヘビのような霧が這い出してきて、そいつがおれたちを森の中へ導いていったんだ」

「そうよ。そうだったわ。そして私はビデオを回しながら進んでいった」

「そのビデオカメラは落としたんだろう？　森の中で」

「ええ」

真紀は、矢野の問いにうなずいた。

「でも、カメラは壊れていても、ＤＶＤに記録してあるデータは十年経ってもだいじょうぶよ。だから、きょうは車の中にＤＶＤプレイヤーを持ってきているの。カメラを見つけることができたら、そこからＤＶＤを抜き取って再生すれば、十年前の私が何を撮影していたのかがわかるはず。それと、業務用のビデオカメラも持ってきているから、こんどこそ決定的な証拠映像が撮れるわ」

「真紀、今夜、樹海の中に入るつもりなのか？」

「もちろん」

「ダメだ。それは危険すぎる」

黒縁メガネのつるを片手で押さえながら、北沢が首をゆっくりと横に振った。

「じゃ、明るくなるまで待てばいいの？」

「暗いから危険だというのもある。しかし、それ以上に気にかけなければいけない問題がある。感染だ」

「感染？　やっぱりマタンゴって、人から人に感染するの？」

そばにいる矢野を意識しながら、真紀が硬い声を出した。

「いや、そうではない。いいか、真紀、きみの投げかけた質問――加納と矢野はマタンゴになったけれど、ぼくたちはだいじょうぶなのか、という問いにいまから答えるからよく聞いてくれ。矢野も、自分の身体に関わることだから、しっかり聞いてほしい」

北沢の言葉に、ふたりはうなずいた。

「五十年前、村井研二たちが乗ったヨットは嵐に襲われ、南の島にたどり着いた。そこには彼らよりも前に漂着した難破船があった」

加納洋が持ち出した村井ノートの記述を、北沢はなぞった。

「そこには新種のキノコ『マタンゴ』が保存されていた。だが、村井のノートの記述から推測して、おそらくそれは半世紀以上も前に行なわれたアメリカの秘密核実験による突然変異のため生じたものだと思う」

暗闇に集う三人の中で、北沢の低い声だけが響く。

「そのマタンゴを食べれば、人間はやがてキノコ状の腫瘍に侵され、やがてはキノコに肉体をのっとられる」

すでに、その初期段階に突入している矢野が、北沢が発した残酷な表現に、腫瘍で覆われた顔をこわばらせた。

「ところが村井はそれを口にしなかったのに、救出されたときには、彼もまたキノコの腫瘍に侵されていた。そうなると考えられる原因はひとつしかない。胞子だ」

北沢は、その単語を強調した。

「キノコは繁殖のために胞子を空中にばらまく。村井はそれを吸い込んだ結果、体内にマタンゴの菌糸体を繁殖させることになり、やがてキノコ状の腫瘍を皮膚に形作ることになった。だから十年前のぼくたちも、樹海の中に入っていったときに、マタンゴの胞子を吸い込んだ可能性が高い。もしかすると、みんなが見た虹色の帯――あれがそうだったのかもしれないんだ」

「霧じゃなくて、マタンゴが吐き出した胞子だというのか」

「たぶんね」

「でも、あれは生き物のように白い霧の中を泳いでいた。しかも、おれたちを森に導くように向きも変えた」

「ぼくは大胆な仮説を立てている。つい先日もここで体験した、あのミルクのような濃霧だけど、あれも自然発生的に湧いてきたものではないのかもしれない」

「あれが自然の霧じゃないって？」

矢野が訝しげに眉をひそめた。が、それは眉間に皺を寄せるのではなく、顔面にできたキノコのかたまりを動かすことになり、その不気味さに、真紀がおもわず反射的に目を背けた。暗がりの中でも、やはり矢野の外見に対する反射的な恐怖は、真紀もつい抑えることができなかった。

北沢は、そんな真紀の反応に気づいていたが、見て見ぬふりをしてつづけた。

「あの霧は、繁殖期に入ったマタンゴが胞子をばらまく際に放つ、エネルギー体のようなものではないかと思う。そしてその特殊な気体に乗って、虹色の胞子が空中を泳ぎ出すんだ。マタンゴが作り出す霧状のエネルギー体は、虹色に輝く胞子の帯を森の外に運び出し、それに気づいた人間を、こんどはマタンゴの巣に誘い込む役割を果たす。つまりそれは、胞子を吸い込んだ人間を、樹海の中に取り込んで逃がさない役割をしている」

「霧のようにみえて、マタンゴにコントロールされたエネルギー体というわけか」

「そう考えれば、いろいろな現象が説明できる。そのエネルギー体には、麻薬にも似た効能があるのかもしれない。人間の正常な思考力を麻痺(まひ)させる力だ。だから、ぼくたちは無条件に虹色の霧を追いかけて樹海の中に入り込み、そのときの記憶を失った。だけど、たしかぼくはマスクをしていた気がする」

「ああ、していたよ。おれは覚えている」

矢野が言った。

「おまえは会長から不潔恐怖症とからかわれるほどバイ菌を恐れていて、虹色の霧が出てくるとすぐに、特殊なフィルターのマスクをかけた」

「そう、ウイルス感染症防止用の四層構造のマスクだ」

「そして私は……」

真紀がつづけた。

「口もとにバンダナを巻いたわ」

「そうなんだ。だから、ぼくはたぶんマタンゴの胞子を完全にシャットアウトしている。真紀は……正直言って、どうだかわからない」

「なんで。私、バンダナを二重にして口もとに巻いていたのよ！　絶対そうだったわ」

「そうだったにしても、ぼくのかけていた感染症防止マスクは、胞子などとは較べものにならないほど微小なウイルスさえも遮断するんだ。だから当時のぼくは、いつもそれを持ち歩いていた。でも、バンダナじゃ……」

「だめだというの？」

微かな星明かりの中で、真紀の目が潤むのがわかった。

「私もそのうちにマタンゴになるっていうの？」

「自分だけが助かろうと思って言うわけじゃないが、テントに居残っていた星野と、ぼくはまずセーフだと思う。でも、こうやって加納と矢野が発症した。岡島会長も、遅かれ早かれ発症するだろう。いや、もうすでに発症したからこそ、自分の力でスペースシャトルを打ち上げるという晴れ舞台に出てこられないんじゃないのか。思えば、このあいだここで会ったときも、妙に態度が硬かった」

「………」

真紀は震え出した。

「そして夕衣が逃亡しているのも、おそらくマタンゴの発症が女優として精神的に耐えられないからだと思う」

「だろうな」

矢野が、うめくような声で同意した。

「このおれでさえ、頭の中がどうにかなってしまいそうなほどのパニックに陥ったんだ。顔が勝負の女優である夕衣だったら、耐えられないと思うよ」

「村井研二のノートにも書いてあった。マタンゴを食べると、男はすぐに醜くなるが、女はいったん美しくなると……。夕衣もマタンゴの胞子を吸い込んでから美しく、しかも妖艶になって、野本夕衣と女優のYUIが同一人物だとは、ぼくたちに気づかせないほどの変わりようだった。でも、女としていちばん輝いているさなかにマタンゴになった」

そう言って、北沢は闇を透かして真紀を見た。

「なによ、北沢さん、その目……。真紀もきれいになったね、なんて言わないで！」

「真紀はきれいだよ」

黒縁メガネのフレームを押さえて、北沢は静かに言った。

「だけど、夕衣のような変化ではない。きみは高校生のころから美しかったし、テレビに出て、多くの視聴者に見られつづけてきたことで、もっときれいになったんだろう」

「そんなところでホメてくれたって、何の慰めにもならないわ。マタンゴになったら、何もかも終わりじゃない！」

真紀に叫ばれて、北沢は口をつぐんだ。

5

「なあ、一夫。おまえの説明で、ちょっと疑問があるんだが」

腫瘍に覆われた顔を、なるべく真紀のほうへ向けないようにしながら、矢野がきいた。

「不思議な点がふたつある。もしもマタンゴが、獲物の人間を捕らえるためにあの霧を吐き出したなら、なぜおれたちは、とりあえずは無事に樹海の外に出られたんだ?」

「それは、わからない」

「もうひとつの謎は、潜伏期間の長さだよ。五十年前、村井研二は島を脱出してすぐにマタンゴになった。でも、おれも洋も樹海に入ってから十年間、何事もなくここまできたんだ。それがなんで、いまになって急にこういうことになるんだよ」

「村井研二を収容した東京医学センター院長の手記には、ヨットそのものに被ばくの形跡はないと書いてあるが、村井自身については記述がない。だけど、おそらく調べれば放射性物質の体内蓄積は確認できたはずだ。村井の場合、核実験で被ばくした島に上陸したことで、マタンゴ発症の引き金となるレベルの放射性物質を、あらかじめ体内に抱え込んでしまったと考えられる。だから、胞子を吸い込んでまもなく発症した」

北沢は、まるで大学の教室で講義を行なっているような口調になった。

「それから加納だが、矢野はいなかったけれど、総理も参加したおといの会議で報告されたように、彼の場合はCTスキャンを受けたことが引き金になったと思われる。健康体には危険を及ぼさない量の放射線だが、マタンゴの菌糸体を体内に持っている人間にとっては、それがじゅうぶんな刺激となった可能性が大だ」

「おれはCTスキャンなんか受けてないぞ」

「放射線は、人工的に発生するものばかりではないんだよ、矢野。たとえば、いまの太陽活動とも関連がある」

北沢は、太陽活動が十一年サイクルで極大期を迎えることをかんたんに説明してから、さらにつづけた。

「ぼくたちが樹海に入った二〇〇三年は、二〇〇〇年から二〇〇一年にかけて極大期を記録した『サイクル23』が活動の沈静化に向かうところだった。そして二〇〇六年には、谷底となる極小期を迎えた。それからまた太陽の活動は徐々に活発になっていって、『サイクル24』の極大期は、おととし二〇一一年にきた。ところが今回の太陽活動は、黒点の発生数もケタはずれに多く、NASAが予告していたとおり、とてつもないスケールになった。これまで最高の規模だった『サイクル19』を上回る勢いで、二〇一三年のことしに入っても、いっこうに衰える気配がない。ただでさえ、太陽から飛んでくる放射線のレベルが年々高まっているのに、このすさまじい太陽の活動が、マタンゴの菌糸体に刺激を与えないわけがない」

「つまり、おれは太陽のせいでマタンゴになったというのかよ」

「そういうことが言えるかもしれないんだ。ぼくたちが樹海に入ってから最初に迎える太陽活動のピークが、おととし、去年、そしていまなんだ。それが眠っていた菌糸体を目覚めさせることになった」

「……」

「ちなみに史上最大の『サイクル19』は、一九五六年ごろから急速に活発化して、一九五八年にピークを迎えている。村井たちが南の島に流れ着く五年前だ。第五福竜丸がビキニ環礁の水爆実験で被ばくしたのが一九五四年だったように、このころひんぱんに行なわれていた核実験で生じた放射性物質の蓄積と、過去最大級の太陽活動が重なってマタンゴという怪物を生んだ可能性がある」

「怪物かよ」

矢野が北沢の言葉尻を捉え、急に声を荒らげた。

「え？　おれはマタンゴという怪物ってことかよ」

「誤解するな、矢野。いま、ぼくがマタンゴと言ったのは、南の島に生えていた新種のキノコのことで、矢野のことじゃない」

「同じじゃねえか！　どうせおれは、あと何日もしないうちに完全なマタンゴになるんだろう。おれの顔がどうなってるか、ふたりともよく見ろ！」

矢野は、手にした懐中電灯の光を自分の顔に向けた。

「どうだ。これがマタンゴだ。おれは矢野誠じゃない。マタンゴだ。怪物だ！」

怒りの形相を作ったことで、キノコ状の腫瘍が一斉に盛り上がっていた。皮肉にも、まさにそれは怪物と呼ぶべき不気味さだった。そして、とうとう真紀がキャッと悲鳴を上げた。

「ほーら真紀、やっぱり怖いんじゃねえか。何が『ジャーナリストとして、いろいろな修羅場を見てきているから、私は平気よ』だ。きれいごとばかり言いやがって」

矢野は手にした懐中電灯を地面に叩きつけて壊すと、緑色の腫瘍がすでに手の甲から指先にまで達している右腕で真紀の身体をつかまえ、自分のほうに引き寄せた。

「やめて！　放して！」

真紀はもがいた。が、矢野は放さなかった。

「真紀、チューしよう。ほら、おれとチューしよう。女子高生のころから、おまえが好きだったんだよ。目の大きな美少女だったもんなあ。おれ、ずっとずっと真紀とキスをするのが夢だったんだよ」

矢野はキノコだらけの唇をとがらせ、真紀の顔に近づけた。そして、彼女の顔を舐めようとして舌を出した。その舌には、びっしりとナメコそっくりの腫瘍が生え、一本一本がくねくねと動いていた。

「唇も舌もキノコだらけだから、舐められたらヌルヌルして最高だぞ〜」

「やだー、気持ち悪い！」

「なんだと？　気持ち悪い？」

キノコだらけの舌を突き出し、レロレロと左右に揺らしながら、矢野は真紀と鼻と鼻が接する近さで吠えた。

「おまえだってな、きっともうすぐおれみたいに気持ち悪い化け物になるんだよ。同類じゃねえか。仲間どうしでキスして何が悪い。いや、キスだけじゃガマンできない。結婚しようぜ、真紀。おまえはおれの妻だ。マタンゴの花嫁だ。あはははは、最高じゃねえか、世界で初めてキノコと結婚する女になるなんてよ。そうだ、一夫が立会人だ。神父さんよ、いまからおれたちは永遠の愛を誓うから見ててくれ」

「やめろ、矢野！　バカなことを言わないで真紀を放せ」

北沢が割って入ろうとした。だが、非力な北沢は、ボディビルで鍛え上げた矢野にあっさりと片手で突き飛ばされ、地面に尻もちをついた。

「もう、どうせおれは治らないんだ。化け物のまま死ぬんだ！」

顔面に生えたキノコをうねうねと揺らしながら、矢野がすさまじい形相を作った。

「だったら、死ぬ前に好きなことをさせてもらおうじゃねえか！」

「落ち着け、矢野。その顔を治すことを考えよう」

「この顔を治す？　治せる見込みがあるんだったら、おれはこんなに荒れねえよ」

「いや、ぼくはきみをなんとか治す方法を考えるために、ここにきてもらったんだ」

地面に尻もちをついたまま、北沢が見上げて言った。

「ぼくは細菌学者だ。菌類を扱う専門家だと自負している。そしてキノコは菌類なんだ。

マタンゴもその例外ではない。だから、きっとその菌類に対抗できる手段はあるはずなんだ。十年前のぼくは不潔恐怖症の学生で、ただバイ菌に怯(おび)える弱虫だった。でも、いまはそれを克服して……」

「うるせえ!」

北沢を見下ろし、矢野はツバを吐きかけるようにして怒鳴った。

「おまえにできることは、せいぜいマタンゴにならない薬でも発明することとぐらいだよ。いったんマタンゴになった者は、もう二度と人間に戻ることはない。それは医者や学者に診断されなくったって、おれは自分でわかるんだ。身体の中がどんどんキノコに代わっていく感覚は、なった者じゃないとわからない。この恐怖は、おまえみたいに四重のマスクをしていたから安全でしたって、安心しているやつには想像もできないだろう。マタンゴになった苦しみは、マタンゴになった者じゃないとわからないんだ! 洋が苦しんで苦しんで苦しみ抜いて、とうとう首を吊った事実を忘れるなよ。夕衣だって、もうきっとどこかで死んでいる。おれもどうせ死ぬなら、その前に、十年前から好きだった真紀を……」

矢野がそこまでまくし立てたときだった。

彼の興奮する声で最初は気づかなかった車のエンジン音が、三人のいる場所に急速に近づいてきた。やがて、闇を切り裂くヘッドライトがカーブの向こうから現れ、三人を照らし出した。

矢野は真紀をつかんでいた手を放し、その手で反射的に顔を隠した。北沢は立ち上がり、真紀はよろけながら、全身に白い光を浴びた。

やってきたのは乗用車ではなかった。ヘッドライトの位置から、もっと大きな車であることがわかった。そして、その車は三人のすぐそばまで近づいたところでヘッドライトを消し、スモールランプに切り換えられた。

車の全貌が見えた。大型のキャンピングカーだった。三人の誰もが、近くのキャンプ場にやってきたキャンパーが間違えてこちらにきたのかと身構えた。

だが、車のボディに"Okajima International"という文字がペイントされているのを見て、北沢がつぶやいた。

「オカジマ・インターナショナル？　会長が……きたのか？」

左ハンドルの外国製大型キャンピングカーの、運転席側のドアがゆっくりと開いた。そして、ひとりの男が降りてきた。

ウッという圧し殺した悲鳴が、真紀の口から洩れた。

顔を隠すためにかざしていた矢野のキノコだらけの指の隙間から、驚愕の表情が覗いていた。

運転席から出てきた人間は、矢野自身よりも毒々しくカラフルなキノコ状の腫瘍に覆われていた。それが岡島寛太の現在の姿だと認識するのに、矢野がいちばん時間を要した。

「ほんとうは……こんな姿を……見せたく……なかった」

赤・青・黄・緑・白と、絵の具を塗ったような鮮やかな色彩の腫瘍に覆われた岡島は、よろけながら三人のほうへ近づいていった。

「あんたもおれと同じなのか、会長！」

矢野が愕然として問いかけた。

するとと、岡島はマタンゴと化した矢野の顔をまじまじと見つめてから、極彩色の腫瘍に覆われた顔を歪めた。皮膚の上に生じたさまざまな色合いのキノコが、おたがいに絡み合った。それは、同類を見つけた複雑な心境を表わすものだった。

そして岡島は言った。

「みんなに紹介したい人間がいる」

「誰だ、紹介したい人間って」

助手席側のドアが開いた。

端整な顔立ちをした白髪の老人が降りてきた。見た目は八十代だが、歩き方はそれより十歳も二十歳も若く、その年代の老人にしては小柄ではなかった。

腫瘍の発現に気づいてパニック状態に陥り、仕事場から逃げ出した野本夕衣を能楽堂の狂言公演に誘ったのがこの老人であることは、誰も知らない。

「おれは、このジイさんに説得されてここにきた」

「会長を説得？」

北沢が黒縁メガネの奥から警戒する視線を老人に向けながら、岡島にきいた。

「それはどういうことだ」

「その質問に関しては、私自身からお答えしよう。その前に、まず自己紹介をしなければいけないだろうな」

老人が岡島を追い越し、三人の前に進み出た。

そして、緑色のキノコを顔にまとった矢野に平然と近づき、彼に向かって、何かをくれというように、右の手のひらを上にして差し出した。

「なんだよ」

無意識に一歩後じさりする矢野に、老人は言った。

「私の持ち物を返していただきたい」

「なに？」

「あなたが首から下げているものだ」

「えっ……」

矢野は、反射的に自分の胸元を見た。

首から胸にかけても顔と同じ緑色の腫瘍が広がっていたが、その変色した皮膚の上に、キャンピングカーのわずかなスモールランプの明かりを受けて輝く金色の鎖があった。そして、その鎖にぶら下げられているのは——十年前、『アホウドリ号』の船室で拾った、ヨットの舵輪(だりん)をあしらったペンダントだった。

矢野は、それを服の外に引き出しながらたずねた。

「これが……あんたの持ち物だって？」

「さよう。ゆえあって現在は別の名前を名乗っているが、私の本名は作田直之。アホウドリ号の艇長を務めていた男だ」

あ然とする矢野たちに向かって、白髪の老人は言った。

「私は、きみたちを『真実の森』に案内するためにここへやってきた」

6

国際宇宙ステーション（ISS）ではグリニッジ標準時が使われるが、地球の軌道を自由に周回するスペースシャトル「アルバトロス」には、時刻というものがない。使われるのはMET (Mission Elapsed Time) と呼ばれるミッション経過時間――すなわち、打ち上げからの経過時間である。

現在、METは四十九時間を過ぎていたが、星野隼人は、地球上の曜日がすっかりわからなくなっていた。それだけでなく朝昼晩の感覚も失っていた。

今回のミッションでは、地球上空五百キロメートル前後の軌道を主にとることになっていた。その高度では、シャトルは毎秒七千六百キロメートルという高速で、およそ一時間三十四分で地球を一周することになる。そのたびに昼と夜の部分がめまぐるしく入れ替わり、星野は、まるで早回しの映画の中に自分が飛び込んだような錯覚にさえ陥っていた。

身体のほうも、まだ宇宙の環境に完全に慣れているとは言い難かった。気圧こそ、船内は地球上とほぼ同じ一気圧に保たれていたが、心臓や脳に血液や体液をポンプアップする力と重力とのバランスが無重力状態で崩れるため、頭のほうへの体液シフトが起こり、顔は、いわゆるムーンフェイスと呼ばれる満月のような容貌になっていた。脊椎や脚の関節部分も重力から解き放たれ、星野の場合はすでに六センチも身長が伸びていた。

体液シフトのシミュレーションは地上訓練でも体験済みだったが、身長の伸びは宇宙空間にきて初めて体感することになる。そうした身体の劇的な変化に、星野はまだついていけず、いわゆる宇宙酔いと呼ばれる不快な嘔吐感に悩まされていた。

また無重力下では筋肉が急速に衰え、骨からはカルシウムやリンが尿に溶け出すため、積極的なエクササイズが必須だった。いま星野は“Okajima International”のロゴが入ったTシャツとショートパンツ姿で、身体をゴムベルトで固定して、エアロバイクに似た形のトレーニングマシンを漕いでいた。そして、そのそばに運動を終えたばかりの柳田守が、星野から見ると頭を逆さにした形で宙に浮いていた。もちろん柳田のほうから見れば、星野が逆さになってペダルを漕いでいる恰好だ。

「あと十六時間ぐらいですね」

年上の柳田が宙を漂いながら近づいてきて、いつものていねいな言葉づかいで話しかけた。

「え？　何が」

と、ペダルを漕ぐ足を休めずに星野がたずねる。

「星野さんの宇宙遊泳がですよ」

「あ、ああ」

トレーニングに没頭することで、それを忘れようとしていた星野が口ごもった。

「どうですか。リラックスしてますか」

「……うん」

「うん、っていう返事が硬いですよ」

柳田は笑ったが、星野は笑えなかった。刻々と迫る死を意識してしまえば、笑えるはずがなかった。そんな星野の心中を知ってか知らずか、柳田はどこまでも明るい声で話しつづけた。

「うちの局のライブ中継がはじまったら、星野さんを追いかける船外カメラの遠隔操作は私が担当しますので、テレビの専門家として恥じない映像を撮らせてもらいますよ。それが今回の私のメインの仕事みたいなものですから」

「うん」

「それにしても、岡島会長はどうしたんでしょう」

柳田は、いぶかしげに眉をひそめた。

「長年の夢がついに実現したというのに、どうして打ち上げに立ち会われなかったんでしょうね。重い病気だから日本に残ったんだとか、会社で大きなトラブルがあったから日本に残らざるを得なかったとか、いろいろ説があるみたいですけど」

「ねえ、柳田さん」

ペダルを漕ぐ足を止めて、星野は改まった口調で言った。

「ひとつ頼みがあるんだ。これは城之内船長にも、ほかの人間にも黙っていてほしいんだけど」

「なんでしょう」

「その恰好じゃ落ち着かないから、おれと同じ向きになってよ。真面目な話なんだから」

「わかりました」

船室の床に対して逆さに浮かんでいた柳田は、つまさきで天井をチョンと蹴り、タテに百八十度回転して、星野と同じ向きになった。

「柳田さん、船外活動の最中に、おれに何があってもそのままカメラで写しつづけてくれ。どんな事態になろうとも、その映像を地球に送りつづけてほしいんだ」

「それ、どういう意味です？」

柳田の顔から笑みが消えた。

「柳田さんには初めて打ち明けるけど、おれ、桜居真紀と結婚する約束をしているんだ。このミッションから帰ったらすぐに」

「そうなんですか。初耳でした。それはおめでとうございます」

「でも、たぶん、おれは帰れない」

「え？」

「その代わりに、真紀におれの最期をちゃんと見届けてもらいたいんだ」

「ちょ、ちょ、ちょっと待ってください」

フワフワと宙に浮かんでいた柳田が、星野の腕をつかまえ、それを支えにして顔を近づけてきた。

「最期って、なんですか、最期って。まるで宇宙遊泳の最中に事故が起きるみたいな言い方じゃないですか」

「たぶん……いや、絶対にそうなる」

「バカなこと言わないでください。ありえませんよ、そんなこと。それに、絶対あってはいけませんよ」

「いや、もうそれは変えられない運命なんだ。だから柳田さんに頼んでいる。現実から目をそむけずに、おれの死に様をスタジオで見ている真紀に届けてくれ」

「星野さん、気分を変えてリラックスしましょう。環境の激変からくる体調不良に加えて、船外活動への不安からくるストレスです」

「そうじゃないんだ。そういう問題じゃないんだよ。もう、これは変えられない過去なんだ」

「過去？」

「そう。十六時間後の世界は未来じゃなくて、過去なんだ」

「……」

星野の意味不明な言い回しに、柳田は黙った。

「水の溜まった石畳」

陰鬱な声で、星野は口ずさみはじめた。

「アカシアの葉が　寂しく浮かんでる」

スペースシャトル「アルバトロス」は、無数の星がちりばめられた宇宙を背景に、静かに軌道を回りつづけていた――

7

同じころ、土曜日深夜――

ＣＢＵの地下一階にある室長用の個室で、真田進吾は部下からの報告を聞いて驚きの色を浮かべていた。

「なに、デジカメのファイルに、そんなものが映っていた？」

「はい」

若い担当官は、持参したノートパソコンを広げ、画面を真田のほうへ向けた。そのパソコンにはカードリーダーが接続され、スロットにはデジカメに用いられるＳＤメモリーカードが差し込まれていた。加納洋の部屋から回収されたデジカメに入れられていた画像記録用のカードである。

加納洋の自宅から見つかったデジカメは、出版社のダイエット企画にレポーターとして参加することになり、これから内臓脂肪のCTスキャンを受けに行ってきます、と上半身裸で語る動画を最後として、それより新しい撮影画像は記録されていなかった。

だが真田は、樹海上空の視察フライトからCBUに戻ってきたあと、ふと気がついた。パソコンのハードディスクについても言えることだが、データを消去しても、じつは元のデータはディスクあるいはカードにそのまま残っている。そこにアクセスするルートが絶たれ、見かけ上、そのデータが消えたように扱われるだけなのだ。だからこそ、消去したデータの復活ソフトが存在する。

そこで真田は、加納のデジカメファイルに書き込まれたデータの完全検証を部下の技術者に命じた。もしかすると、という気がしたからだった。その結果、最後の記録と思われていた動画のあとに、さらに数枚の静止画像と動画が記録されていたことが判明した。それらは、撮影後に消去されていたのだ。

すでに部下の技術者は復活した画像を見ており、その中身を真田に報告していた。だが、真田は自分の目で確かめるまでは信じられなかった。それほど衝撃的な内容だった。

「よし、それじゃ再生してくれ」

真田の指示で、部下が復活した最初のデータを再生した。それは動画だった。

「………」

見ているうちに、真田の唇が震えた。

　そして彼は手元に置いた携帯電話を取り上げ、短縮番号を押しかけた。それは山梨県警本部長の携帯に通じるものだった。だが、思い直して、官房長官の携帯電話のほうにかけ直そうとした。

　そのとき、ビーッ、ビーッ、ビーッ、ビーッ、と、けたたましいブザーが館内に鳴り響いた。と同時に、特殊周波数が引き起こす振動音が、部屋のドアを激しく震わせた。

「なんだ、あれは」

「エマージェンシー00のプログラムが起動された警報です」

　部下が答えた。

「エマージェンシー……ゼロゼロだって？」

　真田の顔色が変わった。

「はい。エマージェンシー99の逆バージョンです」

「高速解凍か！」

「そうです。ラボでその作業が行なわれています」

「まさか……加納マタンゴを！」

「それ以外に考えられません。誰かが冷凍倉庫から引き出して」

「誰だ！」

「わかりません。でも、国立感染症研究所の大和田所長が、きょうも朝から加納マタンゴの左腕を使った分析作業を行なわれていまして、まだこの時間でも帰られていないと思います」

「大和田所長が？」

「はい。でも、左腕のサンプルを採るだけなら、エマージェンシー00を使わなくても」

「本体の解凍をはじめたということだな！」

「と思います。ラボの様子をモニターに出します」

警報ブザーが鳴り響く中、部下は室長の個室にも備えられているモニターを操作して、二フロア下にある地下三階のラボの様子を映し出そうとした。

だが、画像は真っ黒で何も映らない。

「線を切られてるのか」

「レンズに何かかぶせているのかもしれません」

部下は、急いでほかのモニターもチェックした。いずれも画像は真っ黒だった。

「ラボに行くぞ！」

真田は怒鳴りながら、部屋を飛び出した。部下がそれにつづく。

エレベーターホールに向かって廊下を走るうちに、異常事態発生を知ったほかの職員も、あちこちの部屋から姿を現した。

「エレベーターを待っておれん。階段だ」

真田が先頭に立って、非常階段を駆け下りた。ダダダダダという足音を響かせて、十人近い部下がつづく。地下三階に向かって降りるに従って、低周波の不快な振動が鼓膜を、そして皮膚を震わせた。

B3と大きく書かれた非常ドアを真田が開けた。

「ああああっ！」

真田の口から悲鳴が上がった。

高速解凍を実行したときの白い蒸気で煙るラボの、三重のガラスが大きく割れていた。そして、手術台に人間が横たわっている姿が霞(かす)んで見えた。マタンゴ化した加納洋ではない。大和田所長だった。

トレードマークの老眼鏡は床に落ちてレンズが割れ、所長は白衣を着たまま全身血だるまになっていた。

「どうしたんですか、所長！」

ラボに飛び込んだ真田は、手術台の大和田に駆け寄った。そして、すぐに大量出血の原因がわかった。大きなガラスの破片が首に刺さっていた。

「す……まん……真田さん」

かろうじて薄目を開けた大和田は、息も絶え絶えにつぶやいた。

「あんたはきっと……きっと……凍結した加納を焼き殺すと思った。このあいだの会議の発言からみて……必ずそうするだろうと……だから……その前に……」

ゲホゲホと咳(せ)き込み、真田に向かって血しぶきを飛ばしながら、大和田は余力を振り絞ってつづけた。

「加納を……助けてやりたかった」

「解凍したんですね、エマージェンシー00のプログラムを起動させて」

「そうだ」

「で、加納は、マタンゴはどうしたんです」

「そこのガラスを破って……逃げた……」

「あの強化ガラスを、加納が割った？」

「そうだ……低周波が……彼に……異常な力を……与えたかも……しれない」

「おい、みんな、手分けしてマタンゴを見つけろ」

真田は周囲の部下に指示を飛ばした。

「絶対にこの建物から出すな！」

「さなだ……さん」

口もとを鮮血で真っ赤にした大和田が、消え入りそうな声でつぶやいた。

「加納はきっと……樹海に行こうと……している……首を吊った場所に……帰っていこうと……」

「何のためにです」

「あれが生きつづけられる場所は……あそこしか……ない……から……だ」

そこまで語ったところで、大和田は大量の血を吐き、目を見開いたまま息絶えた。

十　運命の黒い雲

1

米国東部夏時間、六月八日（土）午後三時二十五分。

日本時間、六月九日（日）午前四時二十五分。

そしてMET（ミッション経過時間）では五十四時間ちょうど――

スペースシャトル「アルバトロス」は順調に周回軌道の飛行をつづけていた。クルーの中で、パイロットの戸村慎二とMS2の建築デザイナー・矢崎元太郎は、いまミッドデッキで寝袋に入って身体を固定し、睡眠をとっていた。星野隼人も、およそ十一時間後にはじまる船外活動に備えて、休養をとっていた。


その奥ではMS1の柳田守が船外活動を中継するための手順を再確認しており、コックピットではコマンダー席に船長の城之内準子が座り、パイロット席には睡眠中の戸村に代わって、MS3のファンタジー作家・小出美和が座っていた。

もちろん、彼女は実際に操縦をするわけではない。現在、シャトルはコンピューター制御のオートパイロットで飛んでおり、もしも手動操作の必要が生じた場合は、船長の城之内準子がそれを行なうことになる。美和は、宇宙の雄大さと美しさを帰還後に小説とアニメで人々に伝えるために、シャトルの操縦席に座っているのだった。そして、目を皿のようにして、フロントウインドウ越しの銀河を眺めていた。

「私、宇宙を見ていると、なんだか人間じゃなくなった気がします」

二十八歳の美和がそうつぶやくと、彼女より二十歳近く年上の城之内船長は、妹か娘でも見るような目で微笑んだ。

「人間じゃなかったら、何なの？」

「星です」

美和は即座に答えた。

「スペースシャトルの中にいることを忘れて、自分も銀河の中の星のひとつになったみたいな気分です」

「さすが作家ね」

城之内は声を出して笑った。

「元警視庁捜査一課の警部だった私には、悲しいことに、そんなロマンチックな感性はないわ」

「じゃ、船長は、こうやって宇宙に出たいま、何を考えていらっしゃるんですか」

「もっと具体的な、目の前のことね」

「目の前のこと、って？」

「うーん……」

一瞬口ごもりながら、城之内は打ち上げ直前に、柳田から聞かされた星野の件を思い出していた。星野が国際テロリストに操られている、という密告が入ったという情報である。戸村操縦士もそれをいっしょに聞いていた。

頭によぎったものを脇に置いて、城之内は言った。

「私がいま考えているのは、太陽活動」

「太陽活動？」

「そう、おととし二〇一一年にはじまった『サイクル24』の太陽活動が、打ち上げの二カ月前ぐらいから急に活発になって、さらに先月の下旬に入ってから一段と激しくなってきているの。黒点の現れ方も過去最高だしね。ひとつのサイクルで二度の極大期を迎えるのは珍しいことではないんだけど、今回は異常だわ」

「もしかして、打ち上げが急に早まったのは、そのせいなんですか」

「そうよ」

城之内はあっさり認めた。

「もともと今回のミッションには活発な太陽活動の観測というのがあって、太陽活動の展開しだいで二通りの打ち上げ日が予定されていたの。だから急な変更というよりは、ふたつのプランのどちらかという選択をしただけなんだけどね」

「でも、私たちにはあまり詳しい説明がなかったんです」

「あなたや矢崎さんにはね」

「え？　というと船長やほかの人たちは……」

「ちゃんと説明を受けていたわ」

「なぜ、私たちには教えてもらえなかったんですか」

口をとがらせるファンタジー作家に向かって、城之内は言った。

「あなたと矢崎さんは、ミッション・スペシャリストといってもお客さまだから」

「……」

「気を悪くしないでね。でも、よぶんな心配をさせないように気を遣ってのことなのよ」

「よぶんな心配って？」

「太陽活動が活発になって黒点がたくさん現れると、太陽から飛んでくる放射線が増加するの。磁気の歪みで、地球に到達する放射線がかえって減る場合もあるんだけど、スペースシャトルにとってはリスクが高いことも事実」

「どういうふうに、ですか」

「コックピットの中にいても、一定の放射線は浴びるわ。それはべつにシャトルに限ったことではなく、ふつうの旅客機に搭乗しても、地上にいるときよりは多くの放射線を浴びるのよ。ただ、シャトルの場合はもっとその量が多くなるし、今回のように太陽活動の異常な極大期には、さらに多くなるのも事実。そして、現在その数値が結構高くなっているのが、目下の私の懸案よ。だから、自分がお星さまのひとつになったような気楽な気分にはなれないの」

「ある程度のことはレクチャーされていましたけど、そんなに危ないんですか」

小出美和の顔は、不安でいっぱいになっていた。

「だいじょうぶよ。それを危なくないようにするのが私の役目だから」

「でも、船外活動をする星野さんは」

「必要な措置はぜんぶとっているから心配しないで」

「危険な状況だったら、やめたほうがよくないですか、船外活動は」

「そうはいかないのよ、美和さん。アルバトロスの耐熱タイルに欠損がないかを、じかに確かめるのは欠かせない作業よ。とくに今回はＩＳＳとの連携もないわけだから。それにね、美和さん」

城之内は、作風と同じく、どこか幼い顔立ちの小出美和を見つめて言った。

「シャトルの外に出ていようと中にいようと、放射線は突き抜けてやってくるの。専用のシールドを内装したら、その重量でいままでの燃料タンクでは足りなくなってしまうから、意外に思うかもしれないけれど、スペースシャトルも、それから宇宙服そのものも、放射線に対して完全なブロック機能はないの。だから、つねに私たちは放射能計測器とにらめっこしながら、太陽に向き合うシャトルの面を表に裏にと変えたり、とくにハイレベルの放射線が飛んできたときは、ミッドデッキの奥のほうへ避難したりという対応をとることにしているの」

「いまは」

「まだだいじょうぶ」

「まだ……ですか」

「ある程度のリスクは仕方ないのよ。私と戸村パイロットと柳田さんの三人が合同で担当しているミッションには、太陽活動の研究もあるの。だから……」

その言葉の途中で、城之内船長は後ろをふり返った。

ミッドデッキで作業していた柳田と、寝ていたはずの星野が、天井を手で押しながら空中を泳いできた。

「どうしたの、星野さん。船外活動に備えて睡眠をとらなきゃ」

「彼が、船長に折り入って話があるそうなんです。私もいっしょに立ち会います」

本人の代わりに柳田が説明し、さらに彼は操縦席に座らせてもらっている小出美和に向かって言った。

「悪いけど、ちょっと席をはずしてくれないかな」

2

スペースシャトル「アルバトロス」が帰還するまで、社長といっしょにずっとフロリダに滞在している中央テレビ『ザ・ナイトウォッチ』担当プロデューサーの金子健太郎が、桜居真紀からの電話を受け取ったのは、現地時間の午後三時四十五分だった。すなわち、日本時間に直すと午前四時四十五分である。

いま北半球は、最も夜が短い夏至にどんどん近づいている時期である。したがって、四時四十五分という時刻は未明とは言えず、すでに日本では日曜日の朝が明けたところになる。とはいえ、この時間の国際電話は尋常ではなかった。

「どうした、真紀」

金子は、突発的な事態が発生したに違いないという確信をもってたずねた。

「緊急事態のご報告です」

真紀の声は、テレビに出ているときには決して出さない感情の乱れが混じっていた。

「社長も副社長も専務も報道局長も、そして金子さんもそっちに行ってる状況ですから、私と工藤キャスターと、それからこっちに残っているディレクターの早川(はやかわ)君の独断でやっちゃいましたから」

「やっちゃいましたから……って、何をだ」

「もうすぐ中継車がこっちにきます」

「こっちにって、おまえはどこにいるんだ。ちゃんと話を筋道立てて話せよ」

「筋道立ててるヒマなんてないんです」

真紀はいつになく興奮していた。

「言ってることがわからなかったら、その都度質問してください。私は、いま樹海の入り口にいます」

「樹海？」

「金子さん、都市伝説は本物でした」

「樹海の中にヨットがあるという伝説が、か？」

「ヨットに関しては、これから明らかにしていきます。その前に、マタンゴという生き物が存在するのは事実でした。それは人間の身体に特殊なキノコが棲みついて、しだいに人間の身体を占領していって、最後は完全にのっとって巨大なキノコになるんです。それが密告者のメッセージにあったマタンゴの実態です」

「真紀、それはおまえが実際にマタンゴを確認した、ということか」

「しました。城南大学都市伝説研究会の先輩で、生物化学兵器テロ対策室に勤務している北沢一夫さんから聞かされたんです。同じ都市伝説研究会の先輩でありホラー作家の加納洋さんがマタンゴに感染して、それを苦にして首吊り自殺して、でも生き返って凍結されたということを」

「おまえ、なに言ってるんだ」

金子は呆れた声を出した。

「首吊り自殺した人間が生き返って、凍結されたって？」

「北沢さんによれば、官房長官もほかの政府関係者も、マタンゴに侵された加納さんの姿と、彼が突然復活した状況をテレビ会議で確認しています。総理も承知の出来事です」

「そんなニュース、ぜんぜん聞いてないぞ」

「まだ政府は極秘にしているからです」

「おまえは見たのか」

「加納さんの状態は見ていません。でも、いま目の前にマタンゴになりかかった人がふたりいます。ひとりは北沢さんや加納さんと同じ城南大学の同期で、都市伝説研究会に所属していて、いまは山梨県警の警部になっている矢野誠さん。そしてもうひとりは、都市伝説研究会の会長を務めていた岡島寛太さんです」

「岡島寛太って……オカジマ・インターナショナルのか」

初めて金子がまともに反応した。

「アルバトロスのオーナーがマタンゴになっているっていうのか」

「そうです。だから打ち上げのとき、そっちに行けなかったんです。いま私たちは、岡島さんが乗ってきたキャンピングカーの中にいます。ここなら、ほかの人間に見られることもありませんから」

「信じられないね。そういう話は」

「電話でいくら話しても信じてもらえないのはわかっています。だから中継車がきたら、そっちに映像を送ります。いま金子さんたちは、いったんマイアミに引き揚げているんですよね。だったら、うちのマイアミ支局で映像を受けてください。私が業務用のカメラで撮影したものを、ノー編集でそっちに送ります。中継車から本社経由の衛星回線で」

「マタンゴになった人間の映像を送ってくるというのか」

「はい。それだけではありません。私と星野さんが結婚の約束をしているという情報や、星野さんが国際テロリストに操られていて、そのキーワードはマタンゴだという密告を、金子さんの知り合いの記者に流した当人がここにきているんです。星野さんはずっと監視されていたんです。ついでに私も……。その人のインタビューも撮りましたから、いっしょに見てください」

「誰だ、その人って」

「作田直之——五十年前の処女航海で嵐に遭遇し、マタンゴが棲息する南の島に漂着することになったヨット『アホウドリ号』の艇長で、ひとりで島を逃げ出したあと、南の海に身を投げて死んだと信じられていた人物です」

3

同じころ——

「ほんとうですってば。おまわりさん、信じてくださいよ。私は正気なんですから。……ちょっと、なにするんです。アルコールチェック？　飲んでませんよ。酒を飲んでタクシーを運転するはずないでしょう。クスリ？　バカ言わんでください。それより、話をもう一回ちゃんと聞いてください！」

岡島寛太のキャンピングカーが駐車している場所から、わずか五百メートルしか離れていない道路沿いで、東京のナンバーを付けたタクシーから降りてきた運転手が、一一〇番通報で駆けつけた二名の警察官と言い争いをしていた。

「いいですか、もう一回言いますよ。私は八王子から檜原村まで乗せてきた客を降ろしてから、都心のほうへ戻って今晩の仕事を終わりにするつもりだったんです。すると、引き返してまもなく、真夜中の十二時ごろでした。ヘッドライトの先に、道路の真ん中に立っている怪物が見えたんです。形は人間だけど、顔や腕がキノコだらけの……」

メガネをかけた四十代の運転手は、手ぶりでその不気味さを表わしながらつづけた。

「最初は、若者の悪ふざけかと思って、急ブレーキを踏んで停まると、怒鳴りつけてやったんです。バカヤロー、死にてえのか、って。そしたら、そいつ、いきなり後部座席のドアを開けて乗り込んできた。ちゃんとロックもしてあったのに、そいつがドアを引っ張ると、運転席から操作する自動ドアのメカが一発でぶっ壊れちまった。ウソだと思うなら、車を見てください」

運転手は、懐疑的な眼差しで見つめるふたりの警察官に、必死の形相で訴えた。

「運転席からふり返って、後部座席に乗り込んだそいつを見た私は、あまりの恐ろしさで卒倒するかと思いました。人間が変装しているんじゃなかった。本物の化け物でした。左腕が肘の途中からちょん切れてるのに血も出てないし、ほんとに身体中にキノコが生えてるんです。そしてそいつは、低い声で言いました。『ジュカイへ、ツレテイケ』って。私はもう怖くて怖くて、言いなりになるよりありませんでした。それで、その化け物をここまで乗せてきたんです。高速道路は使わず下の道を行けと言われたので、二時間半ぐらいかかって」

「おいおい」

警察官のひとりが苦笑した。

「左腕のないキノコの怪物が、日本語をしゃべるのか？　樹海へ連れていけと。しかも、高速は使うなって？　化け物が高速代節約かい」

「違います。高速だと、料金所の人間に見つかるからと」

「そんな詳しい事情説明までしたのかね。キノコの化け物が」

警官たちは、おたがいに顔を見合わせて笑った。

「信じてください。私はウソをついてません。そいつの舌にはナメコみたいなのがびっしり生えていて、しゃべるたびに、それがくねくね動くんです。バックミラーで目が合うたびに、いつ襲ってくるかと震えが止まらなくて、何度もハンドルを切り損ねそうになりました」

「それで、ここまで乗せてきたシイタケマンだかナメコマンはどこへ行った」

警官は、自分の命名に自分でウケて笑った。

「あっちへ……樹海の中へ」

運転手は、朝靄に霞む緑の森を指した。

「ほーお、あっちの森へねえ。それで、お客さんはちゃんとお代は払ってくれたんかい」

「おまわりさん、どうして本気にしてくれないんです」

「檜原村で乗せたのが真夜中で、二時間半ぐらいかかってここに着いたとすれば、二時半から三時ぐらいだわなあ。ところが、あんたから一一〇番通報があったのは、午前四時過ぎだ。何してたんだね、そのあいだは」

「腰を抜かしていたんです。とても会社にも警察にも連絡できるような状態じゃありませんでした。身体も動かないし、声も出ない恐ろしさだったから」

「よっしゃ、わかった」

もうひとりの警官が、運転手の肩をポンと叩いて言った。

「とにかく酒気帯びの検査はやらせてもらう。拒否はできんからね。それから車内をチェックさせてもらう。トランクも開けてもらうよ」

「ど……どういうことです。化け物はもう逃げていったんですよ」

「化け物のことなんかどうでもいい。白い粉を隠していないかどうか、調べるんだよ」

運転手の証言を薬物による幻覚だと疑った警察官は、問答無用でタクシーの検査にとりかかった。

4

「船外活動をいまからすぐはじめたい？　どうして？　予定時刻まではまだ十時間以上あるのよ」

「わかっています。予定がそうなっているからこそ、変えたいんです」

高度五百キロメートルの軌道で地球を周回するアルバトロスのコックピットでは、船長の城之内準子が、驚きの目で星野を見つめていた。宙に浮かぶ星野の横では、柳田が複雑な表情でゆっくりと泳いでいた。

「ちょっと、浮かんでいるままじゃ落ち着かないから、ここに座ってベルトを締めて」

城之内は、小出美和が去っていったあとの操縦席を示した。

星野は命じられるままに、ふわっと身体の向きを変え、操縦席のシートに収まると、シートベルトで身体を固定した。

「急にこんなことを言い出して申し訳ありません。でも、いろいろ考えたんですけれど、このまま黙って自分の運命を受け容れるわけにはいかないんです」

「自分の運命って？」

「死です」

「ええっ？」

城之内は眉をひそめた。

「あなたが死ぬ、ということ？」

「はい」

「どうやって」

「わかりません。でも、確率的にいえばEVA（船外活動）の最中に事故に遭うんだと思います」

「どうしてそんな想像をするのよ」

「想像じゃありません。これは確定した未来なんです。ですから、ある意味、それは未来なのに過去なんです」

「何を言ってるの、あなた」

「詳しい説明をしても理解していただけないのはわかっていますから、よけいな時間を費やしたくありません。ともかく私は、白い翼に乗って地獄に行く運命にあるんです。ただ、ついさきほどまでは、確定した運命を甘んじて受けようと思っていました。けれども、この無数の星がちりばめられた宇宙と、青い地球を眺めているうちに、考えが変わったんです。愛する人と、もういちど地上でこの星を眺める日を迎えるために、生きて帰らなければならない、と」

「あたりまえじゃないの、何を言ってるのよ」

城之内の口調には怒りがまじっていた。

「私たちは死ぬために宇宙にきたんじゃないのよ」

「わかってます。でも、頭がどうかしたんじゃないかと思われるのを承知でおねがいしているんです。タイムマシンに乗って過去を変えるという映画がありましたよね。だけど私は、自分が予定にない行動をとることで、未来を変えたいんです。だから突然、EVAのスケジュールを変更したいんです」

「星野さん。ちょっと私から一言言わせてください」

ふたりの横に浮かんでいた柳田が、天井づたいにふたりの前に泳いできた。そして、フロントウインドウを背にして、コマンダー席と操縦席の前に浮かぶと、星野に向かって静かに言った。

「あなたが国際テロリストに操られているという密告があったことは、私も船長も知っているんですよ」

「え？」

驚く星野に、柳田はつづけた。

「じつはうちの社長から——『うち』というのは中央テレビですが——出発前の面会で、その情報があったことを打ち明けられていたんです。そして、あなたが妙な行動をとりはじめたら、なんとか抑えてくれ、と」

「…………」

「社長は、私かぎりの秘密にしてほしいと言いましたが、そうはいきません。ですから、ゲストのふたりには言っていませんが、城之内船長と戸村操縦士には打ち明けてあるんです」

「おれの知らないまに、そんなことを……」

「気を悪くなさらないでください。ご承知のとおり、船長は捜査官としてプロ中のプロというキャリアをお持ちですし、戸村さんは自衛隊の戦闘機パイロットとして、幾多の厳しい訓練を乗り越えておられる。このおふたりの協力なしには、私だけでは万一の事態に対処しきれません。でもね、城之内さんも戸村さんも、私から報告を聞くと、すぐにこうおっしゃったんです。星野さんにかぎって、そんなことは絶対ない、と」

「そうよ」

城之内が話を引き取った。

「もう現役ではないけれど、私は警視庁捜査一課の警部として養った嗅覚は、いまでも健在だと思っているの。だから、もしあなたが不審人物だったら、とっくの昔にそれに気がついて、シャトルに乗せるようなことはしなかったわ」

「ですからね、星野さん」

柳田は星野の周りをふわふわ漂いながら言った。

「私たちは決してあなたを疑っていたりはしていません。万が一にもそんな気持ちがあったら、アルバトロスのチームワークは崩れてしまいますから。想像するに、星野さんは根拠のない密告に動揺されているんだと思います。誰だって、自分がテロリストの手先扱いされたら不愉快に決まっているし、身に覚えのないことであれば、不安で不安で仕方ないと思うんです。ですから、いまのあなたは」

「もういい！」

星野が怒鳴り、柳田は押し黙った。

「心理カウンセラーみたいな口の利き方はたくさんだ。とにかく、おれに生きるチャンスを与えてほしい。それにはEVAを予定外の時間に行なうしかない。現在のコースを突然変えれば未来も変わり、確定された過去も変わるかもしれない。それが、無事に地球に戻るための唯一の賭けなんだ」

星野の興奮した口調に、城之内と柳田は顔を見合わせた。

「わかったわ」

しばらく間を置いてから、城之内はため息混じりに言った。

「おねがいだから、こういう場所まできて取り乱さないで」

「取り乱してなんか、いない！」

「わかりました。EVAは早めましょう。あなたがそれで納得するんだったら、それでいいわ。どっちにしても、耐熱タイルの状況は調べなきゃいけないんだし。じゃ、NASAに連絡するけど、いつからはじめたいの？」

「いますぐ出ます。宇宙服を装着したらすぐに」

「バカを言わないで。プリブリーズもせずに外に出るのは、それこそ死にに行くようなものよ。第一、まだ船室内の与圧も下げていないのに」

シャトル内は通常、地球と同じ一気圧に与圧されている。しかし、そのままの状態で宇宙空間に出ると、宇宙服はあっというまに風船状態になり、船外での作業が不可能になる。そのため、船外活動をする宇宙飛行士の宇宙服内部は、百パーセントの酸素を満たしたうえで、〇・二九気圧にまで下げられる。

しかし、いきなり気圧を下げると、ちょうど深い水深からダイバーが急に海上に上がってきたときと同じように、組織内の窒素が気泡化して毛細血管を詰まらせ、最悪は死に至るアクシデントを引き起こす。そのため、体内に溶け込んでいるよぶんな窒素を強制的に排出させる手順がプリブリーズである。

まず、シャトル内部で一気圧から〇・七気圧へと、第一段階の減圧が行なわれる。つまり、クルー全員が第一段階の減圧を体験することになる。かつてはその状態を十二時間以上保ってから、船外活動をする宇宙飛行士が宇宙服を装着し、それから百パーセントの酸素を一時間前後吸入したのち、宇宙服の気圧を〇・二九気圧に減圧するという時間のかかる第二段階が待ち受けていた。

しかし、その後、純酸素を吸入しながらエアロバイクを漕ぐエクササイズ・プリブリーズが考案され、船外活動の準備時間は四時間半にまで短縮された。その方法も年々進化を重ね、さらに宇宙服の革命的な進歩で〇・四気圧でも風船状に膨らまない素材が開発されたことで、二〇一三年現在では、船外に出るまでのプリブリーズは三時間にまで短縮されていた。それでも、三時間はかかるのである。

「どんなに急いでも、外に出るのは三時間後よ。きちんと規定通りの減圧をしてから。いいわね」

城之内船長の強い念押しに、星野は従うよりなかった。

「わかりました。では、いまからエクササイズをはじめますので、コックピットの減圧、おねがいします」

星野はシートベルトを外し、操縦席から泳ぎ出した。

5

日本時間、午前五時――

CBU――生物化学兵器テロ対策室室長の真田進吾は、日比谷公園の一角に置かれたベンチに、ひとりの男と隣り合って座っていた。

樹海方面は朝日が出ていたが、東京は曇り空で薄暗かった。それでも日比谷公園界隈(かいわい)はジョギングやウォーキングをする人々や、太極拳(たいきょくけん)のグループなどもいて、早朝の公園ならではの健康的な活気に満ちていた。

しかし、ベンチに座るふたりは、いずれも暗い表情をしていた。

真田と並んで座るダークスーツの男は、官房長官の代理と称する男で初対面だった。名前は宇野(うの)と称したが、名刺は差し出してこなかった。レンズに薄いグレーの色がついたメガネをかけ、ほお骨がやたらとこけて、貧相な顔立ちの男だった。普通ならば真田が気を許すような相手ではなかったが、官房長官からじきじきに電話で、この男と会うようにと言われた以上、信用するよりなかった。

「なるほど、事態が緊急を要することはよくわかりました」

宇野という男は、真田から受け取ったSDメモリーカードを背広の内ポケットにしまい込みながら言った。

「まず第一に、加納洋のデジカメに記録されていたこの映像ですね。官邸に戻りしだい、ただちに再生して確認しますが、おっしゃるような内容であれば、たしかに衝撃的です。そして第二に、大和田所長が無断でマタンゴを解凍し、ふたたび蘇った加納は、低周波の刺激によって人間を超越したパワーを持ち、CBUのドアを破壊して建物から逃走したこと……これも驚くべき話です。そのことも、官房長官に報告申し上げましょう」

「宇野さん、ひとつおたずねしてよろしいですか」

二十人ぐらいのグループが音もなく流れるような太極拳の動きをしているのを遠目に見ながら、真田が言った。

「私が緊急事態発生を官邸に連絡したのは、まだ日付が変わる前のことです。マタンゴの逃走だけでなく、大和田所長も殺されてしまったという大変な状況を一刻も早く伝えねばと……。それなのに、総理も官房長官も電話に出ていただけないし、ラチが明かないから、夜明け前に永田町まで出てきたのに、またしても面会かなわず、ようやく夜が明けてから官房長官と連絡がとれたかと思ったら、代理のあなたが出てくる。これはいったいどういうことなんですか」

「そうですね。真田さんとしては納得のいかない状況でしたでしょう。では、事情をお話しします。ここだけの話にしていただきたいのですが」

キャップをかぶったタンクトップ姿の若い女性がジョギングをしながら近づいてくるのを目に留め、宇野は途中で言葉を切った。が、その女性が超小型プレイヤーで音楽を聴きながら走っているのを見ると、ふたたびしゃべりはじめた。

「昨夜から官邸では異変が生じているのです」

「異変とは?」

「クーデターの動きがね……あるんですよ」

その言葉に真田は顔色を変えた。

「どういうクーデターですか」

「総理を引きずり下ろそうという動きです」

「なぜ!　どうしてこんな大事な時期に」

真田は、思わず声を荒らげた。

すると、宇野は口もとに人差指を立て、静かにというゼスチャーをした。

「あなたもしかるべき立場におられるから、特別に極秘情報を教えてさしあげます。総理は、おそらくきょうのうちに退陣なさるでしょう」

「理由は？」

　真田が畳みかけるようにたずねた。

「退陣する理由は何なんです。そんな情報、聞いてませんよ。そして、誰がクーデターを起こそうとしているんですか」

「仕掛け人は官房長官です」

「……」

「驚かれたでしょう。しかも理由がマタンゴときては、さしものCBU室長もなおさら仰天されるはずです。……おや、反応がありませんな……まあいい」

　宇野はうっすらと笑った。

「ようするに、総理はマタンゴについて知りすぎた男になってしまった、ということに尽きます。それもこれも真田さん、あなたが一生懸命に仕事をなさりすぎたおかげですよ。迷惑なことでしたねえ。おまけに大和田所長もよけいなことをしてくれるし、彼の死を取り繕わねばならぬ面倒も生じた。仕事が増えてかないませんね。

　じつはねえ、真田さん、マタンゴの存在は五十年前から周知の事実だったんですよ。国家権力の片隅にいる、ごく一部の人間にとってはね。そして、その超極秘情報は限られた人間にのみ伝達されてきた。官房長官もそのひとりです。だから、テレビ会議で知らないフリをする演技も苦労なさったことでしょう。しかし、定められた者以外は、決してマタンゴの真実を知ってはならなかった。たとえ総理大臣のように、日本を代表する人物であっても、です。第一回のテレビ会議に出席した中の誰が仲間内で、誰が部外者かをお知りになりたいでしょうが、それはここ一両日で、誰が死に、誰が生き残るかで判明するわけですよ」

宇野はベンチに座ったまま、遠くの太極拳の動きを真似て、両手を右から左へと窓ガラスを拭くように動かした。深刻な話をしているのに、余裕綽々の態度だった。

「ちなみに総理の退陣の仕方ですが、ご自分から辞任声明を出されるわけではありません。かといって、いまの時代に二・二六事件のような反乱を起こせるわけでもなし。なあに、ごく平和な引退の仕方ですよ。心臓発作という……ね。総理はまもなく、いつものようにお目覚めになるでしょう。これが人生最後の朝になるとは夢にも思わずに。心臓発作を起こされるのは、おそらく正午過ぎぐらいになりましょうか。つまり、あと七時間たらずということです。お昼どきに飲まれる常備薬が、ちょっとすり替わっていたりするのですがね。

なお、私は官房長官の名代で参りましたが、官邸に所属しているわけではなく、本職は医師です。総理の体調に異変があったとき、最優先で運び込まれることになっている私立医大で救急センターの医師を務めております。ふだんは白衣を着ているんです。ですからダークスーツはどうも着心地が悪くていけません」

宇野は、両手で襟もとのネクタイをしごいた。

「どうです、真田さん、恐ろしい話でしょう?」

ベンチの横に座る真田に目を向けて、宇野はしばらくじっと相手の顔を見つめていた。

それからポツンとつけ加えた。

「まあ、あなたが死んでいるからこそ、ここまで詳しく語れるんですがね」

そして宇野は、そっとベンチから立ち上がった。

一瞬にして、痕跡（こんせき）を残さぬ方法で毒殺された真田進吾は、依然として太極拳の動きに見とれているかのように、さきほどとまったく変わらぬ姿勢でベンチに腰掛けていた。

6

米国東部夏時間、午後四時三十分。

日本時間、午前五時三十分。

中央テレビのマイアミ支局に集まった同社社長、副社長、専務、報道局長、そして金子プロデューサーの五人は、衛星回線で送られてくるショッキングな映像を、食い入るように見つめていた。中継映像を受ける技術者も絶句して、機器を操作する指先が震えていた。

映像は山梨県警の矢野誠警部と、オカジマ・インターナショナル会長の岡島寛太の衝撃的な姿からはじまっていた。とくに岡島は、ここに集まった中央テレビの幹部全員が顔見知りだった。同局技術者の柳田守がミッション・スペシャリストに選ばれてアルバトロスに搭乗することから、詳細な打ち合わせ会議や成功を祈っての食事会など、幾度となく顔を合わせていた。それだけに、その変わりように一同は息を呑んだ。

「たしかに、岡島君だ」

社長が唇を震わせながらつぶやいた。

「だが、もはや岡島君ではない」

矢野と岡島は、真紀が撮影するカメラに向かって何も言葉を発しなかった。音声が入っていないのではない。ひたすら無言でレンズを見つめていた。変わり果てた姿でカメラの前に立つ屈辱を、必死に耐えている様子だった。

そのあとに、白髪の老人がカメラの前に現れた。老人は、矢野から譲り受けた舵輪（だりん）のペンダントを首から下げていた。

真夜中に収録されたインタビューは、カメラを構えた真紀が質問をし、それに作田が答える形で構成されていた。


——お名前からおっしゃってください。

「アメリカ国籍を所有する日系三世ジョージ・サカタ。アメリカのパスポートを所有して日本に入国しているが、それは真実の私の名前ではない。本名は作田直之、年齢は八十六歳。こんどの八月十二日で八十七歳になるが、表向きには一九六三年八月十六日に自らの生命を絶ったことになっている」

——あなたは友人でもあり、勤務先のオーナー社長でもある笠井雅文さんが建造したヨット『アホウドリ号』の艇長を任されて、処女航海に出たんですね。一九六三年の夏に。

「そのとおりだ。そして嵐に遭遇してヨットは操縦不能となり、南海の孤島にたどり着いた」

——そのときの様子を書き残した村井研二さんのノートでは、あなたは八月十六日の日付でヨットの壁にラストメッセージを書き残し、南の海に身を投じたことになっています。それなのにあなたはこうして生きている。では、あの遺言はウソだったのですか。

「いや、違う。実際に私は海に身を投げた。だが、死ねなかった。泳ぎが得意であることがかえって災いして、死にたいのに身体は助かろうとして、無意識に泳ぎつづけてしまうんだ。だから力尽きるか、さもなければサメにでも食われるのを待つしかないと思っていた。ところが、島にいるときはあれほど待ってもこなかった救助の手が、いざ死を決意して海に飛び込んだとたん、差し伸べられた」

——救助の手とは？

「米軍だよ。正確に言えば、米軍の秘密部隊だ。彼らは我々のたどり着いた島に、不気味な新種の生物が存在しているのを知っていた。なぜなら、彼らが秘密裏に行なった核実験の影響を調べるために派遣したチームが、奇怪な生物マタンゴの棲息（せいそく）を無線で通報してきたのを最後に、全員消えてしまったからだ。マタンゴという名前は、どうやら調査船のチームが独自に付けたものらしい。命名の根拠は定かではない。

事態を受け、軍はただちに上空から観察を行なったところ、岸辺に打ち上げられた調査船と、その周囲をうろつく不気味なキノコ状の人間の群れ、さらには森の中に棲息する巨大な動くキノコが目撃された。空から撮影されたその映像を見て、核実験に携わる関係者は激しいショックを受けた。この世のものとは思えないキノコ人間や歩く巨大キノコの姿に恐れおののき、それが自分たちの行なった実験が招いた惨状だとわかると、神を冒瀆した行為に必ずや天罰が下るだろうと震え上がったのだ。そこが我々日本人との宗教観の違いだろう。神の創造物である人間に手を加えることになった罪の意識は、尋常なものではなかった。

そこで彼らは、そこを『マタンゴ島』と名付けたうえで、禁断の島として封鎖することに決めた。近づく漁船や上空を通りかかる航空機に警告を発し、しばらくはその島を遠巻きにするよりなかった。しかし現代と違って、五十年前の監視体制は完璧とはいえない。動力を使わず潮まかせに漂着した我々のヨットは、米軍の監視レーダー網にはかからなかった。そして、私ひとりで島から脱出したときも、ヨットの動きは察知されず、偶然、漂流する私だけが救い上げられたわけだ」

――では、あなたがマタンゴ島から逃げ出してきたと知って、彼らは驚いたでしょう。

「もちろんだ。体力的に回復した私は、南洋の軍事基地で遭難中の出来事を徹底的に聞き出された。それは事情聴取というよりも尋問、いや拷問だった」

――拷問？

「彼らが最も知りたがっていたのは、第一に、かつての調査船がどういう状況で、乗組員はどうなっていたか、乗組員の死体を見たか、ということ。第二に、マタンゴという怪物を実際に見たのかどうか。第三に、私の仲間はどうなったか、ということ。そして第四に、私はマタンゴを食べたのかどうか、という点だった。

とにかく先方の用意した通訳が、あまり日本語が達者でなかったこともあって、意思の疎通がうまくいかず、そのことだけでも米軍関係者は苛立ち、私が質問に対して「それは知らない」と答えると、決まって「隠しているのだろう、嘘をついているのだろう」と拷問と呼んでいいほどの暴力が加えられた。しかし、一貫して私の答えは変わらなかった。変わりようがなかった。嘘をつかねばならない理由など、ひとつもなかったからだ」

――では、米軍からたずねられた四つの質問について、ここでもう一度答えていただけますか。

「よろしい。まず第一と第二の質問だが、岸に打ち上げられていた調査船の内部は、不気味なほど毒々しい色のカビだらけだった。食料があまっているのに乗組員の姿はなく、死体もなかった。代わりに見つかったのは、核実験で突然変異を起こした動物のサンプルや、金属の箱に収められた巨大なキノコ『マタンゴ』だった。

とりあえず我々は、そこを生活拠点としたが、ある晩、キノコ人間と呼ぶべき醜悪な化け物がやってきたのを一度目撃している。おそらくそれは、乗組員のなれの果てだと思う。マタンゴを食べたからそうなった、という推測は容易にできた。そして第三の質問、私の仲間はどうなったかということだが、ここで私は、自分が許し難い卑怯者であったことを正直に告白しなければならない」

——卑怯者とは？

「私は、絶望の末に海に身投げする直前、ヨットの壁に書き殴った言葉を、いまでもハッキリ覚えている。『笠井雅文、村井研二、吉田悦郎、小山仙造、関口麻美、相馬明子。以上六名、無人島に漂着して死亡。我、単独脱出を試みるも食つき、力つき、南海に身を投ず。一九六三年八月十六日　艇長　作田直之　記』……」

——それは私も村井さんのノートで読みました。

「ところが真実は違うのだ。私が島を脱出したとき、六人は全員生きていた。キノコの化け物になったりせずに、人間として、まだ立派に生きていたのだ」

——では、作田さんはその六人を置き去りに？

「そうだ。我々は日が経つにつれ、救出される望みがほとんどないことを認めざるをえなくなっていた。しかし、調査船に積み込まれていた缶詰がまだ少しはある。そのストックがあるうちに行動に出なければならなかったが、七人全員が島から脱出するのはふたつの点で無理があった。第一に、残された缶詰を七人で分けたら、あっというまに底をついてしまうこと。第二に、私が必死で修復をほどこしたものの、アホウドリ号はもはや七人すべてを乗せた重量には耐えられないであろうこと。ギリギリ見積もっても、ふたりまでだった。しかし、仲間を誘ってふたりで五人を裏切るのは危険だった。誰を誘うかという問題もあったし、誘った人間の道義的な怒りを買い、みんなに計画をバラされてしまうおそれがあった」

　――だから、ひとりで逃げ出すことにしたんですね。

「そのとおりだ。その点で、私はどんなに責められても仕方がない。人間、限界の状況に置かれたら、自分に課していたモラルとか正義といったものは、いとも簡単に消えてなくなってしまうのだ。私は、みんなが食料を探しに出かけていった隙を狙い、ひとり調査船の中に残っていた笠井を縛り上げ、残っていた缶詰すべてをアホウドリ号に積み込んで、島を離れた。

　そして第四の質問だが、もちろん私はマタンゴを食べていない。そんなものを食べる必要に迫られる前に、逃げ出したからだ。逆に、頼みの綱の缶詰を私に奪われた仲間たちは、遅かれ早かれ、禁断の毒キノコを口にしてしまうか、飢え死にするか、さもなければあの化け物に殺されてしまうかのいずれかしかないと思った」

　――それで、六人は死んだと決めつけたのですね。

「私が殺したようなものだと思いながら、卑怯な自分への怒りと後悔とで泣きながら、そう書いた。なんとか島を離れたものの、仲間を残した島が遠く小さくなるにつれて自己嫌悪の気持ちが激しくなり、あの文面をしたためて海に身を投げたのだ。ただし『食つき、力つき』と書いたが、実際には持ち出した缶詰にはほとんど手をつけていない」

　――では、作田さんは、その後の六人がどうなったかは、知らなかったんですね。

「知らなかった。だから、村井研二が島から脱出して日本の海上自衛隊に救出された情報を聞かされて、ほんとうに驚いた。つまり、私が海に飛び込んだあと、無人となったアホウドリ号が、また禁断の島に戻されたわけだ。論理的に考えるなら、最初に七人で嵐に遭遇して航行不能になったとき、あの島に自然とたどり着いたのだから、潮の流れからみて必然的な結果とも言えるが、私にとっては、神の手がそのようにしたとしか思えなかった。

そのアホウドリ号で、こんどは村井が単独脱出を試みた。おそらく、私が残した缶詰を食いつないで、なんとか生きながらえたのだろう。そして、運命の皮肉というべきものだが、村井が救助されたことで、私もまた死の崖っぷちから救われることになった」

——どうしてですか。

「事情はこういうことだ。マタンゴというキノコの化け物を生んだのは、一九五〇年代に頻繁に行なわれたアメリカの核実験による放射能だ。だから米軍は、マタンゴを決してあの島から外に出したくなかった。キノコの状態であれ、キノコ人間の状態であれ、人間が巨大キノコ化した状態であれ、あるいは保菌状態の人間であれ、一切、島から出してはならないと考えていた。

私も、マタンゴに感染していないかどうかを徹底的に調べられた。さきほど、拷問のような取り調べを受けたと話したが、私の肉体を締め上げる係官は、みな防護服を着ていたんだよ。まるで私は、捕らえられた火星人といった扱われ方だった。最終的に、感染の疑いはないという診断結果になったが、だからといって、無事解放されて日本に戻されるような筋書きにはならなかった。

これは、あとになって知ったことだが、彼らは、私からこれ以上得る情報がなさそうだと判断すると、口封じのために殺害するつもりだったらしい。ところが、その実行が数日後に迫っていたとき、異様な顔面の変容を呈した男一名を乗せたヨットが、小笠原諸島の西海上を漂流しているのが発見されたのだ。村井研二だった。

米軍の秘密調査チームはあせった。このままではマタンゴが日本に入り込んでしまう。よりによって、唯一の被爆国として核の脅威に敏感である日本にだ。当時は米ソ冷戦の厳しい状況にあったから、日本の核アレルギーなどに気配りをするようなアメリカではなかったが、人間がキノコになるという生物学の根底を覆すような現象を招いたとなると、どれほどの国際的非難が浴びせられるかわからない。だからこそアメリカは、村井研二と彼が乗ってきたアホウドリ号の奪還を図ったのだ」

――その結果、どうなったのですか。

「村井の身体に生じたキノコ状の腫瘍もショッキングなものだったが、救出当時から執拗なまでに米軍が村井を奪い返そうとするのを見て、当時の防衛庁内部の特務機関が動いた。村井は銀座にある東京医学センターに保護され、医学の研究対象として監察下に置かれていたが、急に軍事監視対象となった。そして、彼の身柄を強奪にきた米軍秘密組織との攻防戦が起きる直前、村井本人の身柄と、彼の書きかけのノート、それに松平与一院長の手記が防衛庁特務機関の手に渡った。

しかし、すでに村井が別の場所に移送されたあとに起きた東京医学センターの惨劇は、とりあえずボイラーの爆発事故を装ったものの、日米特務機関どうしの争いとして一般人まで巻き込む結果になった。これ以上争いを広げたら、もうマタンゴの存在を世間に隠しきれなくなる。そこで、一転して双方は手打ちをしたのだよ。日本側は責任をもって村井研二を始末して、アホウドリ号を廃棄処分にし、乗っていたクルー七名全員が遭難したまま行方不明ということで決着をつける。そしてマタンゴに関する記録をすべて抹消し、マタンゴという新種生物の発生理由について一切追及はしない。その代わりに、米軍もこれ以上、日本国内で騒動を起こさない、というものだった。それは、核の恐ろしさを世間に広めないためのアメリカ側の思惑と、国内にパニックを引き起こさないための日本側の思惑が一致した妥協だった。

こうした展開のおかげで、私にはひとつの役割ができた。日本国内では作田直之は死亡したことになっているため、新しい国籍と新しい名前を与えられ、さらには当時のそれほど高くないレベルの顔面整形も受け、まったく新しい人物アメリカ国防省職員ジョージ・サカタとして、日本におけるマタンゴの完全絶滅処理を確認する役目を与えられた。いわばマタンゴ専門のスパイだよ」

――まるで映画か小説みたいじゃないですか。

「二十一世紀に生きる若いきみからすれば、そう思えるだろうな。しかし、一九六〇年代の国際諜報活動における主役は電子機器ではなく、人だったんだ。いまのようにはるか地球上空から、数十センチの物体を識別できるような監視衛星もなく、高度な通信盗聴網もなかったから、相手の国の情報を得るには、実際にその国へ生身の人間を送り込むしかなかったんだ」

――でも、作田さんが裏切ったらおしまいですよね。アメリカ側は、そこまであなたを信じたのですか。

「もちろん、私にミッションが与えられるにあたっては脅しもあった。万一裏切ったら、おまえを『あの島』へ送り返し、祖国で暮らす最愛の両親や妹たちの生命はないぞ、と言われた。私は独身だったが、田舎には両親と農家に嫁いでいるふたりの妹がいた。妹たちには子どももいた。両親にとっては孫だね。みんなは私の訃報を聞いて悲しみのどん底にいたに違いないが、その家族じたいを悲劇に巻き込むわけにはいかなかった。だから、私はまだ生きているんだよ、というメッセージも送れず、脅しに従うよりなかったのだ。

ただし、それは百パーセント不本意な命令でもなかった。自分自身で積極的にミッションを受け容れたい気持ちもあったのだ。なぜなら、仲間である村井研二がどうなっているかは、誰よりも私が知りたいところだったからだ」

――それで、その後どうなさったのですか。

「私は定期的に日本へ渡り、アメリカ国防省職員として日米安全保障条約に基づいた連携業務に従事しながら、マタンゴの行方を探っていた。やがて、防衛庁内の特務機関に内通者を見いだし、驚くべき実情がわかった。村井研二は始末されていなかった。スクラップ同然に壊れたアホウドリ号もだ。

内通者はつぎのように話した。東京医学センターから防衛庁の特務機関に引き取られたことで、自分が極秘裏に始末されるのを察した村井は、腫瘍に覆われた頬に涙を流して訴えたそうだ。どうせなら、私をヨットといっしょに森に捨ててほしい、と」

——森に、捨ててほしい？

「そうだ。彼は愛する教え子の相馬明子を、あの島に残してきたことをひどく後悔していた。どうせこうなるなら、島から逃げ出したりせず、あのキノコを食べて、彼女といっしょにマタンゴになって暮らしたかったと毎日のように嘆いていた。そして彼は最後の訴えに出たのだ。私を不気味な人間として殺すのではなく、キノコとして余生を過ごさせてください、と」

——……すごい発想ですね。

「普通の人間からみれば『すごい発想』かもしれない。しかし、マタンゴに侵された者にとっては、それは自然に受け容れられる終末なのだ」

——じゃあ、村井研二とヨットは、この樹海に？

「そのとおり。防衛庁特務機関は、駿河湾の小さな港に繋いであったアホウドリ号を陸揚げし、県境を越えて山梨県の青木ヶ原樹海入り口まで運んだ。距離にしてわずかに六十キロたらずだ」

——でも、樹海の中へはどうやって。

「実際にヨットのある位置は、それほど奥ではない。いま、このキャンピングカーが停まっている位置から西の方向へおよそ一キロ進んだところだ。その一キロの区間、樹木を伐採して運び込んだ。当時、その作業にたずさわった陸上自衛隊員には、真の目的は告げられず、ヨットと村井研二の搬入にあたっては特務機関が行なった」

——ちょっと待ってください。疑問がふたつあります。そんな手間をかけてまで、なぜ樹海に。それから、それだけの伐採を行なったら、空から見ればすぐわかるのではないんですか。しかも少なくともヨットの周囲は、いまでも空間があるはずですし。

「その質問に完全に答えられるのは、実際にきみたちといっしょに森に入ってからだ。ただし、ひとつだけ重要なことを教えておいてあげよう。関東甲信越地方の空域は終戦直後から二十一世紀の現在にいたるまで、在日米軍最優先の設定になっていることをごぞんじかね」

——いえ、知りません。

「東京都多摩地区の福生（ふっさ）・立川・昭島・武蔵村山・羽村の五つの市と瑞穂（みずほ）町にわたる広大なエリアに、在日米軍司令部及びアメリカ第五空軍司令部を置く横田基地がある。この横田基地への米軍機離着陸を最優先させるために、『ヨコタ・レーダー・アプローチ・コントロール』、略称『横田ラプコン』あるいは『横田空域』と呼ばれている厳しい進入管制空域がある。これは東京、神奈川、埼玉、栃木、群馬、静岡、山梨、長野、新潟の一都八県にわたる膨大なエリアの、高度一万二千フィートから最大で二万三千フィート、つまりおよそ三千七百メートルから七千メートルの空域を米軍管制下に置くもので、民間機といえども米軍の許可を得なければ飛べないことになっている。いちいち許可を得るのは面倒だから、事実上、民間の定期航空便はこのエリアを避けて飛んでいる。

羽田発大阪便に限っては、昭和三十七年、つまりアホウドリ号の遭難前年に、横田空域の経常的な通過が認められたが、それ以外の西日本方面行きの便は、わざわざ東京湾で大回りをして高度を上げてから、横田空域の高度制限より上に出て西へ飛ぶというロスを余儀なくされている。国内便だけではない、中国や韓国から羽田や成田へ向かう便は、横田空域そのものを避けて、伊豆大島上空から房総半島を太平洋側から回り込んで羽田へ、あるいは九十九里沖から成田へというルートをとらざるを得なくなっている。まあ、一般の乗客は、騒音を避けるために海側から入っていくんだろうと、勝手に思い込んでいるようだがね。

この横田空域は、一九九二年に一部の高度エリアが返還され、さらに二〇〇八年には南側空域が大幅に返還された。それでもまだ米軍に関東甲信越エリアの空が『制圧』されていることに変わりはない。そして樹海の上空も高度五千五百メートル以下は、米軍の許可なしに航空機は飛べない。ちなみに昨日の夕方、樹海上空を低空飛行しているヘリが一機あったことも、米軍はつかんでいる。

さてと、防衛庁特務機関の中には、すさまじく頭の切れるアイデアを有した人間がおったわけだ。米軍の諜報機関から隠したいものを、まさに米軍の管制空域の真下に持ってこようという逆転の発想だ。さすがに私も舌を巻いたよ。米軍機はその空域を自由に行き来することが目的であって、樹海のような森の海をていねいに観察するつもりなど、さらさらない。その一方で、一般小型機や観光ヘリなどを排除することで、偶然の発覚も避けられるわけだ。おまけに、いったん迷い込んだら二度と出てこられない緑の迷路だとか、自殺の名所で森の中には多数の死体が木からぶら下がったり、地面に横たわったりしているという評判が、地上からのアクセスをも阻むことになる。もちろん、ヨットの存在がカムフラージュされてきた原因は、それだけではないが」

――それにしても、村井の希望を叶（かな）えるためだけに、そんな手間をかけたんですか？

「いや、防衛庁の特務機関が村井研二とアホウドリ号を、この森の密室ともいうべき素晴らしい隠し場所に置いたのは、やはり村井の行く末がどうなるかを観察したかったからだよ。そして樹海の自然環境は、キノコの生育には最適だった。ただし、南の島で生まれたマタンゴにとってどうかは不明だった。だからよけいにマタンゴの研究に興味を持った。米軍側との合意を裏切ってまで……。あとの質問は、実際に樹海の中に入っていきながら答えよう。以上だ」

――待ってください。あと一言。作田さんは、いまでもなおアメリカ側の人間なんですか。

「そのとおり」

――では、なぜこうした秘密を私たちにしゃべるんですか。

「ひとつは、そこにいる哀れなふたりを精神的に救ってやりたかったこと。そして、もうひとつは……」

――もうひとつは？

「この五十年間、私は仲間を裏切ったことへの償いを、いったいどのようにすればよいのか、迷いつづけてきた。しかし最後に得た結論は、すべての真実を明らかにすること――これしかなかった。ほうっておいても、この歳の私に残された人生は少ない。今回の裏切りで、私は抹殺されるだろう。でも、かまわない。両親はもちろん、妹たちも、もはやこの世にはいない。私にとって守るものは何もなくなったからだ。そして、そうすることが、あの森に住む村井へのはなむけになる」

――村井研二は、まだ樹海で生きつづけているんですか。

「そのとおり。さあ、テレビ中継の準備をはじめたまえ。用意ができたら出発だ」

7

アメリカ・フロリダ州のマイアミ支局で作田のインタビューを見終えた中央テレビの幹部たちは、しばし声を失っていた。

長い沈黙があってから、社長が決断した。

「樹海の生中継で、もしもほんとうにマタンゴが撮影されたら、どれぐらいの影響を我が国に、いや全世界に与えることになるか、私には見当もつかない。しかし、これはやるしかあるまい。ひょっとすると、星野隼人がほんとうにテロリストの手先で、スペースシャトルに何か危害を及ぼす意図があったとして、それがマタンゴを使ったものだとすれば、樹海の中継がそれを未然に防ぐ役割を果たすかもしれない」

「そうですね」

金子プロデューサーが同意した。

「いまとなっては、私にはこういう想像しかできません。星野飛行士にはすでにマタンゴの菌が植えつけられており、宇宙遊泳における何らかの刺激——放射線かもしれないし、純度百パーセントの酸素に低い気圧という宇宙服の環境かもしれませんが——それを受けて、宇宙産の新種マタンゴを生み出す実験台にされているのではないか、と」

「だとしたら」

副社長が言った。

「午後三時からの中継の前に、桜居真紀君の樹海探検を放送すべきだ」

「私も賛成です」

専務が同意した。

「世界的な騒ぎを起こせば、アルバトロスの謀略を止めることができるはずです」

「よし、わかった」

社長は決断、報道局長に向かって言った。

「これは社長命令だと、本社の編成局長に言いたまえ。可能な限り早い時間帯で緊急特番を組ませろ」

「スポンサー調整はどうします？」

「そんなのは、すべて事が終わってからだ。営業局長がグダグダ言ってきたら、おれに電話を回せ。それから、番組タイトルには『マタンゴ』を使え。この名前を一気に世間に広めるんだ」

「『緊急生放送！　未知の生物〈マタンゴ〉を樹海に追う！』はどうです？」

金子が提案すると、社長はすかさず訂正した。

「樹海という名前は出すな。これはスクープだ。ほかの局に抜かれないよう、そしてよけいな野次馬が増えないように、具体的な地名は極秘だ。それ以外はきみの案でいこう」

「わかりました。真紀が樹海のどこまで進むかわかりませんが、電波が届きやすいように中継ポイントを増やす手配もします。これは全体の決定を待っていられませんから、いまから大至急で現場へ向かわせます。本社から間に合わなければ、山梨か静岡のネット局に応援を頼みますが、いいですね」

「よろしい。ただし、すべては極秘で。必要があれば、いつでもおれや副社長や専務がネット局のトップと話す」

「あと、スタジオには工藤さんを呼んでおきましょう。どっちにしても三時からの番組の打ち合わせもあって、会社近くのホテルに泊まってもらっていますから」

「細かいことは、きみと報道局長に任せる。とにかく至急、日本と連絡をとれ」

「まだ向こうは朝の六時になるかならないかですが」

「かまわん。必要な人間は片っ端からたたき起こすんだ」

社長の言葉を合図に、報道局長と金子健太郎プロデューサーは国際電話にかじりついた。

日本時間の朝七時すぎ——最終的な決定が下された。緊急特番の開始は午前九時からと。

だが、中央テレビの人間は誰ひとり知らなかった。突然変更された星野隼人の船外活動が、日本時間で午前八時から行なわれることを。しかもその情報は、「無理やり未来を変えたい」とする星野の強い要望によって、中央テレビサイドには一切知らされなかった。

実際に彼が宇宙に飛び出すまでは……。

8

午前八時半——

緊急特番の開始を三十分後に控え、すでに作田直之、岡島寛太、矢野誠の三名はキャンピングカーを出て、樹海の中に少しだけ入っていた。もうしばらくしてから、桜居真紀と北沢一夫の二名が合流する。

作田たちを先行して樹海に入れたのは、すでに完全な朝を迎え、中継スタッフも続々と増えてくる中で、マタンゴ化した岡島と矢野の姿をまだスタッフにさえ見せたくなかったからだった。そして真紀と北沢は、北沢が予め CBUから持ち出してきていたオレンジ色バージョンの化学防護服を装着して中に入ることになった。北沢はもう一着、防護服を持ってきていたが、作田は装着を拒否していた。

事情を知らない中継スタッフはふたりの重装備に驚いていたが、北沢から「虹色の霧が出たら、ただちに退避するように。そして中継班は一切樹海の中に入らないほうがいい」と指示され、けっきょく電波をリレーするための数本の伸縮アンテナも、北沢が持って樹海に入ることになった。生中継でありながら本職の技術チームは一切同行しない、異例のシフトである。

「真紀、空を見ろ」

北沢に言われ、オレンジ色の化学防護服を装着し終えたばかりの真紀は、グローブをはめながら天を見上げた。

さきほどまで輝いていた朝日がいつのまにか灰色の雲に隠れ、西のほうからは明らかに豪雨を伴う黒雲がゆっくりと押し寄せてきていた。

「雨になるのね」

「それも土砂降りになりそうだ」

「カメラにレインカバーを掛けておかないと」

「思い出さないか、真紀」

いっしょに空を見上げて、北沢が言った。

「十年前の土砂降りを」

「ええ、思い出すわ」

「たしかにぼくたちは、大雨の中でヨットを見た。そして、キノコの化け物も」

「それをこれから、もう一度見るわけよ」

「もしかすると、夕衣とも会えるかも」

「え？」

「夕衣がマタンゴになっていたら、ここにきている気がする。ひょっとしたら、あの作田のじいさんが連れてきているかもしれない。いま、こうやって岡島会長と矢野を連れていくように」

「ねえ、もしかして作田さんは、岡島さんと矢野さんを樹海に置き去りにするつもりがあるんじゃないかしら」

「ぼくもそう思っている。それが彼らにとって唯一の救いになるのであれば」

「平気なの、北沢さんは」

「何が」

「そういう形で昔の仲間と永遠に別れることになっても」

「それは……ぼくだってつらい。だけど、会長と矢野はわかっていると思う。この行動が星野を救う唯一のチャンスかもしれない、と」

「……そうね」

真紀はポツンとつぶやき、ヘルメット越しに黒雲が押し寄せる空を見つめた。

「そうかもしれないわね」

スペースシャトル「アルバトロス」が、いま地球のどこを回っているか、真紀にはわからない。肉眼でも見えない。そして、すでに最愛の恋人がシャトルから出て、宇宙空間を泳いでいることも知らなかった。

十一　破滅への疾走

1

宇宙では、とくにシャトルから単身泳ぎ出したとき、ときどき妙な幻覚めいたものを見ることがある、とは、訓練中からよく聞かされていた。そしていま星野は自分でその体験をしていた。

ドアを開いたペイロード（貨物室）に取り付けられた二本の支柱。その間に張られたワイヤーを自由に行き来できるスライダーに接続されたテザーと呼ばれる命綱が、いま星野の身体を無限の宇宙空間にさまよい出さないように繋（つな）ぎ止めている。

背中に生命維持装置を背負った星野は、耐熱タイル脱落の有無と、その程度などをヘルメット上部に付けたテレビカメラで撮影しながら点検をつづけ、すでに一時間が経過したところだった。タイルの脱落は数カ所確認できたが、深刻な状態になっているところは、とくにない。そろそろ船内に引き揚げてよいころだったが、その段階で星野は夢を見ているような、覚醒(かくせい)しているのに幻覚に襲われたような、奇妙な気分に陥っていた。

最新型の宇宙服の内部は純度百パーセントの酸素に満たされ、かつては〇・二九気圧にまで下げられていたものが〇・四気圧でも宇宙服の膨張は避けられ、そのぶん快適になっているはずだったが、船外活動初体験の星野にとっては、以前との比較はできない。打ち上げ後、初めて無重力状態になったときにも感じた、自分の身体と周囲の空間との区切りがなくなっている感覚は、船内でいったん慣れたものの、船外に出ると、またそれが復活した。大宇宙と自分との一体化である。

自分の視点が、いつのまにか宇宙の目になっていた。そして、眼下に見える青い地球が、自分の手のひらに載せた水晶玉のように思えてきた。

(こんな水晶玉、いつか、どこかで見た覚えがあるな)

そう思ったとたん、老婆の嗄(しわが)れた歌声が聞こえてきた。

「水の溜まった石畳　アカシアの葉が　寂しく浮かんでる
水の面を　風が吹き抜けて　思い出のせて　揺れている
水の溜まった石畳　アカシアの葉が　寂しく浮かんでる」

その歌声をバックにして、手のひらに載せた透き通った地球の中に、カラーの立体画像が浮かび上がってきた。それは、自分と桜居真紀を主役にした映画のワンシーンのようだった。

水晶玉の中は、めくるめく都会の明かりでキラキラと輝いていた。クリスマスのイルミネーションであふれ返った街並みだ。そこを自分と真紀が手をつないで寄り添い、幸せそうな笑みを浮かべて歩いている。

「ねえ、星野さん」

歩きながら、真紀が話しかけてくる。

「宇宙から帰ってきたら、結婚してくれる？」

それに自分が答える。

「もちろんだよ」

そして、イルミネーションを浴びて全身をきらめかせながら、ふたりは街角で立ち止まってキスをする。その様子を好奇の目で眺める通行人もいれば、無関心に通り過ぎる者もいる。

「なんだか……映画みたい」

唇を離してから、真紀が目を輝かせてつぶやいた。

「そうだね。ほんとうに映画みたいだ。あの空も」

星野は夜空を指差した。

昼間のように明るい都心の夜なのに、上空には満天の星空が広がっていた。

「きれい！」

真紀が感嘆の声を洩らした。

「まるで山の頂上で眺めるみたいな星空！　ほら……天の川！」

真紀が指差す方向に目をやる自分。その自分の視線と、シャトルと命綱で結ばれ、宇宙空間に泳いでいる自分の目が合う。

と、星空の輝きとクリスマスのイルミネーションが合体して、砕け散った宝石のような光を放ったかと思うと、照明を反射するミラーボールに変わった。そこは星野が生まれるよりも前の時代に違いない、レトロなナイトクラブだった。

「水の溜まった石畳　アカシアの葉が　寂しく浮かんでる」

楽団をバックに、ステージで女が歌っていた。

星野はドキッとした。その女が、どこか真紀の面影に似ていたからだった。とくに野性的な大きな瞳が。

「水の面を　風が吹き抜けて　思い出のせて　揺れている」

赤いベルベットのカーテンが下がる店内、円卓のひとつを三人の男が囲んでいた。テーブルの上にはジョニ黒のボトルが置かれている。いまでは平凡なアイテムだが、その昔は、これがとてつもなく高価なウィスキーであったと、星野は聞いたことがあった。

だから、この店は超高級クラブであり、三人のうちの誰かは、かなりの金持ちだということになる。


「水の溜まった石畳　アカシアの葉が　寂しく浮かんでる」


三人のうち、ひとりは物書きなのか、テーブルに原稿用紙を広げて熱心にペンを走らせていた。ほかのふたりはタバコをくゆらしながらステージに目を向けている。

「ハーイ、カサイサーン」

婦人連れの外国人の紳士が、テーブルのひとりに声をかける。

「やあ」

顔見知りのように、笠井と呼ばれた男が、軽く挨拶を返す。もの慣れたしぐさは、彼がその場の主役であることを物語っていた。

やがて、遅れて一組のカップルがやってきた。端整な顔立ちの若い男と、清楚な白い服を着た、顔立ちそのものも清純そうな女性だった。

「やっとヨットに乗る気になってくれたよ」

さわやかな笑顔を浮かべて若い男が言うと、

「よろしくお願いします」

女が少しはにかんだように頭を下げた。

「それでは……と」

笠井が立ち上がると、胸ポケットから何かを取り出し、女の首にかけた。

舵輪の形をした黄金色のペンダントだった。

男たちから拍手が湧き起こり、女はより一層恥ずかしげに、しかし嬉しそうに微笑んだ。


一転して、水晶玉の地球には青い海が映し出された。

白い帆をはためかせながら、大海原を快走するヨット。そのヨットの船腹に掲げられた救命用の白い浮き輪には、真っ赤なローマ字で「AHODORI」と記してあった。

さきほどナイトクラブにいた五人と、歌手として出演していた女、それにクラブにはいなかった男がひとり——合わせて男女七人が楽しげに、心地よさそうに海風を浴びている。

クラブ歌手の女がウクレレをかき鳴らし、そして歌い出した。

「ラララ〜ラ〜、ララ〜ララ〜、ラララ〜ラ〜、ラララララ〜」

ヨットの周り三百六十度見回しても、どこにも陸地の影はない。しかし、真っ白な帆にいっぱいの風を受けて、ヨットは飛ぶように全力疾走をつづけていた。

(アホウドリ……アルバトロス……白い帆……白い翼に乗って……)

宇宙空間を泳ぐ星野の脳裏に、いくつかの単語が駆けめぐる。

と、水晶玉と化した地球の中で、突然、大嵐がはじまった。

暴風に翻弄されるアホウドリ号。激しく揉まれ混乱するキャビン。床に投げ出されるトランプ、灰皿、トランジスタラジオ、サルのぬいぐるみ、ウクレレ、ジュースやビールの缶……。

すさまじい落雷が水晶玉の中に走る。ヨットの無線機が火を噴く。マストが折れる。折れたマストに裂けた白い帆がからみつく。船内になだれ込む海水と大雨。エンジンがやられる。荒れ狂う海に翻弄されつづけるアホウドリ号。そして――

すべてが静まったあと、無惨に壊れたアホウドリ号の前に、不気味なシルエットをした緑の孤島が見えてきた。甲板に出て、呆然とその光景を見つめる七人。

「ここ、日本？」

クラブ歌手の女がきく。

「小笠原の……どっかじゃないのか」

笠井がつぶやく。

その鬱蒼とした島の緑を、星野は食い入るように見つめていた。時間も空間も異なる宇宙の一点から。すると、島の緑がいつのまにかクリスマスツリーの緑に変わっていた。

都会の明かりを見下ろす高層マンションの一室――桜居真紀の部屋だった。そしてベッドで愛し合っている自分と真紀の姿が見えた。

「ねえ、星野さん。まだあげていなかったわよね」

自分の上に乗る星野に向かって、真紀が微笑む。

「なにを？」

と、真紀の裸身を見下ろして星野がたずねる。

「クリスマスプレゼント」

「そんなのは要らないよ。真紀そのものが、おれにとってのプレゼントだ」

「ううん、いいから、これ、受け取って」

真紀は枕の下に隠してあった小箱を、身体の上に乗っている星野に渡した。

「なんだ？　ずいぶん高そうな感じだな」

「そうよ。すっごく高いもの」

「時計？　宝石？」

と、たずねながら、リボンをほどき、包装紙をはがして箱のふたを開けたとたん、パーンと大きな音を立てて、クラッカーが五色のテープを星野の顔に弾き飛ばした。

「あははー、だまされた〜」

真紀はいかにもおかしそうに、報道キャスターとしてテレビでは決して見せることのない無邪気な笑い声を上げた。笑うと、真紀の声は少しかすれる。そこがたまらなくセクシーだ、と星野はいつも思っていた。

「こいつー、だましたな！」

赤や青や黄色の紙テープを頭から垂らしながら、星野は真紀の両手首を頭の上に押さえつけ、抵抗できないようにしてから、その唇に自分の唇を寄せていった。

それは現実にあった光景だった。昨年ではなく、一昨年のクリスマスイブ。まだシャトルの搭乗訓練がそれほどタイトなスケジュールではなく、年末には日本に帰国する余裕があるときのことだった。

（なぜ、あのときの場面が、水晶玉になった地球の中に見えるんだ）

密閉された宇宙服の中で自分の呼吸音を聞きながら、星野はいぶかしげに眉をひそめた。

（おれは幻覚を見ているのか？）

と、またあちこちでクラッカーが鳴りだした。そして、弾き飛ばされた五色のテープがつぎからつぎと、とめどなく頭の上に降ってくる。

いったい何事が起こったのかと見回す星野は、いつのまにか真紀の部屋のベッドから、どこかの遊園地にワープしていた。

2

クラッカーから飛び出したテープが、澄み切った青空に鮮やかな弧を描いていた。そして昼間の花火が打ち上げられ、ブラスバンドのマーチが高らかに鳴っている。大勢の親子連れで、その遊園地は埋め尽くされていた。

園内の入り口には大きな横断幕が張られ、そこには『祝・マタンゴランドOPEN！』と記してあった。

「ンまあ、きょうはようこそお越しくださいました、ヒマ人のみなさま。ほんとにこんなにいいお天気、ほかに行くところがないんでございましょうか〜。おほほほほ。わたくし、本日オープンいたしましたマタンゴランドのナビゲーターを務めさせていただきます、キノコの森からやってきた妖怪……いえいえ、妖精、伊集院きの子と申します。どうぞよろしくお願い申し上げます。いいんですのよ、ついでのようなパラパラパラとした拍手は」

ヘッドホンマイクをつけ、タイトなスカートに身を包んだ女史風のナビゲーターが、行列待ちのファミリーに向かって、大仰な身ぶり手ぶりをまじえて語りかける。

「さあ、本日からはじまりました、このマタンゴランド。ちょっぴり怖くて、ものすごく楽しい、日本初のキノコのファンタジー。いまからやってまいりますキノコのトロッコ列車が、みなさまをめくるめく幻想と快楽と恐怖の世界にお連れ申し上げます。身長百二十センチ以下のお子ちゃま、お腹ポンポコリンの妊婦のお母さま、ビックリするとポックリあの世に逝ってしまわれるような気の弱いヘタレのお客さまは、いずれもお乗りになれませんので、どうぞあちらの出口から、いまのうちにお帰りくださいませね。おみやげを買わないと出られないようになっておりますけれど、おほほほほ。

さあ、このマタンゴランド、楽しい楽しい童話の中の世界のようでいて、命は決して保証はいたしませんのよ。そもそも童話とはそういうもの。本質は残酷なんざます。さて、このアトラクションの名前になっている『マタンゴ』とは、いったいなんざんしょ。それはこのキノコ列車に乗ったときに、イヤでもみなさまは思い知るでございましょう。さあ、いよいよ出発ざますわよ！」

その声と同時に、行列を作って順番を待っている客たちは、どこからともなくもうもうと立ちこめてきた白い霧に包まれた。そしてその中から、虹色のヘッドライトを灯した奇怪な形をしたキノコのトロッコ列車がやってきた。

「こわいよー」

早くも泣き出す子どもたちがいる。しかし、伊集院きの子と称したナビゲーターのけたたましい声が響く。

「泣くんじゃない！　ここまできたら逃げられないんだから、ギャーギャーわめかず、さっさと乗るっ！」

（おれは、なんでこんなところにいるんだ？　しかも、ひとりで）

不思議に思いながら、行列に並んでいた星野は、ほかの客たちとともにキノコ型のトロッコ列車の後ろのほうに乗り込んだ。二人掛けの座席の隣には、身長制限をギリギリでクリアした小さな女の子が座った。

セーフティバーが両肩の上に降りてくる。

「さあ、地獄へ行ってらっしゃいませ！」

ナビゲーターの女の声が響くのと同時に、トロッコは動き出した。

最初は、それほどの速度ではない。ただ、濃密な霧に包まれているために視界がまったく利かず、乗客は列車の速度を正確につかむことができなかった。その霧は人工的に作ったものではなく、本物のようにひんやりと湿っていた。

やがて、進行方向前方から虹色をしたヘビのようなものが自分たちに向かって泳いできた。3Dのメガネをかけているわけでもないのに、それはまさに顔の前に突き出してくるような迫力だった。

キャーキャーと乗客の悲鳴がしだいに激しくなる。と同時に、トロッコの速度が急に速くなり、しかも右に左に、それだけではなく、上に下にと激しく乗客の身体が振られはじめ、悲鳴はすさまじいものになった。

そして、暗闇と霧以外に何も存在しない空間を上昇したかと思うと、ものすごい加速度で急降下し、乗客の絶叫がピークになったところで、突然、霧が晴れて平坦なところに出た。

森だった。鬱蒼とした森の中に、ようやくスピードを緩めたトロッコ列車が入り込むと、木漏れ日を思わせる黄みがかった照明が上のほうから差し込んできた。

乗客たちは、ようやくホッとして叫び声を収め、つかのまの静寂に心を落ち着かせながら周囲を見回した。

「きれいなキノコ!」

星野の隣に座る女の子が目を輝かせた。

　まさにそこはキノコの森だった。赤や緑の傘に白い斑点を散らした典型的なキノコや、茶色いとんがり帽子のようなキノコ、鮮やかな黄色い扇を広げたようなキノコ、さらには木陰の薄暗いところで青白い燐光（りんこう）を放っているキノコなど、図鑑に出ているキノコをさらに何倍にも大きく誇張した人工のキノコが、トロッコが接近すると、ゆらゆらと身体を揺らしながら歓迎のポーズをとった。

　何種類ものオルゴールが輻輳（ふくそう）しながら奏でるメロディーも、ファンタジックでユーモラスで、導入部で緊張していた乗客たちの心を和らげるにじゅうぶんだった。

　すると、先ほどの伊集院きの子の声で、アナウンスが流れた。

「みなさあん、いかがでございます？　美しゅうございますでしょう？　このキノコの森。このマタンゴランドは、ホラー作家でおなじみの、いえ、ぜんぜん名前が売れていなくて、少しもおなじみではない加納洋先生のプロデュースによるものなんざますのよ」

(加納？　大学時代にいっしょだった、あの加納がこれを作った？)

　星野が眉をひそめたとき、森の向こうでニョキニョキと入道雲のようなものが、いくつもいくつも地面から盛り上がってきた。これまでのものとは較べものにならないほど巨大なキノコだった。そしてその傘の形状は、キノコというよりも原爆雲を連想させるものだった。

　ふたたび乗客たちのあいだに緊張が走った。

するとそれまでゆっくり進んでいたトロッコがふたたび加速したかと思うと、原爆雲そっくりのキノコの群れのほうへ突進をはじめた。軽やかなオルゴールの調べはいつのまにか止み、「ウォーッ」という不気味な咆哮(ほうこう)が森に響き渡った。

(あのお化けキノコがマタンゴなのか?)

星野は両肩を押さえつけるセーフティバーを、両手でつかんだ。

トロッコは猛スピードで、そのマタンゴの群れに突っ込んでいく。またしても悲鳴、絶叫の嵐になった。巨大なキノコには人間のような手も足もあり、手の先にはちゃんと五本の指が付いている。その指を広げて、トロッコがやってくるのを待ちかまえていた。

(あれだ……あのときの怪物だ!)

星野の脳裏に記憶がよみがえった。都市伝説研究会で樹海の前にキャンプを張ったとき、豪雨の中で目撃した化け物。それがいま一体だけではなく、十体も二十体も現れ、醜悪な腫瘍に覆われた指を広げ、右から左からトロッコの乗客に襲いかかってきた。

もはや星野は、これが遊園地のアトラクションであることを完全に忘れていた。遊園地の中にありながら、いつのまにか樹海にワープしているのではないかとさえ思った。

大人げないとわかっていたが、星野は目をつぶり、歯を食いしばって顔を伏せた。すると加速度にふりまわされている最中に、横からトントンと肩を叩く者がいた。隣にいる少女だと思って、星野は恐怖に顔をしかめながら、首を横にひねった。

「……!」

少女ではなかった。いつのまにか横に加納洋が座っていた。しかも顔じゅう、身体じゅうにキノコの腫瘍を繁殖させた姿で。

「うわあああ！」

星野の絶叫を合図にしたように、トロッコはさらに加速して奈落の底へ突っ込んでいった。振り落とされまいと必死になる星野の耳元で、加納がささやいていた。

「隼人、こいよ。おまえもこっちの世界にこいよ」

加納はキノコだらけの舌を突き出したかと思うと、その舌で星野の頬を舐めた。

無数のナメコ状腫瘍が、星野の皮膚を這い回った。

3

「頼む、頼む、やめてくれ！」

星野は目をつぶって泣き叫んだ。

「バカ、こんなときに泣いてるやつがあるか！」

「え？」

急に、隣にいる声の主が変わった。

見ると、同じく大学時代の仲間だった矢野誠になっていた。そして、アトラクションの乗り物がいつのまにかパトカーに変わっている。警察官の制服を着た矢野がハンドルを握り、星野は助手席に乗っていた。

屋根で赤いパトライトが点滅していた。都会のネオンがボンネットの上に反射して、光の急流を作っていた。その流れの速度は、パトカーが疾走するスピードそのものだった。

矢野は山梨県警に勤務しているはずだったが、いま彼の運転するパトカーは夜の銀座を猛然と走っていた。

「おい、どういうことなんだ、これは」

シートベルトを片手で握りながら、星野がたずねた。

「マタンゴが出た」

星野のほうをふり返る余裕もなく、矢野は前を見つめたまま答えた。

「マタンゴ?」

「加納のマタンゴが街で暴れ回っている。いまからそれを制圧にいくところだ」

「なんでそんなことになった……わわわ、危ない、バスが!」

真正面から都心を走る循環バスが迫ってきた。向こうが悪いのではない。矢野が対向車線を走っていた。両側に華やかなショーウインドウの明かりが並ぶ夜の銀座——そこでいきなりカースタントのような離れ業がはじまった。

矢野は急ハンドルを切り、正しい車線に戻った。が、前の車に追突しそうになり、急いでまた対向車線にはみ出した。こんどはタクシーと正面衝突しそうになり、矢野はそのまま車を歩道に乗り上げた。そして通行人を左右に撥ねとばしながら、なおもスピードを緩めずに全速力でアクセルを踏みこんだ。

「おい、むちゃをするな！　なにやってるんだ」

「どうにかしないと、みんなマタンゴになってしまう。急がないと時間がないんだ」

「言ってる意味がわからないよ。説明しろ」

「説明しているヒマはない。あれを見ろ！」

矢野が指差したのは、銀座の目抜き通りの交差点に設けられたオーロラビジョンだった。そこでは中央テレビで報道キャスターをやっている桜居真紀が、臨時ニュースを伝えていた。

「つい先ほど、人気女優のＹＵＩさん、本名・野本夕衣さんがテレビドラマの撮影中にマタンゴになり、現在逃走中で、当局がその行方を追っています」

清楚な美人女優・ＹＵＩの顔がアップになり、それがまたたくまにキノコだらけの顔に変身する。

パトカーは猛然と疾走しているのに、月がいつまでもついてくるように、オーロラビジョンの映像は等距離で窓の外に眺められた。星野があぜんとして見ているうちに、画面が切り替わり、こんどは滑走路に着陸済みのスペースシャトルの光景になった。なんとそれは星野が乗っているアルバトロスだった。

「一方、シャトルが着陸したアメリカ・テキサス州ヒューストンにあるジョンソン宇宙センターでは」

真紀の声がその画面にかぶさる。

「栄えある日の丸シャトルの無事帰還を祝うパーティーで、オカジマ・インターナショナルの岡島寛太会長がスピーチの最中にマタンゴの症状を発しました」

顔の皮膚を破ってキノコが生えてくる壇上の岡島。悲鳴を上げて逃げまどう日米の来賓たち。

「いったい、これは……」

もう一度問い質そうとして、運転席を見た星野は絶句した。

運転する矢野までがキノコの怪人になっていた。

「そうなんだよ。おれもマタンゴになったんだよ。だからもう、生きていたってしょうがない。隼人、ここにおまえがいるのも何かの縁だ。いっしょに死んでくれ」

そう言うなり、矢野は銀座の交差点の真ん中でパトカーをスピンターンさせた。そして、オーロラビジョンに中央テレビの放送を映し出しているビルの一階に設けられた、ガラス張りのショールームめざしてフルスピードで向かった。

星野は声も出せなかった。

時速百キロを超す速度で車のノーズが突っ込んだ瞬間、高さ十五メートルに及ぶショールームのガラスは滝のように砕け落ち、その一秒後、矢野と星野を乗せたパトカーはビルの中で爆発炎上した。轟音とともに立ちのぼる炎と煙に覆われながら、依然としてビルの上部壁面にあるオーロラビジョンでは、桜居真紀が世界中でマタンゴが発生している緊急ニュースを伝えていた。

「では、きょうはスタジオに細菌学者の北沢一夫先生にきていただいております。この衝撃的な現象について、北沢先生、ズバリおうかがいします。いったいマタンゴとは何なんでしょう」

すると、北沢はその質問に答える代わりに、震える指で隣に座る真紀の襟もとを指した。ハッとなって、真紀は北沢が示したところに手を当てた。何かが指先に触れた。目の前にあるモニターで、テレビに映っている自分の姿を見た。毒々しい赤いキノコが、首筋から顔を出して、生き物のようにうごめいていた。

真紀は絶叫をほとばしらせる形に口を開いた。

しかし、悲鳴が発せられる前に、オーロラビジョンの電源が落ちた。

すべてが闇になった。それからしばらくして、その闇の中にポツリポツリと白い点が浮かび上がってきた。そして、その数が徐々に増えてきた。

それは故障して真っ暗になったオーロラビジョンを構成するＬＥＤが、少しずつ回復してきた様子にも見えた。だが、それは星だった。夢と幻覚の区別がつかない奇妙な世界から、ようやく現実の意識を取り戻しつつある星野隼人の網膜に、宇宙服のヘルメットを通して見える宇宙の星々が、ひとつ、またひとつと焦点を結びはじめていた。

「星野さん、星野さん、応答してください」

宇宙服のヘルメットから、問いかける声が聞こえてきた。

アルバトロス内部で、星野の船外活動を監視している柳田の声だった。

「さきほどから通話が途切れているので心配しています。異常ありませんか、どうぞ」

「あ、ああ……だいじょうぶだ」

星野は我に返って応答した。腕に装着した時計は、船外活動を開始してから一時間以上が経過しているのを示していた。

「機体にとくに修復を必要とするような損傷はない模様」

「星野さんのヘッドカメラを通じて、城之内船長も同様の判断です」

「では、いまから船内に戻る」

「了解しました」

「あ、柳田さん。ひとつおねがいが」

「なんですか」

「いや、なんでもない。いいです」

星野は自分の身体に異常がないかどうかを、柳田が操る船外カメラで見てもらおうかと思った。しかし、強烈な太陽光線から顔を保護するためのサンバイザーが反射して、外から自分の顔の状況を見ることができないことに気がつき、頼むのをやめた。もちろん、自分自身でもどうなっているかわからない。

予定どおりのスケジュールで船外活動を行なったら、自分の身に何かが起こる。しかし、予定外のスケジュールで船外に出たから、確定した未来を変えたことになり、結果として何も起こらないはずであった。自分勝手な理屈かもしれないが、そうなるはずだし、そうであってほしかった。あの占い師の老婆が語ったような、白い翼に乗って地獄へ行く運命からコースアウトして、別のパラレルワールドに入ったはずだった。

　星野はそうなっていることを祈りながら、シャトル内部への戻り口であるエアロックへゆっくりと近づいていった。

4

　夜の報道キャスターとしておなじみの桜居真紀の顔が、朝の九時から全国ネットで流れていた。彼女が身を包んでいる化学防護服のオレンジと、背景の森の緑のコントラストが鮮やかだった。

　放送直前まで、上空にはぶ厚い雨雲が広がってきていたが、奇跡的に雲の切れ目から太陽が姿を現し、その日射しが鬱蒼(うっそう)と生い茂る木々の葉をかき分けながら森に差し込んできて、幻想的な光のシャワーを演出していた。

　新聞のテレビ欄はもちろん、ネットの中央テレビ公式サイトの番組表にさえ掲載されていない緊急生放送である。その題名は『緊急特別番組　地球が危ない！　いま人類が〈マタンゴ〉に襲われる！』。

すでにマタンゴになった岡島と矢野にとっては、あまりにも残酷なタイトルだった。まるで自分たちが怪物になって、人間を襲う立場になったようだった。だが、最終的にフロリダにいる金子プロデューサーがそのように決め、報道局長も編成局長も了解した以上は、現場で変えることはできなかった。

いま桜居真紀は北沢一夫とともに化学防護服を着て、樹海の中に入っていた。無線中継機能を持つビデオカメラは、当初真紀が手持ちにして撮影していくつもりだったが、北沢にカメラマン役を頼み、作田老人に追加用の中継アンテナを持たせ、自分はレポートに徹することにした。それは「おまえが画面に出なきゃダメだ」という金子の指示もあったが、自分が映ることで、もしこの衝撃的な映像がスペースシャトル「アルバトロス」に中継されたら、星野は危険な船外活動を回避してくれるかもしれないという期待があった。

真紀は、一時間前からすでに星野が船外活動をはじめていたことを知らなかった。

「テレビをごらんのみなさん、突然、こんな生放送がはじまって驚かれていると思います。しかも、私がこのような恰好(かっこう)をしていることにも驚かれたでしょう。これは危険なウイルスや毒物から身を守る化学防護服です。私と、いまカメラを撮影しているCBU——生物化学兵器テロ対策室の専属研究員である細菌学者の北沢一夫先生の二名は、この防護服を着て森に入っています。局の中継スタッフは危険なので、この森の入り口で控えています。なぜこうした装備が必要なのか。そして『この森』はどこなのか——それについては、この放送の中で追ってお伝えしてまいります。

今回、この緊急生放送のために、私と北沢先生のほかに、あと三人がいっしょに森に入っています。まず最初に、おひとりご紹介します。今回の衝撃的なツアーのガイド役ともいうべき作田直之さんです。作田さんは化学防護服を身につけておられませんが、その理由も含めて、私たちがこれから見ようとするものは何なのか。そして、なぜ作田さんがそれを私たちに見せようと決意なさったのかをおうかがいいたします。作田さん、どうぞ」

追加用の中継アンテナをそばの大木に立てかけてから、白髪の老人・作田直之が真紀と並んだ。そして、胸に下げた舵輪（だりん）のペンダントをちょっといじってから、北沢が構えるカメラに向かってしゃべりはじめた。

「全国のみなさん、いや、世界各国のみなさん。私はいまからみなさんに地球の危機をお見せしたいと思います。私はいまからちょうど五十年前の夏、アホウドリ号と名付けたヨットの処女航海で艇長を務めておりました作田直之と申します。その航海には男女七名が参加しておりましたが、不幸にも途中で猛烈な嵐に遭い、帆はちぎれ、マストは折れ、エンジンは浸水で停止し、無線機は落雷で壊れるという惨憺（さんたん）たる状況の中で、名もない南海の孤島にたどり着いたのです……」

5

「これはまずいことになりました、総理」

外部の自然光が一切差し込まない薄暗い部屋で中央テレビの生放送の画面を見つめる官房長官は、その画像から発せられる光を浴びる顔を、腹立たしげにしかめた。

「緊急特番情報が入ったから、よもやと思いましたが、まさか作田が出てこようとは」

「説明してくれないかね、官房長官」

テレビの前の椅子に座る総理は、自分の横に並んで座る官房長官にたずねた。

「詳しい説明は、作田がやってくれると思いますので、それを聞いていましょう」

「そうではない。まず第一に知りたいのは、きみが私を強引にこんな場所へつれてきた理由だ」

そこは首相官邸でも首相公邸でもなかった。防衛省の地下にある、対外的には存在しないことになっているSTF＝スペシャル・タスク・フォース――旧式な表現を使えば特務機関――のために設けられた秘密の小部屋で、いまそこには総理と官房長官、そして背後には防衛省制服組の幹部一名が座っていた。

そして、この部屋におけるやりとりの様子は、別室に控えるSTFの幹部によってモニターされていた。

「第二に、いまあの森で進行している事態は、きみや防衛省の幹部は最初から把握していたのか。そして第三は、なぜ私に銃口が向けられなければならないのか、ということだ」

総理の首筋には、防衛省幹部の持つ銃口が向けられていた。サイレンサーを必要とするほどの口径ではない。しかし、急所を撃てば死ぬ。

「これは、クーデターということかね」

「三つ目の質問に関していえば、そう言えないこともないでしょう」

テレビ画面に目を向けたまま、官房長官は淡々と答えた。

「中央テレビが突然こんな放送をはじめなければ、総理はお昼どきに心臓発作を起こされて死亡することになっていました。そういう意味では、クーデター計画があったというのは事実です」

「私が心臓発作を起こすことになっていた？」

「なるべくお楽に旅立っていただけるような配慮はしてありました。しかし幸か不幸か、私どもも予期せぬ展開になりつつあるので、総理が命拾いをする可能性も出てまいりました。ただし、私どもの指示にしたがって、今後は完全なる沈黙を保ってくださることが大前提です。たとえ私を抹殺しても、総理が無事でいられることはありませんので」

「きみは二・二六事件の青年将校を気取っているのか」

「私はもう青年という歳でもありませんし、あいにく歴史は苦手なもので、二・二六事件というものは知らないのです」

「とぼけるな！」

総理は真横に座る官房長官に向かって、目をむいて怒鳴った。

「おまえが総理の私を殺す計画を立てていたのか」

「私ではありません」

「じゃあ、誰だ」

「この防衛省の建物にいる、ごく一部の上級幹部及び秘密研究員ということにしておきましょうか」

官房長官は、後ろに控える制服の幹部をふり返って、微かな笑いを洩らした。

「防衛省……の？」

「ええ。総理も政治の世界に長くいらっしゃるから、いまさらご説明の要はないと思いますが、表向きには総理大臣が日本で一番権力を持っていることになっていますが、その総理を操る陰の権力が存在するケースは、過去においても往々にしてみられます」

「与党の大物とか、右翼の大物とか、マスコミの大物とか、そういう話だろう」

「それは政治記者が好みそうな話ですが、ときにはもっとスケールの大きな影のナンバーワンが力を及ぼす場合もあります」

「どういうやつらだ」

「ですから、ここですよ」

官房長官は、床を指差した。

「基本的に国家というものは政治で動いているのではない、ミリタリーバランスで動かされています。この日本も例外ではありません」

「日本という国家が、軍事優先の論理で動いているというのかね」

「それが時代を超えた国家の本質です。何千年も前からね」

「バカバカしい」

「少しもバカバカしい話ではありませんよ、総理。国家の外側には、つねに敵が存在する。敵が存在する以上は、軍事力こそが国家を動かす論理の根本になるのです。司法・立法・行政ではありません」

「平和憲法のもと、軍隊も存在しない日本で、そんなけしからん話があっていいはずがない！」

「総理にこの場所にきていただいたのは、そうした平和ボケの認識を改めていただく必要もあったからです。防衛省は国家を守る最重要組織であり、党利党略やくだらぬ世論の動向によって頻繁に首がすげ替えられる総理大臣などには教えられぬ機密は、いくらでも存在します。逆に言えば、世間的にはほとんど無名の者たちが、国家の最高機密を保持し、日本という国家を実際に運営している。それが実態です」

「きみは、民主主義を侮辱するつもりか！」

「侮辱はしていません。総理の権力に対する幻想を払拭していただきたいと思って、ありのままの現実をご説明申し上げているだけのことです」

官房長官は、慇懃無礼な姿勢でつづけた。

「そして総理のあなたが、重大な国家機密に深く首を突っ込むことになってしまった。ここが困ったところなのです」

「ＣＢＵの施設に収容された、あの化け物のことかね」

「そうです、マタンゴです。それが、あなたを消さねばならなくなった最大の理由でした。あなただけでなく、厚生労働大臣ほか、例のCBUのテレビ会議に参加したメンバーもその対象になっていたんですがね。しかし、どうも知りすぎた人物を消すのがベストの選択とは思えない展開になってきたようでしてねえ。……おい、とりあえず銃を下げろ。総理に失礼にあたる」

官房長官は、背後に控える制服姿の防衛省幹部に命じ、銃口を下げさせた。だが、安全装置ははずされたままだった。

「総理、先日発見された加納洋の異様な姿は、決してマタンゴの第一号症例ではないのです。マタンゴは五十年も前からこの日本に存在していました」

官房長官は、自分を驚異のまなざしで見つめる総理大臣に向かって、感情を完全に殺した口調でつづけた。

「総理も概略はご承知のとおり、昭和三十八年、一九六三年の夏の終わりに、南海の孤島から奇跡の生還を遂げた村井研二という男性の発症していた奇病——それこそが、人間のマタンゴ化現象が世界で初めて確認されたものでした。その村井の身柄をめぐって、日本の防衛庁と米軍が熾烈(しれつ)な争奪戦を繰り広げた。なぜなら、当初からマタンゴは奇怪な風土病ではなく、核実験が生んだ突然変異の産物であると理解されており、それゆえに、生物兵器としての可能性を真剣に検討されていたからです。この防衛省の前身である防衛庁の特務機関も同様の認識でした。だから米軍にマタンゴを渡すまいと必死になったし、米軍も日本側に研究されてたまるものかと奪還を何度も企てた。

しかし、時代が下るにつれて、日米の関係はだいぶ様変わりをしてまいりました。終戦からまもない時期は、アメリカは日本の民主化がうまくいくとは信じていなかった。占領政策を終えて独立を許したものの、いつまたもとのような軍国主義国家に戻るか半信半疑で、不安で仕方がなかったわけです。昭和三十八年、東京オリンピックが翌年に行なわれようという時期でさえ、そうでした。だからこそ、村井研二を日本に渡したくなかったんです。

ところが日本の民主化はアメリカが想像していたよりもスムーズに進み、米ソや米中対決の構図において、日本は共産主義の防波堤としての役目を担う最重要同盟国との認識に変わってきました。だから米軍のマタンゴ研究チームも方針を大幅に切り換えたのです。マタンゴを奪い合うよりも、むしろ日米共同で、生物兵器として扱いやすい新種のマタンゴを生み出そうではないか、と……」

「新種のマタンゴ？」

「そうです。七〇年安保の騒乱も収まり、ベトナム反戦運動も下火になった一九七〇年代後半あたりから、新種マタンゴの誕生を目指した日米共同の秘密研究が急速に進んできました。そのころは、もはやアメリカにとって日本の防衛庁にあった特務機関は、警戒すべき存在ではなく、最も信頼すべきパートナーとなっていました」

官房長官は、テレビ画面の作田が同じような歴史を語るのを耳で聴きながら、総理に向かって立て板に水といった調子で話しつづけた。

「さて、なぜ新種のマタンゴが必要なのか、という理由をご説明申し上げましょう。マタンゴは核実験が生んだ、核兵器よりも恐ろしい突然変異の生物です。しかし、そのマタンゴには大きな弱点がありました。それは人間が完全にマタンゴ化した段階で、人間ではなくキノコの生育条件に基づいて生命が維持されるようになるという点です。つまり生物としてのメカニズムが、人間からキノコに切り替わってしまう。これがマタンゴの最大の弱点でした」

6

日曜日で自宅にいた山梨県警本部長も、衝撃的な緊急生放送を食い入るように見つめるひとりだった。そして彼の目は、そのテレビだけでなく、手元に置いた小型ノートパソコンで自動受信した一通のメールにも向けられていた。

それはこの日の未明にCBUの真田進吾室長から送信されてきたものだった。

《山梨県警本部長殿　あの恐るべきマタンゴが復活し、さらに凍結される一部始終をテレビ会議でごらんになった証人のひとりとして、本部長をご信頼申し上げたうえで、このメールをお届けします。

もしもこのメールをお読みになって私に連絡をとろうとなさったとき、私が音信不通状態にあれば、私の命はひょっとしてなくなっているものと解釈していただいたほうがよいかもしれません。しかし、そうであったとしても、どうぞ本部長はしばらく事態を静観なさっていてください。なぜなら、マタンゴをめぐっては、いまや誰が味方で誰が敵であるのか、まったくわからない状況となっているからです。そのような状況下で不用意に行動を起こされれば、本部長自身の生命にも危険が生じます。

まずかんたんにご報告申し上げます。CBUに冷凍保存してあった加納洋が解凍されてしまいました。国立感染症研究所の大和田所長が、切断された左腕だけではなく加納本体を復活させて、本人を人間に戻してやりたいとする強い欲望を抑えきれなくなり、CBU研究員のひとりをだまして、緊急解凍操作を行なわせたのです。

その結果、加納洋は再復活し、それだけでなく前にもまして凶暴性を発揮し、大和田所長を殺害したのちに逃亡しました。おそらく向かったのは樹海と思われます。そう推定する第一の根拠は、日本国内で樹海こそがマタンゴが安全に棲息(せいそく)できる唯一の地域であり、一種の帰巣本能がそこへ足を向けさせたと考えられるからです。

しかし、もうひとつ、加納が樹海に向かったと推測できる理由があります。それは、かつての仲間たちに起因するものです。十年前、彼が城南大学の学生だったとき、都市伝説研究会と称するグループ七人で、樹海に都市伝説の検証に出かけました。いまでこそマタンゴと名付けられていますが、その怪物が実在するという噂の検証です。そして私は、それに関連して衝撃的な映像を入手しました。いえ、正確には『発見した』というべきでしょうか。

貴警察署の矢野誠警部と、当CBUの専属細菌学者である北沢一夫両名が、マタンゴと化した旧友の家宅捜索を行ない、そこで見つけたデジタルカメラの画像によって、ひとつの事実が判明しました。加納が出版社のダイエット企画で、CTスキャンを受けていたことです。そして、そこで浴びた放射線がマタンゴ化の引き金になったのでは、という推測に導かれました。しかし、このデータファイルにはもっと重要な事実が隠されていました。じつは撮影されたのちに消去された静止画像ならびに動画があったのです。消去は加納本人が行なったものではありません。なぜなら……。

ともかく、その消去ファイルを復元しましたので、実際の映像をごらんください。なお、私はこの衝撃的事実を総理にご報告すべく、これからオリジナルデータを官邸に届けに行ってきますが、どうも官邸側の反応が不自然なのです。もしかすると、私は虎の尾を踏んだのかもしれません。非常にいやな予感がします。

私にもしものことがあった場合は、このファイルの公開をおねがいします。ただし、決して急がないでください。急ぎすぎると、本部長も証拠ともども抹殺されるおそれがあります。以上です。

生物化学兵器テロ対策室　室長　真田進吾》

すでに県警本部長はその動画ファイルを確認していた。衝撃という単純な言葉では言い表わせなかった。身体の震えが止まらなかった。

そして本人がメールで予感を述べていたとおり、朝の九時になっても、依然として真田に連絡をとることはできなかった。

7

「一般的なキノコが子実体に胞子をはらみ、それを飛ばして生殖活動を行なうには太陽光線を必要とするように、マタンゴも太陽光線に含まれる放射線にきわめて敏感に反応し、それが生殖作用を促進させます」

防衛省地下の秘密の小部屋で、官房長官は総理に向かって説明をつづけていた。

「その一方で、生命の本体である菌糸体は地中や倒木中に存在しているのであり、それは逆に、適度な湿度と日陰を求めます。陽光は差し込むが、日陰も多く、湿気もじゅうぶんにある。その条件を満たす土地でのみ、マタンゴは棲息できるのであって、そのエリアから外に長時間出て生存することは不可能なんです。そして、その生育条件を満たしている環境が、日本の樹海でした。

ちなみに、完全にマタンゴ化した場合でも、通常のキノコと異なり、子実体の部分が単独で移動することはできます。しかし、その行動範囲は定住ポイントからわずかに半径数メートルの距離だけです。人間からマタンゴへの変身過程にある段階でも、その生態のバランスは非常に不安定な状態に置かれ、ちょっとした要因から、一気に完全なるマタンゴへ変化してしまうこともあります。そうなると、もはや人間らしい行動をとることはまったくできなくなります。言語は発せられず、喉から出てくるのはただの咆哮(ほうこう)です。思考能力もかぎりなくゼロに近くなり、ただひたすら本能で生きるだけの生物になってしまう」

「ちょっと待ってくれないか」

話の途中で、総理が遮った。

「きみはいま、マタンゴのことなら何でも知っているような口調で話しているが、CBUの会議では、素人のような顔をして聞いていた。あれは演技だったのかね」

「演技がうまくなければ、国家機密を守る立場にはいられませんが」

「では、いま披露した知識はどこで得た」

「過去五十年にわたる樹海の観察記録があるんですよ。ほんとうに一握りの人間しかアクセスできない機密ファイルにね」

「……」

薄暗い部屋の中で、総理は天井を仰ぎ、絶望的なため息をついた。

官房長官は、そうした総理の様子を冷たい表情で眺め、さらに話を先に進めた。

「さて、マタンゴを生物兵器として使う方法は二通り考えられます。第一は、敵をマタンゴ化してしまう発想です。極端な場合、敵対する国家の国民すべてをマタンゴにしてしまうという戦略も不可能ではありません。しかし、それは相手に生物兵器そのものを大量に渡してしまうことでもあり、逆用されるおそれもある。そこで注目されたのが、マタンゴの不死性でした」

「不死性？」

「ええ、総理もご覧になったでしょう、ＣＢＵのラボにおける加納洋の復活を。まだ人間とキノコの中間にある段階でさえ、彼には人間の生死の常識を逸脱したメカニズムが働いていたのです」

「では、死なない戦士を作ろうとでも」

「ご想像のとおりです」

官房長官は大きくうなずいた。

「人間とマタンゴの中間段階をずっと保ちつづけることで、キノコの菌糸体のようなしぶとい生命力を持ちながら、なおかつ人間としての思考能力や表現能力を保持できれば、どんな特殊部隊も及ばぬ史上最強の兵士が誕生します。その夢を実現させるために、突然変異のさらに突然変異を企てようと、一九七〇年代後半に、日米の軍事協力で新種マタンゴの開発プロジェクトが極秘裏に組まれました。しかし、十年経っても二十年経っても、二十一世紀に入ってもうまくいかない。核実験の落とし子ともいうべき原種マタンゴの弱点を補う新種は、なかなか誕生しませんでした。そこで最後の切り札として期待されたのが、スペースシャトルだったのです。地球上で望むような突然変異を引き起こせないなら、宇宙で作ったらどうか、というアイデアです。宇宙を化学実験室として、これまで幾多の成果を上げてきたスペースシャトルに、新種マタンゴ誕生の望みを託したのです」

「もしや、それはいま飛んでいる……」

「そうです。実験の舞台として使われることになったのが、初の日の丸シャトルとして注目を浴びている『アルバトロス』です」

「では、岡島会長も組織の仲間なのか」

「いいえ、岡島は日米双方からつぎつぎと湧いてくる資金提供の話を自分の実力と勘違いし、宇宙ビジネスの夢を実現できることに舞い上がって、自分が秘密計画に利用されていることなど、まったく知らずにいました。ようやくそれに気づいたときには、いろいろな意味で手遅れのようでしたがね」

「アルバトロスで、どうやってマタンゴの実験をするんだ」

「それはもうあとわずかの時間でわかるでしょう。実験が成功か失敗かも含めて」

「私は許さんぞ、そんな危険な謀略は」

総理は背広の胸ポケットに手を突っ込み、携帯電話を取り出した。

「お待ちください、総理」

官房長官の制止の声と同時に、ふたたび銃口が後ろから総理の首に突きつけられた。拳銃を構えた防衛省幹部は、引き金を引くのにまったくためらいはなさそうな無表情だった。

「どこに連絡なさるつもりですか」

「真田だ。CBUの真田を呼ぶ」

「残念ながら……」

官房長官は、背後の防衛省幹部と目を見合わせてから、静かに言った。

「真田室長はけさ早くに、お亡くなりになりました。日比谷公園のベンチで座ったまま、心臓発作を起こされておりましてね。有能な方でいらしたのに、まことに残念です」

8

「桜居さん、樹海の桜居さん」

中央テレビのスタジオから、ふだん桜居真紀と夜のニュースワイドで組んでいるベテランの工藤俊一キャスターが呼びかけていた。

「いま作田さんが話してくださったストーリーはにわかに信じられませんが、それをいまから真実だと証明してもらえるんですね」

「はい、そうです」

防護服のヘルメット越しにカメラのレンズを見据え、真紀は自信に満ちた声で答えた。

「十年前、私と北沢先生を含む城南大学と城南大学付属女子高校の七人が、この森に怪物と不思議なヨットがあるという都市伝説の検証にやってきました。七人の中には、いまスペースシャトル『アルバトロス』で宇宙を飛行中の星野隼人飛行士もいました。そして星野さんを除く六人が、実際にこの森の中に入っていったのですが、私たちはそのときの記憶を長いあいだ失っていました。けれども、いまそれが決して夢ではなかったことが、作田さんの案内によって証明されようとしています。つまり私たちは、かつて作田さんが艇長を務められていたヨット『アホウドリ号』が置かれている場所に向かっているのです」

「桜居さん、五十年前に外洋を走っていたヨットが、いまそこの森の中に置かれているということなんですね」

野次馬たちに中継を妨害されないために、青木ヶ原樹海という固有名詞はギリギリまで出さないようにとの事前打ち合わせどおり、工藤は『森』という漠然とした表現を使って話しかけた。

「そうです。信じられないでしょうが、この森の中に半世紀ものあいだ、大型ヨットが隠されつづけてきたのです」

「あなたのいる場所は、だいぶ森の奥深くなんですか」

「そうです。私たちは道なき道をかき分けて、かなり奥まで進んできました。迷わないように木の幹にマークをつけながら進んでいるのですが、そうでもしなければ、この緑の迷宮から元の世界に戻ることは不可能にさえ思えます。……あ、あそこに！」

真紀の声が少しうわずった。

「骸骨（がいこつ）です！　草の陰に白骨死体が転がっています。ごらんになれますでしょうか」

北沢の構える中継カメラがそれを追った。

頭蓋骨（ずがいこつ）にうっすらと頭髪を残した白骨死体が、あおむけになって転がっていた。ぽっかりと空いた眼窩（がんか）からは雑草が生えており、枯葉色になった歯だけが残る口からは、多足類のヤスデが何匹もせわしなく出入りする様子が見えた。着衣はすでにボロボロに風化していたが、かろうじてそれが男性用のスーツであることがみてとれた。

「見えますよ、桜居さん」

スタジオの工藤が、緊張の面持ちで答えた。

「それは森の中で迷って出てこられなくなった人でしょうか」

「というよりは、自ら進んでここに死に場所を求めてきた人のように思えます。あ……あちらにも！」

真紀が指差した新たな方角に、北沢のカメラが向けられた。

より衝撃的な映像が全国に流された。がっくりとうなだれた恰好（かっこう）で木の枝に首を吊っている、まだ白骨化していない腐乱死体だった。

「私は防護服を着ているから感じませんが、おそらく一帯には死の匂いが満ちているのではないでしょうか。ここは死の森です。人生に絶望してやってきた人々が、最後に墓場として選ぶ死の森と言って差し支えありません」

すでにその発言自体が、現在地を樹海だと公言したようなものだったが、興奮気味の真紀は、そこまで配慮が行き届いていなかった。しかし、樹海に近い山梨県や静岡県でテレビを見ていた多くの人間は、中継場所が樹海だとわかっても現地へ向かおうとはしなかった。送られてくる映像のインパクトの強さと、これからさらに何を見せられるのかという興奮とで、テレビの前から離れられなかったからである。

しかし、車の中で車載テレビを見ていた若者たちは、樹海のどの入り口に行けばよいのかと議論しあいながら、すぐさまアクセルを吹かして、想定される中継現場への最短ルートで向かいはじめた。その車の数は数台から十数台に、そして数十台に、さらに百台、二百台と、またたくまに増えていった。

「スタジオの工藤さん、そしてテレビをごらんのみなさん」

オレンジ色の防護服に身を包んだ桜居真紀が、樹林のあいだでいったん歩みを止め、カメラに正面から向き直った。

「生放送の冒頭で、私は自分と北沢先生以外に、あと三人の同行者がいることをお話ししました。そのひとりは作田艇長です。そして残りのふたりは、あえてここまでカメラの写る範囲外に出てもらっていました。でも、いよいよその二名を紹介するときがきました。じつはおふたりとも私にとっては城南大学の先輩であり、高校生のときに体験した樹海キャンプの仲間です。ひとりは山梨県警の矢野誠警部、そしてもうひとりは、いまや世界的な有名人になられました、日の丸シャトル『アルバトロス』の実質的なオーナーであり、飛行プロジェクトの統括プロデューサー、オカジマ・インターナショナル会長の岡島寛太さんです」

真紀はカメラの背後に控えているふたりを手招きした。そして、彼らがカメラの視野に入ってくる直前で、いったんストップをかけた。

「おふたりは、いまは人間からマタンゴへと変身の過程にあります。おそらく十年前、この樹海の中でマタンゴの胞子を吸い込んだために危険な因子を体内に抱えつづけ、そしてこの二、三年の異常な太陽活動の影響を受けて、とうとうマタンゴが皮膚の表面に姿を現してしまったのです。どうかテレビをごらんのみなさん、ショックを受けないでください。これは特殊メイクでもなければ、ＣＧで合成したものでもありません。ほんとうに人間がこうなってしまったのです」

真紀の合図で、北沢がカメラの向きを百八十度変えた。

日本中のテレビの前で悲鳴が上がった。

9

ミッドデッキの奥に設けられたエアロックからアルバトロスの船内に戻ってきた星野隼人は、何かがおかしいと感じた。そして、すぐにその理由がわかった。シャトル内部と減圧された自分の宇宙服とのあいだに気圧差がないのだ。

シャトルの船室はプリブリーズの過程で〇・七気圧に下げられているはずだった。一方、星野が着ている最新型宇宙服の内部は〇・四気圧である。その気圧差を感じないということは、船室内も〇・四気圧に下げられていることを意味していた。しかし、その状態では星野のように百パーセントの酸素を満たした宇宙服に守られていないと、無酸素でエベレスト級の高山に登っていくようなことになる。

しかも、船外活動から戻ってきたというのに、誰もエアロックのところまで迎えにきていなかった。無線で「ごくろうさま」の一言も聞こえてこない。

「柳田さん」

宇宙服を着たまま、星野は無線で呼びかけた。

「柳田さん、いたら応答してください」

しかし、返事はない。

星野の船外活動に合わせて、ミッドデッキの就寝スペースで睡眠をとっていたクルーもみな起きていた。それなのに、エアロックから船内に戻ったそこには人の気配がなかった。ミッドデッキだけでなく、シャトル全体に人の気配がないといった奇妙な感じだった。

「船長、城之内船長……戸村さん、応答してください。矢崎さん、小出さん、みんな、どうしたんですか」

船長からもパイロットからも、ほかのふたりからも応答がない。ともかくワンフロア上のフライトデッキに上がっていかなければ、と思ったとき、機械類の物陰から大きなものが現れ、自分のほうに飛んできた。

宇宙服のヘルメットをかぶっているせいで、視野が狭くなっている星野は、瞬間、それが何であるかわからずに身構えた。そして、正体がわかって驚いた。

それは、無重力状態の空間をあおむけになって高速で飛んできたMS2の矢崎元太郎だった。Tシャツとショートパンツというラフな恰好の矢崎は、ミッドデッキの天井と床の中間あたりの空中を、両手をバンザイした背泳ぎの姿勢で星野のほうへ突進してくる。そのスピードは、とても本人が自分の意思でやっている行為には思えなかった。

星野は軽く片足で床をキックし、矢崎の身体と衝突するのを避けながら、天井のほうへ舞い上がった。そして、それを真上から俯瞰(ふかん)した。

「……！」

星野は、ヘルメットの中で叫び声を発しそうになった。

矢崎は口から大量の泡を吹き、白目をむいていた。宇宙服のグローブをはめた星野の手では、脈や鼓動を直接確認することができない。しかし、死んでいるのは明らかだった。

愕然(がくぜん)とする星野の真下を横切って、矢崎の身体はミッドデッキの奥の壁にあたり、その反動で、こんどは足のほうを先にして、いま飛んできた方向へ戻っていく。

と、星野の視野に、また新たな物体の接近が映った。

またしてもバンザイをした恰好のまま、あおむけでこちらへ飛んでくる人体だった。こんどはＭＳ３の小出美和だった。バウンドしてきた矢崎の身体と上下数センチの差で激突を免れてすれ違うと、美和の身体は星野のほうへやってきた。

血の気のない真っ白な顔に、飛び出さんばかりに突き出た二個の眼球――彼女も死んでいた。死に際して、その肉体に異様な力が加わったことがみてとれた。呆然（ぼうぜん）と星野が見送る先で、美和の身体も奥の壁にバウンドして、また逆方向に戻ってきた。

まるで死体のスカッシュだった。

突進してきた速度からみて、誰かが物陰から星野に向かって強く押し出したのは間違いなかった。

「おい、誰がこんなことをした！　このふたりはどうしたんだ」

星野は叫んだ。だが、どこからも応答はない。

星野はミッドデッキから上部フライトデッキに通じる階段を、可能な限り急いで上った。背中に取り付けられた生命維持装置の箱があちこちにぶつかり、無重力の不安定状態で、自分の意思とは無関係に、その衝撃で身体の向きがあちこちに変わってしまう。それでもなんとかフライトデッキにたどり着いた星野を、信じがたい光景が待ち受けていた。

コックピットを背景に、人間の身長よりも少し大きめの透明なカプセルがふたつ、空中に浮いていた。

それぞれのカプセルには、やや緑がかった液体が満たされており、全裸の人間が一体ずつ、中で浮いていた。ひとつは女で、ひとつは男。船長の城之内準子と、パイロットの戸村慎二だった。

ふたりとも目を閉じ、あおむけの姿勢で緑色の液体の中に浮いている。しかし、階下で見た矢崎や美和とは異なり、明らかに死体ではなかった。眠りについているのだ。それも決して永遠の眠りではなく、目覚めのときがそう遠くない時期に予定されているといった印象を強く抱かせる寝顔だった。

それだけでも驚愕すべき光景だったが、ふたりの裸身が壮絶な状態を呈していた。わずか一時間前には普通の人間の姿をしていたのに、緑色の液体に沈められた彼らの全身は、頭の先から顔や胴体、そして手足の先まで不気味な色をしたキノコ状の腫瘍で覆われていた。髪の毛の一本一本までが細いキノコに変化しており、緑色の液体の中でゆらゆらと揺れていた。

（これが……マタンゴなのか！）

いままで星野が恐れていたのは、自分がそのマタンゴになることだった。ところが、アルバトロスの船長と操縦士という最も重要な任務に就き、人間的にも信頼をおいていたふたりが、星野の船外活動中にカプセルの中で怪物に変身していたのだ。地球からはるか五百キロ離れた宇宙空間を飛行するスペースシャトルの中で……。

まったく予想外の展開に、星野は宇宙酔いか目まいか判別のつかない気持ちの悪さに襲われた。

そして、おそるおそる城之内船長が閉じ込められているほうのカプセルをさわってみた。

固いプラスチック状の感触を予想していたのに、そのカプセルは驚くほど柔らかかった。

「どうですか。驚いたでしょう」

ヘルメット内部に設けられたスピーカーに、中央テレビの技術者である柳田守の声が響いた。

「ミッドデッキのふたりといい、そこに浮かんでいるふたりといい、おそらくあなたが想像もしなかった事態だと思いますが」

「どこにいるんだ、あんたは」

「ここですよ。あなたの後ろです」

ふり向いたとたん、星野はまた絶句した。

わずかに柳田の面影を残していたが、キノコ状の腫瘍で無惨な顔になった柳田が、両手を腕組みして宙に浮いていた。〇・四気圧に減圧された船内で、彼は宇宙服も着けずに平然としていた。

「びっくりさせて申し訳ありませんね」

柳田は笑った。

人間からマタンゴへと変身していく途中の過程にある彼は、地上で同じプロセスにある矢野や岡島とは明らかに違う点があった。瞳が黄金色に光っていた。

10

「いったい、どういうことなんだ」

星野は、ようやくかすれ声を出した。

「説明しろ」

「作田直之という男がよけいな密告をしてくれましたが、どうもあなたを含めて、誰もが大きな誤解をしてくれたみたいで助かりました。『星野隼人飛行士は、国際テロリストに操られている』という、作田老人のせっかくの警告でしたが、それを読んだ連中は、みなあなたがテロ行為を起こすものだと思い込みました。うちの社長さんまでがね」

キノコの怪人と化した柳田は腕組みしていた手をほどくと、金色の瞳を星野に向けたまま、宙に浮遊している透明のカプセルをそっと押しのけて近寄ってきた。

「しかし、社長さんが疑わねばならなかったのは、第一にこの私であり、そして城之内船長や戸村操縦士だったんです」

「信じられない……城之内さんや戸村さんが……」

星野は宇宙服の中で自分の呼吸が荒くなるのを感じた。

「じゃあ、国際テロリストというのは、あんたたちのことなのか」

「国際テロリストとはずいぶんな言い方でしてねぇ」

柳田は、キノコが生えた舌を見せて笑った。

「私たちは国家を護る不滅の愛国戦士としてお役に立つつもりでいるんですから、テロリスト呼ばわりは失礼千万です。私たち三人は日本という国家の将来を思い、また最大の同盟国であるアメリカの対テロ戦略への貢献を願って、命がけの指令を受けて宇宙に出たのです。自らの肉体が新種マタンゴへ変わることを希望し、その実験台として」

「新種のマタンゴ?」

「そうです。それが成功すれば、代償として私たちには限りなく不老不死に近い生命力が与えられます。このことについては、ちょうどいまテレビで詳しくやっているようですよ。我らが中央テレビが日本時間の朝っぱらから緊急特番を組みまして、あなたの愛する桜居真紀さんが、果敢にも防護服姿で樹海から中継をやっておられます」

「真紀が?」

「ごらんになりたいなら、ミッドデッキのテレビモニターのところへ行ってください。プリセットボタンの3を押すと、中央テレビの放送が入ります」

「その前にあんたが自分で説明しろ。カプセルの中に浮かんでいるふたりの身体のことを。それからあんたのこともだ」

「それなら手っ取り早く申し上げます。きわめて高レベルの宇宙線を軌道周回中にたっぷりと浴びたうえで、無重力状態下での過度な減圧を行なったところ、私たち実験台に植え付けられたマタンゴの菌糸体が、すさまじい反応を引き起こしました。キノコの菌糸体が外部からの衝撃に強い反応を示して子実体を出すことがあるのは周知の事実ですが、それにしてもすごかったですよ。あなたがEVAに出た直後から、私たち三人の皮膚に、急激な速度でキノコ状の腫瘍が発現していったのです」

柳田は、片方の手で自分の顔を撫でた。

「その速さといったら、文字どおり『みるみるうちに』という感じでした。あっというまに、私たちの肉体は変わりました。たしかに見映えは醜悪になりました。しかし、私の目を見てください。黄金色に輝いているでしょう。じつは、期待もしていなかったことですが、視力が飛躍的に増大したのです。つまり網膜に映る像の解像度が非常に精密になったということです。それだけでなく、まるで暗視ゴーグルをかけたように、暗闇でもその高い視力レベルが維持できる。これは、過去五十年のマタンゴ研究では決してみられなかった革命的な変化でした。不滅の最強戦士を作る夢を、宇宙での実験に懸けた甲斐があったのです」

柳田は興奮していた。

「これを受けて、私たちは綿密にシミュレートされていた三十種類の行動様式のうち、『パターン27』と呼ばれるアクションをとることにしました。それは、宇宙環境で変身をはじめた自分たちを、二種類の環境に置いて地球に戻すことです。どちらのやり方が、この変身をより効果的に促進することになるのかを比較するためです。ひとつは、特別に柔軟な素材を使ったカプセル状のバッグに、かねて研究済みの培養液を満たし、そこに肺呼吸を止めた仮死状態で密封して地球環境に戻すこと。この最もリスキーな実験台を、尊敬すべき城之内船長と戸村操縦士が自ら買って出ました。そして、もうひとつのパターンが私です。すでに気圧変化に自由に対応できるようになったこの身体のまま地球に戻るのです。ですから、あなたがシャトルの外部を点検しているあいだに、私は船長と操縦士に処理をほどこし、しばしの別れを告げました。地球でまた会いましょう、とね。もちろん船長は、あなたのEVAを監視しているヒマなどありませんでした。

……ああ、あとついでに言っておきますと、無能なるお客さま二名は、フライトの真の目的をカムフラージュするためのご招待でありましてね。もはや存在意義がないので死んでもらいました。殺したわけじゃありません。急激な減圧に耐えられなかっただけで、事故のようなものですね」

それまでの温厚な人柄がウソのように、柳田は平然と冷酷な言い方をした。だが、外見の急激な変化とは異なり、柳田の内面は、もとから冷血なテロリストであったのだと星野は気づき、己の人の本質を見抜く能力のなさに歯ぎしりをした。城之内船長の、警視庁捜査一課の警部だったという経歴にも目をくらまされていた。

「それで、おれは……」

星野がつぶやいた。

「おれはどうなるんだ」

「健全なる普通の人間のままでいてください」

キノコの傘そっくりの突起が並んだ唇を舐めて、柳田はまた笑った。

「あなたはそのためにつれてきたのですから」

「というと？」

「城之内船長や戸村操縦士だけでなく、私もあなたもシャトルの操縦訓練を受けています。いちおう私が操縦席に座るつもりですが、この変身がどこまで進むかわからない。人間の機能をできるかぎり保ちつづけるのが今回の実験の最大の目標であり、そうであることを祈りたいのですが、しかし、万一ということもありうる。そうなった場合は、あなたに操縦をおまかせしたい」

「バカを言うな！」

「だいじょうぶ。シャトルは基本的にコンピューター制御で飛べますし、地上からもじゅうぶんな誘導がなされます。着陸直前のちょっとした部分だけをマニュアル操作すればいいんです。あれだけ訓練を受けたのだから、あなたにもできますよ」

「できる、できないの問題じゃない。こんな化け物を地球に連れ戻す役目など、請け負うわけにはいかない！」

「心配なさらないでだいじょうぶです。この船室で起きた出来事は、決して世の中に出ることはありません。私も城之内さんも戸村さんも、表向きには宇宙の環境で体調を崩して長期入院と称し、姿を消します。矢崎さんと小出さんは、体力的な限界による不幸な死。さすが初の日の丸シャトルだけあって、お粗末な失敗でした、チャンチャン、ということで、おしまいです」

「そして、けっきょくおれも消すんだろう」

「いえいえ、あなたはこちらの用意した筋書きに従って、記者会見で悲痛な顔をして決まったことを述べていただければよいのです。その指示に従ってくだされば、関係者も何も手を出さないでしょう」

「関係者？」

「日米双方の要所要所に潜んでいる、軍事オタクの少年がそのまま大人になったような連中のことだと思ってください。当然、このフライトを管理しているNASAにも多数おります。そうでなければ、こんなプロジェクトはありえない」

「もしも、おれが真実を打ち明けたら？」

「あなたが真実を打ち明けなくても、うちの局が中継でマタンゴの存在を教えはじめてしまいました。よりによって、星野さんの愛する桜居真紀さんがね」

「………」

「しかも、作田が過去の歴史まで披露している模様です。だが、それならそれでかまわない。樹海で発見されたマタンゴが消滅して、一件落着となったほうがむしろ今後の展開はやりやすい。ただ、あなたがシャトルの中で見聞きしたことを詳細に語られると、これは面白くない。その場合は制裁を加えさせていただきます」

「制裁？」

「結婚を約束なさっている真紀さんが、どうなってもよろしいのか、ということです。なんとも使い古された脅しの手段で気恥ずかしいのですがね」

「……………」

星野は宇宙服の中で震えていた。恐怖と怒りとで……。

そして彼は、十年前に占い師の老婆が語った言葉を思い出していた。

《白い翼に乗って天国へ……いや、地獄へ向かうあんたの姿が見える》

このことか、と、星野は初めて理解した。

11

「総理」

テレビに映し出された岡島と矢野の悲惨な姿を見て愕然としている総理大臣に向かって、官房長官が言った。

「悪いことは言いません。たったひとこと『やれ』とおっしゃっていただければよいのです」

「そう言ったら、何が起きるのだ」

「マタンゴ化した加納洋が発見されて以来、このような事態に備え、山梨県側の富士山麓にある陸上自衛隊北富士演習場に、従来の『コブラ』よりも数倍攻撃能力の優れた最新型攻撃ヘリ『キングコブラ』五機をスタンバイさせてあります。そこからマタンゴの主要棲息地域までは、直線距離で十五キロ。キングコブラなら三分とかからずに到達します。樹海上空は横田空域ですが、すでに米軍とは調整済みです」

「きみは、もうそんなところまで……」

「私の差配ではありません。日米軍事協力における通常の連係プレーと思っていただければ」

官房長官は、依然として総理に銃口を向けている防衛省幹部に、意味ありげな視線を送った。

「具体的に標的を捉えたならば対戦車ミサイルをぶち込んで吹っ飛ばし、そのあと特殊焼夷弾を投下します」

「なんだと?」

総理は、官房長官の発した単語を聞き咎めた。

「特殊焼夷弾とは何だ」

「特殊焼夷弾といったら、特殊焼夷弾ですよ」

「言葉でごまかすな。もしや、それはナパーム弾のことだろう」

「それに類したものではあります」

「今世紀以降、ナパーム弾は人道的見地から使用が禁止されているはずだぞ」

「ですから、それに類したものであって、ナパーム弾ではありません」

「そんな詭弁を弄してごまかすな。私に、人道にもとる攻撃命令を出せというのか」

「ならば申し上げますが、ナパーム弾級の威力、すなわち燃焼温度1300℃レベルの油脂焼夷弾でないと、マタンゴを根こそぎ消滅させることはできないのです。対戦車ミサイルは個別のマタンゴへの破壊能力は持ちますが、樹海の地下一面に張り巡らされた菌糸体網を壊滅させることはできません。それにはあの森を燃やし尽くすしかないのです。その方法は……わかりました、ハッキリ言いましょう。たしかにそれはナパーム弾です。ただし、低空飛行のヘリから投下しても、ヘリがじゅうぶんな安全距離をとれるまで爆発を遅らせる、タイムラグ機能をもった新型です。より高い位置から高速で落とす、従来の航空機投下型よりもずっと精密なターゲットを狙えることになります。新型ですから、ナパーム弾という名称にはなっておりません。『ザ・レイン』と呼んでいます」

「名前はどうでもいい。防衛省がそんな禁断の爆弾を製造していたのか」

「いいえ、米軍が発火タイムラグ機能の備わったナパーム弾を開発し、その提供を受けたものです。アメリカも表向きにはナパーム弾をすべて廃棄処分したと表明していますが、新型の開発は怠っていませんでした。そもそも横田空域の真下にマタンゴが棲息しているという事実がある以上、万一に備えて、それらを壊滅させる兵器をスタンバイしておくのは当然でしょう。まさか戦術核や真空爆弾を使うわけにはいかないでしょうし」

「しかし、おかしいじゃないか、官房長官」

「なにがです」

「きみらの一派が後生大事に五十年間も抱え込んできたマタンゴを、なぜ自ら積極的に壊滅させようとするんだ」

「かんたんな理屈ですよ、総理。秘密兵器は秘密だからこそ意味があるのです。しかし、中央テレビの桜居真紀というでしゃばり女と、アホウドリ号の生き残りである作田が結託して、すべてを青天白日のもとにさらけだそうとしている。いや、もう岡島と矢野の姿を映し出しただけでも、マタンゴは秘密兵器としての価値を失ってしまったと言ってよいでしょう。だとするならば、中途半端な対応によって、半世紀にわたる日米双方の隠されたストーリーまでがズルズルと明らかにされるよりは、マタンゴすべてを失ったほうがいいのです」

「しかし、アルバトロスはどうなんだ」

「あちらは実験が成功しようと失敗しようと、すべては極秘裏に進められるはずです」

官房長官は、含みを持たせた言い方をした。

「船外活動の中継が中央テレビで午後三時から予定されていますが、そのスケジュールはキャンセルされることになっています。もっとも、こんな樹海の騒動がはじまったからには、シャトルどころではないでしょうが」

「けっきょくきみらは、新種マタンゴの開発計画を延命させるために、そのカムフラージュとして旧型マタンゴを壊滅させると、そういうことか」

「こうなったら、その方法しかありません」

「私はやらん」

総理は、怒りを込めてキッパリと言った。

「ナパーム弾で樹海を燃やし尽くす命令など下せない」

「なぜです。マタンゴは怪物なんですよ。ほうっておいていいと思っているんですか」

「怪物といっても、過去半世紀にわたって何事もなかったではないか。しかも、さっきのきみの説明では、マタンゴは樹海から遠くへは出られないという。ならば、これを新種の動物と扱ってみたらどうなのか。ヒグマやツキノワグマと人間が共生するように、あるいはアフリカでゴリラやライオンと人間が共生するように、マタンゴと人間の共生を考えてみてもよいはずだ」

「私たちは、そんな動物愛護団体みたいなことを言ってるわけにはいかないんです」

「きみがなんと主張しようと、私は絶対に爆撃命令を出さない。そもそも中央テレビのキャスターがすでに森の中に入っているんだ。それからCBUの北沢君も、作田という老人も、そしてマタンゴになりかけているとはいえ、日の丸シャトルを実現させた岡島会長に、山梨県警の矢野警部もいっしょなんだ。しかも、彼らがいることがテレビを通じて日本中にわかっている。そんな状況で、どうしてナパーム弾を落とせるというのだ」

「だからこそ、やるんです」

「なぜだ」

「個人的には、桜居真紀は助けてやりたいところです。しかし、残りの人間はそうはいかない」

「CBUの北沢君もか」

「そうです。ただし、世間的な体裁を取り繕う必要がありますから、最初は機銃掃射から入ります。それでも逃げなければ対戦車ミサイル。それでもなお強情に樹海の中にいつづけるようなら、仕方ありません。全員火だるまになってもらうよりない」

「官房長官、きみという人間は……」

「鬼ですか？　それとも悪魔ですか？」

自分をものすごい形相で睨みつけてくる総理に向かって、官房長官は顔色も変えずに言った。

「どうぞ鬼でも悪魔でも、好きなようにおっしゃってください。総理がどうしても拒否されるなら、チーム・キングコブラの出動許可は、私が下します」

「なにを言ってるんだ、貴様！」

総理は顔面を真っ赤にして怒った。

「おまえなどに権限はない！」

「いいえ、内閣法第九条というものをお忘れなく。『内閣総理大臣に事故のあるとき、又は内閣総理大臣が欠けたときは、その予め指定する国務大臣が、臨時に、内閣総理大臣の職務を行う』。そして現行内閣で総理大臣臨時代理の順位第一位は官房長官の私です」

「そんな取り決めは、いますぐ変更する。おまえは更迭だ」

「できませんよ」

「なぜ」

「十秒後には、私が総理大臣臨時代理に就くからです。……おっと、たったの三秒後でしたか」

官房長官がクールに言った。

それに対する総理の反応はなかった。

興奮した総理は気づいていなかった。この薄暗い小部屋にもうひとりの人物がいつのまにか入ってきており、たったいままで総理の首筋に銃口を突きつけていた防衛省幹部に代わって真後ろの席に着いていたことを。その男は、早朝の日比谷公園でCBU室長の真田を一瞬にして死に追いやった男――宇野だった。

十二　最後の戦争

1

午前十時——

衝撃の生放送がはじまってから一時間が経過していた。樹海の中の道なき道を進む桜居真紀たちは、まもなくヨットのある場所に到達するところだった。

化学防護服を着た真紀と無防備な白髪の老人、そして不気味なふたりのキノコ人間がゆっくりと緑の迷路を進んでいく様子を捉えつづける北沢のカメラ映像に、視聴者たちはクギづけになって離れられなくなっていた。単調な森の中の行進であり、レポーターの真紀は決してしゃべりづめではない。ただ黙々と作田のあとについて進むだけの場面も多い。だが、その先に出てくるものが何であるのかという興味が、視聴者を画面から離さなかった。全国民が固唾を呑んで成り行きを見守っていた。

しかし、その中継画像はしだいに見づらいものになっていた。すでに予備のアンテナを二本使い切ってリレーを行なってきていたが、これ以上電波の状況が悪くなると中継が困難になるギリギリの状況になっていた。

鬱蒼と生い茂る樹林が電波を遮っているためだけではない。ふたたび上空に押し寄せてくる黒雲が激しく帯電していた。雨はまだ降っていないが、雷鳴がひんぱんに轟(とどろ)くようになり、ときには激しい音を立てて遠くに雷が落ちていた。

そのせいもあって、真紀たちが奥へ行くにしたがって、中継画像が砂嵐状に荒れたり、波打ったり、ときには一瞬だが途切れたりもした。それでも全国の視聴者が、その見づらい画面を食い入るように見つめていた。

一方、中央テレビとはキー局が競合関係にある山梨県のローカル放送「テレビ富士」は、ライバル局の緊急生放送の内容に驚き、キー局からの依頼もあって、急遽(きゅうきょ)、空からの中継を行なうためにヘリを飛ばしていた。

樹海の上空は、晴天と曇天が不気味に入り交じっていた。青空も覗いていたが、その一方で真っ黒な雲が周囲から押し寄せてきており、黒雲の中では不気味な閃光(せんこう)がひんぱんに輝いていた。

その雷雲を回避しながら、ヘリは富士五湖の南を国道１３９号線沿いに飛んでいた。

「これは大変な渋滞です。樹海を取り囲む幹線道路が、まれにみる混雑に陥っています」

ヘリコプターの助手席にはカメラマンが、後部座席には報道部の若手記者が乗って中継をはじめていた。

「富士吉田インターから河口湖、西湖、精進湖、本栖湖と、四つの湖の南側を結んで走る国道139号線がビッシリと車の列で埋まっています。これは間違いなく、見物渋滞でしょう。他の民放局が中継しているマタンゴなる未知の生命体をひとめ見ようと各地から集まってきた車の列です。

しかし、ここまで混んでいるのは、単純に交通量が増えたからだけではありません。自衛隊の戦車が出動しています。信じられないことに、自衛隊の戦車が出動しています。まるでテレビの中継が行なわれるのを事前に予測していたかのように、どこからともなく現れた戦車、そして装甲車が、幹線道路から樹海の中へアプローチできる主要な入り口に陣取って、一般車両を中に入れないように規制しています。

通常、このような大がかりな交通規制は警察によって行なわれるものですが、自衛隊が出動しています。しかも、災害対応の体制ではありません。明らかにこれは軍事的な非常事態を示唆しています。まるでこれから戦争が起きるかのような物々しさです」

テレビ富士がチャーターしたヘリはそこで大きく旋回し、飛行許可をとっていない樹海の上空へ入り込んだ。

「旧・上九一色村を斜めに横切る形で、樹林の中を走る県道71号線にはまったく車の影がありません」

記者がレポートをつづけた。

「どうやら、この道路でもすべての一般車が自衛隊によって排除された模様です。しかし、一テレビ局の中継のためだけに自衛隊の戦車が出動しているとは到底思えません。何かが……何か重大な事態が起ころうとしているのは間違いありません。あるいは、マタンゴという未知の生物との闘いが、いま、まさにはじまろうとしているのでしょうか。天気も不気味です。ごらんください。樹海の一点だけにスポットライトが当てられたように太陽が差し込み、そのほかは分厚い黒雲の渦に取り巻かれ、その影に覆われた樹海は、緑の絨毯というよりも、夜の海を連想させる黒さです。朝とは思えません。日曜日の午前十時とは思えません」

つぎの瞬間、ヘリのまぢかで閃光が走った。そしてシュルシュルシュルと、まるで爆弾が飛んできたような音がして、その直後にドーンと激しい落雷の音が轟いた。

「おおっ！　いま私の斜め前方で、激しい稲妻が光りました。黒雲から樹海へ向けて火柱が立ったかと思えるような稲妻、そして落雷です。これは純粋に自然現象なのでしょうか。それとも何か特別な力が働いているのでしょうか。恐ろしい光景です。地元の私にとって見慣れているいつもの青木ヶ原樹海とは、まったく様相が異なっています！」

報道記者は興奮で声を完全にうわずらせていた。

2

日本中の視聴者を驚愕(きょうがく)の嵐に巻き込んだ桜居真紀の中継は、いよいよその最終目的地であるアホウドリ号のある場所にたどり着こうとしていた。地元ローカルテレビ局の中継ヘリから見下ろした記者が「樹海の一点だけにスポットライトが当てられたよう」と表現した、まさにそのポイントだった。

それは地上にいる真紀たちからしてみれば、進めば進むほど薄暗くなる樹海の中に、天から光のシャワーが前方に降り注いでいるように思えた。

その幻想的な光景を前にして、作田直之は立ち止まった。そして北沢には、森の一点に注がれる光のファンタジーにカメラを向けさせたまま、真紀にはマイクのスイッチをいったん切るように命じた。

「これから語ることは、国民に聞かせる必要のない部分だ。十年前のあんたたちに何が起きたのか、という説明をする」

作田の求めに応じ、真紀はマイクのスイッチを切った。

スタジオに控えている工藤俊一キャスターは、音声の故障と思い、「聞こえますか、桜居さん。私の声が聞こえますか。そちらからの音声が途切れたようなんですが」と何度も呼びかけた。その声は真紀に届いていたが、彼女はあえて無視をして作田の話に耳を傾けることにした。

「いまから十年前、大学生と女子高生だったきみたちは、樹海がマタンゴの棲息地域として自衛隊の特殊部隊によって常時監視されていることを知らずに、都市伝説の真偽を確かめるという、いかにも若者らしい興味をもってこの森にやってきた」

作田は、テレビの都合など考えず、いま同行している四人だけに向かって話しかけた。北沢もカメラを前方に構えながら、意識は作田の言葉に集中していた。岡島と矢野も、キノコ状の腫瘍に覆われた顔面の奥からふたつの瞳を光らせ、作田をじっと見つめていた。

「無理もない。村井研二と同じ城南大学およびその付属女子高にいたことが、きみたちの不幸だったとも言える。なぜなら、もっとも罠にかかりやすいポジションにいたからだ」

「罠って、なんです」

真紀が問い返した。

「都市伝説によるマインド・コントロールだよ」

作田は四人を交互に見つめた。

「まず第一の都市伝説――これは、きみたちにかぎらず、日本中の多くの人間が一度は耳にしたことがある有名なものだが、『樹海に入ったら二度と出られない』というのがあるだろう。たしかにここは森の迷路だ。だが、樹海の恐ろしさがそのような表現で言い伝えられるようになったのは、昭和三十年代の半ばごろからブームになった社会派推理小説で自殺の名所として取り上げられたことによる、と一般的には言われている。もちろん、その影響もなくはない。しかし実際には、昭和三十八年の秋以来、村井研二とヨット『アホウドリ号』をここに隠したことを、できるだけ国民に知られないように防衛庁の特務機関が流した情報戦略なのだ」

「樹海に入り込んだら出てこられないという言い伝えは、マタンゴを人々の目から隠すためだったんですか……」

「そのとおり。しかし、それでもここで死ぬためにやってくる者はいる。あるいは恐いもの知らずにも、探検のつもりで入り込んだまま出られなくなる者もいる。その結果、先ほど見た白骨死体や首吊り死体のように、人間として死ぬ者もいるが……」

作田は微妙な言い方をした。

「その一方で、飢えからマタンゴを食べた者もいれば、たまたま繁殖期に遭遇して虹色の胞子を吸い込んでしまった者もいる。そうした連中は、樹海の迷宮をさまよっているうちに発症し、人間からマタンゴになっていくのだ。十年前のきみたちが、ヨットのある場所で見かけた怪人は、ここにいるふたりのように人間からキノコへの変身過程にある者だった。……だが、マタンゴになることは、決して不幸な結末とは言えないかもしれない」

「なぜです」

「不老不死に近い生命を得られるからだよ」

「マタンゴになったら、死なないということですか」

「断言はできない。そう言い切れるほど、マタンゴ研究の歴史は長くないからな。なにしろ半世紀の歴史しかない。しかし、その半世紀のあいだに自然死を迎えたマタンゴはいない。通常のキノコの、子実体部分の寿命がきわめて短いのとは対照的だ。だからマタンゴに感染したら、この森で仲間たちと過ごすのがいちばん幸せな選択肢といえるだろう」

作田の言葉に、岡島と矢野が、キノコだらけの顔をたがいに見合わせた。

「さて、マタンゴに関するもうひとつの都市伝説が、樹海の中にヨットが浮かび、その周りを怪物が徘徊(はいかい)している、という伝説だ」

「それも特務機関が流した情報戦略なんですか」

「そうだ」

「でも、矛盾しているじゃないですか」

真紀が反論した。

「樹海の迷宮伝説で、マタンゴから人を遠ざけようとしておきながら、こんどはもうひとつの都市伝説で、私たちを呼び込むなんて」

「少しも矛盾はしていない。なぜなら第二の都市伝説は、一般的に広められたものではなく、城南大学都市伝説研究会にターゲットを絞られたものだからだ」

「え？」

「その情報は、当時の都市伝説研究会の会長さんに流された」

「ウソだろ」

と、矢野が驚いて岡島を見た。

「会長、あんたがいちばん伝説を信じていなかった。あんなものは嘘っぱちに決まっていると言っていたじゃないか」

「……」

矢野から詰問された岡島は、キノコ状の腫瘍に覆われた唇を少し震わせたまま押し黙っていた。

「まあ、矢野君、彼を責めてはいかん。よく話を聞きたまえ」

作田が、また話を自分に引き取った。

「村井研二が勤務していた城南大学の都市伝説研究会にターゲットを絞って、樹海の中のヨット伝説を伝えたのには理由がある。十年前には、マタンゴはすでに日米で共有する軍事機密となっていた。そして双方協力のもとに研究が進められていたが、そのテーマのひとつに、人間がマタンゴに感染してから発症するまでの潜伏期間を長期化させる、という課題があった。専門家の北沢君なら、その重要性がわかるだろう」

作田は、防護服姿の北沢に目を向けた。

「生物化学兵器の開発で大切なポイントは、その危険性をどこまでコントロールできるか、というところにある。万一、これを敵に奪われ逆用されたときに、こんどはこっちの身をどうやって守ったらよいのか――そこを知っておくことが、生物化学兵器の開発には欠かせないのだ。あいにく、マタンゴに有効なワクチンは開発できず、いったん発症したら治癒は不可能な状況にあった。ならば、せめてその発症を可能な限り遅らせることはできないか、というところに研究の焦点が絞られた。そして、ある種の薬品が完成し、あとは人体実験を待つばかりとなった」

「まさか、おれたちが……」

　矢野がつぶやいた。

「モルモットに」

「腹立たしいかもしれないが、そういうことだ。都市伝説に強い興味を持ってサークルを形成しているきみたちは、集団でマタンゴの棲息地域に呼び込むのに恰好のターゲットだった。そこで、そのリーダーに目が向けられたのだ」

　作田は、この樹海を進むあいだにも、腫瘍の度合いが一段とひどくなってきた岡島を見つめた。

3

「うまいぐあいに岡島君は御曹司の息子であり、金遣いも荒かった。そんな彼にとって、不気味な伝説をさりげなくまき散らし、仲間たちを樹海へ連れ込むのと引き換えに、学生としては分不相応な小遣いをもらえるというのは、割りのいい話だったと思う。なにしろ約束された報酬は百万円だ。金に不自由しないお坊ちゃまにとっても、それは間違いなく大金だ」

作田は、いまや日本有数の実業家に成長した岡島が、学生時代からマタンゴを研究する特務機関の工作を受けていたことを明らかにしはじめた。その事実に、矢野は驚きの目で岡島を見つめた。

「断っておくが、岡島君は真の目的を知らなかった。また、仲間たちの前で都市伝説など信じていなかったと言ったのも、バカバカしいから樹海探検はやめて帰ろうと言い出したのも、決して芝居ではなかった。岡島君の本心から出た言葉だった。実際に岡島君は、ヨットの都市伝説など頭から信じていなかった。だからこそ、自分が依頼された裏を疑いはじめたのだ。仲間を樹海キャンプに誘うだけで、どうしてこんな大金をもらえるのだろう、とね。そして、悪い連想ばかりが頭をよぎりはじめた。樹海の中に入ったら拉致されるんじゃないか、とか、みんな殺されてしまうんじゃないか、とか……怪物との遭遇ではなく、きわめて現実的な危険が待ち受けているのではないかと警戒しはじめたのだ。だから頑強に、探検などやめて東京に帰ろうと言い張った。そうだな、岡島君」

作田の問いかけに、岡島は黙ってうなずいた。

「ところが、朝になって霧が出た。そして、きみたちを誘うように虹色のヘビが霧の中から泳ぎだしてきた」

そこまで話したとき、シュルシュルシュルと爆弾が飛んできたような音がしたかと思うと、地面を揺らすほどの落雷の音がドーンと響いた。落ちたのは、五人がいる場所からそう遠くないところだった。

しかし作田は、まったく動ずる様子もなく、話をつづけた。

「当時は太陽活動のピークは過ぎていたが、三年前から繁殖期に入っていたマタンゴたちは、依然として毎朝、猛烈なエネルギーを発散させながら空中に極彩色の胞子をふりまいていた。そのときの熱が濃霧を生み、胞子の群れはヘビにも似た虹の帯となって森から這い出し、人を吸い寄せようとしていたのだ。

マタンゴの胞子には、空中を漂いながら人間の気配を察すると群れを成してそちらに向から性質があることがわかっている。さらに、人間の精神に麻薬にも似た作用を及ぼして、自分たちの本拠地につれてこようとするのだ。その結果、前の晩に森から顔を覗かせたマタンゴを見て怯えてしまった星野君以外の六人が、樹海にフラフラと入っていくことになったのだよ。もっとも、全員が胞子を吸い込んだのでもなさそうだがな」

そこで作田は、改めて北沢を見つめた。

「北沢君の場合は、不潔恐怖症が幸いして、ウイルス防止用のマスクをかけていたから完璧だった」

「私はどうなんですか。バンダナを口もとに巻いていたんですけど」

不安のまなざしで、真紀がきいた。それは以前、細菌学者である北沢にも意見を求めたことだった。

「わからん」

作田の返事はそっけなかった。

「バンダナを何重に巻いたところで、北沢君がしていたマスクのような効果がないのは確実だ。しかし、まったくの無防備でいるのに較べたら、吸い込んだ胞子の量は微々たるものだろう。その微量でマタンゴの症状を呈することになるのかどうか、それは私にもわからない」

真紀は、防護ヘルメットの奥で顔をこわばらせた。

「いや、一夫だって安全かどうかわからないぞ」

すでにマタンゴ化が進行している矢野が口を挟んだ。

「何日か前にも、樹海の入り口にこの四人で集まったが、そのときも森から濃い霧と虹色の帯が這い出してきた。そして真紀は会長といっしょの車で逃げて、おれと一夫は、少し遅れて車をスタートさせた。おれはもう、あのときすでにこの症状が出ていたから同じことだったが、一夫、おまえはどうなんだ」

「どうなんだ、とは?」

「車の中に駆け込んだ直後、おれたちは虹色の霧に追いつかれていた。その中を発進していったんだ。しかも不潔恐怖症を克服したおまえは、もうマスクなんかかけていなかった。だから絶対に、マタンゴの胞子を吸い込んでいる」

「そのことなら心配してくれなくてだいじょうぶだよ、矢野」

中継カメラを一定の方向に向けたまま、防護ヘルメットに包んだ顔だけを矢野に向けて、北沢は言った。

「ぼくの車はＣＢＵの公用車なんだ。生物化学兵器テロ対策室の公用車なんだよ。だから、細菌テロが起きたときに、すぐさま現場に駆けつけられるように、外部換気口には特殊フィルターを装着しているし、走行中に外気が入ってきそうなところには、すべてシールドがほどこしてある」

「………」

「仲間になれなくて申し訳ないな、矢野」

「なんだ、その言い方は！」

「不愉快に思ったかもしれないが、矢野の言い方に、ぼくをむかつかせるものがあったからいけないいんだよ。だからこっちも感じ悪い言い方になる。きみは、ぼくだけが安全圏にいることが気に入らないんだ」

「ああ、そうさ。一夫は、いつもいつも自分だけが無事でいられるように注意深くふるまって、たいしたもんだぜ。でもな、おれは前々から、おまえのそういうところが気に入らなかったんだ。自分だけがよければいいというところがあった。男どうしの腹を割ったつきあいができないヤツだと思っていた」

　加納洋の家宅捜索でコンビを組んだ間柄でありながら、いまではそんなことも忘れたように、矢野は醜い口の中を大きく開けて怒りをあらわにした。

　ヨットを目前にして突然はじまった仲間どうしの諍い（いさか）を、作田はじっと見つめていた。シワの刻まれたその表情には、何かを言いたいが、いまのところは控えておこう、といった感情が浮かんでいた。

「十年前のキャンプのとき」

矢野がつづけた。

「会長がおまえのことをからかったのを覚えているか。不潔恐怖症で、男のくせに一升瓶の回し飲みもできない神経質なやつだと」

「ああ……覚えているさ。高校生だった真紀や夕衣の前で大恥をかかされたんだ。そんな仕打ちをされて、忘れられるわけがないだろう」

その言葉に、岡島が驚きの目を見張った。まさか十年間も、それを怨みに思っているとは考えたこともなかった、という顔だった。そして何かを言おうと口を開いたが、それより早く、矢野が畳み込んだ。

「十年間もネチネチと怨みつづけているのも陰湿だが、とにかく、ああいうおまえの態度を見たときから好きになれなかった。おまえはアメリカに留学して、もっとも恐れていた細菌を専門に研究したことで不潔恐怖症を克服したというが、少しも治っていないじゃないか。いまもそうやって、しっかりと化学防護服に身を包み、何があっても自分だけは助かろうとしている」

「矢野、やつあたりはやめてほしいな。ぼくだけじゃなくて、真紀にもちゃんと着てもらっているじゃないか。そもそも、きみこそ粘着質だよ。きっとこの前、真紀に抱きついたところを、ぼくに妨害されたのを根に持っているんだろう」

「うるせえ！　とにかくおれは、おまえがきらいなんだ！」

と、叫んだ拍子に、矢野の口からナメコに似た腫瘍が一本切れて外に飛び出した。そして、それは北沢の防護ヘルメットのガラス部分にへばりついた。

北沢はびっくりして、反射的に二、三歩あとじさりした。そしてグローブをはめた手で、ガラス面に付着したナメコ様の腫瘍を弾き飛ばした。

「ほーらな、おまえにとって、おれや会長は気持ち悪い存在以外の何物でもないんだ。こうなったら、清潔好きなおまえも、おれたちと同じ不気味なマタンゴになってもらいたいよ。真紀には助かってほしいけど、一夫は道連れにしてやりたい。どうだ、おれの指の一本や二本くれてやるから、食ってみないか。きっとちぎられても痛くないと思うから、この場ですぐに齧ってくれてもかまわないぜ。それとも、いま口の中から一本飛び出したけど、舌ベロに生えてるキノコでもいいや。ナメコのつもりで食ってみな」

「冗談言うな」

「冗談なんかじゃない。おれは頭にきてるんだ。おれや会長がマタンゴになって、おまえは無事に人間として生き残ることが不愉快でならないんだ。昔の仲間なら、おまえもマタンゴになる苦しみを知るべきだ」

「矢野、冷静になれ。警察官としての冷静さを取り戻せ」

「あいにく、おれはもう警察官じゃない。警部でもない。人間でさえもなくなりつつあるんだ。もう、おれは怪物マタンゴなんだ！」

「やめて、ふたりとも」

真紀が叫んで、矢野と北沢の口論を制した。

「ここまできたら、私たちの中で誰が無事で、誰がマタンゴになろうとも、その現実を素直に受け入れるしかないわ。いまさら怖がっても仕方ないと思う。私も、もう覚悟を決めたから」

「真紀はマタンゴになってもいいのか」

「なったらなったで、しょうがないわ」

真紀は、矢野に向かって毅然とした態度で答えた。

「正直言って、この前、初めてマタンゴになったあなたの顔を見たときはショックだった。抱きつかれてキスされそうになったときは、恐ろしさで気を失うかと思った。でも、自分も同じ身体になるかもしれない可能性があるなら、そうなったときの運命と正面から向き合うしかないのよ」

「そのきれいな顔が、おれみたいになっても平気だというのか」

「平気じゃいられないと思うわ。私もそんなに強い人間じゃないから。でも、もし自分にマタンゴの症状が出たら、その姿をちゃんとテレビに出すつもりよ。そして世界中の人に、この恐ろしい生物の存在を知ってもらいたい」

「へーえ、立派なもんだな、さすが人気上昇中の報道キャスターだ」

「もうおたがいに言い争いはやめよう、矢野」

北沢が、少し冷静さを取り戻した声で言った。

「それよりぼくは、作田さんにたずねたい。十年前、森の中に入ってヨットを見つけた記憶はよみがえってきたんですが、そのあとはどうなったんですか。そのときの記憶がハッキリとしていないのはなぜですか」

「これまで話したようないきさつで、私は米軍側の人間として生まれ変わることになったが、いまでは日本側の情報も共有している。きみたちの身の上に起きた一部始終もな」

「それを聞かせてください」

「よかろう」

作田はうなずき、十年前に、この場所で起きたことを語りはじめた。

4

中央テレビのスタジオでは、樹海の中に入り込んだ真紀からの音声が途切れたままになっており、しかも映像も同じ場所からまったく動いていないため、一行に異変が起きたのではないかと騒ぎになっていた。

そんなとき、同局の技術センターでは別の騒ぎが起きていた。樹海から送られてきた前代未聞の「怪人」の姿も驚天動地の映像だったが、それ以上の衝撃的な連絡が入ってきたのだ。

技術センターでは、もともと午後三時に行なわれる予定だったスペースシャトル「アルバトロス」の船外活動を中継するために、アルバトロスからNASA経由で送られてくる映像を受信する準備が進められていた。いまは午前十時過ぎ、まだ中継開始までには時間があり、回線テストは、船外活動開始一時間前の午後二時の予定だった。まだじゅうぶんに時間はある。だからアルバトロス中継チームの関心も、現在生放送で全国に送り出されている樹海の映像に集中していた。

こちらの映像があまりにもインパクトが強いため、星野飛行士の船外活動など視聴者は誰も興味を持たないのではないか、このまま樹海からの生放送がずっとつづくのではないだろうか、とさえ囁かれていた。彼らの中に、宇宙空間に浮かぶスペースシャトルと樹海での事件を関連づけて考える者など、当然のごとく皆無だった。

そこに突然、打ち合わせ用に確保しておいた独自ルートの衛星電話を通じて、星野隼人から緊急連絡が入ってきた。中継技術担当の柳田ではなく、星野だった。その内容は、いまからNASAを経由せずに映像を送りたいから、至急、日本の放送衛星の回路を空けてほしいという要請だった。しかも、NASAには決して連絡をとらずに、その作業を進めてくれという切羽詰まった声だった。いまNASAとアルバトロスとの通信回路はすべて切断されているから、混乱を避けるためにも、まず日本と連絡をとりたいのだ、と……。

技術部員は、アルバトロスで不測の事態が発生したことを悟ったが、それはあくまで通信上のトラブルだという受け止め方だった。そこで「専門的な打ち合わせが必要だから、あなたではなく、当社の柳田を電話口に出すように」と返したところ、星野から衝撃的な答えが返ってきた。

「柳田は死にました。ほかのクルーも全員死にました」

その一言で、技術センターは大騒ぎになった。

それでもなお、星野は言い張った。

「決してアメリカ側に連絡をとらないでください。マイアミにいる御社の社長たちにも」

それを受けて、映像を受けるための衛星回線の確保が大至急で行なわれた。そしてちょうど真紀からの音声が途切れている間に、アルバトロスとの衛星回線が確保できた。だが、生放送のスタジオも混乱していたから、星野を即座に緊急特番のほうにつなげない。しかし、星野はもう一刻の猶予もできないと言う。そこで技術センターの最高責任者が、とかく録画に収めることを決断し、宇宙と映像がつながった。

技術センターの大型モニターにそれが映し出されたとき、その場にいるスタッフは、一瞬、何の映像であるかわからなかった。あたり一面、極彩色の霧に包まれていた。その霧の中に、大小さまざまな緑色の球体が、たわみながら、震えながら、くっついたりちぎれたりして浮かんでいた。

それが新種マタンゴへの変身を遂げつつあった城之内準子と戸村慎二を保護していた緑色の培養液が無重力状態の空間に飛び散った結果だと理解できる人間は、テレビ局側には誰もいなかった。そして虹色の霧は、薬液カプセルには入らずにいた柳田守が分解するときに噴き出したマタンゴの胞子であることも、誰も理解できなかった。

やがて虹色の霧の中から、緑色の球状液体だけでなく、無数のキノコ状の破片が見えてきた。それは霧が晴れたのではなく、映像を映し出しているカメラが移動していくことによって、それらの浮遊物体に近づいたときだけレンズの前に像を結んでいるのだった。

「見えますか……これが見えますか」

あえぐような星野の声が流れてきた。

「いま私はケーブルに繋いだ小型カメラを持って、コックピットを泳いでいます」

「星野さん、星野さん！」

技術センター長がマイクを通じて呼びかけた。

「いったい何が起きたのか説明してください」

しかし、その呼びかけに、すぐに応答はなかった。技術センターに集まったテレビ局員たちが、口々に叫ぶ。

「どうしたんだ。こっちの声が届いていないんじゃないのか」

「かもしれません」

「もしかして、船内で爆発事故が起きたのか」

「だったら星野さんも生きてはいられないだろう」

「きっとエアロックが故障して気圧がゼロになったんだ。何かのトラブルで船内の気圧がゼロになって、何もかも爆発したんだ。人間の身体もすべて」

「バカ、気圧がゼロになっても、そんなふうにはならねえよ。一気圧がゼロ気圧になるのは、二気圧が一気圧になるのと同じ変化だ。二気圧といえば、ざっと水深十メートルにもぐったのと同じだ。おれなら素潜りでも行ける深さだ」

「だけど沸騰するでしょ、身体の水分が」

「生きている人間の身体は、急にそんなふうにはならねえんだよ。それより、あそこに浮かんでいる緑色の液体を見てみろ。液体のままだろう。エアロックが壊れて宇宙空間とじかにつながっていたなら、それこそ気化するか、気化熱を奪われたとたんに氷になるか、どっちかだ。そうなっていないなら、少なくとも船内の温度も気圧も通常だってことよ」

「だけど」

「しっ！」

　星野の声がまた聞こえてきたので、一同は黙った。

「地球からの音声が聞こえないみたいなので、一方的にしゃべります。どうか私の話を記録して、世界中の人々に伝えてください。このスペースシャトル『アルバトロス』は、マタンゴという未知の生命体の新種を作るための実験場として打ち上げられたのです」

　中央テレビの技術センターが騒然となった。まさにいま、そのマタンゴの実態が樹海からの生放送で明らかにされつつある最中だったからだ。

「今回のミッションの統括プロデューサーである岡島寛太会長が、どこまで詳細にこの事実を知っていたか、私にはわかりません。少なくとも、最初から承知のうえで計画を進めていたとは思いたくない。ただ、打ち上げが迫ってきた時点で、彼が真相を知っていたことは間違いありません。けれども何者かに脅されていたために、事実の告白を迫る私に対しても、真実は語らなかった。たのむから飛んでくれ、と言うばかりで。

そのときに会長は電話口で、おれの病気を治すためにも飛んでくれと、泣きながら懇願してきました。おそらく彼もマタンゴに侵されていたに違いありません。そして、治る見込みもない奇病を治してやるからと脅され、このミッションの中止を指示できなかったのでしょう。でも、かまいません。いまとなっては彼を怨むつもりは毛頭ない。宇宙を飛んでみたいという少年時代からの夢を叶えてくれたのは、間違いなく岡島会長だったわけですから」

しゃべりながら星野がコックピット内の空中を移動しているために、つぎからつぎにさまざまな物体が、虹色の霧をかき分けてレンズに映し出された。

樹海で初めてカメラの前に姿を現したキノコの怪人と似たような物体がふたつ、宙に浮かんでいるのも見えた。まるで眠っているように。それが城之内準子船長と戸村慎二操縦士であることに気づいた中央テレビの社員たちから、驚愕の声が洩れた。

「ここで起きたことをかんたんに話します。矢崎元太郎さんと小出美和さんは、計画実行の邪魔者として柳田に殺されました」

「柳田に？」

「柳田さんが殺した？」

「まさか！」

またしても、技術センターがどよめく。

「マタンゴ菌をあらかじめ体内に仕込まれ、新種マタンゴの実験台になることを承諾していた城之内、戸村、柳田の三名はこの宇宙空間で発症し、前例のない強力な生物兵器として地球に戻って増殖するために、私を予備の操縦士に見立て、地球に戻ろうとしていたのです。しかし、その計画を許せば、いずれ地球はマタンゴに制圧された星になる。ですから私は覚悟を決めました。そして二体のカプセルを破壊したのです」

星野がカメラを、いま自分が通ってきたほうに向け直した。緑色の液体が虹色の霧の中でシャボン玉のように浮いていた。

「さらに、襲いかかってくる柳田を殺そうとしたところ、それよりも早く、彼の身体が異常な膨張をはじめ、胞子と思われる虹色の霧を口から吐き出しながら、ボロボロと崩れていったのです。おそらく保護液で密封されていなかったために、新種マタンゴへの変身が失敗したものと思われます。しかし、ひょっとすると、私の目には失敗と映っていても、じつは大成功かもしれません。なぜなら、船内は視界が利かないほどの虹色の胞子で満たされていて、これはすべてマタンゴの分身なのですから」

カメラの向きが戻され、ふたたび極彩色の霧以外に何も見えなくなった。

「いま私は船外活動のために着用した宇宙服を着たままでいます。ですから、いまのところこの胞子を吸い込むことはありません。しかし、カプセル破壊のさいに激しい呼吸をしたせいもあって、船外活動前には満タンで七時間分あった生命維持装置の酸素残量は、いまでは残り二時間を切りました。……ああ、ちょっと待ってください。それはさっきの話で、いまはもっと減っているようです。……え！」

星野のうろたえる声が、虹色の映像に重なった。

「残り二十分を切っている！　さっきまで二時間を上回る残量だったのに……なんでだろう。ともかく、生命維持装置の酸素残量がゼロになったら、私は宇宙服をかぶったまま酸素の欠乏によって死ぬか、少しでも生き延びようとしたら、このヘルメットをはずさなければなりません。しかし、それは船内に充満したマタンゴの胞子を吸い込むことになります。その結果、おそらく私もマタンゴとなり、さらに数時間後には柳田と同じように、自分から崩壊して胞子の霧となってしまうでしょう。

いずれにしても残り二十分……いや、どうしたことだ、これは。メーターがもう残り十分を下回っている。とにかく私は、まもなく人間のまま窒息死するか、苦し紛れにヘルメットをかなぐり捨ててマタンゴになるか、まともに生きていられる時間はあとわずかです。その残り時間で私がすべきは、このマタンゴの残骸を永遠に葬り去ることです。決して地球には戻さないことです」

星野の呼吸が荒くなってきた。

「エアロックを開放すれば、マタンゴの残骸と胞子は宇宙空間に放出されます。しかし、それで死ぬという保証はありません。宇宙空間で永遠の命を与えられたら、今後、人類は宇宙で安全な活動ができなくなります。大気圏に規定よりも深い角度で突入して、シャトルを摩擦熱で燃やしてしまう自爆はどうか。それも万一、燃え残って海中などに墜落した場合を考えるとできないし、そもそもそこまでコントロールする時間はありません。同様に、浅すぎる角度で突っ込み、石が川面を撥ねるように、大気の壁でバウンドして宇宙の彼方に飛んでいく手段も時間切れです。

となると、残される手段はただひとつ、ここでエンジンを噴射させ、地球の周回軌道から離脱し、永遠の彼方へ飛んでいく方法だけです。終着地はわからない。けれども、これで地球は救われる。……いま、操縦席にたどり着きました」

星野の構えるカメラは、虹色の紗幕の向こうに操縦席の計器パネルを映し出していた。

「あれ、酸素残量が残り三分になっている。どうしてなんだ。どうして急にこんなに減るんだ」

星野の声が、ますます苦しそうになってきた。

「軌道を離脱する前に……最後に個人的なメッセージを送らせてください。私の婚約者である中央テレビの報道キャスター桜居真紀に向けての……ラスト・メッセージ……を」

星野の声が途切れがちになる。

「真紀……宇宙から還ったら結婚しようという約束を果たせずに……申し訳ない。でも、おれは人類のために命を捨てることを後悔しない。地球が平和な星でありつづける未来に少しでも貢献できたことを……喜びと……する。最後に……ヘルメット越しでちゃんと映るかどうかわからないけれど……おれの……最後の顔をおまえに送ろう」

星野が小型カメラを自分のほうへ向けた。

地球に届けられたその映像を見て、技術センターに最大級の悲鳴が上がった。

星野隼人のヘルメット上部に、大きなひび割れが入っていた。そしてその割れ目から、極彩色の腫瘍に彩られた、人間とは思えぬ顔が覗いていた。

「真紀……」

自分の顔の変化にも、ヘルメットが割れているからこそ急激な酸素の減少を招いていることにも気づいた様子のない星野は、最後の力を振り絞って言った。

「ときどき夜空を見上げて、おれを探してくれ。アホウドリの白い翼に乗って飛んでいるおれを……」

そして星野は、地球に向けて公式の別れの言葉を発した。

「これより軌道を離脱します。みなさん、さようなら……エンジン噴射!」

5

総理を心臓発作にみせかける方法で抹殺させた官房長官は、立ち会っていた防衛省幹部とともに、さらに地下を五十メートルほど下ったところにある、総合戦略司令センターに降りていた。

そこはNASAのコントロールセンターそっくりの部屋で、照明を落とした室内前方には、対照的に見やすく輝いているいくつものモニター画面が埋め込まれていた。とりわけ大きな中央のモニターには、北富士演習場でスタンバイしている最新式攻撃ヘリ「キングコブラ」五機の姿が映っていた。

すでに全機にパイロットが搭乗しており、指示がありしだい、ただちに樹海上空に飛んで、マタンゴへの総攻撃にあたる準備が完了していた。

その最終ゴーサインを出すのは、総理大臣臨時代理となった官房長官である。ただし、まだ公式には総理の死は発表されていない。総理はマタンゴ殲滅作戦の陣頭指揮中にショック死したという筋書きが用意されていた。したがって、官房長官はまだ総理の権限を引き継ぐ立場にはなかった。だが、それを咎めるものは、この地下の司令センターにはひとりとしていない。

「司令センターにいる諸君、並びにキングコブラに搭乗しているパイロット諸君」

マイクを通した官房長官の声が響いた。

「いよいよ宝の持ち腐れをやめるときがきた」

その一言に、拍手が湧き起こった。

「この半世紀ものあいだ、存在を隠しつづけねばならないために、防衛省にとっても厄介なお荷物になっていた樹海の悪魔たちを、テレビがバラしてくれたおかげで、青天白日のもとで堂々と処分できる日がやってきた。それは、我が省が誇る最新兵器を正当な理由のもとに使用できる日でもある。

「諸君、相手は人間ではない。マタンゴだ。怪物だ。一切の人道的配慮は要らない。ナパーム弾を人間に対して使うのではなく、怪物に対して使うんだ。いかなるためらいも迷いも捨てよ。テレビ局の連中が森に入っているが、最初の機銃掃射で逃げ出すに違いない。いちおう警告だけは上空からアナウンスしろ。あとは本人たちが職業意識をむき出しにしてその場から立ち去らなくても、そんなのは知ったことではない。諸君らの任務は、この日本を、そして世界を、いやこの地球という星を破滅に導く可能性のある怪物マタンゴの完全殲滅にある。その大きな正義の遂行にあたって、小さな障害物を排除することに躊躇があってはならぬ。思う存分に、緑の森に炎の雨を降らせてやれ」

そして官房長官は指をパチンと鳴らした。

CDプレイヤーにセットされていた音楽がはじまった。

一九六九年から一九七一年にかけ、『プラウド・メアリー』『グリーン・リバー』『ダウン・オン・ザ・コーナー』などの大ヒットを連発したクリーデンス・クリアウォーター・リバイバル（CCR）が一九七一年に放った“Have You Ever Seen The Rain?”――『雨を見たかい』だった。

その歌詞に歌われた「レイン」とは自然現象の雨ではなく、晴れている日に降る炎の雨、すなわちナパーム弾を表わしていた。『雨を見たかい』は『炎の雨を見たかい』という意味なのだ。ベトナムで村落を焼き払い、人々を黒焦げにする非人道的な爆弾を平然と使う米軍に対する痛烈な抗議を込めた反戦歌だった。

しかしいま、そのメッセージをあざ笑うかのように、ふたたび禁断の爆弾が『ザ・レイン』という名の下に復活した。表向きにはナパーム弾とはまったく異なる特殊焼夷爆弾として。その投下命令を最終的に出す指揮官が、七〇年代の反戦歌を逆手にとって大音量で流していた。そして大きな声で歌っていた。

I want to know, Have you ever seen the rain?
I want to know, Have you ever seen the rain
Comin' down on a sunny day?

そして一コーラス目が終わったところで、官房長官は叫んだ。

「キングコブラ、エンジン始動せよ！」

その指令を合図に、機体を真っ黒に塗った五機の攻撃ヘリが、ゆっくりとローターを回しはじめ、徐々にその回転を上げていった。

6

「きみたちは土砂降りの中で、問題のヨットを見つけた。しかし、ヨットだけでなくマタンゴにも出くわした」

森の中では、作田直之が十年前の解説をつづけていた。

「樹海で死ぬつもりがマタンゴを食べたせいでキノコ人間になってしまった者や、完全なる巨大なキノコになってしまったものなど、理解を超えた情景をまのあたりにして、きみたちはパニック状態に陥った。中でも女子高生の桜居君と野本君は、巨大なマタンゴに捕らえられて、恐怖から失神した。一方、矢野君と加納君には落雷のショックが襲いかかった。そして、それを助けに向かった岡島君と北沢君も、マタンゴの大群に囲まれた。しかし、その一部始終を近くで監視していた自衛隊の特殊部隊のメンバーによって、きみたちはマタンゴの群れから救い出されたのだ。ちなみに桜居君のビデオカメラも彼らに発見されている」

作田の言葉によって、真紀は十年前の自分が撮影した貴重なＤＶＤ映像の行方を初めて知った。

「救出されたきみたちは、二種類の注射を受けた。一本は潜伏期間を長期化させる試験薬で、もう一本は大脳の記憶領域に働きかけ、直近の記憶を思い出すための回路を遮断してしまうものだった。ただし、記憶そのものは消せないので、何かのきっかけで記憶を取り戻してしまうことがある。たとえば、岡島君が初の日の丸シャトルにアルバトロスと名付けたのも、おそらく十年前にこの樹海で見つけたヨット『アホウドリ号』の名前が記憶の底に残っていたからと思われる」

「じゃあ、私たちが昼近くまでテントで寝ていたのは、その注射を打たれて、特殊部隊の人間に運び込まれたということなんですか」

「そうだよ。テントにひとり残っていた星野君にも、麻酔ガスを外から吹き込んだうえで、あらためて記憶回路を遮断する薬が注射された。そしてきみたちは、その日以来、ずっと日米共同のマタンゴ研究機関の監視対象になっていたのだ。なにしろ男女七人という集団が一気に感染したのは初めてだったし、最年長の岡島君でも二十五歳、ほかは二十一歳から十七歳までの若者だ。その肉体に吸い込まれたマタンゴ菌に対して、潜伏期間を延長する試薬がどこまで効果的なのかは、興味を持って観察された」

「でも、つい最近までは、みんな何でもなかったんですよね」

　真紀の言葉に、作田はうなずいた。

「七人中四人は確実に胞子を吸い込んでいるにもかかわらず、意外にもこの十年間、マタンゴへの変身ははじまらなかった。開発された薬は予想外の効果だった。しかし、絶対ではなかった。約十一年のサイクルで繰り返される太陽活動のピークに合わせて、発症の下地は徐々に整えられていき、まず加納君はＣＴスキャンを引き金に発症。ついで野本君、岡島君、矢野君もマタンゴとなった」

「そういえば……」

　北沢がきいた。

「夕衣はどうなったんです。この前、樹海の入り口で彼女がぼくを呼ぶ声を聞いたけど、あれは空耳じゃないんですよね」

「彼女は、どうやら北沢君のことが好きだったらしい」

作田の言い方は、どことなく冷たかった。

「可哀想に、マタンゴになって初めて、自分が誰を愛しているのかがわかったようだ」

「で、いま彼女はどこに」

「あそこの大木を見たまえ、北沢君。キノコ博士のきみには、あれが何であるかわかるだろう」

作田が指し示したのは、親指の先ほどの小さな白いキノコに表面をびっしり覆われた、高さ二十メートル以上にもなる巨大な針葉樹だった。

大木の上半分は葉が茂っていたが、下半分にはキノコが密生している。付着した小型キノコの群れは、まるで魚のウロコだった。しかしよく見ると、ひとつひとつが釣り鐘の形をしていた。それが樹皮の覗く隙間がないほど密生している。だからその木は、遠目には真っ白に見えた。

「イヌセンボンタケですか」

北沢は、その方向にテレビの中継カメラを向けながら答えた。

「さすがだな、北沢君。たしかに樹皮を完全に覆い尽くすような釣り鐘形のキノコといえば、ヒトヨタケ科のイヌセンボンタケだ。しかし、ちょっと違うのは、本物のイヌセンボンタケは主に倒木に密生するのであって、生きている樹木をこのように覆うことはまずない。しかも、このミニサイズの白い釣り鐘に覆われた巨木は一本だけではない」

「ほんとうだ……すごい」

と、感嘆の声を北沢が洩らした。

白い釣り鐘状のキノコをウロコのように生やした大木は、一本だけではなかった。数メートルの間隔を置いて輪を描く形で、同じ巨木がずらりと並んでいる。さらにその内側にも少し小さな輪を描いて巨木が並び、さらにその内側にも……というふうに、同心円状に重なっていくことで、その中心に何があるのか、まったく見えなくなっていた。

「この同心円状になった巨木の生え方は何かを思い起こさせないかね、北沢君」

「フェアリー・リング……ですか」

「まさにそれだよ。フェアリー・リング――『妖精の輪』だ。ある種のキノコは、理由はまったくわからないが、きれいな円を描いて群生することがある。それが同心円状に重なっていくこともある。まるでミステリー・サークルのようにだ。そして、小さなキノコに覆われたこの巨木たちも、またフェアリー・リングを形成している。ただし、あれらの木については、妖精の輪を構成する必然性がわかっている。なぜなら、その中心部に守るべき存在があるからだ。それは……」

作田がそこまで言ったとき、真紀が防護ヘルメット越しに大きな声を上げた。

「あ、工藤さんですね。すみません、はい。ちょっとこちらの事情で音声を送れなくて。……え、なんですって？　星野さんが？　アルバトロスが！」

7

「桜居さん、落ち着いて、と言っても無理かもしれないが、もう一度繰り返します」

中央テレビのスタジオではベテランキャスターの工藤俊一が、自分自身興奮を抑えきれない口調で、樹海にいる真紀に呼びかけていた。

「星野飛行士から緊急の連絡があった。スペースシャトル『アルバトロス』の乗員六名のうち、星野さんを除く全員が死亡したという通報だ。信じられないことだが、城之内船長と戸村操縦士と中央テレビの柳田君がテロリストだったんだ。彼らは自らの身体を犠牲にして、宇宙空間で新種のマタンゴを誕生させようとしていた。そして実際に変身がはじまった。なんとかそれを星野君が阻止したのだが……」

工藤の声は真紀だけでなく、中継カメラマン役を担っている北沢にも聞こえていた。

「あとで中継車のほうに映像を送っておくから、森から出たら至急見てほしい。ショックかもしれないが、星野さんからあなたへのラスト・メッセージがある。個人的な内容だから、この放送では述べない。そのメッセージを地球に送ったあと、星野さんはマタンゴに汚染されたスペースシャトルを地球から永久に遠ざけようとして、宇宙の果てへ向かっていったのだよ。そうなんだ、永遠に……永遠に……彼は地球に戻ってこない。残念だよ、桜居さん。私も残念だ」

さすがの工藤も声をうわずらせた。

「なんという悲劇だろう。星野さんが宇宙空間にいて、桜居さん、あなたが森の中にいて、その両方がマタンゴと対決することになろうとは……。あ、いまディレクターから指示が出た。危険だから中継をやめて、ただちに森を出なさいという指示だ。いますぐに、樹海の外に出るんだ」

もう工藤は固有名詞を使うのに遠慮はしなかった。青木ヶ原樹海という場所を隠しても意味がないほどの状況になっていた。

「他局の中継で判明したが、樹海に至る道路は野次馬の車で大混雑している。それというのも自衛隊の戦車が出動して規制にかかっているからなんだ。戦車だよ、桜居さん。戦車が何台も出ているんだ。これはマタンゴとの戦争がはじまる前兆だ。それも時間をおかずに、すぐにでもはじまりそうな雰囲気だ。だから大至急……」

そこで、北沢の構えるカメラから送られてくる中継画像をモニターしていた工藤が、生放送中であることも忘れて、大きな叫び声を上げた。

「おお！　おおおおお！」

樹海の中で、壮大なスケールの異変が起こっていた。

8

真紀や北沢たちの目の前で、突然、巨木がつぎつぎに生き物のごとく身を震わせはじめた。それに合わせて、樹皮をびっしり埋め尽くしている無数の白い釣り鐘が一斉に揺れた。ガサガサと落ち葉をかき回すような音がした。揺れながら、その色合いも白から青に、黄色に、赤に、緑にと、イルミネーションのようにめまぐるしく変わった。

作田がつぶやいた。

「見たまえ、北沢君」

「本物のキノコにも、切断や接触で色をガラリと変えるものがある。しかし、この色彩の変わりようはどうだ。まるでネオンサインじゃないか」

やがて同心円状に林立していた巨木たちが、一斉に外側に向かって動きはじめ、妖精の輪を崩した。通常の木ではありえない動きだった。実際、それは木ではなかった。巨大なマタンゴの一形態だったのだ。

それらが移動したあとに露(あら)わになった中心部に、天空から射し込んできた太陽の光が当たっていた。その自然のスポットライトを浴びて、キノコ雲を思わせる巨大な土色のマタンゴが何十体もうごめいているのが見えた。

小さいものでも二メートル、大きなものでは五メートルをはるかに超す背丈がある。人間からキノコへの変身プロセスを完了したマタンゴだった。

星野が宇宙の果てに飛び去ったショックから立ち直れずにいる真紀は、ただただ呆然(ぼうぜん)として、その光景を見つめていた。恐怖や驚愕の感情が飛んでいた。工藤キャスターが、マタンゴとの戦争がはじまりそうだから、すぐに森から出ろと叫んだことも、もう頭の中にはなかった。

と、ガイド役を務めてきた作田老人が、突然、大きな声を張り上げた。

「村井よ、村井研二よ。哀れむべき者たちをつれて、またやってきたぞ。彼らを受け入れてやってくれ」

すると、中心部に群がっていた巨大キノコのうち、最も背丈の高いものがゆっくりと前に歩み出て、五人を真上から見下ろしてきた。高さは七メートルにも達するそのマタンゴの、人間でいえば胸のあたりに、金色に光るものがあった。

マタンゴの大きさが人間の四倍ほどに達しているため、かなり小さくみえたが、それは五十年前のアホウドリ号の処女航海のとき、オーナーの笠井雅文から全員に渡された舵輪(だりん)のペンダントだった。鎖はちぎれてなくなっていたが、舵輪の部分は腫瘍の凹凸に食い込む恰好(かっこう)で、記念プレートのようにしっかりと肉色の表皮に埋め込まれていた。

そのマタンゴこそ、村井研二だった。そして「彼」は、かつての仲間である作田老人のしゃべる言葉を理解していた。

「先日、野本夕衣をここに届けにきた。そしてきょう、またふたり、哀れな若者をつれてきた。彼らはふたりとも三十代だが、この年寄りからみれば若者だ。私やおまえがアホウドリ号で大海原に繰り出したころの年恰好だよ。どうだ、彼らを見て昔の自分たちを思い出さないか。野本夕衣は、かつておまえが愛した相馬明子に似た雰囲気だし、ここにいる桜居真紀の野性的な光をたたえた大きな目は、関口麻美を思い出させる。そうじゃないかね、え？」

作田は、五十年のうちに人間の四倍の大きさに成長し、人間だったころの面影をまったく残していない村井を見上げて語りかけた。

「この五十年間、私は仲間を裏切った卑怯者として、おまえの成長を怯えながら陰で見守ってきた。いつの日にか、必ずおまえに復讐されると思っていた。しかし、そうこうしているうちに、私ももうすぐ八十七歳だ。だから、もう死は恐ろしくない。そして生きているうちに、おまえに直接許しを請わねばならないと思うようになった」

作田は、自分の胸にさげた舵輪のペンダントに視線を落とした。

「いや、私に許しを請う資格などあるまい。アホウドリ号の艇長でありながら、おまえたち六人を島に置き去りにした罪は万死に値する。ただ、心からの謝罪を伝えたいと思って、ここにきた」

ふたたび巨大な村井マタンゴを見上げて、作田は言った。

「できることなら村井、おまえを愛する相馬明子のもとに連れ戻してやりたい。あの南の島へ……。だが、しょせん私は巨大な組織の小さな歯車に過ぎない。おまえを南の島へ連れ戻すという大がかりな計画を実行に移せるはずもなく、ただただ申し訳ないという思いを抱いて、この半世紀を過ごしてきた。そうしているうちに、いつしかおまえの時代も去ろうとしている。わかるかね、この意味が」

作田を見下ろす村井マタンゴの、キノコ雲そっくりの頭部が、作田の言葉に反応して微かにタテに揺れた。わかっている、というふうに。

「いま、日米双方の秘密機関にとって関心の的は、人間のように行動でき、いかなる条件下でも生存できる新種マタンゴの開発だ。おまえたちのように、その場所からわずかしか動けない森の中の生き物としてのマタンゴは、軍事的な見地からみれば何の利用価値もなく、ただひたすら世間の目からその存在を隠さねばならない厄介者なのだ。そして、いずれは処分される運命にある。

ただし、おまえたちマタンゴは人間と違って、その身体を失くしても、土の中の菌糸体として半永久の命を持つことができる。だから、おそらく何があってもひっそりと、ここで生きつづけることになろう。とはいえ、おまえは不本意に違いない。愛をまっとうできないまま、相馬明子と永遠に離ればなれになるつらさは、そういう身体になっても決して変わることはあるまい。すべては……」

作田は、老いた唇をふるわせた。

「あの処女航海で大嵐を回避できなかった、艇長の私の責任だ。このとおりだ。心から謝りたい」

作田はその場に膝をつき、雑草に覆われた地面に白髪をこすりつけた。

村井マタンゴは、土下座する作田をしばらくじっと眺め下ろしていた。が、やがてキノコの集合体となった右腕の指を広げ、自らの胸元に食い込んでいた舵輪のペンダントをむしり取った。そして、それを地面にひれ伏す作田の鼻先にポトリと落とした。

作田は自分の目の前に落下してきたものが舵輪のペンダントであることを知ると、顔を起こして、巨大なマタンゴを見上げた。

「これは？」

その意味を問いかけたが、マタンゴは何も言わず黙って立っていた。

作田は、村井が落とした舵輪だけになっているペンダントを拾い上げると、ゆっくり立ち上がり、大切そうにそれを撫(な)でながら言った。

「なんとなくわかるよ、村井。たとえ言葉がしゃべれなくても、おまえの願いは私に通じたぞ。このペンダントを私に渡した意味は……理解した」

その言葉に応じて、村井マタンゴは、大きな頭をふたたびタテに揺らした。

それと同時に、妖精(ようせい)の輪の中央部に群がっていた、キノコ雲の形をしたマタンゴの群れが四方にゆっくりと下がった。すると、そこに一隻のヨットが現れた。それは「幽霊ヨット」という描写がぴったりの、すさまじい朽ち果て方をしていた。

五十年前の悲劇を知る「アホウドリ号」だった。

9

樹海上空に押し寄せてきた黒雲の大群で周囲はどんどん薄暗くなってくるのに、わずかに一点だけ開いた空間から降り注ぐ陽光が、幽霊ヨットを鮮やかに浮かび上がらせていた。まさに「樹海の中にヨットが浮かんでいる」という都市伝説どおりの光景だった。

「マタンゴが寄り集まって隠していたから、いくら上から眺めてもわからなかったのか」

前日、ヘリで樹海の上空を飛んだばかりの北沢がつぶやいた。

「そういうことだよ」

地面から立ち上がりながら、作田が言った。

「マタンゴにもいろいろな形があって、この樹海の中で、カメレオンのように周囲の環境に合わせて、大木そっくりに姿形を進化させてきたものもいた。その連中が、ヨットを人々の目から隠しつづけてきたのだ。しかし、十年前にきみたちがここにやってきたときは、村井がほかのマタンゴを指揮して周囲を空けさせたのかもしれない。このヨットの歴史を誰かにわかってもらいたくてな」

「あ、あの切り株は……思い出したぞ」

矢野がキノコ化した指先で、前方の地面を指差した。そこには、ヨットを運び込む際に切り倒したとみられる大木の切り株があった。

「おれはあれを踏み台にして、甲板までよじ登ったんだ」

全員の視線がそこに集まった。そのとき、ヨットの物陰から女の声が聞こえてきた。

「北沢さあん。ここにきてえ。北沢さあん」

自分の名前を呼ばれた北沢が、防護ヘルメットの中で顔をこわばらせた。先日、虹色の帯に襲われる直前に聞いた、野本夕衣の声だった。

「夕衣？」

放心状態だった真紀が、我に返って叫んだ。

「どこにいるの、夕衣！」

「ここよお、真紀」

ヨットの甲板に、声の主が現れた。

「うそ……！」

真紀は、グローブをはめた手で反射的に口を押さえようとした。が、防護ヘルメットのガラスにさえぎられた。矢野や岡島の姿にようやく慣れてきたいまでさえ、夕衣の姿は叫びたくなるほどの衝撃だった。

夕衣は、衣服を何も身につけていなかった。全裸だった。にもかかわらず、少しも裸という印象がなかった。まるで白い水玉模様をちらした真っ赤なドレスを着ているようだった。だが、それはドレスではなかった。彼女の全身を覆いつくすキノコ状の腫瘍だった。

撮影スタジオでメイキャップ中の夕衣が最初に自分の異変を知らされたとき、それは小さなナメコの形をしていた。しかし、人目を忍んで逃避行をつづけているうちに、こんどは乳房に白いエノキタケ状の腫瘍が生えてきた。さらに、この樹海につれてこられた時点を境にして、透き通るような色の白さが自慢だった夕衣の皮膚が、真っ赤に変色してきたのだ。キノコの傘の形に盛り上がりながら。

やがて、もとの肌の白さを白い斑点として残すだけで、ほぼ全身の皮膚が真っ赤なキノコに変わってしまった。それは腫瘍というより、毒キノコのベニテングタケそっくりだった。わずかに両眼と唇だけに、人間らしい雰囲気が残されるのみだった。

可憐な花のごとく美しかった夕衣の変身は、真紀にとっては、男たちがマタンゴになるより、もっと哀れを誘った。その夕衣が、アホウドリ号の甲板というステージで、太陽のスポットライトを浴びながら、いまだ主演女優であるかのように、芝居がかった口調で北沢の名前を呼んでいる。

防護ヘルメット越しに見つめる真紀の大きな瞳に、みるみるうちに涙があふれてきた。ジャーナリストとして、どんなときにも感情を制御できることを誇りにしてきたのに、最愛のフィアンセの死を現実として消化しきれていないうちに、こんどは女子高時代から仲良くしてきた夕衣の変わりようを見て、パニック状態に陥った。

スタジオから工藤キャスターが「桜居さん、早く逃げなさい。何をぐずぐずしているんだ」と叫びつづける声も聞こえている。だが、それに応答する神経が働かなかった。

「キャンプにきて、みんなでバーベキューをやっていたときには……」

真紀は、まだ生放送のマイクがつながっていることも忘れ、子供のように激しくしゃくりあげた。

「こんなことになるなんて夢にも思わなかった。あのときの私は伝説を本気で信じていたけれど、こんな未来が待っているんだったら、伝説なんて信じなければよかった。北沢さん、どうしたらいいの」

真紀は、そばにいた北沢一夫に抱きついた。防護ヘルメットどうしがぶつかりあって音を立てた。この場にいる三人がマタンゴで、作田という老人も完全には信頼しきれない状況にあって、北沢だけがただひとり信じられる存在だった。その彼に保護を求める反射的な行動だった。

ところが北沢は、予想もしない対応に出た。

真紀の防護ヘルメットのガラス面に外側から装着されていた吸盤式の小型マイクとイヤホンを、北沢はいきなり片手で引きちぎった。つづいて中継用に自分で構えていたビデオカメラを、近くの岩に向かって叩きつけて壊した。

あっというまの出来事だった。

「これで、ここで何が起きようと、中央テレビの連中は見ることも聞くこともできない」

北沢はつぶやくと、呆然(ぼうぜん)とする真紀のヘルメットに向かって拳銃を突きつけた。すでに撃鉄は上がっている。

「あ、その銃は！」

矢野が叫んだ。

「そうだよ、矢野。これはきみが持っていた拳銃だ」

手にした六連発のリボルバーを振りながら、北沢が答えた。

「きみの車のグローブ・ボックスの中に無造作に入っていた。警察官たる者、辞表を出したら拳銃も返却するのがルールじゃないのかい。それとも、いざというときの自殺用に持っていたかったのかな」

「どういうつもりだ、一夫。おれに拳銃を返せ！」

「返したって、その身体じゃ引き金も引けまい」

「おまえが持っているのがダメなんだ。返せ」

「いやだね」

北沢は、右手に構えた拳銃を矢野、岡島、作田老人のほうへ向け直しながら、左手で真紀の身体を引き寄せた。ふたたび防護ヘルメットどうしがぶつかった。

「北沢さん、なんなの、いったい」

「死んでもらう」

「どうして！」

たったひとりだけ信じられる人間だと思っていた北沢の言葉に、真紀の目が大きく見開かれた。

「なんでよ！」

「おまえだけじゃない。会長も、作田艇長も責任をとって死んでもらう。矢野には何の罪もないが、ここまできたら同じことだ」

「責任って、なんだ」

岡島がきいた。

「おれがテロリストの罠(わな)にはまって、スペースシャトルをマタンゴの実験場にさせてしまったことか」

「その逆だよ」

「逆?」

「いま、スタジオからの連絡でわかった。せっかくの計画がダメになった」

「計画って、なんだ」

「おまえらが、新しいマタンゴの誕生を潰(つぶ)したんだよ! だから責任をとって死んでもらうんだ!」

北沢が怒りの言葉を放つのと同時にヨットに降り注いでいた光のシャワーが消え、樹海の中は夜のように暗くなった。夕衣の姿が消えた。そして、日射しの代わりに青白い稲光が閃(ひらめ)いた。

ついで、落雷の音が響くかと思われた。しかし、聞こえてきたのはヘリのローター音だった。それはテレビ富士がチャーターしたヘリだった。

10

「信じられないことが起きました。私の真下には樹海の緑が絨毯のように敷きつめられていますが、その一部分の森が動きました。何かの見間違いかと思いましたが、そうではありません。森が動いたんです。ありえないことが起こりました！　そして、森が割れたところから、幽霊船が……マストは折れ、帆は破れ、船体もいたるところに穴が空いたヨットが姿を現しました。ヨットです。それも決して小さくはないヨットが、樹海の真ん中に忽然と姿を現したのです！」

　レポートをつづける報道記者は、興奮で声を震わせながらまくし立てた。

「いま、いったんその上を通り過ぎましたが、もういちど旋回して引き返します。ごらんのように、樹海上空の黒雲はますます密度を増し、少しだけ顔を覗かせていた太陽も完全に隠れてしまいました。まだ朝の十時台だというのに、夜かと思える暗さです。そして黒雲の中では、しきりに閃光が輝いています。前方だけでなく、飛んでいる私たちの後ろでも、左でも、右でもその現象が起きています。

　……え？　こちらの映像が届いていませんか？　この不気味な雷雲のせいでしょうか。スタジオさん、私の声は届いているんでしょうか。もしもし……そちらの声は雑音まじりに聞こえていますが、私の声はダメなんでしょうか？

とにかく、しゃべりつづけます。あちらこちらから雷雲が樹海に押し寄せてきています。誰かに命令されて集結したという感じの黒雲の動きです。大変に大変に、非常に危険な状況です。ヘリのパイロットが樹海からの離脱を要求しています。しかし、あそこの上だけはもう一回飛びたい。……すみません、どうしてもあと一回だけさっきのところを飛んでください。生中継がダメでも録画はできるから。あの森が開いたところへ、十秒だけでもいいですから、できるだけ低空で……ん？　なんだ、あれは」

渋るパイロットを説得する報道記者の視界に、こちらに近づいてくるものが映った。

雷の電気エネルギーをたくわえて輝く黒雲をバックに、東の空から逆V字編隊を組んで飛んでくる黒いヘリの一団だった。官房長官から作戦発動の指令を受けてから、およそ五分間、エンジンの回転数を上げながら作戦の最終確認を済ませ、北富士演習場を飛び立った五機の攻撃ヘリ「キングコブラ」だった。

「こちらキングコブラ1、キングコブラ1、掃討作戦のエリアに入りました」

編隊の先頭を行くヘリから、防衛省の司令センターに無線が入った。

「マスコミのヘリが一機、ターゲットに接近しています。指示ねがいます」

「うるさい小バエは撃ち落とせ」

防衛省の作戦司令官がマイクに向かって言った。

「墜落の原因は、落雷か流れ弾のせいで処理する」

「了解しました」

返事と同時に、強烈な落雷の稲光が天と地を結んだ。そのタイミングで、1号機の二十ミリ機関砲が火を噴いた。

一瞬にしてテレビ富士のクルーを乗せたヘリコプターの尾部ローターが吹き飛び、ヘリはバランスを失って水平回転しながら弧を描いて高度を下げ、ヨットから一キロ離れた森の中に墜落し、炎上した。

それは落雷と同時に起きた事故で、樹海方面の空を眺めていた誰の目にも、雷に打たれたせいにしか見えなかった。雷の閃光に目が眩（くら）んだのと、キングコブラの黒い機体が黒雲をバックに溶け込んでいたからである——

十三　緋色(ひいろ)の雨

1

樹海の中にいた北沢たちには、落雷の音が響くのと同時に、機銃の掃射音が聞こえていた。それはダダダダというスローなものではなく、土砂降りを思わせるジャーッという音だった。

そしてほどなくドーンという地響きが、そう遠くないところから聞こえ、オレンジ色の炎が上がるのが見えた。

北沢は、一瞬それに気を取られた。

そのわずかな隙を見て、矢野が飛びかかってきた。

北沢は抱えていた真紀の身体を突き飛ばし、横にステップしてかわしながら拳銃の引き金を引いた。だが、一発目はカチッという音だけで弾は飛び出さなかった。急いで二発目を発射した。こんどは銃声と同時に白煙があがり、矢野の胸に弾丸が命中した。

矢野もその衝撃にひるんで立ち止まった。……が、倒れなかった。

撃ったほうの北沢も、撃たれたほうの矢野も、意外な事態に驚いていた。射入口からも射出口からも出血はなかった。しかも矢野は、痛みをまったく感じていなかった。矢野は、弾丸が飛び込んだ自分の胸をあぜんとして見つめていたが、やがてゆっくりと顔を上げて北沢と目を合わせた。

恐怖にかられた北沢は三発目、四発目と連射した。だが、ふたたび矢野の身体に穴が空き、一部の組織は弾丸の貫通とともに空中に吹き飛んだが、それだけだった。

北沢は拳銃の効果がゼロであることがまだ信じられず、こんどは岡島のほうに向かって五発目を撃った。

それは岡島の喉の脇を貫いた。

こんどは穴からどろりと液体がこぼれ出た。しかし、赤い人間の血液ではなく、粘りけのある緑色の液体だった。

「ムダだよ、北沢君」

作田老人が言った。

「完全なるマタンゴにならずとも、もうこの状態で彼らの肉体は人間ではないのだ。マタンゴに感染した人間の生命は、もはや人間のルールには従わない。それはきみも承知しているはずではなかったかね」

「……………」

「おそらくその拳銃には、あと一発しか残っていまい。一発目が空で、そのあと四発撃ったのだから。そうだな、矢野君」

作田の確認に、矢野はまだ撃たれた場所を手で押さえながら、あわててうなずいた。

「その残り一発をどう使うかは、よく考えなさい。少なくとも桜居君に向かって使うような真似をしてはいかん」

また上空に、こんどはさきほどよりも何倍も大きなヘリの爆音が響き、鬱蒼と生い茂る樹林の隙間から、何機ものヘリコプターが見えた。

「ついにそのときがきたようだな。……話の先を急ごう」

空から視線を一同に戻して、作田が言った。

「たしかに北沢君の言うとおり、アルバトロスで行なわれる計画を妨害するために、星野君が国際テロリストに操られている、と一部のマスコミに知らせたのは、この私だ。そして、その情報は中央テレビのプロデューサーを通じて桜居君にも伝わったはずだし、岡島君もその話を聞いたことだろう。もちろん、星野君本人にも知れた。

その意味を曲解した者もいたかもしれないが、私が言いたかったのは、星野君が何か悪事を起こすのではなく、彼が利用されているということだった。そして、その作戦をバラすことに意味があったのだ。桜居君は、おそらく恋人である星野君に、飛ばないでと懇願しただろう」

北沢に突き飛ばされ、オレンジ色の化学防護服を土で汚した真紀は、地面に倒れた恰好から半身を起こしてうなずいた。

「だが、星野君は飛んだ。自分の身に降りかかる運命を察知しながらも、決して逃げることなく、堂々たる気持ちで宇宙に飛び立った。その結果、自らの命と引き換えにして、この男の陰謀を壊滅させたのだ。たぶん星野君は、自分に課せられた宿命を承知していたに違いない」

「おれにはわからない」

ようやく自分の身体を三発の弾丸が貫いた事実を受け止めた矢野が、作田にたずねた。

「国際テロリストって……北沢一夫がそうだったんですか」

「テロリストといっても、一般的な概念のそれとは違う。国家の存在と戦争は切り離せないものだと信じ切っている一派の中でも、最も過激派だと言えばよいかな」

作田は厳しい目を北沢に向けた。

「米軍組織においては、徹底的な情報管理が行なわれる。同じ組織に所属していても、仲間のすべてを知るわけではない。だから北沢君も――いや、もう呼び捨てにさせてもらうが――北沢も、海に飛び込んで自殺したアホウドリ号の艇長・作田直之が、ジョージ・サカタと名前を変え、日系二世のアメリカ人としてマタンゴの作戦チームに所属していたことを知らなかったはずだ。なにしろ私のほうが四十年以上も経歴が長いのだからな。しかし、私のほうは北沢の動きを知っていた。

彼は大学卒業後、アメリカで細菌学を学んでいる最中に、米軍のマタンゴ研究チームのリクルートにあったのだ。北沢が都市伝説研究会のメンバーのひとりとして、マタンゴが繁殖活動中の樹海に入っていったという情報を得てのことだ。そして彼は、自分が知らぬまに、いろいろと調べられていた。たとえば、留学中の大学で定期健康診断と称しながら、マタンゴに感染しているか否かのチェックが定期的に行なわれていた」

作田の指摘に、北沢は初めて知った顔で目を丸くした。

「さらに、キャンパスの友人を装って近づいた米軍秘密チームのメンバーは、北沢の心に異様なまでに強くて深い怨念（おんねん）があることを知って、これは利用できると考えた」

「怨念？」

矢野が、北沢を見ながら作田に問い返した。

「それはなんです」

「岡島君への復讐（ふくしゅう）心だ」

こんどは岡島が、顔面のキノコを寄せて驚愕の表情を作った。

「ただでさえ不潔恐怖症のコンプレックスがあったところへ、岡島君、きみが仲間の前で北沢に恥をかかせたからだよ。しかも、北沢が恋していた女子高生の前でな」

「そんな」

岡島は、キノコを揺らして首を左右に振った。

「ありえない」

「何がありえないのかね」

「キャンプのときのことを根に持っているなら信じられない、ということですよ。たかが一升瓶の回し飲みができないのをからかわれた程度で」

「人をいじめる人間は、いじめられた側の気持ちをつねにわからないものだよ。無神経から出た残酷さは、ときとして意図的な残酷さよりも、もっと深く相手の心を傷つけることがある。それで北沢は心に誓ったのだ。絶対に不潔恐怖症を克服してやる、と。それも細菌学のプロとして、いや生物化学兵器のプロとして。そして岡島君に復讐してやる、と」

「…………」

「やがて彼は、日本の特務機関から米軍側に提供されていた映像を見せられることになる。ほかでもない、桜居君が落としていったビデオだよ。それによって、彼は完全に記憶を取り戻した。まだその出来事から三年しか経っていない時点だったから、よみがえった記憶も鮮明だった」

「ほんとなの！」

真紀が驚きの声を発しながら立ち上がった。

「北沢さん、私が失くしたビデオの映像を見ていたの？」

「…………」

北沢は答えない。

「じゃあ、あなたはとっくの昔に、ここで何があったかを知っていながら、いままで知らんふりをしてきたの？　いかにも、いま初めて記憶が戻ってきたみたいに」

「たいした芝居だよ」

軽蔑（けいべつ）と嫌悪を込めて、矢野が吐き捨てた。

「きょうのきょうまで、一夫はおれたちをだましつづけていたわけだ。おれたちが、こういう姿になることも知っていながら」

矢野に罵（のの）しられても、北沢は片手に拳銃を握ったまま無言だった。

「米軍の秘密チームに取り込まれた北沢は、新種マタンゴの開発に全精力を注いだ。それをライフワークとさえ思って」

作田がつづけた。

「そして北沢は、人間が完全にマタンゴ化したときに、キノコの菌糸体のようにしぶとい生命力を持ちながら、人間としての環境適応能力を決して失わない新種マタンゴを研究室レベルで完成した。これが、ＣＢＵの専属研究員になる直前のことだ。北沢が打ち立てた理論によれば、ほぼ十一年に一度のサイクルで現れる太陽活動の極大期に大量の宇宙線を浴び、地球の半分以下の気圧と長時間の無重力という環境を与えれば、その新種マタンゴが完成する。しかし、地上では無重力状態を長時間再現することは不可能なので、そこだけが細菌レベルでの確認しかできなかった」

「そこでおれの計画が利用されたのか」

喉に穴を空けられながらも声帯は無事だった岡島が、怒りの声を振り絞った。

そして作田が補足する。

「岡島君の夢を最悪の形でぶち壊すためにも、きみがプロデュースする日の丸シャトルを利用したかったわけだよ」

「一夫……おまえ……」

歯ぎしりをしようとした岡島の口から、何本かのキノコが歯のようにこぼれ落ち、喉の穴からは、緑色の粘液が新たにあふれ出した。

「許せない。おれは絶対に許せない」

「やがて北沢は、日本の生物化学兵器テロ対策室の専属細菌学者という立場を得た。だが、上司の真田室長は、その背景を何も知らなかった。それどころか日本側でマタンゴの機密を承知している人間たちでさえ、北沢こそが新種マタンゴの仕掛け人であることを誰ひとりとして知らなかった。それほど米軍のスパイ戦略における情報管理は徹底しており、それほど米軍は日本側のパートナーの情報管理を信用していなかったということだ」

作田は、皮肉まじりの苦笑を浮かべた。

「ともあれ、生物化学兵器の研究のためにはこれ以上ないCBUの施設を提供され、北沢はますます研究にのめり込んでいった。と同時に、かつての自分をあざ笑った者たちが、十年の潜伏期間を経て薬の効果が切れ、つぎつぎとマタンゴになっていくのを見て、痛快で仕方がなかったことだろうよ。とくに岡島君がそうなったときには、復讐をやり遂げた気分になったに違いない。ただし、かつて愛した野本夕衣君のマタンゴ化は複雑な気持ちだったろう。けれども、女性の場合はマタンゴになる直前に驚くべき美しさを放つ、という村井ノートの記述が実証されて、その点では研究者として満足だったはずだ」

作田は、ふと昔をふり返る顔になった。

「おもえば五十年前も、クラブ歌手の関口麻美は島に着いてから、日に日に妖しげな美しさを増していった。その美しさにオーナーの笠井も、推理作家の吉田も、雇われスキッパーの小山も夢中になっていた。正直に告白すれば、この私もだ。あのときは、まさかそれがマタンゴを食べたせいだとは思いもしなかったが、もうひとりの女性、相馬明子までが彼女らしからぬ妖艶さを漂わせてマタンゴのとりことなったのを見て、村井は男と女とでは、マタンゴの作用が異なることを知ったのだ」

矢野が言った。

「作田さんの話を聞いて、やっとわかった」

「ＣＢＵに首吊り死体として運び込んだ加納洋が、いきなりよみがえって一夫に襲いかかったとき『トモダチダロ、トモダチダロ』と叫んだ意味が。おまえ、もしかして加納が首を吊る場面に立ち会っていたんじゃないのか！」

2

自宅でテレビを食い入るように見つめていた山梨県警本部長は、樹海からの中継映像が中断したあいだに、ＣＢＵの真田室長から送信されてきた、例のファイルをもういちど再生しはじめた。消去されていた加納洋のデジカメファイルを復活させたものである。

ファイルには、醜いキノコ状の腫瘍をさらした加納洋が写っていた。家の中ではない。バックの緑を見れば明らかなように、そこは樹海だった。いまにも雨が降り出しそうな空も映り込んでいる。そして、静止画像にまじって記録されていた動画は、加納の最後がいかに悲惨なものであったかを明らかにしていた。

顔面のとくに額の部分は、クルミの実にも、あるいは脳味噌(みそ)にも似た茶色いシワだらけの腫瘍が広がっていた。CBUのラボで、北沢がシャグマアミガサタケのようだと説明した部分である。唇の周辺はヌメリをもったナメコ状の腫瘍で覆われ、髪の毛は白や黄色のホウキタケに似たものに取って代わられていた。

その見るも無惨な顔をさらした加納は、首にロープを巻いて踏み台の上に立っていた。踏み台にしているのは、キャンプ用の簡素な折りたたみ式のパイプ椅子だった。そして、ロープの一端は大木の太い幹に結ばれている。

そんな加納の姿が撮影されているということは、そこに撮影者が存在しているのを意味していた。そして、その撮影者が声を出した。

「じゃ、しゃべっていいよ」

北沢の声だった。

その合図で、マタンゴ化した加納が、舌を動かしにくそうに言葉をもつれさせながら、語りはじめた。

「十年前に、無意識のうちに持ち出していた村井研二のノート……それをきっかけにして、幻の怪物に興味を持った結果がこのありさまです」

加納の声は最初から涙声だった。

「初めは私は、このノートをもとに『マタンゴ』というホラー小説を書こうと考えていました。四年前、ホラー作家としてデビューしたはいいけれど、あっというまに書くネタが尽きてしまって、完全に壁にぶち当たってしまった私にとって、村井研二のノートはアイデアの宝庫でした。けれども、そのうちに何か妙な気分がしてきました。そこに書かれている化け物と同じものを、樹海の中で実際に自分が見たような気がしてきたのです。

それで私は、御殿場市にあった実家に住まいを移して、村井ノートの記述と、自分のおぼろげな記憶を確かめるために、本格的に樹海探検に乗り出したのです。最近の樹海は明け方になると白い霧に覆われ、その霧の中に虹色の霧がまじるという幻想的な光景がたびたび見られました。私はそれに感動して、思いきり深呼吸すらしたのです。それがマタンゴの胞子だったとは、考えてもみなかった。そして、いきなりこんな身体になってしまった。十年前と今回と二段階で虹色の霧を吸い込んだ結果だというのは、北沢君に教えてもらって初めて知ったしだいです。

じつは、北沢君とはマタンゴの件で、この一、二年、しょっちゅう連絡をとっていたのです。ホラー小説『マタンゴ』を書くにあたっては、細菌学の専門家の知識が必要だと思ったからです。だから、化け物のようになった私の姿を見ても驚かずに、相談にのってくれる人間は、北沢君以外にいませんでした。それで、急いでうちにきてもらいました。一夫、ありがとう」

レンズをまっすぐ見つめ、加納は撮影者に礼を述べた。

「きみは、こんなぼくを見ても、気持ち悪がるどころか、ほんとうに親身になって慰めてくれた。けれども同時に、絶望的な未来しかないことも教えてくれた。だから悟ったのです。もはや自分には死という道しか残されていないのだと。そして北沢君を立ち会い人として、自らの命を絶つことに決めました。

きょうは北沢君の運転で、ここまでつれてきてもらいました。車から出る前に、やっとの思いで短い遺書は自分で書きました。もう指の先までキノコになってしまっていたから、うまくペンを握れず、ずいぶん汚い字になったけれどね。そして、思い出のキャンプをした場所を通って、ここまできました。あまり奥まで行ったら、北沢君が帰れなくなってしまうと困ります。そうです、いまデジカメを撮ってくれているのが彼なのです。私は首を吊りたくても、自分ひとりでロープも結べないありさまです。だから、それも北沢君にやってもらいました。ただし、決して北沢君に自殺幇助（ほうじょ）の罪を問わないでください。彼はぼくのためを思って……」

そこで、カメラを構えている人物――北沢一夫の声が割り込んだ。

「メモリーカードがいっぱいになりそうだ。もう、あまりしゃべれないよ」

「わかった。じゃ、急いで残りを話す」

「いや、あとはぼくがしゃべる」

「え？」

「最後に大事なことを教えてやるよ、加納」

カメラには映らない北沢の声は冷たかった。

「村井研二のノートだけど、自分が無意識のうちに持ち出したと気がついたのは、いつのことだい」

「御殿場の実家に移る何ヵ月か前だ。二年半ぐらい前かな。まだ東京にいたころだ」

首にロープを巻いた自殺寸前の恰好のまま、加納は答えた。

「そうだね。で、ぼくが留学先のアメリカから戻ってきたのが三年前だ」

「だから？」

「きみは、なぜ十年前に持ち出したノートの存在に七、八年も気づかずにいたんだ」

「さあ……」

「それは、じつは十年前にきみが樹海から無意識に持ち帰ったものじゃないからだ。ぼくが二年九ヵ月前に、きみの家に置いたのさ」

「なんだって！」

「ホラー作家の先生に、マタンゴへの興味を持ってもらうためにね。好奇心旺盛なきみなら、きっと樹海へ何度でも行くと思ったから」

「じゃ、このノートはおまえがヨットから持ち出したのか」

「いや、貴重な参考資料として渡してくれた組織があってね」

「組織？　組織って？」

そうたずねたとたん、加納の全身が入る距離から撮影されていた画面が、急に激しく揺れ出した。フレームに踏み台の椅子も含めた全身が収まっていたのが、腰から上になり、胸から上になり、やがて驚愕に目を見開く加納の顔のアップになった。

カメラを構えたまま、北沢が加納に向かって突進していったのだ。

「や、や、やめろー！」

自殺を覚悟してロープを首に巻いた加納が、このあと起きることを悟って、恐怖で顔じゅうのキノコを歪めた。そして絶叫したとたん、たるんでいたロープがピンと張った。

森の緑をバックにして、時計の振り子のように揺れるロープだけが数秒間映ったところで、画像は切れた。北沢本人の顔は、一度も出てこないまま。

3

県警本部長は、衝撃の深いため息を洩らした。そして、つぶやいた。

「ＣＢＵの北沢先生が……こんなことを」

「キングコブラ１から司令センターへ、キングコブラ１から司令センターへ」

攻撃ヘリの隊長機が呼びかけた。

「アホウドリ号を確認しました。マタンゴの群れも確認。その数はざっと五十、もっとかもしれません。それからオレンジ色の化学防護服を着た人影がふたつ、白髪の老人がひとり、そして変身途中のマタンゴが二体そばにいます。指示ねがいます」

「威嚇の機銃掃射をしろ。あくまで威嚇だ。逃げ出した人間は追うな。逃げ出さなくても、そのまま第二ステップに移れ」

「了解。キングコブラ1からキングコブラ2とキングコブラ3、地上への威嚇射撃態勢に入れ。ただし、直接人は撃つな」

「キングコブラ2、了解」

「キングコブラ3、了解」

逆V字形の編隊から、二機目と三機目が離脱して旋回し、緑の絨毯にぽっかり空いた虫食いの穴のような円形に向けて低空飛行に入った。そして標的の上空まできたところでホバリングをして、その空中静止姿勢から二十ミリ機関砲を連射した。

作田、北沢、真紀、矢野、岡島の五人を背後から囲むように、嵐のように銃弾が撃ち込まれた。逃げる意思があるならば逃げろというふうに、弾幕は円形ではなく、半円形を描いて降り注いできた。その開口部は、アホウドリ号とは反対側――樹海の出口方面へ向けて追い出すように開いていた。

「みんな、逃げろ！」

作田が叫んだ。北沢の追及どころではなくなっていた。

真紀は、弾幕に追い立てられるように樹海の出口方面へ逃げようとした。が、防護服の上からその腕をつかんだ者がいた。作田老人だった。

「なにするんです。放してください！」

「そっちへ逃げるな」

「どうしてですか。きた方向ですよ。それに、こっちに逃げるしかないでしょう！」

「もう遅い」

「遅い？」

「上にいる連中がどんな作戦をとるか、私にはわかっている。まずこっちだ」

作田は無理やり真紀を引き立てて、とりあえず大木が密生した中へ連れ込んだ。八十六歳の老人とは思えぬ力だった。

「いいか、桜居君、よく聞くんだ」

弾幕のシャワーが止んだ。しかし、静寂が戻ってきたわけではない。上空をホバリングする二機のキングコブラの爆音が聞こえていた。死刑執行人は立ち去っていなかった。その爆音にかき消されないよう、作田は大きな声で真紀に話しかけた。

「私は、必ずきみを助ける。私には、いつ死んでもいい覚悟はあるが、やり残したことがまだひとつあった。そのために自分も助からねばならない。だから、絶対にここから生きて脱出する。私を信じてついてきなさい」

「じゃ、どうすればいいんですか」

「防護服を脱ぐんだ」

「どうして」

「その色は緑の森で目立ちすぎる。それに、身軽にならなければ助からない」

「でも……」

「だいじょうぶ。こんな状況では、マタンゴは自分から胞子を撒き散らしたりしない。ただ、身体を爆破されたら別だから、その前にシェルターに逃げ込むしかない」

「シェルター？」

「あのヨットだ」

作田は樹林越しにかいま見えるアホウドリ号を指差した。

「あんなボロボロのヨットが？」

「ヨットの中に、秘密の緊急脱出口があるんだ。マタンゴ観察の秘密部隊が、万一の緊急脱出に備えて用意していたトンネルが……。私は自分の目で確かめたわけではない。情報として知っているだけだ。しかし、それしか助かる方法はない。攻撃している連中も、まさか我々がそれを使うとは思うまい」

沈黙していた弾幕シャワーが、耳をつんざく音を立てながらまた降り注いできた。

「早く！」

作田に怒鳴られ、真紀は覚悟を決めてオレンジ色の防護服を脱いだ。

「こんど狙撃が止んだら、あのヨットめがけて駆け出せ。絶対にためらうな。きっと村井たちが守ってくれる」

「岡島さんたちは？」

真紀は周りを見回した。だが、矢野も岡島も、そして北沢の姿もない。

「ほかの連中のことなど、もう気にするな」

そのとき、射撃音が止んで、またヘリのホバリングする音だけになった。

「いまだ。走れ！」

作田が先に立って、樹林のあいだを縫うようにしてヨットめがけて走った。彼の年齢にしてはありえないほどの速さだった。真紀もそれにつづいた。迷ったり考えたりする余裕はなかった。ここまできたら、この白髪の老人にすべてを託すよりなかった。

「こちらキングコブラ2、キングコブラ2。老人と女が樹林の中を抜けて、追い立てたのとは逆方向に走っています。ヨットです。ヨットめざして走っています」

「わかった。どうしても樹海の中にいるというなら好きなようにさせておけ。キングコブラ4（フォー）、キングコブラ5（ファイブ）、第二ステップを実行せよ」

　隊長機の指示で2号機と3号機が現場から離れ、代わって4号機と5号機が攻撃態勢に入った。こんどはホバリングはせず、角度の浅い低空飛行で突っ込みながら、マタンゴの群れに向かって対戦車ミサイルを発射した。

ヨットから少し離れたところに下がっていたマタンゴの一群に二発が命中し、五、六体が一気に吹き飛んだ。キノコ雲状の巨体がバラバラになり、たくわえていた虹色の胞子が花火のようにちらばった。

高さ二十メートルはありそうな周囲の大木も被弾して、メキメキメキという音を立てながら傾きはじめた。そしてすぐにバキバキバキというすさまじい音に変わり、地面に向かってつぎつぎと倒れていった。

そのうちの一本が、ヨットに向かって走る真紀たちの後方から倒れかかってきた。

「前じゃなくて、右に！」

作田の声で、本能的に前に走っていた真紀は、急いで右へコースを変えた。その真横に、地響きを立てて巨木が倒れ込んできた。下敷きになれば間違いなく死んでいたが、太い枝が左腕をかすめただけで、直撃は避けられた。

「急げ、桜居君。胞子がこっちに流れてこないうちに」

アホウドリ号のところにたどり着くと、作田は、十年前に真紀自身も上ったことのある大木の切り株を踏み台にして、まずは真紀を甲板に上らせようとした。だが、ヌルヌルと苔むした船体に足をかけようとしても、すぐに滑って力が入らなかった。

「だめです」

真紀が歯を食いしばって叫んだ。

「足が滑って、身体を持ち上げられない」

焦っているうちに、宙に舞った胞子がヨットのほうに近づいてきた。

そのとき、作田と真紀の身体を同時に宙に持ち上げたものがいた。七メートルの巨大マタンゴと化した村井研二だった。

「ありがとう、村井」

一気に甲板に運ばれながら、作田が礼を言った。

村井マタンゴは、わずかにうなずいてから、ふたりを甲板に下ろした。

4

北沢一夫は、オレンジ色の防護服を着たまま、弾幕に追い立てられるように樹海の出口を目指して走っていた。だが、走っているうちに、くるときに幹につけた目印を見失い、自分がどこにいるのか、まったくわからなくなっていた。

森の中は夜のように薄暗く、しかも大量に汗をかいたことで防護ヘルメットが曇り、前が見えなくなってきた。そして、地表にまで盛り上がってきている太い根に気づかず、それに足を取られて転び、激しく身体を強打した。

「くそっ！　もうこんなもの着ていられるか」

ヤケになって、北沢はヘルメットをかなぐり捨てた。攻撃ヘリがマタンゴに向けて対戦車ミサイルを放っている音が、急に大きく聞こえた。

「みんな死ねばいい」

荒い息を弾ませながら、北沢は独り言を吐き捨てた。

「ぼくの秘密を知ったやつは、みんな死ねばいい。古いマタンゴといっしょに消えてなくなればいい。とくに岡島が死ねば最高だ。あいつだけは死んでも許さない！」

北沢は興奮してわめきまくった。

最もマタンゴに詳しい北沢なら、いま自分たちを攻撃してきた連中の目的がマタンゴの完全消滅にあるとすれば、どのような戦略をとるかを予測できてもよさそうだった。ナパーム弾による焦土作戦が、可能性のひとつとして大いにあると……。

しかし、そこまで頭が回らなかった。銃撃のターゲットからとりあえず逃れたという安心感で、行動が急に遅くなった。また、遅くならざるをえなかった。帰り道がわからなくなったうえに、いまの転倒で左足を激しく捻ってしまったからである。

北沢はヘルメットだけでなく、防護服をぜんぶ脱ぎにかかった。そして、左足が思いのほかひどいダメージを受けていることを知った。

「いてっ！」

おもわず声が出た。骨折を伴う可能性のある激痛だった。

走ることはもちろん、道なき樹林のあいだを縫って歩くのさえ困難だった。仕方なく、木の幹につかまっては休み、少し歩いては、また木の幹にすがって足を休ませるという方法でゆっくり進んだ。自然と北沢の視線は、地面ばかりに注がれることになった。

やがて、下を向いて歩く彼の目に入ったものがあった。数歩先に、こちら向きに立っている裸の足だった。

北沢は、即座にそれが何であるかわかった。その足には、一面にキノコが生えていた。そして、背筋が寒くなる恐怖を覚えながら、ゆっくりと視線を上げていった。

左腕のとれたキノコの怪人が——加納洋が立っていた。

「トモダチ……ダロ」

潰れた声で加納は言った。

「トモダチダロ……トモダ……チダロ」

北沢はその場にへたりこんだ。

そして、矢野から奪ったリボルバーの弾倉に残された一発は、自分自身のためにあるのだと、北沢は悟った。

5

巨大な村井マタンゴに甲板まですくい上げてもらった作田は、真紀の前に立って船室の入り口へと走った。その間にも、ミサイル攻撃で木っ端微塵になったマタンゴが撒き散らした極彩色の胞子は、ヨットのほうへさらに近づいていた。マタンゴの胞子は人間の気配を察すると群れを成してそちらに向かう性質がある。風向きなどは関係なかった。

真紀は、甲板の上から周囲を見回した。リーダー格の村井マタンゴがアホウドリ号のところに戻ったのに合わせて、樹林の間に引き下がっていたマタンゴの群れが、またぞろぞろと集まってきていた。その一方で、無惨なマタンゴの「破片」があちこちにちらばり、ミサイル攻撃によって大木が何本も倒れていた。炎をあげて燃えている木もあった。その煙にまじって、虹色の霧がこちらにやってくる。現実の世界とは思えぬ光景だった。

頭上を見上げると、ミサイルを撃ち込んだ二機のヘリはいったん去ったが、代わりに別の二機が突っ込んでくるのが見えた。

(これで、ほんとうに助かるの?)

真紀の脳裏を疑問がかすめた。

と、接近してくるヘリの爆音にまぎれて、一発の銃声が聞こえた。

(あれは……)

「早く、桜居君。きみが先に降りなさい」

作田の声で、真紀は目の前のことに意識を戻した。

船室へ降りる階段は十年前の落雷で崩落していたが、そこにはいつのまにか縄ばしごが掛けてあった。それを伝って作田よりも先に降りたとたん、真紀の脳裏に鮮やかな記憶がよみがえった。ビデオカメラを抱え、矢野誠といっしょにこの船室に初めて降り立ったときのことが。

階段のそばの壁には、矢野と眺めた例の遺言がまだ残っていた。裏切りの艇長、作田直之が遺したラスト・メッセージが。

笠井雅文
村井研二
吉田悦郎
小山仙造
関口麻美
相馬明子
以上六名、無人島に漂着して死亡
我、単独脱出を試みるも食つき
力つき、南海に身を投ず
一九六三年八月十六日　艇長　作田直之　記

村井研二によって描かれた大きな×印も、そのまま残っていた。ただ、あのときと違うのは、壁一面に極彩色のしみが広がっている点だった。それを見て真紀は、落雷を伴う激しい土砂降りによって、穴だらけの天井から極彩色のシャワーが降り注いできた光景を思い出していた。当時はカビが溶けだしたのだと思っていた。たしかにカビはカビだったが、それはマタンゴの胞子だったのだ。

（あのとき、私はもうバンダナをはずしていた。そして虹色のシャワーを浴びた。……ほんとうに私はだいじょうぶなの？）

　また不安がよぎった。

「死んだ人間が、自分の遺書を見るとはな」

　あとから降りてきた作田が、横に立っていた。

「作田さんは、これを見るのは……」

「海に飛び込んでからは、初めてだよ」

　作田は、自らの遺書の前で急に年老いた顔になった。

「アホウドリ号の中まで入ったのは、この五十年で初めてなのだ。複雑な気持ちだよ。タイムマシンに乗って、一気に過去に戻った感じだ」

　作田は、感慨深げに朽ち果てたヨットの内部を見回した。

　が、そのとき立てつづけに二発のミサイルが新たに着弾した。こんどは、ヨットにより近い場所だった。地面に置かれた船体が激しく揺すられ、腐った木片が天井からバラバラと落ちてきた。そして、マタンゴの断末魔と思える咆哮（ほうこう）が四方で響いた。

　つづいてバスンという音とともに、とてつもなく大きなものがヨットに倒れかかってきて、腐った甲板を突き抜け、作田たちの立っている目の前までめり込んできた。

　埃（ほこり）が舞い上がり、一瞬、視界が霞（かす）んだ。

　そして、その埃が収まってくると、倒れてきたものの正体が明らかになった。キノコ雲の形をした巨大なマタンゴの上半身だった。その大きさからみて、村井研二であるのは一目瞭然だった。

　村井は、醜い腫瘍の中に埋もれたふたつの瞳らしきものを、作田のほうへ向けていた。そこにはキノコの怪物ではなく、人間としての悲しみが宿っていた。そして、口と思える小さな穴から、言葉が洩れてきた。

「サクタ……サン」

　作田は驚愕で目を見張った。もはや人間の言葉などしゃべれないと思っていた村井が、作田の名前を呼びかけてきたのだ。しかも、かつての年齢的な上下関係をふまえて「さん」という敬称まで付けて。

「モウ……ウランデ……マセン」

　その言葉を言い終わると、腫瘍に埋もれたふたつの瞳に、光がなくなった。

　マタンゴという生き物としては、まだ生命は終わっていないのかもしれない。しかし、村井研二の人格は、いま消滅した。それを作田は理解した。

「村井！」

　作田が叫んだ。

「村井ーっ、すまん！　申し訳ない！」

　八十六歳の老人が泣いていた。真紀がいるのも忘れて号泣した。

だが、事態は永遠の別れを惜しむゆとりを与えなかった。村井が倒れ込んで裂けた船体の隙間から、虹色の胞子の群れがいよいよすぐそこまで迫ってきているのが見えた。

「時間はない。急ごう」

作田は洟をすすって真紀を促した。そして、ふたりいっしょに船室の奥へふり向いたとたん、真紀の口から悲鳴がほとばしった。

真っ赤なキノコを全身から生やした野本夕衣が、目の前に立っていた。

6

防衛省の地下奥深くにある総合戦略司令センターでは、クリーデンス・クリアウォーター・リバイバルのヒット曲『雨を見たかい』が、もう何度リピートされているかわからなかった。それが繰り返されるたびに、官房長官のテンションはますます高まっていた。

「官房長官」

横に並ぶ作戦司令官が声を掛けた。

「マタンゴに対する対戦車ミサイルの効果確認は、もう四発でじゅうぶんだと思います。最後のステップに入りますが、よろしいですね」

「よし！」

短く命令すると、官房長官はまた曲に合わせて歌いはじめた。

7

「ずるい」

口紅のように赤いキノコで覆われた唇を歪めて、夕衣が言った。

「真紀だけきれいなままだなんて、ずるい」

その怨みがましい目の光に真紀は震えあがって、あとじさりした。

「北沢さんはどこへ行ったの？」

「知らないわ」

さきほど聞いた銃声を思い出しながら、真紀は答えた。

「真紀、私の北沢さんを、あんた盗ったのね」

「まさか」

「さっき、彼に抱きついたのを、私、見ていたもの」

「あれは違うの」

「ううん、弁解とかはやめて。真紀ならやりそうよ。私が好きな人を、私の見ている前で横取りするようなこと。さっきのは、夕衣は化け物になったけど、私は人間よ、っていう当てつけでしょ」

「そんなこと言わないで。私たち、親友なのに」

「親友？」

赤いキノコの傘の色合いをいちだんと濃くしながら、夕衣は歪んだ笑いを浮かべた。

「親友って、ほんとはいちばん仲が悪いどうしなんだよね。私、昔から真紀のことが大嫌いだったし」

夕衣は、自分の顔を真紀のほうにグイと近づけた。

「私、自分にないものを持っている真紀に、高校生のときからすごく嫉妬していた。女として絶対に勝てないと思っていた。だから真紀を超えようとして、必死になってあんたのいいところを真似して、そして女優になった。しかも、すごくきれいになった。これでやっと真紀に勝てたと思った。それなのに、これって、ひどくない？」

夕衣は自分の顔を指差した。その指も、赤いキノコで覆われている。

真紀は、夕衣にやり込められて涙ぐんでいた。婚約者の星野が死に、その星野を死に追い込んだ仕掛け人が北沢だったという、まさかの裏切りがあり、さらに夕衣には、昔から大嫌いだったと言われる。青春時代の信頼と友情がつぎつぎに壊れていき、耐えられなくなった。

だが、少なくとも夕衣に関しては、怒りは湧かなかった。自分が彼女の立場だったら、まだ人間でいられる仲間に対して嫉妬と羨望を抱き、同じように、やり場のない憤怒をぶつけていくだろうと思った。だから、夕衣に対してケンカ腰で言い返すことはできなかった。

「もうやめろよ、夕衣」

夕衣の肩を後ろからつかんだ者がいた。少し遅れてアホウドリ号にやってきた矢野だった。

「おまえの気持ちは理解できるけど、真紀に八つ当たりしても仕方ない。真紀とおれたちとは、すでに違う世界の生き物なんだ。彼女は人間で、おれたちはマタンゴだ。これは元に戻すことのできない現実なんだ」

「そんな現実、絶対に受け入れられない！」

「わめいたところで、どうにもならないんだよ。おれもあきらめた。会長もあきらめた。星野もあきらめた。加納もあきらめた。だから、おまえも観念しろ」

矢野が、慰めるように夕衣の身体を抱き寄せた。すると、ふたりの身体のキノコ状腫瘍がたがいに擦(こす)れあって、赤いキノコや緑のキノコがふたりの身体からとれて、ボロボロと床に落ちた。

真紀は顔を背けた。

「涙が出ない。泣きたいのに、涙が……」

矢野の肩先に顔を埋めて、夕衣が悶(もだ)えた。

「もう人間じゃないんだから、しょうがない。おれだって出ないよ。でも、涙だけが悲しみの証拠じゃない。泣かなくても、おまえの悲しみはわかる」

矢野は、いっそう強く夕衣を抱きしめた。

「みんな、ここにきていたのか」

最後に岡島がやってきて、北沢以外の全員がふたたび同じ場所に集まっていることに驚いていた。

矢野と岡島が攻撃ヘリに追い立てられながらも、逆方向のアホウドリ号にきたのは、本人たちは気づいていなかったが、マタンゴとしての本能がなせる業だった。しかし岡島は、むしろ作田と真紀がいるのでびっくりしていた。

「作田さん、なんでこっちにきたんです。危ないのに」

「このヨットに、樹海から緊急脱出できる秘密トンネルがあるのだ。私も情報として知っているだけなのだが、その入り口は奥の船室のテーブルの下にあるはずだ。すまんが手伝ってくれるか」

「わかりました」

「私も行く！」

夕衣が矢野をふりほどいて前に出ようとしたが、また彼に引き寄せられた。

「おれたちはここに残るんだ」

「いやよ、死ぬなんていや！　私もいっしょに逃げる」

赤いキノコを周囲にふりまきながら、夕衣は抵抗した。

「マタンゴが死なないなんて、ウソじゃない。アレもそうだし」

夕衣は、ヨットにめり込んだまま微動だにしない村井マタンゴに目をやった。

「表では、爆弾に当たったマタンゴが、みんなバラバラになってる」

「バラバラになっても、おれたちは生きられるんだ。キノコと同じ菌類として」

「そんなの生きてるうちに入らない！」

夕衣は矢野に向かってわめいた。

「バイキンやカビとして生き残って、何の意味があるの？　それが楽しい人生なの？」

「楽しいとか悲しいという感情を超越した人生のほうが気楽かもな」

矢野は静かに言った。

「現に、おれも夕衣も痛みからは解放されている。それだけでも素晴らしいと思わないか。ピストルの弾を何発撃ち込まれても、何の痛みも感じないなんて」

「ピストルの弾？」

「まあ、その説明はいいさ」

矢野は、北沢に思いを寄せる夕衣には、真実を明かさなかった。そして、岡島をうながした。

「夕衣はおれがケアしているから、会長は真紀たちを」

「わかった」

夕衣の悲嘆を横目に、岡島は、作田と真紀とともに隣の部屋に移った。

そのころ、ヨットの外では虹色の胞子の群れはアホウドリ号の周囲をぐるりと取り囲みながら、それより先に進むことをためらっていた。横倒しになった巨大な村井マタンゴの身体から、胞子を近づかせないエネルギーが出ていたからだった。それは、村井研二としての人格が残っているうちに、作田たちのためにしてやれる最後の協力だった。

「これだ、このテーブルに違いない」

作田が指し示したのは、クルーが一堂に集まれる居住空間の中央にしつらえた、小さな木製のテーブルだった。

「この下に脱出口があるという情報だが」

「テーブルは作りつけですね。これだけでは動かせない。ちょっと持ち上げてみます」

マタンゴ化して筋力が倍増した岡島が両手をかけて持ち上げると、テーブルだけでなく、床板もいっしょにはがれた。その跡にはぽっかりと暗い穴が空いている。入り口の壁にはサーチライトが掛けてあった。照明用の電源はない。

「これが……そうか」

作田はサーチライトを灯し、真っ先に階段を降りた。真紀がそれにつづき、最後に岡島も降りた。階段は思いのほか長くて、五メートルほどあった。それを降りきったところで、水平のトンネルに出た。直径は二メートルほどしかない。そこに、メタリックシルバーで塗装された、ボブスレーを連想させる乗り物が置かれてあった。ただしソリではなく車輪を持ち、二本のレールが前方の暗闇に向かって延びていた。

座席は四つ。四人用の脱出マシーンだ。

車体の尾部には小型ロケットエンジンが搭載され、その推力を受け止めるための分厚いコンクリート板が、乗り物の後方一メートルのところに立っていた。

この車体は、ロケットの噴射で一気に飛び出したあと、その慣性でレールに沿って突っ走り、樹海の下をくぐり抜けて西湖のほとりに設けられた秘密出口に到達する。マタンゴから逃れるためというよりは、今回のような事態を想定して作られた緊急脱出装置としか思えなかった。

「岡島君、きみは……」

点灯したサーチライトを岡島のほうに向けながら、作田が言いにくそうに口を開くと、すかさず岡島が答えた。

「わかっています。私は行きません。お見送りをさせていただきます」

豪放磊落(らいらく)なキャラクターだった岡島寛太が、しんみりと言った。彼もマタンゴになりきる運命を受け入れた口調だった。

「さあ、時間がない。急いで乗ってください」

岡島がうながした。

8

「キングコブラ1から全機に告ぐ」

アホウドリ号の上空では、隊長機からいよいよ最終局面の指示が出た。

「ただいまからファイナル・ステップに入る。マタンゴを完全消滅させるために、やつらの上に炎の雨を降らせてやるのだ。私の合図で、各自分担のエリアに『ザ・レイン』を撒き散らせ。人類の敵・マタンゴの殲滅は、きみたちの手にかかっている」

「キングコブラ2、了解」「キングコブラ3、了解」「キングコブラ4、了解」「キングコブラ5、了解」

部下たちの応答を受けて、キングコブラの五機編隊は、いったんヨットのポイントから離れた上空で隊列を組み直した。こんどは隊長機のキングコブラ1を中央に、五機が横一列に並んだ隊形だった。燃焼温度が最高で1300℃に達するナパーム弾『ザ・レイン』を、五本の平行線を引くようなデザインで樹海に撒き散らすため、正確に各機の距離がとられた。その間隔を保ったまま、五機は最終ゴーサインが出るまで空中静止姿勢に入った。

地上では、樹海の周囲で一般車両の規制にあたっていた戦車・装甲車の隊員たちが、双眼鏡を目に当てて、その瞬間を待ち受けていた。空中から進入しようとするマスコミのヘリは、はるか外側ですべて排除されていた。

防衛省地下の総合戦略司令センターの特大モニターでは、樹海全体を俯瞰できる高度で監視を行なっている、別働隊のヘリからの空撮映像が映し出されていた。その画面が二分割され、監視ヘリからの映像ともうひとつ、隊長機の腹に取り付けられたカメラの映像が並んだ。

「こちらキングコブラ1、司令センターどうぞ」

隊長機からの通信が入った。

「こちら司令センター、キングコブラ1どうぞ」

「スタンバイOKです。スタンバイOKです。全機、フラットラインでホバリング中。そちらからの最終許可が出しだい、突入します。どうぞ」

「関係各部署からの安全確認、完了。官房長官に代わります」

官房長官が胸を張ってマイクの前に立った。

「諸君、いよいよ歴史的瞬間がきた。五十年にわたって、その森に棲みつづけてきた化け物たちを、この世から完全に追放してくれ。一匹残らず消滅させるのだ。行け！」

「キングコブラ1から全機へ。発進！」

五機の黒いキングコブラが、横一線に並んだホバリング状態から、鼻先を下げて、投下目標めがけて超低空飛行に入った。

まるでそれを合図にしたように、周囲の黒雲でつぎつぎと閃光が輝き、地面に向けて落雷の連打を放ちはじめた。同時に、猛烈な勢いで雨が降り出した。しかし、キングコブラの一団は、ものともせずに豪雨の中を樹海の標的へ突っ込んでいった。

「この程度の雨がなんだ。こっちの雨が本物だ」

隊長が叫ぶ。

司令センターの特大スクリーンの左半分は監視ヘリからの固定映像、そして右側は、超低空で緑の絨毯(じゅうたん)が上から下にゆっくりと流れていく隊長機の突入映像だった。

「ワーオ！」

官房長官が目を輝かせて叫んだ。

「臨場感、最高！　実際に乗ってるみたいだぞ」

「発射！」

隊長機からの指示で、五機は一斉に特殊油脂から成る死の雨を降り注いだ。中央に位置する隊長機のターゲットは、アホウドリ号を中心として南北に伸ばした線上だった。

ヘリが新型ナパーム弾を撒き終えてからジャスト五秒後、低空飛行のヘリが安全圏に去ったところで、タイムラグ機能を持った複数の着火弾が破裂した。北から南に向けて巨大な炎の列が五本走った。樹海に生えているどんな巨木よりも高く、炎の柱が上がった。

雷雨は一段と激しさを増していたが、その炎の上では自然の雨が押し返されていた。

「BGM、もっと大きく！」

興奮の極致にある官房長官が叫んだ。そして歌った。ナパーム弾を批判する反戦歌を、ナパーム弾の投下を楽しみながら歌った。

Someone told me long ago　There's a calm before the storm,
I know; It's been comin' for some time.
When it's over, so they say, It'll rain a sunny day,
I know; Shinin' down like water.

I want to know, Have you ever seen the rain?
I want to know, Have you ever seen the rain
Comin' down on a sunny day?

9

点火スイッチのあるいちばん前の席に作田直之が座り、つづいて桜居真紀が二列目に座った。それぞれの体重を感知して、セーフティバーが下りた。ヘルメットはなかったが、爆音で鼓膜をやられるのを防止するための密閉式ヘッドホンが備えられていた。それをかぶると、作田も真紀も、外部の音は何も聞こえなくなった。

ふたりの着席を見届けてから、岡島寛太が安全なところまで急いで下がり、後ろから大声で呼びかけた。

「真紀、星野の件は許してくれ。その罪を償うためにも、おれは矢野といっしょにここに残る。真紀だけは元気に生きろ」

だが、その声は真紀には聞こえない。寝そべるような形で座席に固定されているために、岡島をふり返って見ることも、手を挙げることもできなかった。だから真紀は一方的に叫んだ。

「岡島さん、ありがとう」

ほとんど同時に、作田も声を張り上げた。

「岡島君、さらばだ」

別れを告げたのと同時に、激しい振動が地下トンネルを揺すった。地上でナパーム弾が爆発したのだ。

五列の炎のうち左から二番目のものは、拳銃自殺を遂げた北沢一夫の遺体と、そのそばに立っていた加納洋を炙り倒した。中央列の炎はアホウドリ号に襲いかかり、朽ち果てた船体はひとたまりもなく炎上した。

1300℃に達した炎は、ヨットの上に横倒しになっていた村井研二を、船室で抱き合っていた矢野誠と野本夕衣を一瞬にして灰にした。そして秘密の脱出口から地下トンネルに入ってきた。

が、わずかに早く、作田の右手がスイッチを押していた。

ロケットエンジンが点火され、ボブスレー型の車体が一気に飛び出し、暗いトンネルの奥に向かって疾走をはじめた。

地下トンネルに入り込んできたナパーム弾の炎は、ふたりの発進を見送った岡島を呑み込んだあと、紅蓮の舌先を伸ばして、逃げる作田たちを猛スピードで追いかけた。皮肉にもトンネルそのものが煙突の働きをして、樹海で燃えさかる炎を加速させ、作田たちを追いかけさせているのだ。

脱出トンネルには一切照明がなかったにもかかわらず、急接近する炎で、トンネルの内壁がオレンジ色に照らされるほどだった。そのおかげで、作田と真紀は車体速度の増減がわかった。

トンネルは一直線ではなく、いくつかのコーナーがあった。そこを曲がるたびに車体が減速し、炎の舌が近づいた。さらに行く手は上り坂になっているために、ますます車体のスピードは落ち、追ってくる炎の舌先が、まさに車体を舐める寸前まで近づいた。

そのとき、上り坂にかかる直前のレール下に備えられていた感知装置が働き、車体後部のロケットエンジンがもう一回噴射を行なった。

猛烈な勢いで上り坂を駆け上がり、突然、前方に自然光が見えたかと思うと、車体がふわっと浮いて、トンネルから宙に飛び出した。

作田と真紀の目の前に、稲光が連続して炸裂する黒雲がパノラマのように広がっていた。まるで地球創生期の光景だった。その黒雲に向かって飛んでいくのかと思われる勢いで、車体は宙を滑空した。ふたりの顔には、土砂降りのシャワーが容赦なく叩きつけてきた。

と、車体が放物線のピークに達し、下降に移った。

それと同時に、バウという膨張音とともに、車体の周囲にゴム製のフロートが飛び出した。

(どうなるの?)

真紀がそう思った瞬間、激しい水しぶきを上げて、脱出マシーンは西湖に着水した。

そして真紀は意識を失った。

10

つぎに真紀が意識を取り戻したとき、豪雨は完全に止んでいた。そして、頭上には満天の星が輝いていた。

どれぐらい時間が経ったかわからない。しかし、気を失ったまま、かなり長い時間が経過したのは確かだった。

(ここは、どこ?)

まだ朦朧(もうろう)としている意識の中で、真紀は考えた。

湖に着水したところまでは思い出せた。そしていま、自分があおむけになって夜空を仰いでいるのもわかった。だから、ここは屋外だ。そしてこの体勢は、ボブスレー型の脱出マシーンに乗り込んだときと同じだった。

では、あの乗り物に乗ったまま、まだ湖に浮かんでいるのだろうか。だが、それにしては水の上にいるという感覚がない。

「作田さん？　作田さん、いますか」

真紀は、自分を助け出してくれた老人の名前を呼んだ。しかし返事はなかった。

つぎに真紀は、ゆっくりと手を動かしてみた。肘から先は動く。だが上腕が動かせない。足もだ。身を起こそうとしても、それもできなかった。さらに顔も固定されており、前後にも左右にも動かせなかった。身体の機能が麻痺しているのではなく、何かに固定されて動けないのだ。

（もしかして、ストレッチャーに乗せられているの？）

たぶん、それが正解なんだろうと思った。そして、これだけ頑強に固定されているのは、かなりの重傷を負ったからだと想像した。しかし、そのわりには痛みがない。

自分の置かれている状況がまだわからないまま、真紀は頭上の星空にまた目を向けた。

心の中で恋人の名前を呼んだ。

（隼人……）

（あなたは、いまどこにいるの？）

真紀は、樹海の外でスタンバイしていた中央テレビの中継車に送られた星野隼人のラスト・メッセージを、まだ見ていなかった。しかし、彼が最後に言い残した言葉はわかっていた。星空を見上げたら、白い翼に乗ったおれを探してくれ、というものに違いなかった。

真紀は、わずかに自由になる両手の肘から先の部分を胸にのせ、どこにいるかあてのない恋人の姿を捜し求めて、ずっと星空を見つめていた。

(私もそこへ行きたい。あなたのいる星に)

唇だけを動かして、真紀は声を出さずにつぶやいた。

(私だけ生き残っていても、仕方ない)

真紀は、せつなさに胸をかきむしった。

と——

右の薬指が、スッと何かの中に入った。服の生地を通り越して。

顔を動かせないから、何が起きたのかわからない。しかし真紀は、薬指が妙に温かい感触に包まれているのを感じた。

手首を返して引き抜いた。すると、薬指が夜風を受けてスーッと冷たく感じられる。何かで濡れているのは間違いなかった。真紀は、こんどは代わりに中指をいまの「穴」に入れてみた。

またスッと入った。と同時に、こんどは指先にピクピクと動くものが感じられた。

(まさか……)

指をそこに入れたまま、真紀は青ざめた。

(動いているのは、私の心臓?)

衝撃的な仮説が脳裏を走った。

胸の穴の大きさは、中指一本ではあまるほど広かった。だから人差指も入れてみた。いっしょに入った。薬指も入れようとすると、少しきつかったが、力を入れると何の抵抗も痛みもなく、穴が広がった。そして小指も差し込めた。なんと四本の指が、衣服越しに自分の胸の中にもぐりこんでしまったのだ。そして、指先には規則正しい心臓の鼓動が触れていた。

真紀は、いままでまったく気づいていなかった。キングコブラによる最初の警告射撃で、二十ミリ機関砲を背後から浴びていたことを。そして、弾丸が心臓をわずかにかすめて胸から飛び出していたことを。

いっしょに行動した作田や岡島たちが、真紀の身体の異変を悟った様子はなかった。洋服が破けているのは目に入ったかもしれないが、誰も真紀の胸を弾丸が貫通しているとは思ってもみなかったはずだ。出血などまったくなかったからだ。

それだけの穴が空いていたにもかかわらず、真紀は痛みを感じず、倒れてくる巨木を避けながら全速力で走ってヨットまでたどり着くことができ、地下の秘密トンネルを使って、燃えさかる樹海からの脱出劇を完遂したのだ。もちろん、人間ではありえない話だ。

ということは……。

真紀の口の中がカラカラになった。

（いやっ！　マタンゴなんかになりたくない！）

野本夕衣と同じ感情が爆発した。

（マタンゴになるぐらいなら、まだ人間らしいうちに死ぬわ！）

真紀は衝動的な行動に出た。

胸の穴に入れた四本の指を、さらに奥深くまで入れ、すくい取るようにして心臓をつかみとった。そして、ピクピクと動いている心臓をねじ切った。

心臓が身体から出た。直接目では確認できないが、その感覚がわかった。

それなのに——

（まだ生きている……まだ私は……生きて……いる）

ショックで頭の中が真っ白になった。

すると、頭上の暗闇から男の声がした。

「じかにごらんになれないでしょうから解説しておきますと、いま右手に握られている心臓は緑色をしています」

「誰！」

真紀が叫んだ。

「まだ心臓はピクついているでしょうが、すぐに動きを止めるでしょう。しかし、何の影響もありません。あなたはとっくの昔に別のシステムで生命を維持しているのですから」

「誰なのよ、あなたは」

男の声は、真紀の興奮した問いかけをまったく無視してつづけた。

「キノコは打撃や落雷などの衝撃で子実体を出すことがあります。それと同様に、マタンゴに感染している人間も、物理的・電気的な衝撃で一気にマタンゴの様相を呈することがあります。きょうのように前代未聞のスケールで起きた落雷現象やナパーム弾の衝撃などは、引き金として申し分ありません」

「だからあなたは誰？　ここはどこ？　私はどうなるの！」

「ごらんなさい、美しい星空でしょう」

「私は、あなたは何者で、ここはどこかとたずねているのよ」

「いま、その両方にお答えしようとしているところなんですがね」

男の声に笑いがまじった。真紀としては笑い事ではないというのに。

「あなたがごらんになっているのは、檜原村の夜空です」

「檜原村？」

「ええ、東京都の本土側で唯一の村ですね。そしてここはＣＢＵ――生物化学兵器テロ対策室の敷地です。そのまますぐ地下のラボにお連れしてもよかったんですが、ストレッチャーで運んでいる途中で意識を取り戻されそうなので、あえて外でストップをかけました。そして、建物の照明や水銀灯の明かりがまったく届かないところまで移動してきたんです。気が利いているでしょう？　周りが暗ければ、星空がよく見えますから。あなたの恋人がどこかにいるかもしれない星空が」

そこで男もいっしょに夜空を見上げたらしく、声の聞こえてくる位置が変わった。

「東京といっても、さすがに檜原村です。深呼吸すると空気の違いがよくわかります。だから、星の輝き方も違うんじゃないでしょうか。ねえ、桜居さん、いま上空には、満天の星空が輝いているでしょう？」

「ええ」

「いまごろスペースシャトル『アルバトロス』は、宇宙のどのあたりを飛んでいるんでしょうかねえ」

「……」

星野のことを持ち出されて、真紀は顔をこわばらせた。

「それで、あなたは？」

「ああ、ご紹介が遅れました。私はですね……」

男は自分の顔が見えるように、あおむけに横たわる真紀の顔の上に覆い被（かぶ）さった。

「CBUの新しい室長を務めます、宇野と申します」

「宇野さん？」

「はい。真田前室長がご病気で亡くなられたことに伴う人事です。真田さんはご立派なリーダーだったのに、惜しい方を亡くしました」

真紀は、男の顔をじっと見上げた。

宇野という名前は初めて聞くが、その顔はどこかで見た覚えがあった。深い深い記憶の底から浮かび上がってくるような既視感があった。

そしてわかった。

「あなた、私をテントに運び込んだ人ね！」

「テントに？」

「樹海に張ったテントよ。私は半分起きているような、夢を見ているような気持ちでいたけれど、銀色の防護服を着たあなたに抱きかかえられて、テントに運ばれた記憶があるの」

「ほほう」

男は唇を丸めた。

「そうなんでしょ？」

「いやあ、どうでしょうか。十年前のことになりますと、私も記憶が曖昧で」

男は、わざと『十年前』という限定的な言葉を出した。それが真紀にはわかった。

「私を放して。縛っているものをほどいて」

「ダメですよ。大ケガをなさっているのに」

「私はケガなんて関係ない身体になったんでしょ？　心臓を取り出したってだいじょうぶなんだから」

手に握った心臓は、すでに動きを止めていた。

「私、行かなくちゃ」

「どこへです」

「会社よ。中央テレビよ」

「行ったらみんなが驚きます」

「なんで」

「まず第一に、報道キャスター桜居真紀は、勇敢にも最後まで樹海から生放送をつづけようとして、自衛隊特殊チームのマタンゴ壊滅作戦に巻き込まれ、焼け死んだことになっているからです。現在、焼け跡から遺体を発見すべく、鋭意捜索中らしいですが」

「………」

「第二に」

男は着ている白衣のポケットから小さな手鏡を取り出して言った。

「こんな顔になっても、テレビに出られると思いますか?」

顔の前に鏡が差し出された瞬間、真紀は反射的に目をつぶった。

そして、目を閉じたまま男にきいた。

「それで、私をどうしようというの」

「古いマタンゴは消滅しました。これからの時代は、新しいマタンゴです」

「いいえ、それはきっと星野さんが自分の生命と引き換えに葬り去ったはず」

「ええ、そのとおりです。星野さんがよけいなことをしてくれたおかげで、北沢先生のご努力が水の泡になってしまいました」

「星野さんがよけいなこと? 彼がしたのが、よけいなことですって?」

「そうですよ。あのまま素直に地球に戻ってくれたら、星野さんは陰の功労者だし、愛するあなたと結婚もできただろうに。……とは言っても、花嫁がマタンゴになってはシャレになりませんがね」

　宇野は、おかしそうに笑った。

「しかし、あの北沢先生が新種マタンゴの開発者だとは、いやいや私も驚きました。まったく知りませんでしたよ。米軍も、よくぞ日本に内密でやってくれたものです」

「それで私はどうなるの」

「我々はあきらめない、ということです」

「まさか、私を実験台に」

「いえ、もう実験の必要はありません。今回の落雷現象のせいなのか、あなたの胸を弾丸が貫いたせいなのか、はたまたナパーム弾の巻き起こした波動のせいなのかわかりませんが、あなたはマタンゴはマタンゴでも、新種マタンゴになったようです」

「え……」

「あなたがまだ気を失っているときに、瞳孔(どうこう)をチェックさせていただいたときに、あ、これは、と思ったんですがね。意識を取り戻されて、もしやという疑いがほんとうだったことが確定的になりました」

「なにがです」

「いまあなたは、上空に満天の星空が広がっていることを認められました」

「ええ」

「ところが、実際には星は出ていないんです」

「え？」

「雨こそ降っていませんが、上空には分厚い雲が広がっており、月も星も見えません。私も視力は相当いいほうですが、そうですねえ、やっと三つか四つの小さな暗い星が見える程度ですかね」

「………」

「そしてこの場所には、先ほど申し上げましたように、明かりひとつありません。あなたを実験するために、消してあるのです。したがって普通の人間なら、おたがいの顔も見えない真っ暗闇です。現に、私にはあなたのきれいなお顔が、残念ながらほとんど見えません」

「それなのに、私にはあなたの顔も星も見える……どういうことなの」

「ですから鏡でご確認くださいと申し上げたのです。ご自分の瞳が金色に輝いている様子をね」

「瞳が、金色？」

「そうです」

宇野は、もういちど手鏡を差し出した。

「あなたは暗視スコープ並みの光の増幅機能を持ち合わせただけでなく、雲を突き抜けてくる目に見えない不可視光線——電波、赤外線、紫外線、X線、ガンマ線なども、網膜できちんと捉（とら）える能力を獲得されたようです。柳田さんは、あと一歩で崩壊してしまったけれど、あなたはそうでもなさそうだ。なんのことはない、宇宙まで行かなくても新種のマタンゴができたんです。こういうのを『棚からぼた餅（もち）』というんですかね」

闇の中で、宇野は明るく笑った。

「大切にさせていただきますよ、桜居さん。あなたは未来の日本を守る生物兵器の母として、私どものラボでたくさんのマタンゴを繁殖していただくことになると思いますから。……では、まいりましょう」

真紀が乗せられたストレッチャーが向きを変えた。

暗く静まりかえっていたCBUの建物の窓につぎつぎと明かりが灯り、宇野はそちらに向けて、ストレッチャーを押していった。

エピローグ　青空に歌う

日本を出てからどれぐらいの日にちが経ったのか、作田直之にはわからなかった。また、知る必要もなかった。カレンダーや時計を必要とする世界に、二度と戻ることはなかったからである。

ただ、気にかかっていたのは、桜居真紀のその後だった。

宙に飛び出した脱出マシーンごと西湖に着水した衝撃で、作田は長いあいだ意識を失っていた。そして正気に戻ったとき、彼は、自分が西湖の湖岸近くの茂みに寝かされているのを知った。乗ってきたボブスレー型の脱出マシーンはどこにもなく、真紀の姿もなかった。ただ作田の枕元に、石の重しを載せたメモが残されていた。

《おまえが米軍側の人間だから、我々の施設を無断で使っても殺されずに済んだと思え。真紀は回収した》

文面からみて、緊急脱出装置の使用を知って西湖まで駆けつけた日本側特務機関の人間のメッセージに違いないと、作田は思った。もしも作田を発見したのが米軍側の人間だったら、裏切り者のジョージ・サカタは、誰にも知られず、ひそかに西湖の底に沈められていたかもしれない。

それにしても「真紀は回収した」という意味が、作田にはわからなかった。真紀の発症に気づいていなかったからである。遺体として回収したのか、それともやはり彼女もマタンゴを発症していたから回収したのか不明だった。

だが作田は、まさか真紀が新種マタンゴに変身しつつあるとは知らなかった。知っていたら、その皮肉な運命のめぐり合わせに絶望しただろう。

そもそも作田が人生の最後で組織を裏切ったのは、新種マタンゴの誕生を阻止するのが最大の目的としてあった。だからこそ、世間に広くマタンゴの存在を知らせようとして、真紀たちをつれて樹海にやってきたのだ。ところが、彼が命を懸けて救い出してやった桜居真紀が、新種マタンゴを発症してしまったのである。

もしもその事実を、真紀といっしょにいるときに作田が知っていたら、彼女をどうしていたか――

たとえば真紀を炎上する樹海に置き去りにできたか。おそらく、できなかっただろう。しかし、彼女の生命を助けることは、新種マタンゴの存続を容認することになる。その矛盾する究極の選択を迫られなかっただけでも、彼は運がよかったのかもしれなかった。

その後の真紀を追跡調査する余裕もなく、作田は樹海総攻撃の翌日に、外洋型のクルーザー「アルバトロスII世号」を操って海に出た。それは岡島寛太の所有で、マタンゴ化した彼のもとを訪問した際に、いざというときのために、その使用許諾を得ていたものである。

かつて作田が艇長を務めたアホウドリ号に較べれば、その性能や設備は雲泥の差だった。そして彼は数日間の航海を経て、「あの島」にやってきた。五十年前に、彼ら七人を悲劇のどん底に突き落とした悪魔の島が、目の前にあった。

「水の溜(た)まった石畳　アカシアの葉が　寂しく浮かんでる
水の面を　風が吹き抜けて　思い出のせて　揺れている
水の溜まった石畳　アカシアの葉が　寂しく浮かんでる」

アルバトロスII世号のエンジンを切り、見覚えのある入り江へクルーザーを寄せていきながら、作田は、かつて関口麻美がクラブで持ち歌としていたナンバーを、自然と口ずさんでいた。

海を吹き渡ってくる生暖かい風が、作田の白髪をかき乱した。その風を受けながら、作田はしばらくのあいだ、甲板の上からマタンゴの島を眺めていた。南国の太陽は強烈で、サングラスなしの作田は、終始目を細めていなければならなかった。

やがて彼は錨(いかり)を下ろし、上陸の準備に入った。

波の音と、風のうなりと、海水の生ぬるさと、裸足(はだし)で踏みしめる砂浜の感触が、作田を一気に半世紀前にタイムスリップさせた。

あのとき七人は、波打ち際にたどり着くなり、みな力尽きて砂浜に身を投げ出した。オーナーは笠井だったが、艇長として非常事態にリーダーシップを発揮せねばならないと自覚した作田は、みんなを励ますようにこう言った。

「とにかく暗くならないうちに、食べ物と水を探すんだ」

その砂浜に五十年ぶりに立った作田は、マタンゴが棲(す)む森へ向けて大きな声で叫んだ。

「帰ってきたぞ、仲間たち」

作田は、何かの反応があるかと思って耳を澄ませた。

だが、波と風の音しか聞こえない。そして、頭上からは容赦なく強烈な日射しが照りつける。作田の老いた顔に、汗の粒が噴き出していた。

「おーい、みんな」

作田は、また叫んだ。

「笠井雅文、吉田悦郎、小山仙造、関口麻美、相馬明子……おまえたち、聞こえたら返事をしてくれ。裏切り者の作田直之が戻ってきたぞ」

それでも、森は静かである。

じつのところ、作田はこれら五人がどのような運命を迎えたのかを知らなかった。全員がマタンゴになってしまったのか、それとも誰かは人間のまま死んでしまったのか、身勝手な脱出を図った作田には、知るよしもなかった。

作田は叫ぶのをやめて、ポケットに手を突っ込み、そこから鎖を失った舵輪のペンダントを取り出した。村井研二が、マタンゴになっても胸に埋め込んでいたものである。

村井がそれを自らはずして地面に落としたとき、作田はその意味を悟った。相馬明子に渡してほしいのだ。その頼みを叶えてやるために、この島に戻ってきた。

いや、もうひとつ目的があった。

作田は、この島でマタンゴを食べようと思っていた。そして、かつての仲間たちと同じ姿になって、人間としての一生を終え、キノコとして暮らそうと思っていた。

あれから五十年、この島ではかなりの数のマタンゴが繁殖している可能性があった。しかし、昔の仲間がいたら、きっと見分けられると思った。村井と同じように、舵輪のペンダントを胸に埋めているはずだからだ。そして、村井のペンダントに反応するマタンゴがいれば、それが相馬明子なのだ。

作田は、自分自身の首にも同じペンダントが下がっているのを確認してから、仲間たちがいるに違いない森へ向けて一歩を踏み出した。

そのとき——

波の音と風の音にまじって、人工的な音が聞こえてきた。

飛行機のエンジン音だった。ふり返ると、真っ青な空に数個の機影が、こちらに向かって大きくなってくるのが見えた。ときおり翼が太陽を反射して、キラキラときらめいている。その編隊の接近に合わせて、エンジンの爆音も大きくなる。

ひと目で米軍の戦略爆撃機だとわかった。そして、彼らの目的も。

やはり組織は裏切り者を許さなかったのだ。作田が日本を離れたときから、アルバトロスII世号はその針路を監視されつづけ、最終目的地がマタンゴの島であるとわかったときに、裏切り者もろともマタンゴを壊滅させる計画が発動されたのだ。

樹海のマタンゴ掃討作戦と、岡島たちの映像が世界中に伝わった以上、米軍もここをたんに「禁断の島」としておくだけではいられなくなったというわけだ。

(なんと……)

作田は笑った。

(おれは二度も爆撃の洗礼を受けるのか)

しかし、いまの彼にとっては、それはまさに笑いを湧き起こす皮肉でしかなかった。今回は、もう逃げるつもりはなかった。

「村井」

作田はいったん立ち止まり、右手に握った村井のペンダントに呼びかけた。

「明子のところまでおまえを運べるかどうかわからないが、間に合わなかったら許せよ」

間に合わないのは確実だった。

南国の青空をバックに飛んできた戦略爆撃機の機影がぐんと大きくなっていた。その数は十機を下らない。それらが投下する爆弾の種類は、作田にはわからない。ナパーム弾かもしれないし、真空爆弾かもしれないし、ひょっとしたら小型核爆弾かもしれない。一瞬にして、すべてが壊滅するのは確実だった。

（これでいいのだ）

作田は思った。

（人間の愚かさが作り出したものは、人間が責任をもって滅ぼすよりない）

そして作田は、ふたたび森の方角に向かって砂浜を歩き出した。決して急ぐことはなく、淡々と。

「水の溜まった石畳」

作田は、また歌いはじめた。

「アカシアの葉が　寂しく浮かんでる」

戦略爆撃機の編隊が真上まできた。しかし、作田はふり仰ぐこともせずに、歌いつづけ、そして歩きつづけた。

「水の面を　風が」

そこで彼の歌声が途切れた。

＊　　＊　　＊

「愚か者め、愚か者め」

水晶玉に両手をかざしながら、その透明な球体の中に浮かび上がる光景を見て、占い師の老婆はシワだらけの顔を歪めて罵った。

「すべてを滅ぼしたと思うたら、大間違いじゃ。あたしには見えておる。焦土と化した樹海の地下で、新しいマタンゴが人間の目には見えない菌糸の網を張り巡らせているのが見えておる。ええい、愚か者め、愚か者め。炎の雨を降らせて喜んでおる人間がいるかぎり、マタンゴは進化しつづける。そして、幾度でも人間に逆襲をするであろう。その逆襲が最後を迎えるときは……」

老婆は水晶玉の上で両手を激しく震わせた。

「地球が終わるときじゃ！」

叫んだのと同時に、水晶玉が割れて砕け散った。

解説

縄田一男

映画ファンであるならば、誰でも子供の時にトラウマとなるような作品の、一本や二本は観ているはずだ。膨大な数のミステリー作品ばかりでなく、角川ホラー文庫に『文通』『初恋』『ビンゴ』等、ベストセラーとなった恐怖小説を書下している吉村達也の場合、それは、「マタンゴ」であったようだ。

作者は、朝日新聞から連載を求められた五回連続の自由エッセイ「こころの風景」を執筆する際、単に思い出を五つ並べるだけでなく、何か面白い趣向はないかと考え、その結果、「触覚、嗅覚（きゅうかく）、聴覚、味覚、視覚」の五感に刻まれた思い出を記すことにし、その五番目に選ばれたのが、二〇〇五年九月二十一日に掲載された「マタンゴの恐怖」だったのである。以下、その全文を掲げると、

私のホラー作品を読んで「怖くてトイレに行けなくなりました」という感想はよく頂戴（ちょうだい）するが、その作者の私が一九六三年、小学校六年生の夏に見て、文字どおり震え

上がった映画がある。数ある東宝の特撮作品中、いまもなおマニアックな人気を誇る「マタンゴ」だ。大型ヨットで遭難した男女七人が南海の孤島にたどり着くと、それを食べた人間が醜いキノコ人間に変身してしまう恐怖の「マタンゴ」が密生しており、キノコ化した人間もゾンビのようにうろついている、という設定である。

どれぐらい恐ろしかったかというと、映画を見終えたあと、アイスクリームを買おうと小銭を取り出す指先が、恐怖の余韻で小刻みに震えて止まらなかったほどなのだ。その作品が近年ＤＶＤ化された。仕事でホラー小説を書き、ＣＧを駆使したホラー映画に慣れている現在の感覚で、子供時代の新鮮な驚きをリセットしてよいものか、だいぶためらった。初恋の子と四十年ぶりに再会すべきか迷っているようなものである。思い出は思い出としてとっておくべきだという自分の声が優勢だった。が、ついに見てしまった。

さすがに、いまでは怖さはほとんど感じない。だからといって、映画館で手を震わせていたあの日の衝撃が色褪せることは決してなかった。「こころの風景」とは、そうたやすく消えないものらしい。

ということになる。

更に吉村達也は、自身のホームページで、怪獣ものが主流を占める東宝特撮映画において、キノコの化け物であるマタンゴが異色であったこと。そのキノコのかたちと原爆雲のそれが似ているところから、原水爆の悲惨さを訴える意味合いも含んでいたこと。ストーリーの大本となったのは、英国の作家ウィリアム・H・ホジスンの短篇「闇の声」で、それを星新一と福島正実が映画用にアレンジしたものとされているが、実質的にはストーリーのほとんどを福島正実が書いたこと。そして何といっても、ヒロイン水野久美の妖艶(ようえん)さが際立っていたこと等を記している。

さあ、こうなって来ると、同じ怪獣映画世代である筆者も懐かしくなって、まず、本書を読む前に、くだんの「マタンゴ」をDVDで再見することにした。現在、東宝から発売されているDVDには、特典映像として、当時、特撮監督円谷英二に師事し、この作品の助監督をつとめた中野昭慶監督へのインタビューをはじめ、「笑いの泉」一九六三年八月号に掲載されたノベライズの一部や、主演の久保明のオーディオコメンタリー等が収録されており、興味津々。更に解説書には、「ゴジラ」の原作者、香山滋研究の第一人者にして特撮映画研究の泰斗、竹内博の「『マタンゴ』絶望の孤島」と西脇博光の「『マタンゴ』と別宮(べっく)貞雄と怪奇映画音楽」が収録されており、至れり尽くせり如(ごと)くである。

その竹内の指摘の如く、当時、東宝は、怪獣映画路線と並行して、「美女と液体人間」「電送人間」「ガス人間第1号」の〝変身人間シリーズ〟三部作を、一九五八〜六〇年にかけて封切り、次いで、六三年八月十一日に、その番外篇として「マタンゴ」(監督本多猪四郎、特撮監督円谷英二、脚色木村武、出演久保明、水野久美、土屋嘉男）を封切ることになる。竹内が番外篇としているのは、先の〝変身人間シリーズ〟三部作のストーリーが何らかのSF的発想によっているのに対し、「マタンゴ」が極度に怪奇映画的色彩が強いためではないのか。そして更に、三部作が、変身人間との対決を軸に縦横無尽にストーリーが展開していくのに対し、「マタンゴ」が、ヨットで遭難した男女七人の、禁断のキノコが群生する島という極限状況下でのドラマである点を考慮してのことであろうと思われる。

映画は、前述の七人――大学の助教授とその教え子、青年実業家とその愛人のクラブ歌手、実業家の部下である艇長、推理作家、あらくれ者の漁師――が、霧深い船の墓場ともいうべき孤島へ遭難するところから物語がはじまる。島という密室内におけるエゴと欲望のぶつかり合いと、食べた人間をキノコ怪人に変身させてしまうマタンゴの恐怖を二つながらに描いた力作で、人間ドラマの部分と恐怖映画としての側面が過不足なく描かれて、充実の仕上がりとなっている。未見の方のためにこれ以上は書かないが、あともう一つ――作者もホームページで記しているように、この映画で欠かせないのは、ヒロイン、水野久美の妖艶ぶりである。特に「おいしいわよ」といって（正確にいえばそういう台詞(せりふ)はないのだが）、キノコを食べるよう、土屋嘉男を誘惑するシーンは、今日に至るまで語り草になっており、水野久美はこの作品で世界の怪奇映画ファンのアイドルとなった。

こうしたさまざまな事情から、是非とも、本書をお読みになる方は、その前にＤＶＤやビデオを購入、あるいはレンタルして御覧になることをお勧めする。そうしないと、本書の面白さが半減するというわけではないが、前日譚ともいうべき「マタンゴ」を観ることによって、吉村達也が、どれだけ詳細に前作を踏まえ、そのオマージュとして本書を執筆しているかが分かるからである。

そしてもうここからは、本文の方を先に読んでいただきたいのだが、本書のプロローグで、或る登場人物が自分の死に方を占ってほしいと占い師の老婆をたずね、その老婆の口から「水の溜まった石畳　アカシアの葉が　寂しく浮かんでる」というレトロな旋律が流れ出すシーンなどは、あなた、「マタンゴ」をすでに観ている者にとっては、もうたまらないじゃないですか。

そして物語は、いよいよ本筋に入り、城南大学の都市伝説研究会のメンバー、男五人と、女子高校生二人が、富士の樹海に大型ヨットが置かれ、キノコの化け物――一つは人間の倍ほどもある原爆のキノコ雲を思わせるような奴と、今一つは、人間と同じサイズだけれど、顔や手足がキノコ状の醜いでき物で覆われている奴――がそれを神殿のように守っている、という伝説の真偽を確かめにキャンプに来ることからはじまる。さて、ここで面白いのは、たとえていえば、黒澤明の「七人の侍」の七人のキャラクターが、ジョン・スタージェスの「荒野の七人」において、どのように受け継がれ、或いは変更されていったのかをつぶさに見ていく、それと同様の楽しさがあることであろう。

そして、この七人がいよいよ、マタンゴに遭遇した後、物語は、彼らの記憶を封印して、一気に十年後に飛ぶ——。ここには、一体、作者のどのようなマジックや仕掛けが施されているのであろうか。さまざまな職業に就いた七人が、再び運命の糸によって結びつけられる時、そこには、想像を絶する展開と驚愕のストーリーが待っているのである——。

が、これ以上は、もういうまい、いうまい。しかしながら、この面白さは尋常ではない。本書は、吉村達也の最高傑作の一つ、といってもよいのではあるまいか。

そして、再び話をオリジナルの映画「マタンゴ」に戻すと、実は私はこの映画を封切り時に観ていない。はじめて観たのはTV放送のカット版であり、その後、名画座で完全版を観ることになる。何故、そうなったのかというと、これには、少々、説明がいる。私の少年時代には、映画界の衰退がはじまったとはいえ、まだまだ、鉄道沿線の各駅毎に、大手五社（東宝、東映、松竹、大映、日活）の封切り館があった。中でも楽しみなのは、盆と暮れに上映される、怪獣映画や特撮映画であった。そして、どういう事情かは分からないが、私の通っていた小学校では、夏休みと冬休みの前、東宝で封切られる、その手の映画の割引券が生徒に配られた。但し、「マタンゴ」だけは別だった。ＰＴＡが「あのように気持ちの悪いものを子供に見せるのはいかがなものか」という判断を下したためである。現在の怪奇映画がホラーと呼ばれ、市民権を得ている現状からすると、正に隔世の感がある。

そして、今、小説として甦った「マタンゴ」を楽しみながら、映画からこの小説が産まれたならば、この小説からもう一度、映画版「マタンゴ」が産まれてもいいのではないかと、そのことを期待してやまない。

最後に「マタンゴ」の元となった、ウィリアム・H・ホジスンの小説に触れておきたい。これは、自身、船乗りの経験があり、海を舞台とした怪奇小説を多くものしたホジスンのごく短い短篇で、遭難し、人間を取り込んでいくキノコが群生している島に取り残された一組の婚約者を描く、怪談でありながら、哀話というにふさわしい作品。かつては、月刊ペン社が刊行した『アンソロジー・恐怖と幻想第2巻』(邦題は「闇の海の声」となっている)等でしか読めなかったが、その後、日本で刊行されたホジスンの短篇集『海ふかく』(国書刊行会)や『夜の声』(創元推理文庫)に収録されている。特に後者は、二〇〇七年秋に復刊されたから、是非ともこちらも併読していただきたいと思う。

マタンゴ　最後の逆襲
吉村達也

角川ホラー文庫　H 12-23　14855

平成20年 1 月25日　初版発行

発行者――井上伸一郎
発行所――株式会社角川書店
東京都千代田区富士見2-13-3
電話/編集(03)3238-8555
〒102-8078
発売元――株式会社角川グループパブリッシング
東京都千代田区富士見2-13-3
電話/営業(03)3238-8521
〒102-8177
http://www.kadokawa.co.jp
印刷所――暁印刷　製本所――BBC
装幀者――田島照久

定価はカバーに明記してあります。JASRAC 出 0714495-701

ISBN978-4-04-178987-2 C0193